U0620626

湯顯祖集全編

三

［明］湯顯祖 著

徐朔方 箋校

上海古籍出版社

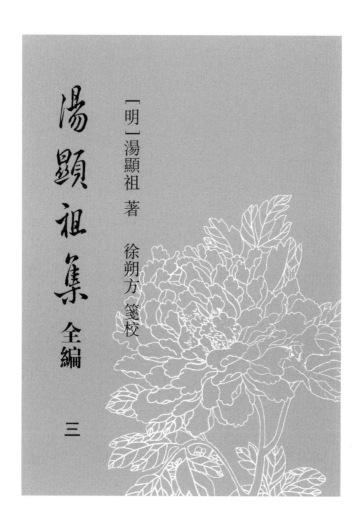

湯顯祖集全編詩文卷一八

玉茗堂詩之十三

詩一百九十首

一五九八——一六一六，四十九歲——六十七歲。作於棄官家居後，年月不詳。

秋日西池望二僊橋

池上映秋光，登臨愛夕陽。鏡中蒲柳色，衣上芰荷香。聽雨初留屐，當風一據床。猗蘭延客語，高菊以鄰芳。紫翠連山暝，晴陰隔水涼。坐看人世小，僊馭白雲鄉。

【箋】

〔二〕僊橋　在臨川西門外。

【評】

沈際飛云：「從望字生神，極品。」

答威茂觀察東昌杜孝卿三十一韻

孝卿以行人給事南省，憲秦，視學于晉，從滇入蜀。予篤友也。因王參知松潘寄答焉。

杜曲佳期傍，琴臺遠意憑。地卑高士喜，才絶衆人憎。身世隨寒耐，行藏畏熱懲。九州趨黽敏，一榻坐驕矜。祠廟高天問，郎官列宿應。薄遊貧自許，多病俗猶仍。歲月珠彈鵲，乾坤玉點蠅。閒情深洞壑，朝夢減觚稜。興盡炎荒得，心傷小縣曾。春風依雉廩，秋水卧魚罾。出豈營三徑，歸將買一塍。雨寬春穗没，星急夏糧升。忽忽雲霄落，皇皇枕簟興。尺箋飛錦水，清色見壺冰。耳熱歡何極，心灰泣未能。行人周禮貴，給事漢官澄。綬合蕭朱結，金分管鮑稱。每過談似綺，時憶酒如澠。雨閣催金盞，風窗遶翠燈。笑連江月爽，别恨海雲蒸。豸使秦師拱，龍門絳士登。十年驚會面，一語氣填膺。南國精神闊，西方美思凝。動人鷗鳥片，歸客暮帆層。問政懸巴子，題書到蜀僧。牙旗掀岫玉，井絡度橋繩。江東喧金馬，嵐開濕皂鷹。使須高節鉞，羌莫小憑陵。入洛思眠錦，如邛欲杖藤。峽雲看不免，嶺雪興如乘。獨羡松參少，西南正得朋。

【箋】〔威茂觀察東昌杜孝卿〕名華先。見卷九送杜給事出憲延安箋。〔王參知松潘〕名志。東鄉人。時任四川參知備兵松潘衛。見撫洲府志卷五一。

懷王參知松潘

仗節西遊自一時，雪山秋色照峨嵋。羲之只作常言語，未了汶江一段奇。

【箋】參看前詩。

【評】

沈際飛評第三句云：「注脚妙。」

問松潘使者

松潘長夏雪花吹，萬疊碉房日上遲。大有牛羊張笮酒，不妨蝦菜似龍芝。

【箋】

參看前詩。

送學官成都

扁舟黄葉向秋分，江楚天西滿白雲。到得玉堂無一事，文翁真作梓潼君。

輓司徒新城王公十四韻

蜀制府公尊人也。

濼海齊風大，琅邪晉祚榮。王公天下寶，公子國之禎。策奏燕臺重，書開楚服清。掖闈持大體，卿署起鴻名。太僕鳴騶入，中丞仗鉞行。尹京懷舊德，農扈振新聲。國論推儒雅，軍儲屬老成。文謨通帝座，武緯緝天營。衮服歸何急，金甌覆已明。麒麟看畫像，烏烏聽陳情。七秩蒲輪待，三公赤芾迎。仙遊旋岱嶽，遺事足滄瀛。世嘆青箱遠，天悲玉柱傾。東歸吾有輓，綸綍正西平。

【箋】〔蜀制府公〕王象乾。山東新城人。時以兵部左侍郎總督川湖貴州。其父之垣，官終户部尚書，故云司徒。詩所云「太僕鳴騶入」等句都是其祖重光勳績。一門數人，山東通志卷二八各有傳。

與劉浙君東

鄰近無千里，交親有十年。花林恒共蹴，草榻並曾眠。世路銜盃裏，韶春把鏡前。關河連紫氣，雲霧滿青天。座有寧馨語，牀空阿堵錢。丹陽汝孤往，白下我悠然。南士争攀柳，西娃正採蓮。遊人如漢渚，公子似秦川。媚影皆馳賞，攢心别可憐。松毛閒玉麈，竹筍代金蟬。地氣經南薄，天心正北懸。鶯花三月晚，貧病一生全。上藥終難就，勞薪半已燃。塵情多擺落，芳意久連緜。八水將圖佛，三山欲候僊。題書寫微尚，會獎即冥筌。

【箋】

〔劉浙〕字君東。江西泰和人。理學家。據泰和縣志卷一八本傳，楊繼盛被害時十二歲，卒年七十一。其生卒當爲一五四四—一六一四。

【校】

〔松毛閒玉麈〕麈，萬曆本誤作塵。

【評】

沈際飛評「韶春把鏡前」句云：「活。」

用韻和方玉成二十韻

天柱山迴煙月餘，長年發興自匡廬。爐香合沓青華蓋，瀑練分明玉佩裾。拂匣斗牛趨劍浦，射蛟風雨出龍舒。溢城雪照秋雲白，鍾寺紅殷海日虛。托道茫茫初向若，經知渺渺欲愁予。歸休事業留華闕，籍甚文章付石渠。千里明妃琴際語，十年幽客鏡中噓。松篁韻合傳堪賞，蘭菊蕪滋長欲除。倏歘臨川悲逝者，參差吾黨到歸與。猶龍氣色周藏史，衰鳳吟聲楚接輿。但着佳時長度曲，將因妙處一傳書。端居歲月鷗羣隱，高閣園林蝶夢蘧。忽忽雲霞生研席，蕭蕭燈火候柴墟。粗拚卷帙論心後，盡倒衣裳識面初。露重草根深蟋蟀，風輕木末半芙蕖。新通曲徑延三益，舊滿高堂學二疏。興劇漉巾差有酒，驢非彈鋏敢無魚。諸兄蚤借烏臺筆，一第遲飛玉殿臚。江外遊閒公子路，山中清遠道人居。能來更作跫然喜，況復他時使者車。

【箋】

〔方玉成〕名大任。桐城人。若士去世之年，即萬曆四十四年（一六一六）始登進士第。見安徽通志卷一七九。

【評】

沈際飛評「溢城雪照秋雲白」句云：「有推敲。」評「露重草根深蟋蟀」句云：「園林合有之語。」

又評結句云：「一句頌。」

吴序憐予乏絶，勸爲黄山白嶽之遊，不果

欲識金銀氣，多從黄白遊。一生癡絶處，無夢到徽州。

【評】沈際飛評云：「序亦是妙人。聞説金休寧，謁選者百計營之，而抽豐者往往於此取道。臨川詩一帖清涼劑也。」

香城寺口占，時洪都諸老有道術者與豐城李稠原侍御争此，諷之

卜兆已下策，訟言無遠情。寸心埋不朽，何必在香城。

【校】〔題〕沈本作「聞友人有以卜兆香城訟者」。

稠原家豐城，說有佳地在華山下，肯見推與，笑答

道眼久相假，仙原能見聞。得傍牛斗氣，雙棲華蓋雲。

【箋】

〔稠原〕疑即李瑄。豐城人。萬曆五年（一五七七）進士，任南京御史。萬曆十九年以奉表進京，上章彈劾首輔申時行，削籍家居。明史有傳略。

〔華山〕一名華蓋山。在江西崇仁。

贈龍君揚公子凌玉泰和三首

江上見龍駒，金鱗照紫虛。龍門開日日，何得尚爲魚？

快閣一中酒，淋漓醉墨花。池亭開示客，秋影見龍蛇。

龍門低夕照，一柱遠擎天。見說盃中好，還須惜少年。

【箋】

〔龍君揚〕顯祖好友。見所作前朝列大夫飭兵督學湖廣少參兼僉憲澄源龍公墓志銘。

【評】

沈際飛評第一首後半云：「化腐。」又評第二首云：「不脱龍字。」

偶嘆

偶向交衢立，長風吹我襟。不知來往客，終日是何心。

【校】

〔題〕沈本作「閲世」。

四阿羅漢口號

月下了殘經

明暗自一時，未斷言語路。窅爾月中人，下來參文句。

雪剃

一法不可作，煩惱不得絶。正好日通紅，落盡刀山雪。

降龍

鉢小龍亦小，龍大鉢即大。若作小因緣，終成陰器界。

伏虎

有勢莫使勢，有智莫使智。遭際此癡蟲，瞢瞪作佛事。

【評】

沈云：「禪偈。」

坐故椅懷揚州蕭成芝

念年斑竹椅，寒色映瓜州。坐客蕭然遠，懷來清淚流。

送客九江有謁

候鴈三春盡，晴雲九疊開。祇應溢日月，曾見白公來。

【評】

沈際飛云：「淡遠。」

題祖曆後四首

欲歛東皋税，須清南畝菑。獨笑陶彭澤，持籌寫簿時。

佃客題名滿，倉塵漬墨深。了無江海意，真有稻粱心。

擇日裝新曆，逢年慶濁醪。老蒼教落墨，莊客對揮毫。

報國將爲報，傳家足此傳。今朝外史氏，宜書大有年。

銀倀詩 有序

予友朱元芳持其宗人家閩邵汀山峪中得窖金銀器歸，忽忽穢甚，不可禁，且小口時有癒厥。長老云是流賊窖金時，常困苦一人，至求死不得，約之曰：「爲我守窖否？」其人應許，復苦之。如是數四應許畢，之窖中。遇金者祭度而後可。朱氏如教上章，曰：「汝爲賊守久，當我得此金，度汝命。」已而穢浄病已，朱氏用富。有中表周氏遇此，度之終不能得也。反其金窖中。嗟夫，人之於人也，豈不甚哉。昔聞虎倀，兹爲作銀倀詩。

死仇爲仇守，倀爾何其愚。試語穴金人，此術定何如。

【校】

序文首二十二字，沈本作「友人云，世有虎倀，有銀倀。吾宗人家閩邵峪中，有得窖金歸」。又「忽忽穢甚」，沈本少一「忽」字；「長老云」以下十字，沈本無「流」、「困」二字；又末句，沈本無「昔聞虎倀，兹爲」六字。

帥從升兄弟園上作四首

宿草春歸幾醉醒，白頭吟望暮山青。思君小閣東園好，棠棣花前看脊鴒。
池上青山醉倚門，迴車陌巷小游園。留連未覺鶯花老，桃李深深更一言。
小園須着小宜伶，唱到玲瓏入犯聽。曲度盡傳春夢景，不教人恨太惺惺。
斷霞秋色剪澄江，白鳥晴邀彩筆雙。客去會須酬一醉，枕欹山雪夜鳴窗。

【箋】

〔帥從升兄弟〕同里友人帥機之子。

【評】

沈際飛評第三首云：「爲四劇意得。」

中暑索帥二從燒醞

百尺高樓傲不消，侵風障日卧岧嶤。不應便得清寒病，爲愛連珠麯女燒。

【箋】

參看前詩。

帥從升赴省試問開遠兒何日往

江外聞題一葉書，紅裙愛子戀何如。章門最近龍門路，未敢争先八月初。

【箋】

參看前詩。

行千金隄懷蜀人古太守

曾用三犀壓水精，蜀人文雅世清平。年來太守風流盡，分付漁歌與棹聲。

【箋】〔古太守〕名之賢。萬曆五年（一五七七）在任，修千金陂成。

橋斷臺欹有懷居張二守

居公時有峴山情，張老題橋恨不成。自有青山何必爾，不妨春水漲行人。

【箋】居守萬曆九年（一五八一）任撫州知府，修擬峴臺。張試任知府時，修文昌橋，「力復其十一之四，餘猶爲憒憒者破敗而不修」。見玉茗堂文之八臨川縣孫驛丞去思碑。橋壞於萬曆二十二年，至二十七年始成。

關南上橋寺候黄觀察善卿殯不至，漫占催裝詩三首，奉呈輓唱諸君子

薤露將晞蚤食前，如何報説五更天。因風寄與鷄鳴枕，則爲長眠廢短眠。

曾是長安花下人，懸泉相候一沾巾。城南日出人多少，不見黄家開道神。

不可攀留夢已殘，殯虞歌斷五更寒。黄泉咫尺淹如此，得似人間行路難。

【箋】

〔黄觀察善卿〕或名廷寶。臨川人。湯氏同年進士。曾官四川按察副使、山東參政。見撫州府志卷五一。

【校】

〔題〕沈本無「催裝詩」以下十二字。

【評】

沈際飛評第三首後半云：「妙會。」

江樓忽遇楚僧古萍，索酒談偈，悵然悲之二首

去雪江前紫柏師，清秋重泛古萍誰？相看不問眉毛幾，大要精靈下髮時。

僧殘猶醉兩三盃，千里相過一食回。建立已隨萍水去，攀緣還似藥山來。

寄問費學卿二首

一片文心與道情，五湖風物舊來清。當今得似唐天子，九華山前問冠卿？
公子乘春興不孤，畫眉金縷醉鵝湖。經知玉茗堂中客，打迸春心得到無？

【箋】

〔費學卿〕名元禄，一字無學。鉛山人。列朝詩集小傳丁集中有傳。

樓外二首

樓外珠簾瞰碧江，鏡前紅袖立紗窗。教將侍女高檠燭，怕見新歡影一雙。
洞房春淺似桃源，蘭檻幽暉映雪痕。卧向枕障時有態，起看妝鏡欲無言。

【校】

〔卧向枕障時有態〕障，萬曆本作「衾」。

【評】

沈際飛云：「香奩詩。」

雨蕉

東風吹展半廊青，數葉芭蕉未擬聽。記得楚江殘雨夜，背燈人語醉初醒。

【校】

〔題〕萬曆本作「芭蕉」。

【評】

沈際飛云：「隱約妙。」

寄題劉君東遠遊樓

種桃道士知何去，看竹主人殊未旋。世事山中那得有，白雲樓上小遊僊。

【校】

〔世事山中那得有〕萬曆本作「試問山中何所有」。

【箋】

〔劉君東〕名浙。泰和人。參本卷與劉浙君東箋。

七夕醉答君東二首

秋風河漢鵲成梁，矯首牽夫悦暮妝。爲問遠遊樓下女，幾年一度見劉郎？

玉茗堂開春翠屏，新詞傳唱牡丹亭。傷心拍遍無人會，自掐檀痕教小伶。

【箋】

〔君東〕見前詩。

〔牡丹亭〕成於萬曆二十六年（一五九八）秋。

【評】

沈際飛評云：「有大不平。」

七夕

露冷風淺月光微，今夜南枝鵲不飛。慣向人間窺贈枕，閒從天外看支機。

【校】

原本此詩重出，惟首句「淺」一作「殘」，「光」一作「影」。今存其一。

寄甘子開

聞君何自不爲霖，映帶江山托卧深。人日西頭送歌舞，一聲吹斷碧雲心。

【箋】

〔甘子開〕名雨。永新人。萬曆五年（一五七七）進士。官至貴州、福建按察副使、湖廣參政。詩首句以其名起意。

【評】沈際飛評首句云：「傷巧。」

人日

風光人日最宜春，暫與登高醉一巡。獨笑歌人還未老，惟應老卻聽歌人。

【校】〔獨笑歌人還未老〕還，萬曆本誤作「遠」。

【評】沈際飛云：「會盡人生。」

飲青來閣即事八絶

春風醉客倚闌時，樓外鞦韆出柳絲。解折細腰抛更遠，風前長袖拂鶯兒。

春過睥睨繡窗前，斜日霏霏草樹煙。綽莫亂紅驚燕起，折腰人送畫鞦韆。
小旃檀閣醉諸天，坐近氍毹不許眠。爲待玉纖來拜佛，宰官身畔看紅蓮。
城南煙色遠萋萋，高宴城隅日未低。最是一春撩落處，鞦韆斜月畫樓西。
大好今年寒食天，夕陽樓外看鞦韆。春衫馬上年年客，今日長安醉夢邊。
風煙如此亦江山，滿目春心不閉關。爲道周郎長謝客，三層樓上殢紅顔。
東南山色翠逶迤，日照西陵上酒遲。看罷鞦韆微有恨，不敲方響出紅兒。
樓中大士列威儀，樓外鞦韆倚侍兒。便欲借參童子偈，碧雲那辨對湯師。

【箋】

〔青來閣〕臨川周獻臣，號竂六，所居有青來閣。任刑部郎，以論劾首相太宰失官。見周青萊（來）家譜序。

【校】

〔第一首：風前長袖拂鶯兒〕萬曆本作「祇應紅袖與三兒」。
〔第二首：斜日霏霏草樹煙〕斜日霏霏，萬曆本作「脈脈山川」。
〔第六首：三層樓上殢紅顔〕殢，萬曆本作「絮」。
〔第八首：碧雲那辦對湯師〕碧、雲、辦、對，萬曆本分别作「富」、「樓」、「辨」、「與」。

【評】

沈際飛評云：「諸絶皆有鞦韆句，一、二、四絶居勝。」評第五首前半云：「二語，常。」又評第六首前半云：「掉弄好。」

劉君東病足遠遊樓，寄問四絶

遠遊絲履遠遊冠，風月樓中入望寬。便道主人饒濟勝，不將山水换長安。
巖岫風煙四望深，花枝伏檻滿樓陰。不應婚嫁尋常事，大要羈遲白髮心。
西昌能作遠遊堂，翰墨江山此醉鄉。直是留連拚不去，分抛五嶽付誰行。

何年忽忽更悠悠，向癖山川祇卧遊。便合真形來夢裏，也應隨步作三休。

【箋】

見本卷與劉浙君東箋。

醉答君東怡園書六絶

逶迤原是世中情，脱略還疑身後名。俠骨從來重歌舞，白忙閒殺舊東平。

樓觀光陰十畝閒，蟠龍纖翠入樓山。偏争雪後饒歸興，大向春深欲閉關。

一州交態總浮沉，何意胸沾吉水深？待放梅花粗欲了，梅花粗不了人心。君東約梅花開時粗了人事，江上相尋。

世間兒子漫紛紜，蘭玉葱芉只自薰。種得江園千樹橘，始應呼我作封君。君東以有佳兒當封，相戲。

説到彈珠愛我深，可堪消盡壯來心。紫釵一郡無人唱，便是吴歈聽不禁。

也知乘興及怡園，世事入門難出門。道是不遊遊便得，間關芳草妬王孫。

【箋】

見本卷與劉浙君東箋。

【評】

沈際飛評第二首云：「氣軒眉闊。」

向君東四索泰和縣方物

鷄

上禽何意説丹雄，黄脚烏雎最煖中。玉粒幾年高棧裏，今朝求向祝鷄翁。

酒

太乙春濃號泰和，兼清人望十旬過。若須旋注糟床玉，籬菊參差奈汝何。

湘竹篋子

細紋如浪翠勾黄，遠寄精瑩亦大方。遇有楚騷文字貯，屈平終不負瀟湘。

扇

知君未愛古人爲，愛我張顛小杜詩。别卻南平輕扇子，幾人同醉墨淋漓？

【箋】

同前詩。

寄生脚張羅二恨吴迎且口號二首

迎病裝唱紫釵，客有掩淚者。近絶不來，恨之。

吴儂不見見吴迎，不見吴迎掩淚情。暗向清源祠下咒，教迎啼徹杜鵑聲。宜伶祠清源師灌口神。

不堪歌舞奈情何，户見羅張可雀羅。大是情場情復少，教人何處復情多。

君東病足戲爲臨川之約二首

遠遊名字入樓清，面面江山看雨晴。賴是年來雙脚穩，俗人行處不曾行。

春光原只被花催，不解將人笑口開。但得素心人在眼，十年蒼鬢一時回。

【箋】

〔君東〕見本卷與劉浙君東箋。

【校】

第一首另題偶成，單行，惟次句「面面」作「四壁」，其餘文字全同。今爲删去。

【評】

沈際飛評第一首結句云：「謔浪都是妙理。」又評第二首云：「不復有餘乃妙。」

夢回

海天星月動沉沉，玉女雙窺碧落深。虼答一聲金磴曉，醒時心換醉時心。

病齒笑答

徵角清吟齰不辭，恐緣微細得參差。不如换與卿含笑，解唱江南啄木兒。

人遺湘紋笛材，内子持作筆問之

折雨裁雲風露清，斷腸千點寄江城。便饒寫盡湘皋色，何似還他雲漢聲。

代答

解作參差凌紫霞，湘靈終是怨懷沙。不如剩取摛殘錦，夢裏同看五色花。

【評】

沈際飛云：「都佳。」

閨閣中嘆雨

青天遲日太匆匆，一歲春光雨和風。萬樹千花猶有嘆，兒家一樹寶珠紅。

代旱龍船人駡水龍船人

午日前後，俗都天廟旱龍船十人負之以出。上刻小兒不净相，嚇取米物。夜歸頗盈。水龍船空有沉溺之怖，鮮有酒標之利。代爲此詰。

年年五月怖兒曹，金鼓排門聲勢高。但取月明歸滿載，爲龍何必在波濤。

代文昌橋閣大士問郡人，何以不助大士完橋，而遠助南昌旌陽廟祝

龍沙一火自應傳，魚腹千人更可憐。可是不從橋上過，都求拔宅竟升天。

代郡人答

大士行緣敢告勞，微情功德兩爭高。蛟龍柱煅施纖鐵，烏鵲橋成更一毛。

南昌弔羅維禎青蘭山居偶成

麻衣如雪覆龍沙，淚滿春風水一涯。殘雪未消人似玉，青蘭晴色半蒹葭。

【箋】〔羅維禎〕名朝國。江西新建人。湯氏同年進士。官至南京工部尚書、刑部尚書。見江西通志卷一三七。

【評】沈際飛云：「遠神。」

用韻水月問病一首

幾曾出露幾含藏，長自增增説禁方。盡日科頭成一笑，病王原是老醫王。

風巖結夏恣清涼，突兀奇雲幽路光。獨坐池亭還病熱，由來水月是醫王。

偶興度一少年爲僧二首

三百文錢不可憐，一頭頭髮向諸天。徒然不得金刀力，擢髮難消此業錢。

自心煩惱卻求人，選佛場中作勝因。便與杖頭三百個，只教還我髻中珍。

水月破船吟二首

明月西流江水東，破蓬無恙好篩風。衝波不信船心漏，到岸纔知杯渡空。

役盡風波莫怨天，破船原是舊家船。南來北去客邊事，忙卻江心閒數錢。

水月疎山尋達公遊處並問吴選部四首

不聽石門流水禪，疎山空老白雲天。達公到日詩留壁，可得袈裟覆紫煙？

欲禮名山作草堂，達公曾此費商量。惠休靈徹争來往，慚愧三生恰姓湯。

石寺寒江風月纖，當中一佛我莊嚴。白雲盡處殘經在，肯爲多生下一籤。
半臂袈裟水一方，白雲秋影送高涼。幽山盡日憐公子，自解朝衣蘸佛香。

【箋】

〔竦山〕在金谿縣，萬曆二十七年(一五九九)正月達觀曾遊此。
〔吴選部〕名仁度。金谿人，曾代文選郎中。據實録，萬曆三十年(一六〇二)六月，仁度以同情趙邦清調南京。

【評】

沈際飛評第三首第二句云：「醜句。」

水月匡山結臘寄問邢來慈二首

破衲粗沾梅雨黄，白蓮吹斷遠池香。江空水月無人別，牢落浮生是性光。
無生休説未生前，話到無生不偶然。珍重白頭吟望盡，萬山殘雪九江船。

口號送謝山子再如廣陵二首

風雨蕭蕭江水西，孤舟纔上蜀禽啼。春心一片隋堤柳，君去迷樓判卻迷。

非關玉茗不相留，自是瓊花結勝遊。四海蒼生憑望盡，東山今日在揚州。

【箋】

〔謝山子〕名廷讚。撫州金谿人。萬曆二十八年（一六〇〇）四月以刑部主事言事罷官歸，僑居揚州。明史卷二三三有傳。

先寒食一日同張了心哭王太湖袁翰林四首

張衡愁處起離情，不見黃州王子聲。絮酒隻鷄千載事，楚天明日是清明。

十年江上子規啼，共醉長安踏雪泥。獨是王孫歸路盡，茂陵寒食草萋萋。

修文何地一彈冠，也共公安袁玉蟠。十載禁煙飛不到，楚天寒食正應寒。

嬌歌殘雪夜呼盧，折盡雄心與太湖。今日招魂向江楚，氣吞雲夢一時無。

【箋】

〔王太湖〕王一鳴字子聲。黄岡人。曾任太湖、臨漳知縣。萬曆二十四年(一五九六)卒。見列朝詩集小傳丁集。

〔袁翰林〕名宗道。公安人。任翰林編修。萬曆二十八年(一六〇〇)卒。明史卷二八八有傳。

【校】

〔楚天明日是清明〕日，原本誤作「月」，從沈本改。

答張了心往尋達公弔明德師處

可到姑山一了心，羅公蹤跡在禪林。門前便有西來意，紫柏香銷涕淚深。

【箋】

參看本卷水月疎山尋達公游處并問吴選部四首。

吴拾芝訪星子吴句容並招謝山子廣陵四首

但道延陵即近親，煖風輕雨帝鄉塵。宫湖便是郎官浦，僊令原爲星子人。

中酒高歌只在家，朝來喜客向京華。何因不趁春流去，過盡揚州芍藥花。

亂踏煙花醉欲悲，斷橋疎雨片帆移。乘流且莫江南住，五日揚州作水嬉。

笑指雙娥淚別衣，暮簾青雀雨微微。迷樓得見謝山子，好作雙僊劉阮歸。

【箋】

〔吴拾芝〕號玉雲生。臨川人。

〔但道延陵即近親〕湯顯祖外祖家、岳家俱吴姓。

【校】

〔過盡揚州芍藥花〕藥，原本誤作「樂」。今改正。

【評】

沈際飛評第三首云：「起得俊逸。」

寒食上蘧冢

總爲金陵破我家，子規啼血暮光斜。寒漿獨上清明冢，年少文章作土苴。

【箋】

〔總爲金陵破我家〕萬曆二十八年（一六〇〇）秋，長子士蘧卒於南京。

建安王馳貺薔薇露天池茗卻謝四首

朱邸晴窗散綺塵，百花争發小陽春。青罌舶上薔薇露，白鑷山中憔悴人。

薔薇花纈動宫墻，飛蓋離離惹夢長。忽報芙蓉池上客，海風吹送露華香。

已過西峯白露滋，天池寒色映青瓷。梁王憶得相如渴，正是幽蘭醉雪時。

天池十月應霜華，玉茗生煙吐石花。便作王侯何所慕，吾家真有建安茶。

【評】沈際飛評第三首後半云：「筆穎。」

相者過盱卻寄曾舜徵二首

舜徵，故明德師弟子。

江海秋生骨氣寒，心知碧眼相人難。十年宰相君饒得，會向衡山問懶殘。

在世何知出世難，向來長羨死灰寒。麻源得見羅夫子，春色漁歌起杏壇。

【評】沈際飛評第二首結句云：「妙致。」

峨嵋僧

去向西州拜諾那，中巖佳處老龍過。峨嵋直下玻璃水，長似天波寫月波。

和袁明府送周陽孺歸蘄二首

池上芙蓉照淺霞，一盃含笑楚天涯。參差夏臘長齋好，三角山前菜已花。

慧業風流自一時，木蓮花發酒臨池。知君老病消除得，破額山前是大醫。

【箋】

〔袁明府〕萬曆二十七（一五九九）至三十二年，袁世振任臨川知縣。見撫州府志。

【評】

沈際飛評第一首結句云：「自然。」

魏辟疆云欲上都二首

曾抛僊舄去朝天，過我壚頭醉雪眠。動道汝兄才興好，娟娟相幕隱紅蓮。

章間曾過辟疆園，花竹琴書静不喧。今日劇辛從魏往，黄金臺畔憶王孫。

送余玉簾二首

一曲蘭舟未敢淹，月生秋水碧廉纖。遥知獨夜匡山裏，静捲爐烟看玉簾。

雲起西山氣色殊，玉簾高影挂東湖。歸心不住逢殘菊，池上秋光得醉無？

撥悶偶懷江陵相以下八公

總教抛卻宦情何，忽自悲傷忽笑歌。半百年來春署裏，數家開閣不曾過。

【箋】〔江陵相〕張居正。八公除張居正外，爲張四維、申時行、余有丁、許國、王錫爵、王家屏、趙志皋。詩當作於罷官家居時。

【評】沈際飛云：「四言興亡歷歷。」

送臧伯順還中吳二首

前金谿明府晕從，而兄顧渚予舊好，及之。

稚齒風神似玉清，郡齋時聽讀書聲。重來繡黻能相憶，玉茗堂中結縞迎。

金谿上國王喬履，顧渚浮家罨畫船。少弟同堂開秀色，小山能别大山鮮。

【箋】

〔金谿明府〕臧懋中，萬曆二十六年（一五九八）進士，任金谿知縣。見撫州府志。

〔顧渚〕臧懋循。長興人。編有元曲選。

再送伯順歸苕二首 伯順予郡丞沈公之壻，公旋没，旅穉殊苦。

驪歌無那客愁催，衛玠停車看一回。去到白蘋天欲雪，讀書聲滿歲寒臺。

燕歌曾送永平推，死孝琅琅風木疑。别後何期見司馬，素車添作路傍悲。公弟前永平理，之唫宫罍即以父喪哭死。

送桂文學歸慈谿兼訊姜給事松槃

闞湖隄上窺明月，石硯山中訪墨卿。香几詠成除正字，儒家今日桂先生。生自言國初正字君後，從弟子伯順客苕。

白蘋秋盡晚香零，盃酒吴中客歲星。大有姜湖人釣雪，一松盤處最清泠。

【評】

沈際飛評第二首第三句云：「不請客。」

熊墨川寫真秣陵更二十年許贈之二首

高館秋深拂素縑，端相無定邈何嫌。要知清遠樓中客，海月松雲是一纖。

石城秋水憶精神，玉茗閒雲更寫真。定解與人添鬢雪，若爲花得帶中銀。

東隱僧在袁明府齋頭

西來東隱住東林，虎嘯泉驚不住心。卻到縣齋鳴磬裏，亂藤黄葉掛秋陰。

【評】

沈際飛評結句云：「冷然。」

拾芝不能得謝山子歸從間道去，口號二首

江南江北幾留連，鴈字同歸小雪天。一夜馬嘶雲外去，想知無用載花船。

迷樓有客信依微，十月江晴一鴈飛。定是劉郎歸路急，怕人持問阮郎歸。

題窗示兒二首

昔人長有好文章，面面明窗净几張。秋色滿園幽桂發，可能無意月中香。

芸閣鈎簾坐夕暉，行吟書帶草依微。即知杏苑春池燕，總向披香殿裏飛。

正唱南柯，忽聞從龍悼内楊，傷之二首

緑煙吹夢老南柯，淚濕龍岡可奈何。不道楊花真欲雪，與君翻作鼓盆歌。

病酒那將心痛醫，白楊風起淚絲垂。可憐解得南柯曲，不及淳郎睡醒時。

丁巡司歸縉雲寄聲括蒼士民二首

縉雲風物近平昌，處士星飛去括蒼。今日見君如舊識，一盃初拂鼎湖霜。

仙都小吏去重來，曾向朝陽客幾迴？耆舊歸時能借問，門前五柳是三槐。

【箋】

〔朝陽〕洞名。在縉雲仙都。

平昌齋發弟子數人從師吴越，里居稍有來問者二首

送子吴西去讀書，一時桃李似春初。今朝得見柴桑叟，落日寒園自荷鋤。

春風纔試弄琴年，送汝杭州一贈鞭。今日老師林下久，可能贏得讀書錢？

【校】

〔今日老師林下久〕日，原本誤作「目」。今改正。

寄陳河州並問王道服岳伯二首 陳前廉州理。

萬里珠從合浦還，鳳林春色遠臨關。知君不似貪炎熱，暫與開牙向雪山。

書生投筆事何常，萬里功名或破羌。林下尺書成底用，故人今在紫薇堂。

【箋】

〔王道服岳伯〕名民順，曾任廣東按察使、陝西參政。見撫州府志卷五一。

寄劉天虞

秦中弟子最聰明，何用偏教隴上聲。半拍未成先斷絶，可憐頭白爲多情。

【箋】

〔劉天虞〕名復初。陝西高陵人。有别墅在河南。湯氏同年進士。原任山西潞安知府，以得罪中貴，謫廣東提舉。萬曆三十年北歸。潘之恒鸞嘯小品卷三醉張三云：「張三，申班之小旦……河南劉天宇謫粵提舉，心賞之極，遽挾去。吴人思之。余向棲閶門，忽劉君以賜環經吴，刺舟見訪，相視甚歡，張三時在侍，偉然丈夫也。」申班指蘇州前首相申時行之家樂。湯氏有詩文數首記劉復初事，俱不提其愛好戲曲，唯此首例外。宇、虞，一爲上聲七麌，一爲上平七虞，湯氏友人李用中字見虞，又作建宇，劉天虞、天宇爲同一人則是又一例。

【評】沈際飛評首句云：「率。」

與帥氏二從候闗者

東堂歌舞欲三更，坐聽城門啓鑰聲。負郭千家如夢裏，幾人同看月華生。

【箋】〔帥氏二從〕同里友人帥機之子從升、從龍。

睡午

門户從知氣色微，花前濃睡過春暉。莊生大有人間世，忍遣清魂化蝶飛。

丁東兒代内

玉馬高簷聽乍稀，玉樓閒坐午風微。無端説起窗殘月，曾似朝天玉佩歸。

五日夢梅客生如秣陵競渡時二首

吹簾伏檻影沉沉，五日更頭思夢深。似有一絲長命縷，莫愁湖上繫人心。

夢中還有好容顏，鐘漏泠泠到楚山。自作江纍何用弔，蓄蘭心事在人間。

【箋】

作於萬曆三十三年（一六〇五）八月客生梅國楨去世後，年月不詳。

聞姜仲文使君卧閣旬時，懷不能去，漫成六首

聞君卧閣有旬期，爽氣西山枕簟隨。南浦到來車騎滿，還誰得見鄭當時。君司郵政。

因君病肺兩留連，夢到茅山採藥年。我自當歸君遠志，敢言同病一相憐。

也知官舍卧難高，文字閒僉客夢勞。八月弟兄來七發，章門秋似曲江濤。

每慚消瘦得君愁，教莫多情當即休。又是半年心事裏，等閒無恙亦傷秋。

自選方書不要醫，半垂簾坐獨眠時。何應懶去爲京兆，張敞名臣錯畫眉。時遷尹京未果。

清影相看意獨深，龍沙煙月向沉沉。即今微病兼秋意，大好湘騷對越吟。

【箋】

〔姜仲文〕名士昌。丹陽人。萬曆二十六年（一五九八）至三十五年任江西參政。

【校】

〔題〕上海博物館藏手卷無「姜仲文」三字，「六首」二字作「六絶」。

【評】沈際飛評第四首云：「此首似閨情。」

遣宜伶汝寧爲前宛平令李襲美郎中壽，時襲美過視令子侍御江東還内鄉四首

赤縣琴歌積夢思，宜伶尊酒寄新詞。天中好醉澄潭菊，彭澤登高此一時。

僊李蟠根世不同，長生玉樹正中崧。西占紫氣乘牛出，來向江東看躍驄。

帝臺春飲玉漿寒，紺髮僊人下碧湍。大有僊郎雲漢裏，繡衣長作舞衣看。

長是春陵氣色新，鸞歌鳳舞不辭頻。初將汝上千齡酒，來醉隆中百歲人。

【箋】〔李襲美〕名蔭。河南内鄉人。一字子美。列朝詩集丁集下有小傳。

【校】

〔長是春陵氣色新〕春，原本誤作「舂」。從沈本改。

從信州費生索箋燭二首

有酒須開玉茗堂，貪將墨妙殢紅妝。知君詑物來何有，百幅皮箋樺燭長。

好送鵝湖十萬箋，都拚紅燭照離筵。西齋不是尋常醉，大半城烏欲曙天。

夢惟審如送粤行時别淚二首

半百忘年好弟兄，笑談魂夢覺平生。自從痛别東堂後，三市五峯何處行？

死友吾生更不聞，似存華屋氣紛紜。羅浮夢斷無人笑，殘月蒼蒼説似君。

【箋】

〔三市五峯〕三市，是臨川市區；五峯即青雲、逍遥、桐林、香楠、天慶，亦在城内。

【評】沈際飛評首句云：「起都草草。」

同大耆有悼四首

望六吹飴亦可憐，兩開湯餅向耆年。盈盈又抱孫枝泣，冷雨疎風小雪天。

壯子前殤失兩孫，吳孃歸夢阿耆存。何來露筍風吹折，老淚年年向竹根。

但求洛誦守文園，垂白枯梧隱淚痕。是處朝陽回一照，幾年幺鳳到桐孫。

解道籛殤不可爲，閒從子舍一傷悲。庭前正有三株樹，得見孫枝爾許時。

【箋】〔大耆〕湯顯祖次子。

偶詠陶

抱琴歸去飲微酡，山海圖中眼一過。自是秦人貪避世，泉明何必恨荆軻。

寄建武張洪沙公子遊武夷六絶

清顏如月思如雲，長要偷書水翠裙。何處玉笙風颺起，寥天吹向武夷君。

夜魂清啜建溪茶，六月空寒褥翠霞。莫作鄉人苦相唤，楚西公子字洪沙。

避伏懷僊向赤閩，飛鳶水外浥行塵。中峯置酒邀靈雨，還是張家十二人。

公子風流醉亦醒，城頭枕障萬山青。都將赤日冰壺水，并作秋河灑幔亭。

冰簟香銷酒復清，何須六月望僊行。武夷若問水清淺，爲道龍沙高過城。

羽扇輕將鸞鶴招，幔亭風雨隱晴霄。不能驚得張公子，簫曲峯頭慣弄簫。

送楊吉父伍念父鄉試四首

明遠樓前湖水連，月中相對兩蒼然。姮娥既有長生藥，未必全將與少年。

青雲峯近意何長，玄草亭深髮易蒼。一似外間分老少，不如焚卻至公堂。

友聲相唤出河津，伐桂丁丁向月輪。大有少年那薄倖，姮娥須惜老成人。

破帽焚抛筆硯緣，桂花秋發廣寒天。龍門九月成高會，絶勝龍沙八百僊。

【箋】

〔青雲峯〕在臨川城南。

洪山看省試懷故友饒伯宗

龍門燈火送兒回，落月踉蹌古殿隈。同學故人衾枕後，今宵灑淚看河魁。

看演新舉人馬示兒侄

龍門一望意踟躇，歷塊凌雲盡此途。九十五騎雲似錦，就中誰是我家駒？

送李質卿孺德叔侄吉水口號。一生予通家門士，秋場爲劉臨川所録，來求資具以北，戲之四首

李家秦楚一孤村，接葉成陰氣脈存。借問牽舟過臨汝，何如立馬向天門。洵陽竟

陵名家俱是孤村李。

明府雙珠照一家，劉郎種李似桃花。只須春水龍門去，何待秋風泣漢槎。

義學文心舊老師，清歌渌酒較無辭。争知小阮風流盡，會是王家叔不癡。

李下彈冠似竹林，一尊秋雨夜池深。歸裝若滯金錢色，陶令黄花更不禁。

【箋】

〔李質卿〕名日宣。孺德名邦華。二人俱萬曆三十一年（一六〇三）舉人。邦華爲族叔，日宣爲族侄。邦華次年進士，日宣四十一年進士。見江西通志卷一四九。

〔劉臨川〕名孕昌，萬曆三十一年（一六〇三）在臨川知縣任。見撫州府志。

【校】

〔來求資具以北〕北，沈本，誤作「此」。

〔李家秦楚一孤村〕孤，天啓本誤作「派」。

【評】

沈際飛評第二首第二句云：「巧。」

爲得月亭小仙祠四絶 有序

年友觀察吴君，有再歲子美兒，晳白如畫，殊慧。以痘殤。三日猶視，肢骨柔曼，至可啓唇澆注漿水。君不忍，龕而立之池亭西。時有光異。下神而詢之，曰：「仙童也。」予前數殤子，爲悲而絃之詩。

硃紅留顋不留鬟，落月闌干水半灣。定解再來啼一笑，青春阿母舊金環。

得月亭前事渺茫，金童承露泣仙方。清波大有霜荷葉，卻要人間紅子湯。

淚向沉珠得月臺，月生如見夜光回。回時解説冤親苦，恩重報珠時一來。

恰如花落有來期，美子祠前清露枝。不是鍾情偏我輩，世間難得老人兒。

【箋】

〔年友觀察吴君〕當即吴撝謙，隆慶四年（一五七〇）與湯顯祖同時中舉。曾僉憲西粤。臨川人。見撫州府志。

病中遣客

縷血能銷四大身，深深息息也縈神。門前春色休相訪，獨柳池邊一廢人。

湯顯祖集全編詩文卷一九

玉茗堂詩之十四

詩二百三首

一五九八—一六一六，四十九歲—六十七歲。作於棄官家居後，年月不詳。

華西四絶寄王道服岳伯

百二河關紫氣重，垂闌躡蹬度蒼龍。無緣便瞰明星出，露洗笙簫雲外峯。

昊氣金河静鬱盤，峯中人語白雲端。初窺玉井樓頭坐，十丈蓮花掌上看。

西峯瀑濺雨廉纖，星宿窗摇上玉簾。落日滿山松色動，倒吹蒼嶺作龍髯。

西望白雲乘帝鄉，一時忘卻在車箱。蓮花别起清寒色，玉女頭盆下玉漿。

【箋】〔王道服岳伯〕名民順。金谿人。時任陝西參政。見撫州府志卷五一。蒼龍、玉井、西峯都在華山，車箱亦在陝西。

【評】沈際飛評云：「取神詠景，渾然唐韻。」

得信州高壽丞寄元舒哭兒書，是時元舒亡久矣二首

去來吴越幾經過，相國名園春恨多。便作再遊君在否？可憐蒲稗浴鷗波。

君哭孩兒解索環，阿舒都不在人間。舊作寄來堪掩涕，十年心事到常山。

唱二夢

半學儂歌小梵天，宜伶相伴酒中禪。纏頭不用通明錦，一夜紅氍四百錢。

【箋】

〔二夢〕所作南柯記、邯鄲記二傳奇。

和張師相二月桃花嶺看雪

天垂六出駐仙車，春色同雲半紫霞。醉問桃花定紅雪，仙家原重碧桃花。

【箋】

〔桃花嶺〕在江西新建。

口占奉期建安三月三二首

洞浦吹簫興即留，幾攀高駕動南州。禁春羽爵應無算，但借賢王曲水流。

排比新聲接舊驩，重門初燕語春寒。心知日暮能留客，明月西園是建安。

【箋】

〔建安〕寧獻王之後。

玉蘭花開和張師相

長廊客散雨微晴，素影高寒月下行。似是相公憐曲廡，木蘭花慢一聲聲。

【評】

沈際飛云：「隨題捏就，何其便也。」

袁侯喜作佛事，廣壽寺集僧展藏甚盛，寄問浮梁水月

五色袈裟飯一時，虚堂雅步稱容儀。獨持海月歸山去，正是燈油猛盛時。

【箋】

〔袁侯〕名世振，萬曆二十七年（一五九九）至三十二年任臨川知縣。

〔廣壽寺〕在臨川東城。

廣壽寺僧多土田眷屬，嗔疾客僧乞食展藏二首

乞食繙經好勝因，有情相續更何人？心知破鉢難留住，爲有從前獅子身。

名句文身總不多，空抛盞飯向維那。諸天聽着成何事，流涕相看迦葉波。

作紫襴戲衣二首

試剪輕綃作舞衣，也教煩艷到寒微。當歌正值春殘醉，醉後魂隨煙月飛。

無分更衣金紫羅，伎人穿趁踏朝歌。俳場得似官場好，燈下紅香不較多。

【校】

〔也教煩艷到寒微〕煩，當作「繁」。

看接花子示兒

度臘占春老槖駝，一年花事竟如何？陶家只合栽楊柳，玉樹芝蘭自不多。

先友吉水劉兑陽兄子晉卿以空函遠寄，卻贈二首

天上人爲泉下期，悲思公子即能詩。兩家門户堪如此，不見長安書記時。

遠道空書意不任，昔人詩共此時心。便作親朋無一字，足教之子慎千金。

【箋】

〔劉兑陽〕名應秋。湯顯祖曾以其女許字應秋子晉卿。

讀錦帆集懷卓老

世事玲瓏説不周，慧心人遠碧湘流。都將舌上青蓮子，摘與公安袁六休。

【箋】

〔錦帆集〕公安袁宏道著。六休，當爲宏道别號。

〔卓老〕李贄。袁宏道曾師事之。萬曆三十年（一六〇二）於北京獄中自殺。

【評】

沈際飛評第二句云：「句妙。」

送吴龍遊徙陽春長，乞藤障子四首

龍丘山水帶風塵，未暇絃歌學愛人。直置梅花江嶺外，恩光常許奏陽春。
倦遊遊處亦風光，棊局丹書繞印床。莫爲炎荒心便熱，春州南畔正高涼。
海珠江與七星連，夜半山川好扣舷。解是吴郎舊風色，一盃相對石門泉。
折腰君喜得同鄉，仙嶠題書歲月長。定有高雲藤障子，先分海色到柴桑。

【箋】

〔吴龍遊〕名應試。臨川人。萬曆二十九年（一六〇一）會試副榜第一。歷任虹縣教諭，龍遊、陽春知縣。見撫州府志卷五一。

聽于采唱牡丹

不肯蠻歌逐隊行，獨身移向恨離情。來時動唱盈盈曲，年少那堪數死生。

江雪圖送李篆史還盱二首

落日河橋歸鴈呼，渌尊清淺映麻姑。還邀曉月冰壺句，來看寒江雪棹圖。
去別章門夜泊船，雪窗高枕對窮年。朝看雪意成霞色，知是圖書氣燭天。

掃除瓦礫成堆，偶望達官家二首

社燕秋歸掃舊窠，倒翻門户見天河。東家樓上西家庫，得似吾家瓦礫多。
偶然開掃到池林，瓦礫堆高一丈深。若遇僊才能作使，此中真可築黄金。

送篆史張藜叟九江二首

西江歲月逢殘雪，東壁圖書老客星。半箸藜羹禁大嚼，就中知有五侯鯖。
瀑布齋頭坐欲曛，暮江晴雪見峯雲。雙鈎若向屏風底，爲帶芝泥九疊文。

送琴僧還閩，奉懷世伯李百鶴先生，並懷顔曼叟

水有懷僊山有靈，琴僧須向足閒亭。桃陵左相能相見，百鶴老人時一聽。

【箋】

〔世伯李百鶴先生〕名應元，同年進士、江西按察使李開芳之父。福建永春人。見玉茗堂賦之五懷恩念賦。

招青林僧二首

到處青林是作家，不萌枝上又開花。明朝得問文殊病，打碎琉璃浪吃茶。

春到青林幾樹香，華嚴海畔衆齋糧。不應下會相瞞得，白牯狸奴在一堂。

送曇歆度嶺二首

雷浪山頭下雪溪，六朝僧度楚雲西。無緣更逐齋時去，不信人間飯色齊。

昨日春分酒一巵，明朝僧飯乞從誰？參差欲到梅關路，正是黄梅雨濕時。

病起懷吴璽郎疎山二首

風雨樓頭病欲休，獨行池上柳絲稠。相思三月桃花水，欲下真人蓮葉舟。
沙井門庭静不紛，百年多病更何云？獨憐一片袈裟地，終日樓頭望白雲。

【箋】

〔吴璽郎〕或是仁度。金谿人。明史卷二八三有傳。

春興懷學卿二首

章門秋色老菰蒲，歸去春風又阿奴。解得鵝兒黄似酒，亂催雙槳向鵝湖。
何來鶯燕已春分，公子乘春醉碧雲。起踏鵝湖唱金縷，嫩黄衫映水皺文。

【箋】

〔學卿〕費元禄字。鉛山人。見列朝詩集小傳丁集中。

送客麻姑便過廬嶽飯僧二首

陽湖歸鴈雪紛紛，映漾峯頭幾疊雲？不向麻源問清淺，龍沙高已半匡君。

王孫高興逐年新，草色鄉心一半春。堂上白鴉飛欲盡，鉢中香飯䫈誰人？

【校】

此二詩又見廬山志卷一五，而文字頗有出入。詩云：「一行歸鴈蠡湖停，蕩漾峯頭幾疊青。試就匡廬騎鹿去，銀河瀑布瀉銀瓶。」「王孫原是浄居身，草色香心一半春。堂上白鴉飛欲盡，鉢中香飯施何人。」

【評】

沈際飛評第二首第一句云：「俚。」

寄問清流王相如二首

雪銷晴瀑下衡廬，賦寫清流煙月餘。便不遊梁先客楚，氣吞雲夢亦相如。
江城南浦繫舟頻，笑隔桃花又一春。但向清流作漁父，湘沅難是獨醒人。

元夕洪沙公子遠致高燈卻謝二首

編珠洗翠餤樓臺，細雨和風酒一盃。巡簷忽睇開雲月，清夜同誰賞笑來？
八閩傳艷見高華，三市煙宵此一家。玉字滿堂風帶起，翩翩公子自洪沙。

【箋】

〔洪沙公子〕疑是故相張位之子。
〔三市〕在臨川城内。

送王孔憲越遊懷中郎二首

赤日行天豈去時，山陰殘雪夜何之？飄花漱石寒如許，曾見袁家五洩詩。

石門流火氣霏微，月露孤舟小葛衣。直過嚴陵問湘楚，客星秋與亂帆飛。

【箋】

〔中郎〕袁宏道字。萬曆二十五年（一五九七）辭吴縣知縣，遊浙江一帶。五洩，在浙江諸暨。中郎作有遊記及紀遊詩。

答江陵張維時四首

嘆沼魚不樂如塵趣累禪

失卻龍門夜雨醒，旱池嘘沫翳微萍。無因説與魚天子，只授金光一分經。

楚江采蓮

蓮心獨唱采蓮歌，葉裏菰糧衣敗荷。何似醉遊沙市裏，琵琶相共鯽魚多。

江鄉聞鴈

蘆葦蒼涼自一時，彌天繒繳竟何施？洞庭彭渚春波闊，消息傳君鴈字詩。

噍五交，哀二禪，送客自嘲

送客無端秖自嘲，楚江煙雨寄衡茅。達公卓老尋常事，生死無交勝絶交。

偶誦

花竹臨池散曉光，偶拈諸品坐繩床。長年得見波斯水，静日能生般若香。

聞拾之渡瓊，寄胡憲伯瑞芝二首

沓磊高臺向若登，玉芝煙雨去時曾。秋風海角書囊裏，爲賦炎州五色藤。

自然瓊樹不妨瓊，能使炎風海外清。但得檳榔一千口，與君相對臥紅笙。

【箋】

〔拾之〕姓吴，號玉雲生，顯祖同里友人。

〔胡憲伯瑞芝〕名桂芳。金谿人。萬曆二十九年（一六〇一）正月任廣東按察使，三十三年十二月加廣東左布政使，三十五年九月巡撫貴州。撫州府志有傳。詩當作於胡氏廣東任上。

〔沓磊〕在廣東徐聞縣南。

臨章樓聞越舸且別悵然二首

臨章樓畔唱歌頻，亂颯花枝記飲巡。定去揚州須説與，相憐還是故鄉人。

亂帆秋影半江樓，燕語滄涼傍客舟。便去揚州且明日，故鄉今夜有人留。

金精洞 在寧都

悠悠世事幾千年，鳳舞鸞歌此洞天。夜半紫雲飛作雨，金精石上漱瓊泉。

雲卿湖上待萬余二生不至

夢裏吟詩醉寫真，秋光湖上月粼粼。無因嚼得青蓮子，爲覓香雲館内人。

【箋】黎遂球（一六〇二—一六四六）蓮鬚閣文鈔卷八香雲館集叙云：「蓋先生（萬可權）曾師事臨川湯先生。當其未晤湯先生時，或以先生所爲文置湯先生坐間，隱先生名，但署香雲館三字于下。湯先生見，亟驚嘆叫賞，題詩其上曰（即此詩，略）。于是乃從而通姓氏，執經問業于玉茗堂前。」萬可權，南昌人。天啓七年（一六二七）舉人。雲卿湖，南昌東湖也。南宋廣漢蘇雲卿曾隱居於此。

晏蜚卿東還並問張賓王二首

偶談黄鶴事多奇，七夕迷樓獨詠詩。頭白未銷吴楚氣，與君殘醉月斜時。

爾師南國舊知名，遲暮東歸弟子情。積雪半天迴鴈影，葫蘆河上見蜚卿。

朱子得太守索顔撫州二姑壇帖

靈姑簫發久凌虚，千歲顔公小字書。得似灌園真跡在，金梭韓馬欲何如？

【箋】〔朱子得〕名期至。湖廣蘄水人，曾任懷慶知府。見蘄水縣志卷九。

重過用晦王孫斗西春院作

求僊愛戴竹皮冠，北斗西飛草樹漫。惟有殘叢舊詩卷，銅盤收淚月清寒。

【箋】〔用晦〕皇族朱多煃字。續五子之一。見列朝詩集小傳閏集。

諷瀑泉王孫四遊詩

好詩清淺世人留，廬嶽歸來即倦遊。石架題名煙月裏，海風吹盡瀑泉秋。

沉角寄宗良王孫。王孫肢節並廢，而韻思轉清

好逐王孫桂苑風，水盤煙燼博山紅。由來一葉天香傳，總在枯心斷節中。

【箋】

〔宗良〕皇族朱多熿字。

偶作

兵風鶴盡華亭夜，彩筆鸚銷漢水春。天道到來那可說，無名人殺有名人。

【箋】

或爲萬曆三十（一六〇二）、三十一年李贄、達觀先後被害作。

少小

少小詞場得浪名，白頭文字總忘情。若非河嶽驅排盡，定是煙花撥捩成。

送黄醫歸麻姑二首

蹈海談天興不無，白頭心在片雲孤。盱翁眼裏三回別，別即教收彈鵲珠。
朝采三花夜采真，藥爐盱母憶情神。欲清將淺東瀛水，長照高空黄鶴人。

口號付小葛送山子廣陵三首

青來水榭三層出，山子吴歈一部遊。爲記臨川荀伯子，尋常兩事足千秋。
塘上蒲生新酒香，水嬉風信下維揚。山公醉興同山子，愛月時時問葛彊。
煙月揚州一過家，五峯春作綵雲遮。年來酒盞抛除得，唱盡江南白葛花。

【箋】

〔山子〕謝廷讚號。金谿人。罷官僑居揚州。首句青來，似指友人周青來。
〔五峯〕即青雲、逍遥、桐林、香楠、天慶，在臨川城内。

【校】〔五峯春作綵雲遮〕綵，沈際飛本作「海」。

章門諸友雪中來問業，一宿便還二首

一絲香餌不曾開，便作鳴舷鼓浪回。不爲臨川通釣術，可能辛苦雪中來。
斷臂都無世上情，少林人自雪中行。文章薄伎何須此？亦有前程一死生。

【校】第二首另題「南州門人雪中來問業贈之」，重出，文字全同，惟第一句「都」作「應」。今略去。

城南泣李孝廉東宿

齋閣湖頭坐數移，十年相憶舊題詩。頻來淚滴寒塘裏，風動殘荷送我時。

江樓看別者

落花初起舵樓風，彩扇熒熒拜孟公。人去碧簾歸燕老，流蘇浮動月明中。

長至簟葛送夢得東還口號二首

夜插梅尊凍飲頻，河梁飛鴈感情親。清鋪一簟琉璃色，爲照王門冰雪人。

年少相看耆舊稀，新聲纔和忽言歸。蕭蕭雪意清如許，日暮河橋贈葛衣。

【校】

〔爲照王門冰雪人〕王，沈本作「黄」。

逢左拱之章門即贈二首

秋水殘霞相見親，曉風留得使車塵。何當闕下優游客，來問江邊憔悴人。

宅裏難尋江上逢，江中雲起暮帆風。披榛夜半吟招隱，似賦吴都左太冲。

李篆史索新婚詩小謔

朱珪不娶何孤潔，李子催妝强索詩。向後勒成雙鳳紐，臂花偷押睡紅脂。

内嘆

曾學宫妝報粉衙，遠隨才士適天涯。無緣更説趨朝事，白玉河頭夢落花。

見故時書畫狼藉惜之

牡丹賦作官厨鎮，蕉雪圖支漆竹門。自是一時珍重意，落花依草更何論。

滕王閣看王有信演牡丹亭二首

韻若笙簫氣若絲，牡丹魂夢去來時。河移客散江波起，不解銷魂不遣知。

樺燭煙銷泣絳紗，清微苦調脆殘霞。愁來一座更衣起，江樹沉沉天漢斜。

桂林筆工復之皖，寄謝阮堅之五首

是物臨川祇衆諸，阮郎教作趣何殊。獨憐内史臨池處，未是江淹五色初。

落藩阿那意態慵，陣圖千里付良工。知君殺盡青鏤管，起向蘭臺篆北宫。

下士所無空寸心，幽蘭清水費沉吟。南來一抱蒼琅色，無限江風起竹林。
中山休作越吟聲，天柱峯頭是筆精。不敢秋毫忘江左，與君傾出自然情。
筆毫含潤向江波，匠手來歸益惠多。似我祇臨衰晉帖，留君堪發盛唐歌。

【箋】

〔阮堅之〕名自華。懷寧（今屬安徽）人。萬曆二十六年（一五九八）進士。歷福州推官、慶陽及邵武知府。列朝詩集丁集下有小傳。

玉蘭軒送喻叔虞薄遊嶺南四首

世有文章不逐貧，遠遊須是好情神。風光嶺外從誰説？破鉢巖頭第一人。
煙月留人自一時，孤舟南浦送行遲。關南十月梅花雪，來鴈峯前寄一枝。
兄弟能文獨可憐，玉蘭清瘦語留連。經過五莞知炎熱，歸趁扶摇六月前。
十年相負海人期，淚與裁綃一賦詩。君去未須頻道别，浮羅堪有夢來時。

【箋】〔喻叔虞〕名應益，江西新建人。能詩。見南昌府志卷四四。

浙中具區赤水茂吴漢城一時沮落，悲之

雨夜恒多處士星，一時江海淚熒熒。温王郄庾何須死，似少興公著作銘。

【箋】具區，馮夢禎；赤水，屠隆：皆萬曆三十三年（一六〇五）卒。茂吴，徐桂字。餘待考。

聞拾之遠信慘然二首

吴江此信不須傳，祇作悠悠在一天。無限白頭歌笑裏，新詞還得個人憐。

延陵公子最聰明，婚嫁年來學遠行。折莫吴歌遺惆悵，斷橋哀柳别時情。

越舸以吴伶來，期之元夕，漫成二首

人日期君君有人，石床清泚注宜春。今宵又踏春陽雪，解傍吴歈記燭巡。

白頭情事故鄉留，殘雪春燈宜夜遊。處處吹簫有明月，相看何必在揚州。

王孫家踏歌偶同黄太次，時粤姬初唱夜難禁之曲四首

珊瑚海上玉如林，豫章門前風露深。動是醉眠江月曉，不應傳唱夜難禁。

西山雲氣晚來多，偶爾相逢人踏歌。峨珂大艑載卿去，如此秋光愁奈何。

不須重上泛湖船，碧玉王家小洞天。上客何來看歌舞，暮妝微雨最宜憐。

高堂留客正黄昏，叠鼓初飛雲出門。但是看人隨喝采，支分不許妬王孫。

【箋】

〔黄太次〕名立言。江西廣昌人。萬曆十九年（一五九一）舉人。官至福建鹽運使。建昌府志卷八有傳。

寶應寺故址

内史繙經魯國書，寶雲初地出浮圖。不知世上相輪火，燒過茶門一字無。

【箋】〔寶應寺〕在臨川，内有謝靈運緐經臺。湯顯祖時已改建縣學。

【校】〔燒過茶門一字無〕茶，撫州府志作「荼」。

聞江山何曉御醫使琉球回，喜寄

千里江山一舉盃，舊游無計與徘徊。焉知老去何東白，又向扶桑看日回。

【箋】〔何曉〕字東白。江山人。湯顯祖爲遂昌知縣時，何曉在縣行醫。見本書卷一二平昌送何東白歸江山序。

傷歌者

聰明許細自朝昏，慢舞凝歌向莫論。死去一春傳不死，花神留玩牡丹魂。

畫墻爲風雨所晦作

巽墻初立彩雲新，風雨從天洗角鱗。門户十年斑剥盡，不妨人笑癩麒麟。

涂石卿

不住環中雲水蹤，十年衰病此相逢。談玄未覺虚煩净，豈有丹砂治懊憹。

來任卿去官歸蕭山，愛元人九歌圖，爲作

去意蕭然此大夫，剡中谿谷世言殊。傷心漁父臨湘譜，一似英皇泣舜圖。

【箋】

〔來任卿〕名三聘，曾任江西右布政使。去官歸蕭山，當在萬曆三十七年（一六〇九）之後。參看本書卷二六高致賦。

梳洗作

白髮新梳對曉霞，合歡紗帽氅裁斜。堪抛繡篋宜男粉，還藉香簪瘦客花。

【評】

沈際飛評末句云：「精工。」

題箋

檻竹臨塘風月鮮，圖花詠鳥送殘年。桓玄僞事俱塵土，猶藉風流五色箋。

【校】

〔題〕沈本作「題箋作」。

送客謁梅克生軍府

節鎮曾同京洛塵，醉拈鸚鵡漢陽春。分麾上黨男兒事，莫買釵頭問婦人。

題達公書跡

永欣寺裏升堂罷，蕉葉林間立塚初。認到達公奇險處，劍頭釵脚幾踟躕。

【箋】或作於萬曆三十一年（一六〇三）達觀卒後。

送日者謁温公純

交初紫氣欲如何？擊殺刑冲世局多。要得郎星依帝座，莫教箕口向天河。

【箋】〔温公純〕萬曆二十九年（一六〇一）湯顯祖罷職閒住，時温純爲都御史。明史卷二二〇有傳。

爲屠長卿有贈

望若朝雲見若神，一時含笑一時嗔。不應至死緣消渴，放誕風流是可人。

見沈几軒師題詩二首

幾度秋光扇未塵，玉門開篋憶清真。不應南浦歌風客，來作西州痛哭人。

摺疊裁雲見沈公，扶摇偏愛嶺南風。雙悲太史抛年少，獨幸門生作老翁。

【箋】

〔沈几軒〕名自邠。秀水人。萬曆十一年以翰林檢討任春試房考。見本書卷二六酬心賦序。

閒雲樓五日二首

坐隱湖簾觸獸鐶，一彈一説恨關山。今宵一片蕤賓鐵，跳出平池煙月間。

粗參絳帳與横經，卻許鏗鏘到後庭。爲道曲名燈下見，唱來還是隔簾聽。

【箋】

〔閒雲樓〕在南昌章江門外。故相張位别墅。

上藍寺後老君堂小坐

突兀精藍禪意微，客塵朝暮繞僧衣。何得昊天依老子，静念樓中雲氣飛。

右武送西山茗飲

春山雲霧剪新芽，活水旋炊紺碧花。不似劉郎因病酒，菊虀纔换六班茶。

【箋】

〔西山〕在江西新建。

示李微明

少年豪氣幾年成？斷酒辭家向此行。夜半梅花春雪裏，小窗燈火讀書聲。

【校】

〔題〕沈本作「示李太虚」。或爲同一人作。

送章伯昭歸竟陵並懷本寧先生二首

年少名家似孝標，蘭臺風起去人遥。能來江漢三千里，時有秋思過鴈橋。
玉茗池頭芳樹新，將歸郢客奏陽春。竟陵大有西江水，爲寄相思雲杜人。

【箋】

〔本寧先生〕李維楨字，明史卷二八八有傳。竟陵、雲杜都指李之故鄉京山。

【校】

〔送章伯昭歸竟陵〕竟，原本作「景」。當改。

慟世

偶然彈劍一高歌，墻上當趨可奈何。便作羽毛天外去，虎兄鷹弟亦無多。

偶齋答客

蓮社珠燈一佛開，意中空色與徘徊。分桃擲果都無分，何賴今朝懺悔來。

徐觀察自云得祕術

墨老都無卻老方，上林妖艷亦尋常。君今更説妝臺記，猛取鷄皮作鳳凰。

有唱人頗爲客苦惱，嘲之

村務何須搊李娃？當時傳唱一枝花。居間縱有多情客，誰解爻搥到狹邪？

卜兆作二首

偶興隨山去撼龍，涉江煙雨翠重重。無緣便作終焉計，爲向靈丘第一峯。

强不尋山奈老何，靈峯雖好夜泉多。重來莫問湘騷客，長是深林帶女蘿。

【評】

沈際飛評第二首末句云：「托寄不凡。」

送豐城陸郡博廉州二首

雷陽曾此佇征槎，城月郵前溪路斜。尚有湖頭雙鴈至，數程猶未到天涯。

内史池邊洗墨還，春風重過太廉山。君看海上珠池氣，猶似徘徊牛斗間。

【評】

沈際飛評第一首結句云：「氣厚之句。」

送葉仁長還建安二首

年少文章出富沙，歸來仍是舊名家。傾筐試酌臨川酒，何似甌城第一茶。

炎州桂樹已成叢，年少還家氣鬱葱。今夜與君文字飲，繞堂銀燭荔枝紅。

送古松造像往奉鷄足山二首

好相熒熒金紫檀，經行萬里得輕安。到時不用趺蓮座，坐向點蒼如玉盤。

如來行處要人行，二十八傳迦葉情。但過五華風日好，樹頭常作念珠聲。

喜李乃始太史蜀歸過飲，見示西征二作，用和並懷曹能始九江

匡廬晴色下巫陽，湖水相思日月長。墨妙近新逢二始，蜀箋開處錦明光。

【箋】

〔李乃始〕名光元，字麟初。進賢人。萬曆三十五年（一六〇七）進士。授編修，册封蜀藩，取道歸省。見南昌府志卷四一及題名碑録。

【校】

〔示西征二作〕二，沈本作「三」。疑當作「之」。

即事送錢晉明遊西粵歸長興二首

梅嶺歸來三月三，春衣連霧洗昭潭。還家恰盡相思苦，少婦迎門説二蠶。
玉茗離觴又一年，越江初過雨茶煙。亦知天繪亭中月，長照溪頭罨畫船。

謔客二首

巧笑樓頭一片雲，太平橋外酒初醺。何如落夜峨珂去？莫遣匆匆遇使君。
盱水如膏粉艷新，清寒能遇素心人。閒時意態夢中語，才見真真畫未真。

【評】沈際飛評第二首第二句云：「説得有品。」

玉茗堂校定册府元龜藏本，偶觸浩嘆

已拚册府隨塵篋，自分元龜食蠹魚。獨憶童烏分校日，玄亭荒草十年餘。

【箋】〔童烏〕指長子士蘧。

【評】沈際飛云：「册府苦無善本。若士所校定何在？予將寤寐求之。有出而公之者，其人亦千古也。」

送洪雲林入都暫過毘陵四首

雲林幾宿恣奇遊，夢入吴江煙雨秋。爛醉芙蓉池上别，明年聞鴈在何樓？

客路傷多年思侵，來家不得住雲林。秋光且作毘陵醉，一指堂前霄漢心。

自分濕灰何處然？偏多幾歲問胡顛。知君得相堅肥客，還傍愚公瘦影憐。鄒愚公有瘦影榭。

語舊談新心自傷，霞城秋色去遼陽。還家又是三年後，客路何如鄉夢長。

【箋】

〔鄒愚公〕名彦吉。毘陵（常州）人。曾爲湯顯祖作傳記。

【校】

〔題〕洪雲林，沈本云：洪，一本作「張」。

第三首原注「鄒愚公有瘦影榭」七字，從沈際飛本增入。

【評】

沈際飛評第二首末句云：「矗然。」又評第四首末句云：「唐句。」

送商孟和梅二首

畫扇留詩得半年，碧雲秋近草堂前。填河雀起書須寄，見子乘槎南斗邊。

曾見春箋小韻清，曲中傳道最多情。西江大有多情客，不得江東一步行。

【箋】〔商孟和梅〕列朝詩集小傳丁集下云，商家梅，字孟和。閩縣人。萬曆末年遊金陵，與鍾惺交好。卒於崇禎十年（一六三七）。

送郡丞雷實先還郢並寄舊丞聶慶遠四首

聽鶯出谷意能無，作賦新知楚大夫。正與登高容易別，可憐春色在江湖。

一春風雨悵江南，到日重逢三月三。郢客自來傷白芷，江州何必淚青衫。

舊丞官老更投荒，滿目機心世不忘。君自蜀來渠蜀去，斷腸聲祇在瞿塘。

宜山太守一官輕，清遠道人閒寄聲。劍外未須談出處，且從雷令問豐城。

【箋】〔雷實先〕名叔聞。湖廣人。萬曆末任撫州同知。見撫州府志。

〔聶慶遠〕名世潤。四川劍州人。萬曆末任撫州同知。見上箋同書。

【評】
沈際飛評第三首結句云：「兼説好。」

鴻乙樓四首

落日長川短笛催，畫樓西畔與徘徊。沾春莫作尋常醉，纔是城隅酒一盃。
欲引長流泛羽觴，樓高那得注迴塘。年年上巳堪留客，只恐阿登明歲長。
幾年上巳醉君樓，重上笙歌竟日留。不爲高情成一笑，年年煙樹對春愁。
睥睨斜開碧玉潭，高樓横笛憶江南。不因好事傳盃語，君已忘懷三月三。

【箋】
爲周窾六作。窾六，臨川人。官刑部郎，以論劾首相太宰失官，歸築鴻乙樓以居。見玉茗堂文之二周青萊（來）家譜序。

【評】

沈際飛評第一首結句云：「深婉。」

上巳送余孟瀛鰲饒陽應試二首

煙煖風絲柳拂袍，桃花春酒漲初高。平湖一棹人千里，會是瀛洲欲釣鰲。

一出芝城湖水香，吾衰子墨正登堂。歸心又逐流盃處，洗祓春衣年少場。

贈紫陽覃漢暉入吴謁董思白黄貞父二首

突兀能爲信宿留，秦關百二眼前收。從誰更乞三江水，助爾旋飛天漢樓。

臨川有客漢中遥，井鬼横天氣不銷。爲覓恩光托窮鳥，好傾才力賦鷦鷯。

送江如僧暫歸麻源，往九華作二首

空江六月火流天，汝向千峯摘九蓮。一夢雨花秋色裏，海光初霽秣陵煙。

侍郎書屋舊吾家，衣帶常沾金地霞。爲問麻姑水清淺，幾看江上側蓮花。

青來席中夜半遇趙臺官，戲作朝上鷄鳴歌有嘆

十年春隔五城樓，相見靈臺今白頭。聽罷碧鷄天浩浩，一時魂夢滿皇州。

【箋】

〔青來〕見本卷鴻乙樓四首箋。

懷馮公元成時可

文字如人奥復奇，一生遷斥近蠻夷。當時數相同鄉里，何在新羅黑水碑？

【箋】

〔馮公元成時可〕華亭人。隆慶五年（一五七一）進士，曾在四川、貴州、廣西任官。著有超然樓集。時相申時行、王錫爵鄉里都與時可近，且與王錫爵是遠親。馮元成選集卷九有詩丙午左官嶺南有感。丙午是萬曆三十四年（一六〇六）。詩當作於此後。

章門送劉沖倩之虔臺四首

千秋駿骨重王孫，碧馬交談四海論。忽忽郡齋留一笑，雲門春色在章門。
相逢那惜盡爲歡，折柳纔黄心緒殘。行到水西春未老，紅梅還寄一枝看。
春江渺渺坐愁予，有客驚逢言笑餘。今夜扁舟動牛斗，何如太乙下窺書。
送君南浦恨如何？春草綿綿春渌波。更説黄家兄弟好，鬱孤臺下夢常多。

【評】

沈際飛評第二首結句云：「脱换。」

滕王閣逢劉琪叔爲别二首

才名真似玉潾潾，江上相逢琪樹春。更别未須明日去，章門風雨解留人。
兄弟江頭會亦奇，蘭亭已矣更何之。臨岐併作蒼茫語，尊酒絃歌日暮時。

送黄九洛歸虔二首

游子江南春草齊，秣陵行色遠萋萋。臨流一道章門柳，長逐相思到水西。

西山鸞鶴起晴煙，南浦鷺逢上瀨船。怪得異香常人夢，君家九十九峯前。

九日遣宜伶赴甘參知永新

菊花盃酒勸須頻，御史齊年兄弟親。莫向南山輕一曲，千金曾是永新人。

【箋】〔甘參知〕名雨，字子開。江西永新人。萬曆五年（一五七七）進士。官至楚藩參政。見吉安府志卷二九。

九日送楊因之歸新城二首

芙蓉一面繞池開，病肺蕭然客數盃。正自江南苦秋熱，飛猿雨氣座中來。

送客將歸一舉觴，素衣雲影護新霜。明年九日能相憶，兩地爭高華子岡。

【箋】〔楊因之〕名思本，新城人。有榴館初函集。見江西詩徵卷六四。

送張積之饒陽四首

孟夏滔滔草木深，芝山晴雨半湖陰。扁舟負篋無餘事，時與清齋長道心。

千里從師師復羸，高情言别淚雙垂。孤舟得盡河橋醉，桃李成陰日暮時。

貧家經典作庖厨，旅食尋常瘦似初。慚愧天文與鍾律，汝家張敔獨遺書。敔以孝廉知天文鍾律，待詔，家有樂書云。

昔賢長似不勝衣，似子何年戰欲肥？不到夢中纔一唾，朝朝曾與吐珠璣。

口占送陳道叟並寄岳石帆昆季四首

六月宫湖晴起煙，道人初艤下江船。亦知衰白老將至，得問還丹逢大年。

六月空江暑不銷，道人何意發征軺？清秋七夕人間巧，留看崔公上鵲橋。

慧業傷心久世緣，何方卻老病初傳。欲邀弭辔湯池客，去作流珠飲日僊。

勞生六十歲而餘，慚愧僊翁促傳俱。更着長生何地好？西吴馳問岳之初。

【箋】〔岳之初〕名元聲，號石帆。嘉興人。萬曆二十四年（一五九六）三月以工部郎中上疏劾兵部尚書石星，革職爲民。見明史紀事本末卷六二。其弟和聲，號石梁。岳，一作「樂」，嘉興府志各有傳。

同陳元石送劉琪叔歸山陰三首

客思蘭亭歸路賒，一樽清遠道人家。離懷竟日逢春盡，獨坐長廊看雨花。

風雨瀰瀰江上波，鬱孤千里興如何？纔逢楚客新知樂，不至春傷流寓多。

但是逢春春自傷，不關風雨爲春忙。章江亦是流連地，何用離愁向越鄉。

【評】沈際飛評第一首云：「古澹淵永。」又評第三首第一句云：「婉孌。」

送郴士陳元石嘉礎歸黄安六首

宜章應不久留公，山似寒蘆宿莽中。直下荆州向樊口，始知豎子亦英雄。

人語湘中一燕泉，雲秋山水瘴寒煙。須君更借長安日，歸向宜章補漏天。何公孟春，郴士也。

何來突兀更多情，十日平原且未行。堂上但須如此客，如泉春甕一時傾。

明光楚奏暮燈前，春酒黄魚不用錢。莫厭池頭思滄海，此中宜坐足談天。

班荆長笑楚多材，獨自談兵海上來。慚愧一編黄石訣，清時頭白未曾開。

江楚悠悠春夢深，偶然離别倍傷心。逢人解唱清平好，風雨離騷更莫吟。

【評】沈際飛評第三首云：「亦豪。」又評第五首云：「不勝昇平之思。」

七年病答繆仲淳

不成何病瘦騰騰，月費巾箱藥幾楞。會是一時無上手，古方新病不相能。

看幼孫誦千字文，破卷狼藉，戲示

硯池冰煖立窗紗，幾字鍾王涴墨鴉。未道他時能韻語，蚤先翻破到枇杷。

若谷僧從霍林所來，爲帥母丁夫人病目禮藥王經，癒且行，爲贈二首

乾消不遇老人醫，藥王名經禮六時。四十九朝清磬裏，病人心已浄琉璃。

嗔教合眼見琉璃，命續高旛不校遲。獨唱睡中名號惺，當時曾與睡菴知。

【箋】

〔霍林〕湯賓尹字。萬曆三十八年（一六一〇）九月以右春坊右庶子兼翰林侍讀陞南京國子

監祭酒，次年罷官。著有睡菴文集。

〔帥母〕同里友人帥機母。

【校】

〔藥王名經禮六時〕王，天啓本誤作「上」。

送袁乘遊還閩二首

東出吳關西入秦，武夷還近故鄉新。重來衣繡春風裏，一笑芙蓉池上人。

千里風流不可期，袁郎江上夜吟詩。家山得醉陶潛菊，又是登高送遠時。

過蘧兒墳有嘆示念父兄

焚巢哺鳥悠飛沉，偶爲孫孱一動心。石地斸田全望雨，老人栽樹不求陰。

【箋】

〔蘧兒〕長子士蘧，萬曆二十八年（一六〇〇）秋卒於南京。

【校】

〔過蘧兒墳有嘆〕墳，原本作「故」。今改正。

頭風在灸，起讀郭伏生詩，悵然成詠二首

詩成陶孟未成名，竹露松雲見伏生。一倍太初塵外語，李何渾是世人情。

門裹春風倚杖身，門外清吟愈疾人。定欲築臺如此客，白雲湖水向秋新。

送劉大甫謁趙玄冲膠西

欲別悲歌鷄又鳴，白頭無計與劉生。恩仇未盡心難死，獨向田横島上行。

【箋】

參看尺牘卷四寄膠州趙玄冲。玄冲疑是趙任，膠州人。湯氏同年進士。

【評】

沈際飛云：「節義肝膽，筆有血腥。」

病中見戴師遺畫泫然，憶庚辰歲别師時，師云子去此中無千秋之客矣，水墨空蒙，名跡如在，兩人皆且爲異物矣

子墨英游懷舊都，師門高盼古人無。樓頭不奈將離色，爲寫清齋卻掃圖。

【箋】

〔戴師〕名洵。萬曆八年（一五八〇），湯顯祖遊南京國子監，洵爲祭酒。秋後，顯祖還鄉，洵作畫爲别。

湯顯祖集全編詩文卷二〇　玉茗堂詩之十五

不編年詩一百六十九首

江館憶别蔡青門

春華殊郁韡，江館憶凌波。花源漁父入，蘭溆楚人歌。豈不懷芳遠，徒令春望多。鳴琴風色麗，卷幔煙光和。江湖一尊酒，持許寸心過。

夕林

槭槭花叢幽，竹葉微風笑。涼螢亂池上，水鳥時一叫。清沐坐來久，前林月開照。不知山氣深，冥蒙覺葱峭。

【評】沈際飛評云：「題好。」又評「涼螢」二句云：「夕景逼真。」

題趙生册子

誰向清嘉堂，寫此枝與葉？初開碧桃影，素燕飛流曄。隨意雜花竹，粉墨何萎浥。點染露華吐，擻綽風枝接。如行墟里中，歷落成目涉。且知幽静意，不肯着蜂蝶。閨閣日何事，偶然心不愜。欲從趙王孫，更作來禽帖。

【箋】〔趙王孫〕指趙用賢，明史卷二二九有傳。趙生當是其同宗子弟。

穆天子

穆王駕白鹿，西飲樂人泉。盛姬誰家子，婉孌隨周旋。朔風吹羽獵，重臺障嬋娟。盛姬忽告病，天子益悲憐。寒漿渴莫飲，虚此進壺輲。迴望樂池南，哀響震窮天。百物在明器，千官虞夜筵。流星日月旗，鐘鼓送行旃。所次即傷心，爲語輒流漣。穆王雖耄荒，盛姬殊少年。如何西王母，白首佇雲煙。西賓庶無死，東歸難自僊。君看偃師伎，徒言膠漆堅。

【校】〔婉孌隨周旋〕孌，各本誤作「戀」。今改正。

戚夫人

寶劍決雲氣，零蔓亦何常。不見沛亭長，一朝爲漢皇。昔從吕公女，今奏後宫倡。中有戚夫人，時時陪曲房。折腰步矢褭，翹袖頓飛揚。出塞復入塞，望歸心自傷。後宫齊高唱，哀響入雲翔。終日不能言，倚瑟涕何長。心知萬歲後，誰能憐赵王。千秋銅雀臺，婉孌爲分香。

【校】〔婉孌爲分香〕孌，各本誤作「戀」。今改正。

秋夕

亂螢飄熠熠，蟋蟀悲何急。納納羅衣裳，冉冉淒風入。獨坐渺無言，自起闌干立。

【校】

〔題〕萬曆本作「秋夕偶成」。

【評】

沈際飛云：「似李白。」

漢武故事

漢宮寵邢尹，隔别不相親。一朝尹自請，帝爲飾他嬪。尹笑定非是，不足當人君。令邢獨身來，故衣無飾新。尹即低首啼，知是邢夫人。入宮皆言美，絶幸自有真。當由得意後，爲是故殊倫。

【校】

〔尹即低首啼〕低，原本作「呧」。據萬曆本改。

讀張敞傳

長安多偷兒，數輩老爲酋。居家皆温厚，出從僮僕游。遂有長者名，閭里咸見優。小偷時轉輸，酋長日優游。安知畫眉人，一朝來見收。

相如二首

相如美詞賦，氣俠殊繽紛。汶山鳳凰下，琴心誰獨聞？陽昌與成都，貴賤豈足分。子虛乃同時，飄然氣凌雲。卧托文園終，不受世訾氛。清暉緬難竟，遺書封禪文。知音偶一時，千載爲欣欣。上有漢武皇，下有卓文君。

令君有嚴客，臨邛自清光。王孫爾何爲？衆賓臨高堂。足可富蹲鴟，安知窮鳳凰。幸然有好女，琴心能見傷。峨嵋揚遠山，芙蓉留薄裝。一身猶可分，誰能羞夜亡？如何掛纓女，亦學橫在床。此心當語誰？此意難自忘。兩好不終棲，遺文來見將。但惜相如死，誰念文君狂！

茶馬

秦晉有茶賈，楚蜀多茶旗。金城洮河間，行引正參差。繡衣來漢中，烘作相追隨。以篦計分率，半爲軍國資。番馬直三十，酬篦二十餘。配軍與分牧，所望蕃其駒。月餘馬百錢，豈不足青芻。奈何令倒死，在者不能趨。倒死亦不聞，軍吏相爲漁。黑茶一何美，羌馬一何殊。有此不珍惜，倉卒非長驅。健兒猶餓死，安知我馬徂。羌馬與黄茶，胡馬求金珠。羌馬有權奇，胡馬皆駘駑。胡强掠我羌，不與兵驅除。羌馬亦不來，胡馬當何如！

【箋】

〔茶馬〕西北邊境，設茶市、茶馬司，自唐宋即然，而明制尤密。明史卷八〇茶法專論此事。沈際飛評此詩云：「切中時弊，非徒句矯。」信然。

〔行引正參差〕引，猶如運銷茶葉之許可證。商人於産茶地買茶，納錢請引。以百斤爲一引。

〔繡衣來漢中〕明設巡茶御史駐漢中。

〔以篦計分率，半爲軍國資〕茶若干爲一篦，大小不一。正德十年（一五一五）定每千斤爲三百三十篦，每篦約三斤。一半供内銷，一半用以易馬，爲軍國資。〔羌馬與黄茶〕羌指西部邊境，黄茶較黑茶差，可易得善馬。〔胡馬求金珠〕胡指蒙古俺答部，馬劣，詩云「胡馬皆駘駑」。本書卷九萬侍御赴判劍州過金陵有贈詩云：「倍有金繒去，毫無善馬來。」與此詩意同。

胡克遜

人言西北邊，有獸名爲遜。性不喜獸鬭，逡巡解其困。獵者知如此，設鬬日馴近。相愁來解紛，陰遭此人刃。食肉寢其皮，似貉花文嫩。西州貴將吏，茵褥厚常寸。嵬嵬笑何憫，猩猩啼莫恨。此獸仁有禮，錯莫身爲殉。世有麒麟皮，爲鞹復何問！

【評】沈際飛評云：「物志。」又評「食肉」二句云：「冷。」評結句云：「可以喻大。」

讀延庚樓詩有懷 並序

卧冰橋李叟示其父所游知名士往還詩草成帙，吴太守鉞詩最多。其詩與字，俱有法，能成其家。章衮樂護陳九川徐子弼不如也。吴公有延庚樓，士大夫歌嘯其上。樓甚高廣，今爲他姓有，書畫無存。而李叟獨念其父所執，珍襲持護，模榻整綴。使後之人，知百餘年間臨川猶有唐晉人風，尚不至以孔方兄驅除子墨客卿也。悲夫，吴公爲名御史太守，稱雄豪。當其時，視李生貧老人耳。過之酣噱，不問晴雨，豈不謂於李生光重乎！

而卒之其字與文，李生之子反能惜而存之，其親子孫至不能存其一樓也。歸其帙而重之詩。

吴守棲黄橋，李生宿青郊。時時五馬來，春漿布闌肴。好鳥無遷枝，幽鳴常交交。愁霖唱秋水，深盃對堂坳。字矯若龍旋，詩飄如翠捎。置之吴市中，生綃泣潛鮫。延庚發光響，高樓凌飛飀。惜哉今則誰！圖書紛已抛。李生子猶存，鈿軸明鰾膠。爛熳古痕色，影映相闚抄。翕沓錦雲連，迸裂珠泉跑。安得攜此卷，登樓向星匏。始知富貴兒，不如貧賤交。君看古名迹，常得照蓬茅。

【箋】〔吴太守鉞〕撫州崇仁人，明弘治十五年（一五〇二）進士。〔章袞樂頀陳九川徐子弼〕俱撫州名士大夫。

西塘莊池上懷大父作

大西西南來，林塘佇深仰。一區常自存，百年人獨往。清癯自古色，行藏眷幽想。隱几松篁韻，高歌鸞鶴響。琴書久寥寂，桑麻歲兹長。風霜喬木陰，雨露丘園愴。伏臘記耆舊，天水遺真賞。三嘆遠青緜，千秋發靈爽。

【箋】〔西塘莊〕在臨川城東北約十五里，舊屬長寧鄉。以小湖西塘得名。湯顯祖祖父懋昭，年至四十，乃離祖居，隱居於此。詩云「大西」，注入西塘之小河。

【評】沈際飛評「風霜」二句云：「句亦自可。」

送別駕胡用光年兄歸養

遑將亦有情，微文恰相中。蹇反幾何時，迍邅兩迎送。共苦中年別，況直秋悲動。號蟲悽近户，語燕飛辭棟。期爲二岳賞，相拈九華弄。發興自希有，倦游兼屢空。僻居難往書，識路睎來夢。心傷同籍稀，耳惻風謠衆。豈不避鷹鸇，終知惜鸞鳳。

題劉季允先人吏部畫竹詞卷

劉生竹馬年，高堂課文詞。意取激清遠，側竹臨霜蕤。就中筆則筆，墨瀋思有餘。靡瞻十年所，珍重若簡書。一朝發經笥，跪讀淚漣如。孝筍已成班，青箱望猶虛。薄技何足永，手澤良在兹。俛緬煙鸞姿，哽咽趨庭時。古色映毫末，縹緗盈淥漪。撫迹起千念，托素在一微。昔眷含香澤，今承防露晞。足示狂馳子，父書棄如遺。徒傷生者意，逝者亦何爲？

王宇泰索周雲淵遺書檢寄

周生亦玄史，專門在窺天。知星苦無覆，靈龜常不全。自解周髀術，相遺神道編。謂余夙深慧，指顧忘食眠。余乏煙霄眼，仍愁風露年。罷筴等亡羊，懷書猶在筌。何因遇王子，精思入雲淵。絶學從所好，傾箱爲致船。玄文今已矣，妙者庶當傳。

【箋】

〔王宇泰〕名肯堂。金壇人。好讀書，尤精醫術。明史卷二二一有傳。

〔周雲淵〕名述學。字繼志。山陰人。精天文曆算。見山陰縣志。黄宗羲南雷文定前集卷一〇有周雲淵先生傳。神道大編爲其著作總集。

答梅季豹問臨川舊遊

亭亭豫章木，結根臨汝崖。春年曾曄鬱，積歲稍萎蕤。隱屏不中材，歷落自成圍。中心殊直理，外象多横枝。故鄉有言鳥，爲雛常此棲。蔭翳成魂魄，瑩潤出聲儀。寧言即啁哳，于棘遂翻飛。本無媚枝葉，況乃盡風徽。如何遠奇翼，乘風能見歸。雖無珠與實，庶幾從鳳嬉。

【箋】

〔梅季豹〕名守箕。宣城人。梅鼎祚之叔父。秀才不第，流寓十年，死於南京。見列朝詩集小傳丁集下。生卒爲一五五九——一六〇一。見拙作陸弼年譜（未刊）。

【校】

〔春年曾曄鬱〕曾，原本誤作「會」。據萬曆本改。

〔于棘遂翻飛〕于棘，萬曆本作「何悟」。

〔本無媚枝葉〕媚，萬曆本作「柔」。

〔況乃盡風徽〕盡風徽，萬曆本作「集風雷」。

〔如何遠奇翼〕遠，萬曆本作「此」。

古意言别右武

佳會良燕樂，厭厭宜密親。大醉亦所戒，相爲貴此身。出門即長路，況乃在風塵。將雛曲方撫，白華音正陳。近遊得將母，遠行祈事君。意適豈假物，心期難遇人。追從不可得，孤遊惟自珍。

【箋】〔右武〕丁此吕字。江西新建人。湯顯祖莫逆之交。明史卷二二九有傳。

【校】〔題〕萬曆本無「右武」二字。

離合詩寄京邑諸貴

琅玕豈不珍，玉屑竟誰飯。檜樹鬱冬皋，木葉辭秋苑。衿曲自悠悠，衣帶日趨緩。乘月望風霄，人遥尺書斷。

【箋】離合「良會今乖」四字。

【校】

〔木葉辭秋苑〕辭，萬曆本作「亂」。

【評】

沈際飛云：「古樂府句。」

哀麋帥

世亂足張功，時平寬養望。恢恢儒者雄，心兼將門將。處勢辱爲下，投巘功始上。成事豈因人，循聲須本量。從來武功爵，二祖或明兩。向後多目色，豈取真級仗。寄子屬中官，籌邊歸上相。平北上雕勦，征南奏禽蕩。紀勊非有律，置對亦無恙。一功性命抵，百事金錢傍。此公無中人，何得亦孟浪。圖賝末思窘，累至前縈長。我觀賢智人，蟻穴存周防。稍爲世業誘，少復全名償。一心抱中孚，庶幾省無妄。

【校】

〔何得亦孟浪〕亦，沈本作有。

【評】

沈際飛評「心兼」句云：「硬入。」

丹陽渡廣陵懷古

太伯昔讓王，光僚遂相踵。東南天子氣，撫背看龍種。丹陽久已塹，白首終何擁？不少鄒枚客，徒嗟燕子塚。風煙井逕絶，朝夕寒池涌。千載復蕪城，江山罄餘勇。

明孀篇爲司農郎武陵丁君有周母夫人作 有序

司農尊人尉蜀名山死。夫人哭失明，常禮北斗大士像。司農亦誦經祝母願代，竟得李生針復明。士林歌之。

含潔就鮮水，孝始燃光燈。何如楚梁母，正渴丁公藤。金針付靈藥，李生夸國能。藥有松明氣，針以金篦稜。刻屑事偶爾，神明心所憑。夫人晝哭時，名山城欲崩。哀哀司農兒，飛章時上升。似有飛童子，空中傳聖僧。一撥雲霧起，再撤煙波澄。向後足久視，不須人寢興。北斗倍瞻仰，大士常服膺。何止眼爲名，身光亦飛騰。江漢此靈異，冠帶相嗟稱。安知丁孝公，遥遥非武陵？

過魯嘆

有言常不知，世智非所期。孔子亦何人，鳳兮真我師。絃歌悦匡邑，大樹惱桓魋。微服良已苦，塵炊旋復疑。豈不懷古懽，生今此一時。但見路如織，那得轡如絲！老子既西訪，盜跖亦東窺。居夷只如此，泛海欲何爲！

鄒嶧

亡麟止東周，有孛行西國。悠悠交喪時，豈辨儒與墨？依希顏母山，孟母居其側。子輿幼希孔，俎豆嬉何飭。三遷豈忘報，閟宫尊鼎食。刻像墓門前，擁涕機中織。故無牛鼎意，近爲馬遷惑。燕齊多迂怪，三騶同伏軾。始知仁義人，浩然不可逼。幸哉有如此，丹青思維則。藹藹宫墻深，罳罳松柏直。玲瓏望嶧山，朝陽千古色。

爲浙司運長陸公受命三世題卷

南陸亘天半，東吴滄海餘。華亭警清唳，崑山留片璵。璇流自方折，峨峨中大夫。通材何茂明，本性則貞孤。嗚琴出清豐，水部鏡陪都。專城坐已貴，筴海道何紆。磊砢三十年，貌古中亦俱。豈無同年友，高爲朝市樞。教忠非教諂，獨立時步趨。誰憐驥之子，兩世伏鹽車。小往大必來，龍蠖理所須。果以四考甄，兼之八命殊。三葉被天暉，名卿或不如。寄言忠孝子，世路每乘除。

【校】

〔嗚琴出清豐〕豐，各本作「豊」。

〔誰憐驥之子〕誰，沈本作「惟」。

【評】

沈際飛評「貌古中亦俱」句云：「爲陸占地步。」

北河傷鴈付旁寺僧

艤流白石山，篙師欲凌亂。撑枝何所爲，前有失羣鴈。帖水没還出，趁逐相流轉。垂及稍低飛，清波影横箭。幾爲弋所留，復爲漁所羡。偶隨風勢落，安知雲影斷。相悲常恐及，相依肯留玩。未絶飛鳴分，代彼作慈觀。願依大慈力，出箭入雲漢。普爲射鴈人，無生可令患。

【評】沈際飛評云：「好生心婉轉曲折。」又評「垂及」句云：「痕。」

方圓吟

生物鮮非圓，制物多從方。即此先後天，方圓各有當。悟者妙萬物，滯者差尋常。

倭王刀子歌答丁右武

丁家次卿有寶刀，海氣熒熒秋色高。可是三年緑煙裹，精華落盡成吹毫。聞道海王昔鑄此，擊鼓童男祀刀子。抽驚片電流人目，繞怯纖冰墮寒指。君今捉刀當贈誰，與君對江心不疑。處處從行足知己，一片床前光陸離。

【校】

〔繞怯纖冰墮寒指〕冰，萬曆本誤作「水」。

〔處處從行足知己〕行，萬曆本作「來」。

【評】

沈際飛評云：「格調俱古。」

觀閩海游徵君南陽草屋圖歌

西窗颯雨寒秋燈，蘇蘇海屋疑掀騰。乃是丹青拓雲樹，搴裳欲往殊不能。但見蒼松翠竹珊瑚幹，遠氣冥蒙羃天半。南溪煙月影恒流，北嶺雲嵐光不散。就中海人心寄遥，不愛寶珠恒織蕭。有子抽書作郎吏，當時習隱相漁樵。須知鹿門能貴身，不羨隆中長嘯人。出門慷慨亦閒事，君不見無諸臺畔海生塵。

【評】

沈際飛評第三、四句云：「轉得出。」

爲郭考功題趙松雪山水歌

曉對鍾陵暮城闕，開燈半壁蒼崖折。就中可有鍾子期，遠勢疑無趙松雪。松上徘徊多素雲，雲波繚繞出峯文。何人似對琵琶峽，寂歷横琴如有聞。如聞吹末蕭蕭起，隱膝層巖落春水。香爐之雲無盡時，君家武夷亦如此。

寄馬尉雲中

生兒作女須學藏，男學作奏與拍張。拍張乍可行邊野，作奏殊當耀殿堂。豪情自喜作遷客，數日典衣行治裝。清淮被病秋色遠，雲中擊劍春暉長。見説名王夸漢物，傳聞代女愛胡妝。男兒一作邊城尉，仕宦何必尚書郎。

【校】

〔男兒一作邊城尉〕男，萬曆本誤作「累」。

重過石城隸

石城二十四花樓，江南置酒飛花愁。在處胭脂久零落，不知冠蓋能風流。拾翠江邊猶記否，含笑含嚬送君酒。滿目秋光無盡時，自折蓮塘花下藕。

送蘄水胡啓貢之通州

昔日逢君泛蘭醁，皙白鬃鬃鬢如沃。金馬門前頻見君，似是淩陽嘆荆玉。江漢英英氣屬天，盱昌宛宛近臨川。從來健令輕盤節，直是時流重曲全。水清石見渾常事，復道風波海門地。異時公府惜沉才，是歲朝家誅酷吏。清時那得遂抽身，仕宦從知欲苦心。獨命春盃悵離別，維揚花月是通津。

【箋】〔胡啓賁〕名仲合。蘄水人。隆慶四年（一五七〇）舉人。令廣昌，改判通州。見蘄水縣志卷一〇。

【評】沈際飛評「直是」句云：「微詞。」又評「水清」句云：「粗。」

送周子中歸楚，追憶其叔見素沂孝廉並問王子聲

君家死叔不曾癡，每到南中相憶悲。經過七夕同眠處，那道千秋無見期。向後汝家稱莫逆，兼之若輩多名迹。看君擲筆斷虹霓，令弟調弓聞霹靂。青皋靃靡望無窮，去馬翩翩入郢中。爲憶先朝王夢澤，烏衣殊不羡江東。

【箋】〔王子聲〕名一鳴。黄岡人。萬曆十四年（一五八六）進士。任太湖、臨漳知縣。二十四年卒。詩當作於遂昌知縣任。

重别東鄉周廷旺

前時别君殊倉卒，賓從如雲散城闕。爲言乘興即宵征，詎道淹襟阻明發。飛風積雨斷行輪，六月兼當壬子旬。沾衣并未除春服，爨桂還應苦濕薪。咫尺行期難定擬，何況懸情説山水。獨身來去有遲留，似我簪纓詎由己？晴明須去不須疑，勝處須遊常苦遲。君看沓匝歸來日，復是重陽風雨時。

别曾人倩

牂牁水繞三江門，蘭石石頭丹竈村。南海數家冠蓋里，花州水碧珊瑚根。曾生住居勢連此，爲訪金華趙夫子。

【評】

沈際飛云：「净。」

水亭觀右軍真蹟得誰字

閉門學草初臨池，何處高燈清宴時。白日亭亭江上暮，此意悠悠知爲誰。開軒拂匣鸞龍色，滿目琅玕寧可持。不信歸來焚萬帖，今宵始見王羲之。

【評】沈際飛評末二句云：「有興。」

哀魏伯子

美一人兮魏之昆，昔之公子今王孫。顔如若華心美玉，弱冠詞名擅江曲。少年愛我清盈盈，雲卿湖前牽袂行。十載風徽闕迎送，淒鏘絶筆賢臣頌。張公憐才自古人，手揮哀藻散沉淪。令弟鴛鴦折前翼，獨影羈棲南自北。江南男子多夭年，好色好書那得全。人生有名亦偶爾，何必才人都老死。

陳烈婦歌爲張華亭作

同安苧溪生女姝，前有許梅後陳姝。陳姝本是清寒女，珠玉爲心金佩無。十七來歸多婉娩，能諧姒氏勤尊姑。鳳岐爲夫數家難，剌促感勸常欷歔。海風障雨斷垣下，書卷藥椀匡床俱。鳳岐吾伊更寒夜，姝時伴績聞詩書。自言貧富有天意，但得雙棲百不如。何悟雙棲不雙老，鳳岐瘦死青鏡孤。彼姝號天淚填臆，兩人性命如交蘆。買棺必雙穴無兩，得藉螻蟻當前驅。爲夫立兒拜宗畢，絶粒九日經其廬。鸞訛雉經事希有，吏民三老成驚趨。姝顏如生結不解，就斂同車夕陽隅。至今隴樹發精采，連枝上有雙鴛呼。張家自是文章族，猶子爲子冰玉壺。手提白石老人傳，托意青雲士大夫。爲臣死忠婦死節，丈夫何必多眉鬚。

【校】

〔剌促感勸常欷歔〕剌，沈本作「一」。

〔丈夫何必多眉鬚〕鬚，原作「須」。

古意

春澹曲墀滋，風輝遥翠時。含情望朝日，永嘆在新知。鬱鬱青門道，悠悠湘漢期。玉壺起行酒，迴淚濕青絲。

【校】

〔永嘆在新知〕永，各本作「渌」。據沈本改。

【評】

沈際飛評首二句云：「許多曲折。」又評末句云：「漢魏。」

九江送王元景之登封

匹馬歲將晏，游人多暮思。廬峯天子氣，緱氏僊人祠。客夢流鶯過，鄉心寒露滋。從來深意氣，别酒詎能辭。

【評】沈際飛云：「都在意中，妙妙。」

送華楚客歸夷陵

聞君有期契，千里暮能過。草緑朝雲宅，花深明月沱。春聲逐棹遠，江色漾帆多。别有啼烏夜，瑶琴清怨和。

【校】〔瑶琴清怨和〕瑶，原本、萬曆本作「殘」。據沈本改。

【評】沈際飛評「結句」云：「亦幽。」

河上送張明府

河朔秋將晚，黎陽縣欲花。鳴琴當夜色，别酒送年華。白髮滄洲遠，高歌雲漢斜。經過鄴城下，自古欲長嗟。

【評】

沈際飛評「鳴琴」句云：「蒼渾。」又評末句云：「弱。」

龍潭高閣二首

罅樹紅無地，巖簷緑有江。蝶花低雨檻，鼯竹亂秋窗。楚瀝盃誰個，吴歌榜欲雙。崩騰過雲影，浥浥片心降。

真州好風色，曉發坐林曛。岸巘丹餘坼，潭窺翠欲氛。蟬啼秋樹影，漁唱暮江雲。草閣何曾到，蕭然爲此君。

【箋】

〔龍潭〕在江蘇句容北長江南岸，南京之東。

〔真州〕儀徵，與龍潭隔江相望。

送楊安入太原軍

星使三河外，春王二月初。風雲臨上黨，花鳥入昭餘。關近笳聲急，川遥騎影虚。世途君自見，長嘯欲何如。

銅陵

向夕燕支峽，遥分白馬耆。滄浪荷葉點，春色鳳心知。邑小無城郭，人歡有歲時。誰憐江月影，懸弄五松枝。

【校】

〔滄浪荷葉點〕滄，萬曆本作「蒼」。

送袁生漢中

君去洵陽道，初過明庶風。居人緣沔上，都尉治褒中。渚茭浮衣碧，墟桃引幔紅。秦吴千里色，流恨曉雲空。

【評】沈際飛評「渚荄」句云：「做。」

河林有酌

風亭移石竹，爲客正開襟。宿鳥過殘雨，吟蟲傍積陰。故心人不淺，秋色夜方深。便合丘中去，相招鳴一琴。

【評】沈際飛評「秋色」句云：「流對妙。」

初至江關

朔方空水陸，南國自山川。夜月啼飛鵲，秋風咽斷蟬。宦游長是客，吏隱即爲僊。剩有青燈在，鳴榔上酒船。

【評】沈際飛云：「中唐。」

送客避難和州

歷陽江外望，亦足小翩翾。曉色連雲觀，春香太子泉。胡姬初進酒，劍俠晚尋僊。未必逢津吏，漁歌起暮煙。

送客湘西

芳意自不淺，湘沅蘭未稀。爲君歡欲舞，今日醉言歸。葉下秋生鬢，潮迴月滿衣。相逢問形影，寒塘孤鴈飛。

【評】沈際飛評末數句云：「悽清。」

鷲峯寺别季孟陽

幻色餘香細，閒游去未曾。林塘淒夜竹，河幔隱秋燈。無明今日盡，恩愛舊人能。欲向南朝寺，抽珠施講僧。

對客二首

流泉亦可聽，風色倍泠泠。去住人難定，登臨酒易醒。吟蟲過暮雨，來鴈響秋汀。祇合瀟湘路，彈棊坐竹亭。

多年成散木，此日更浮萍。漉酒幽人至，吟詩少婦聽。園林開夜色，河幔卷秋星。卻憶鍾山隱，時時問草亭。

【評】

沈際飛評第一首三、四句云：「傷感。」評次首第一句云：「拙。」

寄李少華

關門氣方遠，華嶽道爲尊。夜色僊人掌，春星玉女盆。琴歌隱洞壑，枕席過河源。今日長安客，求僊未敢言。

題王逸人莊

金盤河色外，石屋華峯西。日氣草熏陌，花光雲映溪。空巖人語迴，簷壑鳥飛低。直置堪長隱，東陂魚稻肥。

【評】

沈際飛評五、六句云：「有光有影。」

送蘭道者往天台

地脈連湘曲，天台圻海邊。來霑清月影，去躡紫霞鮮。雲日消春色，關山流暮煙。靈氛真冉冉，虛此挹神僊。

出關至滄州阻風

天路原非遠，歸心忽渺然。珠人遲泣海，燕客負談天。積雨琴簪滯，衝風舸纜旋。同人深借問，舟楫在長川。

江上送張七歸楚

白望縈簪冕，清時得芰荷。雲霞江色杳，梧竹野陰和。世外何妨笑，人間忽自歌。獨憐湘漢客，無奈醉醒何。

【評】沈際飛評五、六句云：「常意，頗能播弄。」

送客歸岳州

楓隱號蟬急，林開放鷁輕。柳煙眠際穩，江月醉餘清。夜色遥湘渚，秋陰冷岳城。遠憐洞庭水，漁笛與歌聲。

【校】

〔遠憐洞庭水〕遠，萬曆本作「還」。

【評】

沈際飛評云：「虚字下得響。」

過年

華年當此夕，兒女足喧闐。盡燭延親客，長筵奉祖先。故情隨臘盡，餘俗過江傳。大小須饒醉，平安詎偶然。

懷張別駕閬中

別駕清如許，還家南部郎。雲霞秋色冷，松柏晚泉香。縣小金牛路，山幽玉女房。琴歌春緬邈，相憶在東堂。

送客荆南

鬢絲江海上，更逐楚雲西。客舍調箏女，他鄉織錦妻。桂煙湘水緑，花月武陵迷。不道王孫草，芳春徒自萋。

魯王孫

汶河春草色，魯酒夜深情。問字吾何有，聞詩爾亦清。雨歸青社曉，雲起岱宗平。別有靈光殿，時聞絲竹聲。

江樓送東粤翟先輩

樓上秋風遠，城陰水樹微。芙蓉低木末，暝色上林霏。海燕涼猶拂，江烏静不飛。登臨澹無色，還似送將歸。

【校】

〔題〕萬曆本無「輩」字。

【評】沈際飛云：「景色湊手。」

白水園

微風生灌木，落日餘清陰。葉卷寒芳盡，花虚夕靄深。琴尊無俗意，梧竹有清音。莫厭高樓曉，長聞猿夜吟。

送周叟東遊

淒淒安所適，云向岱宗遊。海色天門曉，松聲日觀秋。封中雲欲起，泗上水還流。莫作吴門望，吾衰亦孔丘。

奉答朱方伯

青谿蓮社昔繽紛，蘭署風流説使君。蜀漢蚤迴清鏡雪，秦關數候美人雲。虚開貴竹移高榻，爲想平苗借檄文。今夜籬門秋色苦，懷人高唱月中聞。

【箋】

作於萬曆十九年之後，年代不詳。朱方伯名孟震，江西新淦人。隆慶二年進士。萬曆十九年閏三月自通政使陞右副都御史巡撫山西，故以方伯稱之。同年十一月回籍。詩首聯回憶南京相聚。「使君」，朱於萬曆初任重慶知府，領聯謂歷官潼關兵備副使、四川按察使，「虚開貴竹」句，指轉任貴州左參政。以上據臨江府志卷二三。

送趙舍人出守永昌，追憶楊用修太史

永昌前宦蜀多賢，都尉行邊復少年。濁世幾逢公子俊，名家偏着貴人憐。歸心片峽飛明月，吏跡連江洗瘴煙。知到南中問流寓，家家能説子雲玄。

問薛太學近洙

歸去横林動一年，薛君章句與誰傳？經聲隱雨初移榻，樹色籠晴欲放船。未許過家營外宅，應須對嶺矚新田。清秋茗椀差饒興，爲寄蘭陵石上泉。

【評】

沈際飛評第二句云：「是眼。」

送熊茂客從汝歸臨川

面城新宅柳從遮，緑竹池塘望汝家。江上片帆懸夜色，水西春服净雲沙。榮華欲讓他邊樹，因果難分别種花。爲寄橋門諸父老，肯容陶令説桑麻。

送劉貽哲出餉宣府，因攜少婦過汝南，歸華山續婦

懷人促别思紛紛，錦帳青臺醉欲曛。雪唱自傳孤鳳曲，陽和初入九龍軍。春歸草色雙峭雨，家住芙蓉半嶽雲。獨恨汝南劉碧玉，也持西笑逐夫君。

【箋】

貽哲是劉復初别號。陝西高陵人。有别墅在河南汝南。湯氏同年進士。詩題末二字似衍。

聞蘭谿令謝客戲贈

積阻風霞滿大鄣，河橋春色迸垂楊。桃花片峽迴龍影，蘭葉深谿飲馬香。日氣遠銷金碧路，風光半在紫巖鄉。從來僊令多游覽，漫道鳴琴不下堂。

書郭武郎畫扇

冰雪汾陽下越鄉，幅巾春雨憶遊梁。曾從粉署移僊尉，似借籌邊入武郎。珠客淚綃分海色，玉人裁素寫秋光。愁予獨唱高齋夕，月露風多河漢長。

送劉子極歸餉蘭州

劉生西笑出蘭州，餉道封軺即晝游。鴈勢連雲侵嶽影，蟬聲隔樹見河流。龍門泛雪誰邀賞，騎省吟秋我獨留。生長羌中慣横笛，落梅疎柳詎關愁。

于中父餉薊邊便歸金壇

雲陽僊吏玉青葱，泛酒蒸桃不再同。少府金錢行餉北，長城旌吹護歸東。秋山馬色河流外，古戍蟬聲木葉中。日近薊門邊候遠，幾人長劍在崆峒。

【箋】

〔于中父〕名玉立。金壇人。萬曆十一年（一五八三）進士。明史卷二三六有傳。

【評】

沈際飛云：「悲壯。」又評結句云：「在易倚尤妙。」

蔣蟄父宜春以文履繡胸留別卻謝

出谷鶯啼思上林，美人持贈惜離心。雲蒐朔映文章重，瀫鷲波開彩翠深。平楚風煙銷別酒，宜春花柳待鳴琴。知君畫舫歸朝日，長聽潺潺滿綠陰。

【評】

沈際飛評首句云：「動筆即來。」

虞惔然在告

璁瓏浮闕定星光，河漢風清有法章。秋水岸移新釣舫，藕花洲拂舊荷裳。心深不滅三年字，病淺難銷十步香。剩有閒情堪弄月，西湖竹色未應涼。

【校】

〔河漢風清有法章〕法，沈本、萬曆本作「報」。

【評】

沈際飛評「心深」句云：「不陳。」

送李蔚元扶風

玉華僊李種原奇，晻映河陽花樹枝。物色舊逢關令語，扶風新許漢庭知。秦中過洛歸非遠，臘裏逢春去莫遲。獨嘆文園多病客，茂陵衰草欲同時。

送王正之宜陽

王郎家世出河汾，似湧龍泉氣不羣。晉代衣冠逢妙日，洛橋車馬候晴雲。春光拂綬何年會，曙色銜盃此夜分。珍重城南舊分陜，百年棠樹正氤氲。

【校】

〔洛橋車馬候晴雲〕晴，萬曆本誤作「睛」。

〔百年棠樹正氤氲〕樹，萬曆本作「棣」。

懷姜宣城並贈馮易州兄弟

春游曾入謝宣城，見説馮家好弟兄。閣道飛霞延夕賞，水陽鳴鴈送春聲。久無長袖能留客，暫有高歌可和卿。幸好燕昭舊池館，幾人來去得攀荆。

【箋】〔姜宣城〕前宣城知縣姜奇方。見玉茗堂文之七宣城令姜公去思記。

〔飛霞〕閣名，在南京水西門内。下句水陽，江名，在皖南。

送王可大遂昌

鳳起吴閶向越飄，折風高闕映岧嶤。郎官墨綬纏星氣，僊縣蓮花背海潮。琴曲夜聲雲母碓，農歌春影碧欄橋。看君瘦骨能輕舉，爲候飛鳧入漢朝。

送葉鹿吴明府

君家名德稱清華，此縣幽奇似永嘉。僊令出關分雨露，才人作伴領煙霞。疎山月落晨趨郡，福水雲深晚放衙。風俗舊多游女思，不勞城上更栽花。

【箋】爲江西金谿知縣葉繼美作。繼美，浙江嘉善人。湯氏同年進士。見撫州府志卷三六。

送胡生

寒貂易水過冰澌，抱劍懷書去莫悲。折柳灞陵聊盡醉，落梅羌笛未禁吹。揮戈見説迴雲氣，疊鼓聞經破月支。歸去陌頭看傅鄧，東方千騎亦男兒。

【校】

〔題〕胡，萬曆本作「汪」。

齊山秋眺

相國風流出刺年，池陽幽色在南偏。煙華欲暗蒼龍峽，石筍長飛菡萏泉。洞壑芊緜還自出，亭臺蕭瑟向誰懸。祇應遊子登臨意，長帶秋江鴈影旋。

【箋】

〔齊山〕在安徽貴池縣南。

【校】

〔池陽幽色在南偏〕偏，萬曆本誤作「徧」。

〔祇應遊子登臨意〕祇應，萬曆本作「不堪」。

憶虞德園初去官時作

風光趁逐有情神，樹繞花飛欲墜茵。便作掛冠成下品，也應高枕惜餘春。山資自覺妨賢久，旅食何當發興新。一棹西湖舊煙雨，蓴絲菰米最宜人。

【箋】

〔虞德園〕名淳熙，字長孺。錢塘人。湯顯祖同年進士。著有德園集六十卷。官至吏部稽勳郎。萬曆二十一年（一五九三）内計，吏部尚書孫鑨與考功郎中趙南星盡黜執政私人，黨人力攻孫趙，指淳熙不當補稽勳郎，以撼孫鑨。孫鑨罷去，南星與淳熙削籍。見列朝詩集小傳丁集下。

【校】

〔題〕萬曆本作「憶德園」。

〔風光趁逐有情神〕風光，萬曆本作爲「驩」。
〔樹繞花飛欲墜茵〕繞，萬曆本作「脱」。
〔也應高枕惜餘春〕萬曆本作「休將蠟屐試高人」。
〔旅食何當發興新〕旅食，萬曆本作「酒債」。
〔一棹西湖舊煙雨〕萬曆本作「忽憶西湖舊煙月」。
〔蓴絲菰米最宜人〕萬曆本作「虞卿席上半絲蓴」。

同黄孝廉太次懷戴司諫廉海

戍客名標漢柱無，武陵悲曲寄門徒。應疎雨露過梅嶺，長憶秋風入鴈湖。地氣遠看猶戴斗，天心難問欲還珠。直恐登高易顑頷，木蘭陂上片雲孤。

【箋】

〔黄孝廉太次〕名立言，號石函。江西廣昌人。萬曆十九年（一五九一）舉人。官至福建鹽運使。見建昌府志卷八。

【校】

〔題〕萬曆本作「同黄孝廉太次夜坐懷戴司諫」。

〔應疎雨露過梅嶺〕應，萬曆本作「夜」。

〔長憶秋風入鴈湖〕長憶，萬曆本作「漸許」。

送宜水鄭青陸歸甌寧

端居長夏思紛紜，鄭谷遷鶯遠聽聞。半榻好風吹海色，一尊疎雨過炎氛。丹青閣迥宜衣紫，荷玉山深引幔雲。别後故鄉高宴盡，不堪吟望武夷君。

【校】

〔端居長夏思紛紜〕思，萬曆本作「息」。

戲答錢塘姜永明

香奩艷曲省曾傳，不報情知越妬燕。拚死可令花性惱，貪生直爲酒壚憐。僊娥作伴防偷藥，女俠難教唱採蓮。猶有錢塘舊蘇小，打開油壁上郎船。

【評】

沈際飛云：「末句有思。」

留別蹇汝上郡丞還皖

帝城風物自羈棲，世局談端一馬齊。龍尾共窺雲似綺，峨嵋相向月如珪。攀翻氣象銅梁北，澹蕩文章井絡西。不有海沂王別駕，佩刀誰與慰分攜。

送黃歸安

年少風神最曲臺，復行儇縣稱郎才。煙開竹嶼浮沉玉，雨隱花渠大小雷。別墅碁行抛舊偶，過堂衣好趁新裁。相思莫忘關南信，盡寫湖光入早梅。

送馬臨淄，時有采木之役

如梁歸騎映繁臺，長向關東雨露開。浪水豈忘歌白石，雲門兼得候蓬萊。清尊鼓瑟齊兒事，儇縣行春漢尹才。蚤晚殿圖西使出，天淵神水較東來。

喜昆明劉茂學出宰新都，緬懷楊用修作

十縣辰方待此君，昆池蓮葉佩氤氲。家通折坂風誥近，路入朝天井絡分。積雪净聽琴曲理，繁陽初製錦川紋。知君自愛青藜色，不似前人薄子雲。

送許鼎臣姑蔑

浦城南望即鄉關，赴詔盈川得往還。拂騎曉雲關樹紫，轉帆低照岸苔班。生波月上漁郎浦，喜氣春開鵲豆山。物論邇來資過客，肯從零露一追攀。

虞長孺話歸飛來峯

幾年芳草思王孫，今日離心向爾論。歸去月華雙樹曉，飛來雲氣一峯尊。花龕入定光難覆，竹浦行歌響易奔。更莫衣冠挂蘿薜，空令猿鶴夜驚翻。

【箋】

〔虞長孺〕名淳熙。錢塘人，顯祖同年進士。官至吏部稽勳司郎中。萬曆二十一年（一五九

三）削籍歸。列朝詩集小傳丁集下有傳。

送劉司理平樂

四百灘瀧萬里遥，莫雲官興遠蕭蕭。靈蛇入饌看成怯，翠鳥吟笙久自調。過雨竹衫高白醪，終風草閣亞紅蕉。休驚少婦啼珠盡，留與猩猩血比嬌。

寄傅郎將

君家門户起樓蘭，幕府新參兩鬢殘。徒步封侯當日易，可人相薦此時難。火旗夜扇閩山熱，水劍秋生海國寒。卻笑同時章句友，一生金印不曾看。

【評】沈際飛評「火旗」句云：「英雄句。」又評結句云：「較『寧爲百夫長』句蘊藉多□。」

鄴中關繆侯祠

趙壁叢祠非故鄉，漳河懸絶舊荆襄。輿圖并借揮戈色，廟貌全依秉燭光。運去英雄猶嚄唶，靈來風馬欲蹌踉。今朝朔望流歌舞，何似銅臺對魏王。

【評】沈際飛評「廟貌」句云：「壯中帶巧。」

送吴漳平

恨不琅邪笑語頻，因分醉玉表情親。來攀桂樹招淮客，去傍梅花問海人。别棹移旬將慰母，僊方辟瘴好隨身。離懷獨贈西山雪，持照深裾覆淺塵。

次韻蔡青門雪唱

遊子開尊奏苦寒，青門餘雪動簷巒。彯英似拂梅花笑，積素徒悲蕙草殘。自有僊人明鶴氅，可無泉客奉珠盤。春箋几閣能霏映，長作雲霞半壁看。

送南鰲屋

舊與周旋懶折腰，秦關漢縣此中饒。煙花曉動連雲樹，雨氣秋深亞柏橋。扇裏行塵過暑路，尊前别色起良宵。龍門再度應回首，嶃絶何將比市朝。

揚州送郢上客

兄弟交遊有歲年，曲江吟嘯隔秋煙。鳴琴雪照章華路，拂綬風香解佩川。遠思正縈河上草，高情纔報越人篇。登高一望還留醉，江北江南寒食天。

【評】

沈際飛評結句云：「會景。」

送安定參佐劉生

潞河春色泛樓船，柳葉旌門動綵旃。莫向分流愁度隴，經須合郡與臨邊。峯陰日散降城雪，浪影風輕好麥川。得似江南留一醉，蒲桃金椀爲君偏。

爲大名魏太守壽

行年九十自長年，銀艾安車詔國賢。舊業公侯開大魏，新恩日月最幽燕。喬林久借三珠樹，繁水初飛百歲泉。簪紱滿朝候僊氣，採芝歌近帝雲篇。

送徐大名

花源不住去蘭津，萬里攜家溝路塵。人望西曹持律久，帝憐東郡寵符新。祇將金璧祠河伯，自有旌旗學漢臣。五馬江邊莫留滯，黎陽三月待行春。

九日壽劉元承尊人，故西粤令，有五男子

明經百里舊爲郎，止足能禁歲月長。鳳嶺看成菁玉樹，龍城歸試鬱金香。秋風鼓瑟行三樂，春酒趨庭對五常。正憶楚江彭澤近，年年高菊爲重陽。

陳公園

五嶽清時賦遂初，玉華僊圃興誰如。千花散竹停雲迴，萬柳籠萍過雨疎。楚雀半棲迴夜枕，吴蓴千里雜朝蔬。城隅向息經臺近，謝客聞繙貝葉書。

【校】

〔吴尊千里雜朝蔬〕尊，萬曆本誤作「罇」。

【評】

沈際飛云：「疏澹。」

送崇仁令並寄家問

曾逢狹路幾情親，碧玉堂開青桂鄰。把鏡動憐秋鬢客，移床偏近故心人。來諳世路看朝列，去領僊山作外臣。爲報鴛鳧留暫隱，草堂猿鶴未終瞋。

盧溝曉望

氣脈開玄朔，晴霞動紫氛。龍隨天闕曉，虹度井陘雲。冠蓋流塵合，旌旗落月分。參差鎬池見，隱約渭橋聞。草繡縈光繞，花滋淑氣薰。今朝玄灞曲，西笑益氤氲。

西塘煙渚憶大父徵君

喬木無人問，王孫有歲芳。池臺秋縹緲，梧竹暮荒涼。雨意青山外，煙墟緑水旁。只應悲蟋蟀，何得奏鴛鴦？星落少微隱，書拋大酉藏。不知嵇叔夜，清嘯若爲長。

【箋】

〔西塘〕在臨川東北約十五里。顯祖祖父懋昭隱居處。

【校】

〔星落少微隱〕微，萬曆本誤作「薇」。

【評】

沈際飛評「星落」句云：「是憶。」又評結句云：「摩詰與把臂。」

秋江

暝色際江海，懷人春望來。瀰瀰波月散，颯颯漁火開。

偶成

鴈影金河盡，梅花玉管催。江南望春色，獨上鳳凰臺。

戲蜀客

西蜀富家女，懷清亦有臺。文君正新寡，那得逐琴來。

西池

白鷺低迴疾，寒塘秋葉稀。暝煙開雨色，飛濕藕絲衣。

【箋】

〔西池〕在臨川城西。

【評】

沈際飛云：「風風雅雅。」

符離道中

宛宛符離外，青山倚復開。長河天子氣，飛舞鳳陵來。

河間主人店

提壺醉小鮮，春月半窗眠。不分河間女，挑燈來數錢。

【校】

〔提壺醉小鮮〕壺，萬曆本誤作「壼」。

廣陵偶題二首

歲月隨人去，風塵可自如。偶然流淚處，翻着舊時書。

忽忽知何意，悠悠向此方。怯知新涕淚，還是舊衣裳。

【評】沈際飛云：「所謂『衝口出常言，情真理亦至』者，妙，妙。」

呼春鳥口號二首

日日呼春鳥，殘陽到月西。不知春欲去，還向恨人啼。

呼春春幾時，白馬青游絲。不合春能去，花間聞子規。

【評】沈際飛云：「所謂絢爛之極，乃歸平淡者。妙，妙。」

去錢塘別劉季德關叔秀

賓從紛然去，主人難自歡。錢塘秋八月，潮上欲生寒。

【評】沈際飛評第二句「難自歡」云：「三字深。」

廣陵有贈

儂住曲江臺，臺門一點開。蛾眉今夜淺，斜月剪江來。

【評】沈際飛云：「纖妍。」

夢亭

知向夢中來，好向夢中去。來去夢亭中，知醒在何處？

【評】沈際飛云：「口頭語，妙得禪趣。」

口號戲贈張正郎

客散紅亭酒，天寒雲月微。何來花燭滿，不照粉郎歸。

雪中同張正郎歸思

御溝殘雪色，僊署蚤梅花。似少青綾被，爲郎獨憶家。

十詠

信陵君飲酒近婦人

魏國乃爲累，萬古悲公子。世上無神僊，英雄如是死。

荆卿所待客不至

所待要爲誰，造次入重關。壯士有寒聲，心知不復還。

陸賈不欲數過諸子

留侯世業外，長從赤松子。陸生頗經務，取適得如此。

通德野田荒草之泣

精靈費常盡，事去無好美。擁髻一時淚，千古傷心始。

馬伏波頗哀老子

熱惱願涼適，文淵思少游。慷慨既疇昔，危疑安得休。

臧子源爲張超死東郡

討卓氣已震，拒袁心更悲。但爲所知死，寧問所知誰。

司馬德操謂龐德公妻子作黍元直欲來

世亂難爲士，存身各有致。鹿門一輩人，未測語何事。

魏王分香

事業易委謝，恩愛難銷沉。虞歌與戚舞，英雄同此心。

謝太傅雅志未遂

四十尚高卧，出處非造次。爲語西州人，舊日東山意。

王逸少覺傷哀樂之致

才盡氣亦盡，情事復幾許。大勢老人懷，難與少年語。

【評】

沈際飛評第一首云：「慨絶。」評第七首云：「語不得。」又評第八首云：「兒女情長。」

詠懊惱事二首

文宣顧其子，機牙噤不施。大有可憐人，焚香煮藥時。

河北拭甄面，江東泣麗屍。山川半流血，此劫爲臙脂。

夜書梅花閣

素月流清墀，夜久光如積。悠然江海心，憑軒此聞笛。

【評】

沈際飛評第二句云：「靈動。」又評結句云：「恰好。」

姑孰病熱同端望虹太學二首

暮江無斷汲，鬱熱自相依。一雨能今夕，高窗隨電飛。

濕蒸難卧地，病渴省談天。静日鳴階雨，藤床一覺眠。

【校】

〔題〕孰，萬曆本誤作「熟」。

〔高窗隨電飛〕隨，原本誤作「隋」。今改正。

景州董子宅同高柏莊長者二首

落日窺園處，秋光繁露餘。不知千歲後，誰復亂吾書。

帷開竹林古，書掩玉盃閒。獨有河間獻，英靈時往還。

【箋】

〔高柏莊長者〕景州（今河北景縣）人。湯顯祖之居停主人。

【評】

沈際飛云：「不過切仲舒耳。」

別景州高柏莊長者

十載殘貂去復回，柏莊長向董帷開。相看馬色斟寒酒，愛我題書似玉盃。

新汲

銅瓶受五升，青絲三合繩。蕩入甌扁裏，蓮花發古青。

【評】

沈際飛云：「奇古。」

夢于勝地不浄爲苾蒭所惱作

一片香嚴地，兼非行廁時。醒來知是夢，垢浄竟何施。

示數息僧

嘿然成燕坐，一日下三千。和風定何處，空悲長壽天。

看守心施鳥

乞食到人家，家家飯煮沙。尚餘香積米，持施白烏鴉。

看西域人繡拄肚

手印從加色，娑陀出恨王。至今嘗乳處，猶是鬱金香。

【校】

〔娑陀出恨王〕詩用娑陁婆恨王事，見酉陽雜俎前集卷一四。若士割裂其名，非是。

書文中子後

郎主在六經，諸公復何有。欲以龍門關，上擬喪家狗。

觀劉忠愍公手筆口占

危言奉天門，疾雷擊鴟吻。骨肉了無餘，銀鈎見忠愍。

【箋】

劉球，江西安福人。永樂十九年（一四二一）進士。官翰林侍讀，正統六年（一四四一）諫麓川之征，忤王振。「八年五月雷震奉天殿，球應詔上言……」下詔獄，振使人持刀至球所支解之。後瓦剌入寇，英宗被擄，景帝贈球翰林學士，謚忠愍。上見明史卷一六二。詩第三句謂其被磔也。

【評】沈際飛評末句云：「五字傷情。」

楚江四時

波沱楊柳絲，崖氣隱天碧。好風吹雨來，及此歸舟夕。
莎淺碧瀰瀰，遠晴山翠新。輕波蕩柔櫓，江暖最宜人。
水痕落空碧，紅樹颯披離。一種臨風意，秋江晚渡時。
積雪滿槎枒，晦此江山色。漠漠漁樵人，相望不相識。

【評】沈際飛評第三首云：「淹遠。」

野意

野照紆寒碧，林煙上夕陰。終朝采瑶草，不是楚人心。

【評】

沈際飛云：「境與情會。」

有贈

似笑玲瓏語，如啼宛轉歌。亦知春色少，偏作暮情多。

偶題

世路尋常見，心期次第過。一般花月好，衹是恨人多。

山陰劉冲倩粤行祈子口號

自昔遊光孝，波羅樹色青。君行宜折取，歸種小蘭亭。

【箋】

〔光孝〕寺名，在廣東南海縣西北一里。湯顯祖貶官徐聞，曾往一遊。

燈曾韻和山子四首

淚涴芙蓉錦，心銷蓮蕊燈。一春何處好，還道去春曾。
露葉驚寒鳥，紗窗宿夜燈。即知花事蚤，心性爲誰曾。
月露紛來下，菱歌欲暮燈。容華江上晚，消息幾人曾。
睡眠驚阿姊，坐起半帷燈。只似年時夢，幽思説未曾。

【箋】

〔山子〕即謝廷諒。湯顯祖同鄉友人。

【評】

沈際飛評第二首云：「幽懷含吐，叶曾字恰妙。」

青閣

明月下青閣，遲歡心所娱。鳴笙松檜間，細與流風俱。

【評】沈際飛云：「天籟。」

黔中客有遺

見説南中苦，吹沙畏射工。何來閨閣裏，得有九香蟲。

爲連城道人口占

白石何當煮，藍田未許漿。但服雲霞氣，生身有玉光。

答客

富貴不可知，年壽何須問。但無少婦緣，粗有老人分。

摘白

側室了無與，聊取世眼黑。今朝好日辰，鑷此一莖白。

湯顯祖集全編詩文卷二一 玉茗堂詩之十六

不編年詩一百八十一首

黄金臺

昭王靈氣久疎蕪，今日登臺弔望諸。一自蒯生流涕後，幾人曾讀報燕書。

【評】

沈際飛云：「氣格老。」

池陽城南

池南三十六青峯，暗與青華色氣重。日暮煙空片霞起，江光飛滿石門松。

【校】

〔日暮煙空片霞起〕空，沈際飛本作「籠」。

送趙大歸齊

石林風雨樹蕭蕭，鳴鴈秋生江上潮。何待三周華不注，歸心如海白雲遥。

【評】

沈際飛云：「得送別情景。」

送秦次君之汴

朝雲鄣日望南州，一曲蘭歌清漢流。爲過雙溝莫留悵，月明無限吹臺秋。

【評】

沈際飛云：「得送别情景。」

送陸生遊齊

涉江送子芙蓉菴，楊柳春行緑影潭。東去青青莫惆悵，濟南山水似江南。

【評】

沈際飛云：「得送别情景。」

送鄭午陽之文登

爲赴東華碧海期，紫藤高髻獨行時。只應自占崑崙影，白玉臺前映九池。

【評】

沈際飛云：「似遊仙。」

豫章送何貞長遊岳州

平江仙女接陽臺，龍影連雲日幾迴。爲憶故中芝草長，一羣鸞鶴聽歌來。

【校】

〔題〕貞，萬曆本作「真」。

【評】

沈際飛云：「似遊仙。」

武進道中

迎春鄉曲影晴湖，苦竹西青接伴奴。總爲遊人俊鞍馬，貪看忘落髻心珠。

【評】

沈際飛云：「艷詩。」

梁溪

橫山斷尾若龍蹲，煙雨平蕪勢獨尊。日暮花溪泛桃水，太湖西去有雙門。

【箋】〔梁溪〕在江蘇無錫。

【評】沈際飛評結句云：「意淺。」

宜興道中

金沙的的濺紅顔，笑插桃花飄鬢鬟。遥見隔林人唤語，陌頭回望小心山。

【評】沈際飛云：「亦艷。」

逢賣玉者

萬里于闐片玉輪，到來連日價傾都。安知幾歲金臺下，卞子無緣似賈胡。

看賈胡别

金釵擊鼓醉豪呼，桂樹高樓啼夜烏。不信中秋月輪滿，年年海上看明珠。

【評】

沈際飛云：「有聲調。」

津西晚望

西津西望緑冥蒙，流水花林秋映空。三峯忽自飛靈雨，凌亂金光日氣中。

【箋】

〔西津〕在臨川。

【校】

據原本、萬曆本。臨川縣志載此詩標題作「西津」。首句「西津」作「津西」，末句「日氣」作「日色」。

送文生九谿

錦袍沾濕醉春殘，細雨梅時江上寒。南北武陵真不遠，何人生入荔枝灘？

王小坏去溧陽

陽羨山光春氣流，平林東望曲壇幽。即知金碧明湖上，煙雨能開大小浮。

【評】

沈際飛云：「渾成。」

秀州

雨濕松陵春滿煙，杏花榆莢映新田。不知何處唱歌好，東柵平湖日夜船。

【評】沈際飛云：「宋人好詩。」

金竹

村鼓壇神六日招，豚肩斗酒去安苗。兒童逐手争抛食，社長分頭看插標。

【箋】〔金竹〕鎮名，在遂昌城西九十里許。

新林浦

淩陽浦裏雜花生，曉屋鳴鳩春樹晴。昨夜南溪足新雨，轆轤原上踏歌聲。

青陽道口

博山橋上晚煙吹，花氣晴雲煖石池。解道青陽人易老，道旁僊塚故纍纍。

宿鐘樓尖

百丈天花散伏龍，青寒殘日映孤踪。松杉半拂歸雲洞，錦繡全開待月峯。

【評】

沈際飛云：「實。」

赤鑄山

干將昔此鑄芙蓉，風雨千秋石上松。借問閶門騰虎氣，何如江上鎮蛟龍。

【校】

〔借問閶門騰虎氣〕閶，萬曆本誤作「闔」。

【評】

沈際飛評第二句云：「得此句不呆。」

夢日亭

曾借君王七寶鞭，湖陰絳氣屬晴天。如今畫地連江海，祇合長安夢日邊。

采石化城寺

滄波雲氣結樓臺，采石金陵相映開。一朶青蓮留夜宿，諸天水月照人來。

穀池店

清弋秋江接賞溪，賞心人望竹園西。青衫草色兼晴雨，白蕩開花山鷓啼。

【評】

沈際飛云：「景勝。」

望華亭夕

華嶺懸泉下飲猿，六池秋色映梅根。今宵滅燭華亭上，可是前身水月魂。

魚龍洞

青城百里洞僊家，坐起西南九片霞。日氣玲瓏洲渚色，綠魚青鳥白蓮花。

九華

滴翠峯前天柱高，雲門清醮發僊璈。不知海上金輪月，夜夜神光起白毫。

花塘答蘇青陽

巃嵸朦朧煙雨初，龍池風色散花餘。遊人自惜三春草，僊令裁飛五色魚。

望春

除日迎春春吹開，鳳凰今作望春臺。氳氳淺色含香芷，歘歘浮寒動早梅。

【評】

沈際飛云：「少靈氣。」

廣陵夜

金燈颯颯夜潮寒，樓觀春陰海氣殘。莫露鄉心與離思，美人容易曲中彈。

病酒答梅禹金

青樓明燭夜歡殘，醉吐春衫倚畫闌。賴是美人能愛惜，雙雙紅袖障輕寒。

【評】沈際飛云：「平平。」

江宿

寂歷秋江漁火稀，起看殘月映林微。波光水鳥驚猶宿，露冷流螢濕不飛。

【評】沈際飛云：「能運。」

青陽道中

溪山雲影杏花飄，衫袖凌風酒色消。數道松杉殘日裏，春深立馬望華橋。

【校】

〔數道松杉殘日裏〕殘日裏，萬曆本作「含日氣」。含，又誤作「舍」。

溧陽洞山

瓦屋如雲春作花，華陽絳氣屬青蛇。中開百尺僊人掌，摇漾金光落紫霞。

豫章東湖送客

木葉微波江早寒，峩眉秋色醉金鞍。不煩琴曲驚千里，已看纖腰盡七盤。

【評】

沈際飛云：「即境。」

南康一夕至東流

秋風菊浦猶殘菊，春雪梅林欲破梅。星子縣前明月動，僊人湖上白雲來。

與劉東流

湖上僊人緑玉尊，梅潭新月映黄湓。空江不見王孫草，忘卻春深五柳門。

【評】

沈際飛云：「自慧。」

寄葉石埭

僊縣春泉似漢皋，誰家姊妹得僊桃。今朝水上絃歌發，爲送飛鳧雲漢高。

寄林南陵

日飲朝霞春氣開，陵陽僊令築亭臺。至今五色丹泉上，猶似吹簫白鳳來。

【箋】〔林南陵〕南陵知縣林鳴盛。福建莆田人。萬曆二年(一五七四)任。以上據南陵縣志。

寄林巴陵

漢西門上月華流,澧浦湘君玉佩遊。借問僊梟何處遠,白雲飛滿洞庭秋。

【評】沈際飛評末句云:「儁。」

送人入蜀

曨曨津樹曉帆開,簫鼓秋聲遠岸回。無事江關即惆悵,劍南猶有望鄉臺。

和王伯皋薄妝含暮景

盡教年少聽笙歌,粉署曲臺春恨多。最是薄妝含暮景,薰香爐伴要人過。

張老别

空江積雨映朝霞，歸去吴淞處士家。爛醉莫嫌秋鬢改，尊前重對玉簪花。

送陸生從軍薊門二首

鴉鶻盤雲秋氣清，香河飲馬暮嘶聲。新穿繡甲花樓子，知是潮河第一營。

盤山秋影掛盧龍，别道烽烟入喜峯。但得轅門能拜將，邊墻何用兩三重。

上巳渡安仁水有憶兩都

泛羽流波芳樹新，船中穩坐唱歌人。可憐三月桃花水，不似千金堤上春。

【箋】

千金堤在臨川，詩意是憶家，似與題目不合。安仁水，在江西。

送客信陽謁何太史

直到三鴉九曲河，迴腸一日幾經過。萋萋莫向王孫草，恨這關前春恨多。

【箋】

〔何太史〕名洛文。信陽人。嘉靖四十四年（一五六五）進士，選庶吉士，授編修，官至侍讀學士，卒於萬曆二十八年。詩作於此前。見本朝分省人物考卷九三。

【校】

〔直到三鴉九曲河〕鴉，萬曆本作「灣」。

【評】

沈際飛云：「脆。」

看畫口號

何處三公指向空，白頭西笑日東紅。三公久視如相識，烏有子虛無是公。

送客萍鄉成禮

宜春春酒鳳簫迴，暮雨雲朝玉女推。歸到筆花應五色，聰明泉上讀書來。

【校】

〔暮雨雲朝玉女推〕推，萬曆本作「堆」。

讀四十二章經

好是摩騰並法蘭，金光輪指爲君彈。都拚劫盡趺蓮裏，直是中華遇佛難。

爲華容宰口號

院院花開春可憐，宫娥湖上看新田。即今雲夢纔乾土，莫要兒家水面錢。

漫書

新箋仔細曾無録，小論叢殘未擬玄。獵賦韻高雲夢後，騷經注上日中前。

聞谷南高卿起武岡

年少何須即掛冠，玉人無恙繡袍寬。扶顔欲問丹砂水，離夢先過孔雀灘。
芳草佳期與夢迴，淥波春色照雲開。賈生西上知何日，千古沅湘一到來。

【箋】〔高卿〕名應芳。金谿人。官太僕卿。假歸，爲忌者所中，左遷武岡州，不赴。見撫州府志卷五〇。

題雙輪走馬燈

一篝燈影亂輪蹄，一片東征一片西。好似咸陽烽火夕，楚騅歸去漢龍嘶。

【評】沈際飛評末句云：「化工肖物。」

粤裝偶見祁羨仲刀子

桂瘴來時青氣深，七星巖畔寶刀沉。交遊半百逢生死，燕市悲歌一片心。

【箋】

〔祁羨仲〕名衍曾。東莞人。曾與湯顯祖同赴春試。

【評】

沈際飛云：「豁寫胸臆。」

夢譚見日祁羨仲韓博羅區海目如昔時下第出長安，潞河雪舟言别成韻，後絶余和者，羨仲拋盞落地，愴然罷起，覺而紀之二首

菰蘆半醉雪花飛，夜起清寒話入微。共道梅關春色早，那堪人去直春歸。

羅浮見日吐精熒，更直韓匾好弟兄。手攬敝貂成一笑，長年風雪此中行。

【評】沈際飛評第二首見日二字云：「姓氏。」

聞許伯厚入都

木末寒生水氣清，吴西煙雨最含情。秋風俠骨雲霄裏，河外江南寄一聲。

【箋】〔許伯厚〕名應培。擅古文詞。曾遊湯顯祖之門。見嘉興府志卷五一。

【評】沈際飛云：「矯然。」

湘陰曲有贈

鄰泉釀酒作荼蘼，鴛鴦井上曬臙脂。獨夜湘皋采蓮子，何處聞歡歌竹枝？

【校】

〔題〕萬曆本無「有贈」二字。

【評】

沈際飛云：「姿韻依然。」

送袁生謁南寧郡

白髮孤遊銅柱西，瘴來江影似虹霓。千山落月無人語，榕樹蕭蕭倒掛啼。

送武陵陳判之鬱林

鄉樹秦人隔幾重，鬱江秋煖衣芙蓉。參差人面能人語，怕是猩猩樹底逢。

送林貴縣

蒼梧猿斷泣湘君，人向清潯逗日曛。直下寶江明月影，能開二十四峯雲。

小孤夜泊

小姑廟前迴夜舟，風起哀歌神女遊。灩灩落霞臙脂港，娟娟新月峨眉洲。

【校】〔小姑廟前迴夜舟〕小，萬曆本誤作「山」。

【評】沈際飛評末句云：「妝點。」

淮清橋弔許公

玉璽勤王路已窮，寶釵猶在翠微空。涓涓幾尺淮清水，流向江東許侍中。

【評】沈際飛云：「逼古。」

送關叔秀北遊

家住白蘋煙水村，霏霏筆勢趙王孫。鳳凰池上蓮花幕，何必諸生倚市門。

答無懷

新雨無人髮未梳，得來池上故人書。高風六月宜棲息，秋水來時同看魚。

【箋】〔無懷〕周宗鎬字。臨川人。見本書卷二六哀偉朋賦。

【評】沈際飛評云：「濠間濮上想。」

江山圖

地折東南一半無，天傾西北幾雄都。秦皇不合求僊去，眼見江山是畫圖。

【評】

沈際飛云：「大現成。」

過北鄉神橋

野老相逢秋色孤，大荷溪鳥没菰蒲。輕煙欲露蜉蝣嶺，片月能生巧子湖。

寄南平令

去去精靈得幾年，豐城曾與玩龍泉。歸舟儘載閒風月，好過高高黯淡天。

諸生時同周明行天寧寺房頭不見

少小能爲文字禪，硯池花雨竹窗前。海珠夜落蒼龍影，淚向誰家一滴泉。

【箋】

〔周明行〕名孔教。臨川人。撫州府志有傳。

〔天寧寺〕在臨川東城，中有一滴泉。

【評】沈際飛評題目「天寧寺房頭不見」云：「何語？」按：疑有誤字。

口號寄馬長平，初見長平于魏老卜肆，感懷

不曾爲吏向廬江，一笑相逢俠不降，今日長沙思季王，長安空老魏無雙。

【箋】〔馬長平〕名猶龍。河南固始人。顯祖同年進士。曾任廬州推官。見廬州府志。

【評】沈際飛評第二句云：「妙。」

武家樓西望塔下寺

年少書酣此共棲，石蓮龕雪夜燈齊。重來獨上南樓月，鈴鐸無風塔影西。

【評】沈際飛評結句云：「作詩時景。」

上巳燕至

衹憑憔悴望江南，不記蘭亭三月三。花自無言春自老，卻教歸燕與呢喃。

【評】沈際飛云：「清迥。」

天竺中秋

江樓無燭露淒清，風動琅玕笑語明。一夜桂花何處落，月中空有軸簾聲。

【箋】〔天竺〕在杭州西湖。

【評】
沈際飛云：「秀拔。」

鸚鵡賦

隴西千里向平原，西笑時時緑羽氄。不似禰生終見殺，止因能作世人言。

憶光孝寺前看蕉花作

拜朔臺前春色深，碧雲江上幾沉吟。霏紅膩緑蓮花女，抽盡芭蕉一卷心。

【箋】
〔光孝寺〕在廣東南海縣西北一里。

題蘇判畫四首

雲影松陰翠欲遮，石梁山徑有人家。清輝似入天台路，盡日看飛水碧花。

綠雲華屋寄清真，不似山陽舊七人。便欲攜書向孤嶼，水光山色坐吟身。
弄雲多半水亭陰，水外幽人杖屨尋。獨坐濠梁空翠裏，不應真有羨魚心。
垂垂樹雪俯山亭，時見幽人出谷行。獨笑灞橋無酒店，題詩空折野梅清。

【箋】〔蘇判〕名九河。雲南人。何年任撫州通判不詳。見府志卷三五。

【評】沈際飛云：「詩妙。不必□目，便知蘇畫之工。」

孫巡司還嘉禾懷馬心易岳石帆二首

家近湖南煙雨邊，漁歌那復羨臨川。君看滿目高華客，大向雲林作散僊。
不爲蓴絲想越鄉，斷帆秋老秣陵霜。歸家得向錢郎醉，分取吳江蟹半黃。

【箋】〔馬心易〕名應圖。平湖人。時自刑部主事免疾歸。見平湖縣志。

【評】沈際飛評第二首云：「蕭散。」

法堂僧説泥丸事二首

西笑無因躡紫霞，時時相勸服靈砂。深秋不上終南去，已過蟠桃十月花。
洞主空留火候圖，傳來太乙近天都。不知一綫風提起，救得蓮花七佛無。

【評】沈際飛評第二首第二句云：「古句。」又評末句云：「語率。」

夏寒

明朝欲醉三庚伏，昨夜還衾一葉綿。止似薄軀林卧好，在京渾欲炕頭眠。

【評】沈際飛評第二句云：「不着色，妙。」又評結句云：「拙。」

湘山障子

蒼梧雲影落人間，帝子浮湘竟不還。千載秦皇問堯女，不能燒卻淚痕班。

送客湘東

拂檻菱歌餞遠游，斷蟬疎雨最宜秋。思君獨夜夢何處，班竹簾西湘水流。

【評】沈際飛云：「繡口。」

楚江秋四首

等是遷延醉一程，悽鸞愁鳳語分明。柔情怕逐江流轉，一曲琵琶引曼聲。

病倚珠簾微嗽時，無緣相見蹙蛾眉。楚江秋色清如許，坐聽闌干琥珀詞。
繞江幽怨逐絃深，樓外秋山起暮陰。大有行人偷下淚，參差彈破碧雲心。
楚雲如夢夜何如？泥泥絃中説衆諸。落月滿簾風露急，爲誰清怨與躊躇。

【箋】

詩旨與袁晉（一五九二——一六七〇）傳奇西樓記劇情無不合。劇中生旦以一曲楚江情定情。琥珀詞指第二十齣琥珀貓兒墜。袁氏妙齡少作，當下盛行如是，此詩可爲證言。

【評】

沈際飛評第三首第三句「大有」二字云：「慣用。」

拂舞詞

玉壺清管向西鄰，紅袖斜飛雨拂塵。醉裏踏歌春欲遍，風光長屬太平人。

蕭臺懷古

木葉山煙海色移，舊家簾影扇開時。那知十段回心曲，併作千秋絕命詞。

【評】沈際飛云：「蕭颯。」

青城山人遊嘉禾

雪下峨嵋見一班，興隨江海漾春還。欲開天口憑飛舞，心在長墻秦駐間。

嘉水招提寺

且脱袈裟覆錦袍，酒闌衣桁雨蕭騷。千金一曲傷春色，零落瑶琴金係條。

送周仁父遊梁二首

鴻鴈高飛海色空，河橋秋發暮雲東。書生解作相如賦，歲晏梁王在雪宫。

客自何來來舊鄉，喜將詞賦學遊梁。驚心不向夷門泣，河上無塵鬢有霜。

題畫送蘇判南還，懷唐少嶼二首

六國黄金寫印文，白頭那似此蘇君。西江一幅閒秋水，笑向南天五色雲。

蘇君曾説好襟期，花嶼唐翁愛我詩。雲外不辭歸夢遠，參差騎馬到滇池。

【箋】

〔蘇判〕名九河。雲南人。何年任撫州通判不詳。見府志卷三五。

【校】

〔蘇君曾説好襟期〕好，沈本作此。

贈蘇醫田家二首

杏花菖葉泥春田，種杏栽蒲較引年。向後五倉須卻粒，看君真得禹餘僊。

仕宦逢年總未央，僊翁車騎有餘糧。城南二頃都休問，六印何如肘後方？

重過采石

夕陽千里弄舟還，一片秋聲兩岸山。醉着錦袍如夢杳，月明何限水雲間。

【評】

沈際飛云：「澹人功利之想。」

出關度瀛河二首

岸草移舟簫鼓遲，河陽春色憶佳期。衝風日暮人千里，屈子乘湘去此時。

河陽春動草毵毵，楚客含情向碧潭。自別黄金臺下路，不嫌人唱望江南。

雲聲歌寄宜興張文石，並懷能始中郎三首

同是清時放逐行，參差江嶺向吴京。蒹葭盡處滿秋色，高閣蒼茫雲漢聲。

畫史伶歌粉墨羣，水煙山翠恰饒君。不因洞裏呼龍起，一片張公善卷雲。
新來好句得曹袁，翠冷珠輝整欲言。更作清微河漢語，秋聲移動白雲痕。

【箋】〔張文石〕名納陛，字以登。宜興人。萬曆十七年（一五八九）進士。由刑部主事改禮部。二十一年，與顧允成等諫三王並封，貶鄧州判官，乞假歸。據顧憲成作墓志銘，見涇皋藏稿卷一七。

海陵觀徐神翁像二首

色盡神移看寫生，元都衫影罩空明。滄桑欲換題愁去，一種神僊世上情。
檀像虛無畫像新，掉頭不識底傳神。千秋淚迹神光裏，愁看人間羅刹人。

同藏公天界寺見沙彌蹋者

偶逢集夏與同遊，鳥語風旛臺殿幽。一食老僧移坐起，少年隨意打皮毬。

看大理客辭家

白巖如鏡瀉青湖，龍尾關前望小孤。便作點蒼山色好，可能分入畫眉無？

湖上有懷陶蘭亭

竹葉新炊龍井香，睡魂清渴酒壚傍。何時一棹山陰雪？爲試陶家十六湯。

春夜有懷謝芝房二首

木閣箐頭青桂枝，越人文字漢臣知。幾年元夕深盃裏，又是燈殘月落時。

每到燈時一舉盃，參軍書去隔年回。章門便是金臺路，飛越峯前匹練來。

【評】

沈際飛評第二首前半云：「深懷淺寫。」

武陵春夢

細語春情惜夜紅，妨人眠睡五更風。明朝翡翠洲前立，拾取砂摇置枕中。

【評】

沈際飛云：「金筌玉臺之流。」

看踏麯

繫馬慵妝笑有無，强將人當酒家胡。晴來正踏襄陵麯，石蜜紅椒色味殊。

内人服散

曉鏡當窗影碧紗，曾無心緒到鉛華。經春惡阻知何藥？還愛新飛水玉花。

招慶寺

曉風疎雨帶雲陰，翠黛輕衫湖水心。一曲渭城底春色，西泠橋畔落花深。

【箋】

〔招慶寺〕在杭州西湖，今改爲少年宫。

寫韻樓

松樓寫韻暗沉吟，似有人來江樹深。斜月半山風佩起，千秋南浦别離心。

官閣

蘭歌滅燭暗逢迎，檻倚紅梅發艷輕。半醉卷簾春雪裏，竹廚煴火夜分情。

贈郢上弟子 懷姜奇方張居謙叔侄。

年展高腔發柱歌，月明横淚向山河。從來郢市夸能手，今日琵琶飯甑多。

【箋】

〔姜奇方〕曾任宣城知縣。湖廣監利人。見玉茗堂文之七宣城令姜公去思記。

〔張居謙〕故相張居正之幼弟。據張太岳文集先考觀瀾公行略。參看列朝詩集小傳及棗林雜俎和集湯顯祖條。

山茶初發

檀心翠葉此含胎，燈候晴紅帶雪開。唤作寶珠須愛惜，燕裙時與障寒來。

答孫子京香峯之約

玉氣流光蘭氣薰，秣陵文物最思君。年來枕席夢何處？長似峯香湖起雲。

醉客歸吴和作

浮家祇在洞庭灣，浪醉何常信宿還。水月寺前春露曉，夢魂茶氣小青山。

答内傅

父傅淳盛德士也，母蕭京師人。

且伴忘憂學種花，玉臺閒詠小窗紗。年來見説兒馨好，能賦東征作大家。

内人入齋

不爲成雙學種麻，偶然閒獨悔炊沙。清齋素服光如月，自賞香瓔茉莉花。

酌方赤城孝廉二首

赤城霞氣動虚舟，來作西江月下遊。唱盡新詞留一醉，芙蓉清露最宜秋。

笑倚孤屏接大方，吟壇相望水雲鄉。何時更躡清寒影，天柱峯頭看月光。

德州卻寄苦水揚掌故先生

官近濠梁興即同，霍丘文學詎成翁。驅車更屬平原酒，日暈吹沙河上風。

玄都曉夢

城郭人民不可知，好懷幽夢亦相隨。山行落月聞簫處，林坐熏風摘阮時。

【評】

沈際飛評首句云：「直。」又評第三句云：「韻。」

送曹生池陽二首

千里相過陶令家，水邊高菊映殘霞。東歸一上青蓮石，雨洗風吹紺碧花。

十年秋浦記曾游，白笱煙霜長自秋。大有池陽隱君子，月明人語弄溪樓。

楊雪浦家懷舊

雪暗燈殘思復沉，昔人曾此醉黄金。琴歌一去憑誰續？淚點間關絃上心。

代送蜀客

新婦同牽架上衣，今朝舉案淚痕揮。經知别後銷魂處，十二峯頭雲雨飛。

久齁作

通天爲恙是何神，去歲辛夷花又新。獨是太醫如吏酷，吟詩酤酒不由人。

暮江圖

風起煙霏林翠開，暮帆秋色半江迴。疎燈獨照歸鴻急，長似瀟湘夜雨來。

【評】

沈際飛云：「王右丞。」

小桃源圖

桃源無路覓秦餘，欲傍滄浪漁父居。不知雲夢山頭女，有得心情來獻魚。

潯陽送畫者

氣骨高寒足自知，颯來湓口照鬚眉。驚呼顧凱相臨取，五老峯頭雪霽時。

寄青陽何大選袁成謨三里店王賢

金陵子弟憶年時，每到雕湖定夕炊。一別淩陽雙鯉後，九華煙月夢常隨。

都下看瞽嫗絃子唱命者

聞來不是百章歌，强合宫商可奈何？合眼琵琶説官品，洪州初有阿來婆。

北方婦女窰穴者，嘆之

略剪茅茨亦丈夫，曲腰官柳足扶櫨。不應穴處今何世，錦帶書中説四姑。

過春申故宫

迷迷春草暮江陰，黄歇宫開竹塢深。去燕尚留亡國語，離亭當日聽琴心。

花步廊

手面兒郎學剪花，圖花捻蠟是生涯。春兒又到朱門裏，眼見風流度幾家。

遺張僊畫乃作灌口像

青城梓浪不同時，水次郎君是別姿。萬里橋西左丞相，何知卻是李冰兒。

紫柏不受紫衣口號

秣陵衣色如天竺，赤布僧隨大笠遮。懶作儀同稱輔國，相逢何用紫袈裟？

聞戒壇許僧尼同受者，解嘲二首

師子國中開鐵索，蔡州崖畔轉金輪。但是天花無住着，何須更問女兒身。

翻經學士費沉吟，老壽將軍出妙音。祇看洛陽東寺裏，兒馨通得法華心。

規中嘆

見火全飛水上金，波瀾曾此費沉吟。新開内景分明語，七節蓮花護小心。

卓翁縫衣妓

木蘭衣色本希微，何用求他鍼縫衣。會是半眉看不見，一時天女散花歸。

【箋】

〔卓翁〕李贄，字卓吾。明代著名哲學家、文學批評家。萬曆三十年（一六〇二）自殺於獄中。

聽閩人説占城事

長説三光在覆盆，梯航不共四交論。何緣覓得開天竅，還道天西有一門。

【箋】

〔占城〕今越南南部。明初入貢，交往頻繁。古稱林邑（秦）、象林（漢）或占婆（唐）。

贋句

張率新詩題沈約，慶虬清思托相如。刳心置地何難識？古月今人看即殊。

【評】沈際飛云：「情傲。」又云：「純見若士手筆。」

南城懷鑑湖甯翁

師門長共月中行，卧聽玄都理玉笙。一散魚龍煙霧裏，蘭沙不見甯先生。

麻姑山下嘆樂湖張君

幽憂長與至人遊，妙語清歌瘦不休。别後麻源春信遠，樂湖煙雨寄東流。

【評】沈際飛評第二句末三字云：「三字妙。」又評第三句云：「上四字亦妙。」

爲阿�多病檢方

嶺外時留蘇合香，爐頭湯沸小兒郎。不知顱顖經中説，黄帝曾無立小方。

靈隱寺月食

最是修羅不着人，今宵桂子隊無因。先教救取闌單兔，曾爲傷心在月輪。

丹徒民張昱奏：其叔占收第一祖宋高宗皇帝駙馬培賜物及第二祖蔡京丞相女奩物，並發吳慶封濞子塚寶物萬萬。絶倒，偶成

天帝詼諧一笑聞，宣和遺事莫紛紛。獨憐千歲椎埋客，不到延陵季子墳。

【箋】談遷棗林雜俎和集無賴妄奏記金史宣宗興定三年（一二一九）發宋蔡京故居得二百萬有奇事，與此相類。

【評】沈際飛評結句云：「更爲絶倒。」

過句容

句容別館向勾吴，露冷春宵起夜烏。獨是梧桐秋不死，長留雲氣似枌榆。

蜂

清露高簷歷亂旋，午煙微颺網絲纏。憑誰決取飛飛去，作蜜銜花謝少年。

送王南陔楚遊

又負秋期見即悲，爲文將弔楚湘纍。心知欲别語難盡，便作忘情去莫辭。

看孚鷄子

黄白光中一氣先，都無半月羽毛全。亦知天地如鷄子，盤古于中萬八千。

寄謝侍東遼左二首

插漢窺闞事欲多，遼陽當已失紅螺。寧前直鈔開原路，止隔三岔一渡河。

中郎萬里計軍儲，海餉登萊似國初。若道全遼堪郡縣，祇消家令幾行書。

【評】

沈際飛評第一首結句云：「有關係。」

姑蘇莫公遠欲往溪南，戲之

七十行歌不易逢，猗南無計且從容。休將尺練寒泉眼，要向南山看白龍。

送遼幕過居延二首

鴨緑江寒匹馬行，奴酋未必敢連兵。三汊剩有葫蘆口，一夜能高木栅城。

居延子弟好從戎，酒債胡頭誓不空。獨在九邊能血戰，不夸張掖搗巢功。

【評】

沈際飛評第一首結句云：「方略。」又評第二首第二句云：「痛快。」

送道兄鄒華陽入越二首 有序

公名光弼，三世務黄白之術，所失不貲。以孝廉令鍾祥，乃更清苦甚。力護士民，扞税璫，忤旨落籍，貧不能活。聞越中能死汞者，欣然舉債而從之。一笑爲贈。

家世燒丹家轉貧，抛家爲令漢江瀕。官方又失田園計，道路追尋草汞人。

余纔足食衰疲蚤，君幸遲衰生計難。獨羨賦官歸老健，一生贏得不求丹。

【箋】

〔鄒華陽〕名光弼。臨川人。萬曆七年（一五七九）舉人，陞鍾祥知縣。以反對税監，爲中官陳奉、杜茂所銜，疏參逮治，削爲民。見撫州府志卷五一。

【評】

沈際飛評第二首結句云：「嘻笑怒駡，讀者有省。」

謝土作

未必土地能病女，何知太歲即關人。飛箋酹地巫陽事，大要心神是宅神。

【校】

〔飛箋酹地巫陽事〕酹，當作「酹」。

別墅同饒見石李本仁曾在中甘伯禎

攤書不用文章嶺，解帶何須禮義山？但得醉眠荒墅裏，白頭心眼一時閒。

寄懷監利姜公奇方公子

世情交態日紛紛，白雪朱絃更不聞。獨傍愁魂向江水，荆臺楊柳氣如雲。

【箋】

〔姜公奇方〕任官宣城知縣及杭州同知時，湯顯祖曾往作客。

潔上人重修棲賢二首

千秋少室起寒煙，達老黄龍意已傳。水石如雷轉空谷，年年風雨夜安禪。

五老峯前舊迹開，欲作蓮社寄宗雷。陶家酒熟公先至，且作攢眉一笑回。

【箋】

〔棲賢〕寺名，在廬山。

〔少室〕唐少室山人李渤曾隱居廬山。見新、舊唐書本傳。

中元題

窮鬼錢神不耐真，餤籠飛作紙燐燐。陰司總被人間賺，忘卻司存鼓鑄人。

蜀客歸娶者贈之

窮愁何必是他鄉，百歲爲歡一日强。春盡峨眉見歸客，蜀裝傾出海棠香。

【評】沈際飛云：「艷中帶冷。」

書金史後

滄桑長共此山河，卻爲中原涕淚多。看到幽蘭軒裏事，依然流恨似宣和。

【評】沈際飛云：「落筆惘然。」

銅雀伎

吴起張巡總爲名，到頭纔識此中輕。若言銅雀分香假，泣向虞兮亦世情。

【評】沈際飛云：「千秋定案。」

避暑飲孫賀明爲別作

偶從岐路識行藏，下榻惟依古刹香。更説南圖方六月，無能分與北窗涼。

周臺官入楚自稱酒狂，戲贈

挈壺還醉楚江蓱，詹尹矇瞳對獨醒。向後門簾書命字，滲標徑尺酒旗星。

看採茶人別

粉樓西望淚行斜，畏見江船動落霞。四月湘中作茶飲，庭前相憶石楠花。

【評】

沈際飛云：「有味。」

登高西望

不老峯中半百年，時將歌笑出雲煙。家居不借金莖露，自有聰明第一泉。

和尊言賦

靈仰方中，提翔上宫。㯹承孟閏，矯揭南雍。問我何思，思我慈翁。昨得翁言，提朂玄風。翁曰「告汝，民之初生，空遊莫圉。夏子姬嬴，繩生知諝。多知徂年，自絶遥舉。汝生有辰，厥命在旅。劉歷扈翫，不惡寒暑。爲汝駘蕩，不相齟齬。胎槖綿息，絶屬微許。營載不密，馳觴樂女。迷惑兩竪，醜不可語。謹牽龍轅，孰虐汝酺？調伏雀味，誰迫汝處？微言邈視，復息其所。平冲廣行，少取多與。可以長壽，視天倚杵。寧云波世，遂絶敦圄。在儒爲聖，在墨爲巨。曾是不居，但費行糈」。兒跪受教，聳汗若雨。有生之生，衆父之父。兒非堯孔，又乏彭聃。無量無方，不得雙湛。禹疏舜女，由絶夏南。嚴規易守，要玅難探。尊有成命，天無戲談。世目同諦，何止得三。

【箋】作於萬曆八年（一五八〇）庚辰，時遊學南京國子監。賦云「慓承孟閏」，夏四月閏。三十一歲。

湯顯祖接奉其父手教而作此賦。據文昌湯氏宗譜，父名尚賢，字彥父，號承塘。弱冠受餼於邑庠。顯祖作此賦時，父年五十三。

【評】沈際飛評「兒非堯孔」四句云：「語太瀾浪。」評「世目同諦」二句云：「似謎。」

庭中有異竹賦 有序

大學東廂向南，君子亭兩偏皆竹。面闌干外小方池，池外砌植紫牡丹白芍藥數株。中有一竹，亭然砌上，旁無附枝。闌干之內，側生一竹。諸生疑此竹且穿簷而出，當刮去。大宗師戴公不許。此竹竟從橫闌稍曲而上，不礙也。公嘆曰：「誰謂子無知矣。」授筆湯生，立賦此兩竹。

大學之英，君子之亭。度靈臺而選勝，繞聖林而啓扃。麗圜橋之璧藻，薦方沼之文萍。被素風以悠衍，承翠氣之葱菁。魚相忘於在沚，鳥載肅於高冥。非遊塵之所簉，實君子之攸寧。朱絃在御，玉磬懸庭。緒休閒於鼓篋，肆静謐以横經。采齊而步其視，呻畢靡亂其聽。色載笑而嘉則，張一弛以遺形。釋繽綸乎几席，縱流蒞于軒檽。幄垂雲之曼菉，帶積石之遥町。練粉飄而莫莫，玄池韻以泠泠。何修叢之葺靄，儼雙篠之伶俜。在籦籠而矯雋，信空虚之有靈。顧湯生而命進，授淇園之筆精。對横簮以迤羨，立函丈以經營。

池上方臺，雜卉羣栽。丹華皎砌，素蘂翻堦。孰亭亭而異觀，照瀰瀰之檀欒。挺碧鮮而上峙，擢岧嶢之翠竿。復有宇下盤桓，庭中偃蹇。衆疑萃於孤高，謂妨簷而欲剪。竟自出以委蛇，挹清池而迴展。翫此篺之生成，象至人之舒卷。爾其爲狀也，虚中忌實，疎節簡密。臨流似淵，依巖類逸。貞儷乎淑美之操，直比乎君子之筆。影防露以嬋娟，響應律而蕭瑟。兹簣簹之一態，未若戛標而巧出。乃其芳根獨遠，一⿱竹悉玄通。絶左右之葳蕤，貫青熒而在中。匪臨深而表勁，緊濬孑以明冲。豈太山之荏苒，似高岡之梧桐。若其迸石而立，磬折傴僂。下不礙於憑軒，上不虧乎承宇。羌有心乎雲步，乍低迴而矯舉。貴托根以自全，異當門之鋤去。

故孤生者常直，近人者常曲；直有取於明心，曲亦時而衛足。明心靡遐，衛足匪他。一鸞一鳳，一龍一蛇。自歌自舞，或屈或伸。君子儀之，素體圓神。左右貞風，學士如林。敬吟菉竹，逴嗣青衿。

【箋】

作於萬曆八年（一五八〇）庚辰，三十一歲。據實録，是年二月戴洵陞南京國子監祭酒。明年四月致仕。湯顯祖是年春試不第，南歸，遊南太學，秋後返臨川。

【校】

〔采齊而步其視〕齊，萬曆本作「薺」，義同。
〔謂妨簪而欲剪〕妨，萬曆本誤作「枋」。
〔翫此簳之生成〕此，萬曆本誤作「比」。
〔踈節簡密〕簡，各本都作「蕳」。當改。

【評】

沈際飛評「采齊而步其視」句云：「醜句。」又評「故孤生者常直」四句云：「比物連類，是得賦情。」

翠娛閣本評云：「思微而理，可嗣風雅。」又評序「此竹竟從横闌稍曲而上」句云：「竹能自全，亦異也。」評「衆疑萃於孤高」句云：「楚詞中佳句。」評「匪臨深而表勁」數句云：「巧於寫象。」又評「下不礙於憑軒」以下數句云：「可作太學士型。」

瘵鶴賦 有序

大司徒王公，北海樂亭人也。聖亦如愚，貴能存賤。頫聞浮譽，先移長者之車；仰謝光塵，即倒王公之屣。見其公子，本藍田之玉艷；示以著述，兼册府之璆綴。披讀其中，有瘵鶴一記。司徒公從御史遷大理時也，途遘被創之鶴，哀鳴馬首。軒而瘵之，長翼盈肌，終不復去。表君子之流慈，偉僊禽之善托，抽筆敬賦。

夫何一皓麗之僊禽兮，孕海隅之奇氣，鼓壺嶠之清夷。表赬玄而間藻，逞丹素以明姿。趾象虬而振步，形亞鳳以揚儀。吐奇聲而嘐徹，駕雲蹤其委蛇。薄幽林而不處，颺平圃以高睨。豈垂吭於貴粒，將毻毻於昆池。崇紅閒之離繳，礚玉態以披離。至乃華表摧雲，蘭巖墮雪，膺散紫胎之毛，臆染蒐戎之血。月羽全虧，霜翎乍折。落萬仞以遥鶩，逗千翎而横絶。欻桂籍之來遊，會蒲且之見掇。遂乃延頸伏地，長鳴振天，向流風而若訴，庶歸仁兮自全。

厥有碣石真僊，孤竹名賢，儷寶慈於柱史，邁種德之庭堅。霽霜稜于繡斧，吹煖律於盧船。在雲屯而叩拯，迨震解以流鐲。公府之驄且止，神皋之禽可憐。遂乃駐此遊龍，收其病鶴。類秦樹之驚烏，似雕陵之感鵲。縱置文園，留陪金閣。擬儁格以難擄，遲諠寰而眷托。謝冲天之騏驥，就投人之燕雀。閔其半死半生，借以一丘一壑。飲以流丹之泉，傅以良金之藥。俛仰頤神，行遊顧樂。弱骨重堅，殷痕再合。嬉同神王之翬，怖異禪林之鴿。戲葳蕤之瑣墀，對氍毹之華榻。

爾乃素月蟾流，清風螢亂，繡箔催蛩，關河別鴈。滴塗露以凉年，耿微霜而夜半。單隻誰儔，逍遥無患。聽遠唳於層霄，聳素心於遥漢。至若西北十五，東南二八，霞肆羣翔，雲天永戛。或取僊人之箭，或寄西王之札。動清叫於圜方，寄奔想乎块圠。豈疎肉之難飛，詎淺毳其如鎩。低昂欲翥，徘徊至曙。憶虞人於藻田，奉君子於蘭署。非戀目以余羇，寔秉心之維恕。念酬環其莫展，欲銜珠而未去。寧希淇上之軒，未羡緱山之御。願終惠於階屏，永畢生兮容豫。

【箋】

大司徒王公名好問，字裕卿，號西塘。樂亭人。嘉靖二十九年（一五五〇）進士。授太常博士，擢御史，頗有直聲。尋遷大理寺少卿，晉太僕，歷通政使、工部侍郎，轉刑、户二部，累遷南京右都御史、户部尚書（大司徒）。著有春煦軒集三十六卷。其子渾然，萬曆十九年（一五九一）舉人，歷官刑部侍郎、馬湖知府。以上見永平府志卷五六。湯顯祖萬曆八年作詩戴師席上送王子厚北上可參看。子厚，渾然字。

【校】

〔鼓壺喬之清夷〕喬，當作「嶠」。

〔駕雲蹤其委蛇〕駕，萬曆本誤作「嫁」。

〔臆染蒐戎之血〕血，萬曆本誤作「丘」。

【評】

沈際飛評「至乃華表摧雲」六句云：「煒煒。」評「收其病鶴」句云：「其字不佳。」評「謝冲天之騏驥」句云：「騏驥豈冲天之物。」按：文選鮑照舞鶴賦注引相鶴經：「蓋羽族之宗長，僊人之騏驤也。」沈評非是。又評「閔其半死半生」句云：「率筆。」評「爾乃素月蟾流，清風螢亂」數句云：「形容欲去一段光景得勢。」

翠娱閣本評云：「玄緣丹頂之華，唳風咽月之嚮（響）。」又評「膺散紫胎之毛」數句云：「雅倩。」評「爾乃素月蟾流」數句云：「微風淡月，妙有微致。」評「念酬環其莫展」四句云：「想出深情。」

百僊圖賦壽郭年伯相奎父

南極一星，西真百人。靈儀飲日，正氣生神。年齊一指，人過六身。黄眉寫照，素領籠巾。巑岏杼首，緬邈微嚬。松子遊漢，桃花去秦。桃結千年之實，松披萬歲之鱗。蒲茸石上，珊瑚海濱。露晞紅燥，烟開翠勻。俱邀皓侣，並戲玄津。則有乘緱抃鶴，託李馴麋。弈則樵人之斧，博則井公之碁。了忘懷於勝負，或試守於雄雌。復是僊林結響，比竹調吹。琵琶出峽，琴歌湧湄。彼輕宫兮穆羽，庶調鳳以鳴螭。別有金根紫腦，繡軸緗蕤。筆揆空青之秀，箋標小碧之奇。南軒並檢，西極同窺。坐寫三皇之誥，行書八會之詩。若乃芙蓉半幘，杜茝全披。俯瘿槐而叩旨，策靈杖以支頤。載色載笑，或前或隨。棄雜縣之廣樂，謝迷陽於履綦。剔耳兮綴宅之高窗不掩，晞髮兮明堂之華葉無虧。翔風窈窕，曳景逶迤。亦復遊波紫源，采琳玄殿。月鼎裁圓，霞火初扇。雀舞蛇遊，龍吟豹戰。文武閒調，陽陰顧戀。黃金丹兮半圭，紅玉粉兮一片。一片兮丹田，九轉兮洞天。歸昌兮何與人事，入昴兮空聞代傳。出函關兮何嘆，留漢庭兮未旋。辯葡萄兮進酒，援桂枝兮往篇。并榮塵兮不免，非玄通之固然。何如列真之圃，象帝之筵，龍花對飼，螢芝並燃。雲子風實，椹都藻川。偕揚妙氣，寧知大年。山中兮若有，環中兮又玄。詎貞脆之殊采，信語嘿以平筌。欽風久矣，圖雲爛然。是用寫東華之百老，寄西昌之一僊。

【箋】

郭相奎名子章，泰和人。隆慶五年（一五七一）進士。歷官都御史，巡撫貴州，進兵部尚書。著有閩草、留草、蜀草、浙草、晉草、楚草、黔草等集。見靜志居詩話卷一五。

【評】

沈際飛評「留漢庭兮未旋」云：「留侯事重用。」按：此是東方朔事，見漢武故事。

池上四時圖賦 有序

南安孫子樂，予同年友也。搆精館於周池之中，成臺之上。極山水之致焉。繁植芊綿，遊鳥啁吵。孫生體素懷冲，覽聽流玩，不能離去。自號印池居士。屬者應詔，迫而就道。則緗囊錦腦，寫其八節之歡。時而展之，何必千里也。騷人墨客，争就其圖臨惝焉。余爲賦之。

横浦新波，章都舊河。東榮曙滿，西華翠多。藻魚城之澹淡，輝鰲閣之嵳峩。途稀雜駟，里息塵珂。蘊醰風而邃僻，漾空景以逶迤。有美一人，在江之沱。本豫章之才子，擢明光之桂柯。染玄津而漱泳，涉芳苑以婆娑。選崇軒於一阜，緬周池乎四阿。横披睡柳，倒插舒荷。葱蘢翠竿，班駁文莎。草香蝶舞，花明鳥歌。池上兮酌酒，庭中兮載過。肴參桂蠹，觴飛樹螺。麗青雲而煠錦，皺緑水以縈羅。上客未散，美人半酡。步窈窕之環徑，藉芊綿之繡坡。含情久矣，撫景云何。若乃殘春告謝，入夏清和。蓮葉遊蔡，香樹眠蛾。濯芙渠而嗅葯，飲石溜以蒙蘿。又如清飇蟲亂，素漢霓拖。霜鳴石鴈，露攬金蛾。葉微波而聽鶴，月安臺而影娥。至若嚴冬兮積雪，千里兮皓潔，梅樹之關直開，玉枕之雲横絶。蘭夜興以猶乘，蕙曉寒而詎輟。恣池主之遊悰，並山陵之所設。

尊生子聞而嘻之，曰有是哉！孫生之宗，代不闕材。昔公和雲嘯於蘇門，興公霞眷於天台。俱耽閟域，並穢塵涯。未有即人寰而遺適，緣物務以遊懷。今孫生以方丈爲丘，不離桑梓；隔尋常之水，即是蓬萊。先大夫絃歌而資柳徑，太夫人戴勝而處瑤臺。婦則蘭儀在室，子則芝種盈堦。可以晤言游泳，永謝推排。乃復縻情好爵，駐象璇臺。類三山而不處，涉萬里以頻來。遵楊生之岐路，失祁氏之山崖。將無乖臥遊之致，取逋客之移。館則孫公之館，池非樊父之池。已焉哉，莫往莫來，山中之人可猜；或嘿或語，人間之世如許。且植援於山庭，重係迹於丹青。印清池而鑑止，終賞泌於奇齡。

【箋】

〔孫希夔〕字子樂。大庾人。隆慶四年鄉試第一。先後知陽春、唐縣，以忤稅監意遷儋州，遂乞致仕。賦當作於出仕前。見南安府志卷一六。

【校】

〔乃復縻情好爵〕乃，萬曆本誤作「巧」。

【評】

沈際飛評「選崇軒於一皋」云：「一路摹寫都佳。」評「恣池主之遊悰」云：「俗。」

匡山館賦爲友人豫章胡孟弢作 有序

孟弢本豫章之才子，慕匡仙之舊廬，結架山顔，逶迤雲貌。每聚遠公之笑，自號栗里之人。白雪恒操，玄風再暘。余嘉其志包宇宙，爲賦所居。

美澤國之洪州，奠江陽之名嶽。柱北斗以崔巍，鎮南條之廣邈。爾其日月影射，煙波沃瀁。積霧沈峯，横雲矯嶂。碎瀑珠寒，香鑪翠颺。竹影之金書自然，樹杪之銕船無恙。物死强梁，人生弱喪。空迷閱水之中，不住靈山之上。如何孟弢，先我遊遨。眉顔如畫，意氣真豪。河山不礙，風雲自高。書盈唐述，賦滿邊檫。鵜峯比峭，鵠岸雙遥。發匡后之寶牒，覓吴嶝之金膏。見白龍之時起，聽玄豹之潛號。搏空屏而曉灩，寫石鏡於寒皋。升降神阡，吐納靈川。林冥冥兮欲雨，人飄飄兮似還。僊家兮遊衍，層陰兮疊巘。覽神丘而弗居，孰人寰其更選。借禪林之一丘，搆丹房於九轉。逗驂鸞於石梁，尋飛鵜與潄艑。天門之松側生，華嶠之蓮半卷。況復巖流自清，藥樹恒榮。留半空之霜雪，隔浮世之陰晴。長風夜作，則萬流俱響；曉鼯晨嘯，則百嶺齊應。朝飢則平湖上菓，暝暗則彌山佛燈。允可以頓真人之轡策，儷神區之赤城。乃有辯才大士，玄德先生，遡襟靈之滌覽，泛馨香而解縈。妙吉對揚之地，高真玄憩之楹。振林木以長嘯，憶蓮花之舊盟。出淺見而遊戲，捫重玄而迅征。方遺蜕乎生品，又何流鶩於塵情。

【箋】

〔胡孟弢〕名汝焕。南昌人。湯顯祖同年舉人。選沅江教諭，官至刑部主事。有文名。見南昌縣志卷三二。汪道昆太函集卷一〇五致周傒六書。論「豫章文獻之藪」，以歐陽修、王安石、曾鞏爲「三傑」，又云「近則義仍、孟弢，以博洽奇詭特著」。

〔樹杪之鋏船無恙〕鋏船，峯名。在廬山。

【評】翠娱閣本評云：「連山逶迤，繡以松竹淡遠，時具色相。」又評「爾其日月影射」八句云：「瞭如聚米。」評「留半空之霜雪」八句云：「高深空寂之景盡矣。」

銅馬湖賦爲友人金壇鄧伯羔作

若有人兮鄧林，懷悠悠兮子衿。卧偃壇於谷口，封天湖之水心。谷口兮流眺，水心兮殘照。山中人兮何之，去滄波兮獨釣。若乃春風不寒，春流正寬，紅鱗試子，緑草迷芊，攬芳洲兮杜若，倚垂楊之釣竿。及夫文萍既合，珠荷未卷，麥雨飛來，蘭風溜轉，苔磯之迹全蕪，竹嶼之絲半展。至如白露霞明，緑溆風清，肥魚正美，石鴈裁鳴，靡芳桂以爲餌，泝蒹葭之盈盈。況復素雪紛飄，玄池寂寥，皓明湖其未凍，詎幽山兮見招。漱寒流而隊藹，聊卒歲以逍遥。坐飛闌之曲碕，步澄灣之板橋。眺魚臺於月夕，移翠篠於霞朝。玩沈精乎在藻，寧紛波乎市朝。厥土王生，長爲釣侶。比目雙抽，文竿對舉。鱠彼嘉魚，陳其芳醑。厭玄洲之共學，憩長楊而並語。側微棹於歸風，濯煩纓於逝渚。其釣維何，載遊載歌。歌曰：水國波臣，漁父賢人。蒼梧兮浙水，黄河兮衛津。並垂頤於巨獲，亦見巧於纖綸。玩芳湖之銅馬，異昆明之石鱗。不羨來提之玉，維澆去住之塵。湖水連天，亭間釣船。豫章之魚頃刻，凌陽之鯉三年。既就淺兮就深，亦載浮兮載沉。餌何爲兮魴旨，鈎何爲兮香金。鏡水中而容與，莞澤畔之沉吟。苟濠魚兮可樂，計相忘乎直針。

【箋】

〔鄧伯羔〕，字孺孝。金壇人。少即辭去諸生，隱天荒蕩之銅馬泉。有天荒館詩草、卧遊集。見金壇縣志。

【評】

翠娱閣本評云：「新翠兮濯文荇於寒流，輕楊兮蕩纖綸於惠風。」又評「若乃春風不寒」數句云：「淡蕩如春風。」評「及夫文萍既合」以下數句云：「清妍有致。」

愁霖賦

馳河北兮春深，滯江南兮夏霖。浩蒸氳而湧岫，漏飛風而擾林。颯零零其晦隕，瀰淒淒而晝沉。月夜夜而離畢，霞朝朝而載陰。始濛濩而徐墜，終淵沛而難禁。苦紛射而下澍，並流歎以沉吟。

爾其神熛代仰，谷風猶作，麥穗辭膏，花枝罷濯。琅邪之稻裁舒，房子之絲始絡。愛凱薰之時拂，惡祁雲之併落。遂使閨無塏敞，疇成潰壑。室婦歎而停機，薹畯悲而廢鎛。在蟻封而有時，占鳩逐而無樂。十旬不休，五月披裘。感寸膚之恒潤，觸長帶以頻浮。湊比閣之接溜，激四注之沿漚。奔泉直響，積潦横流。騎輪斷迹，鱗介來遊。户挺竹竿之釣，街乘桃葉之舟。況復江皋漢田，海曲河壖，播空濛之泱漭，慘瀏菸以連綿。長虹飛而竟杳，陰火濕而難然。水氣黑而防驟，風色亂而忌前。滃躍鱗之毻毲，舞淋鷺之翩翾。困涔涔之穡雨，濕裊裊之漁煙。波光黯矣，水客悽然。篷輕易瀝，帆重難旋。見衝霖之駭岸，愁大浸之稽天。若乃神虬掛漢，朱鱉浮川，童馳西海，龜出南淵，並取終朝之潤，誰譴滂雨之偏。至若岐路初馳，關河未稔，絶國摇魂，離亭悵飲。謂挺轡于晴埃，忽霑霆於絶險。又若陰鳥啼林，陽烏向崦。後騎難催，前閨易掩。覆笠雲來，征袍雨點。度谷雷懸，攀巖電閃。橋道斷絶，泥途積染。何旅緒之摇摇，嘆年途之冉冉。至若載陽載陰，倏啼倏笑，北斗潛輝，東皇隱照。巷絶來遊，門希久要。水鳥翔其户，商羊生於宎。寫崩山之絶絃，斷凌雲之逸嘯。没玄寂於蓬萊，踉真空於藜藋。詎知夫椒屋驕奢，梓澤妍華。客淋漓於公府，賓沐櫛於侯家。誰惜王家之郭，誰借孫弘之車。蔭帡幪于夏宇，等晴麗于春霞。灩階綦之薄蘚，霤檐桐之暗華。遂乃置酒飛閣，疊坐崇樓，覩朝隮而不歎，指暮雨而淹留。雖復金鋪繡澀，玉舄津流，素屋有昏頹之苦，紅氍無底滯之憂。爾乃室乏瓶儲，家徒壁立，土復繩樞，上漏下濕。丹釜遊魚，顏瓢斷粒。固宜其寂寥無賞，淪埋類蟄。走獸爲之號咷，飛禽爲之翕戢。子桑餓而未死，子輿悲而載集。卜子之蓋遥馳，郭氏之巾屢浥。裹飯而趨，排榛而入。徒聞其且絃且誦，如歌如泣，怪其情生，嫌其調急。

悲情生兮匪他，問傾天兮謂何。對升雰之蘢蓯，畏淪液之滂沱。玄黄漫其無質，陽陰渫而未和。蕪漸洳之蔓草，泫飄零之桂柯。匡琴一鼓，愁霖再歌。歌曰：父耶母耶，原覆顧之周遮；天乎人乎，寧燥濕之偏枯。晏雨何心，委運因任。隨飄隨止，孰勸孰淫。本萬物之爲芻，紛人生兮若林。有情者分其濡爽，無心者一其霽沉。且棲遲而撫化，又何慘積于愁霖。

【校】

〔漏飛風而擾林〕擾，萬曆本作「攪」。

【評】

沈際飛評云：「晉魏間多賦此題，參看之，便知古人旨遠，今人意近。」又評「麥穗辭膏，花枝罷濯」云：「鮮。」評「奔泉直響，積潦横流」云：「形聲俱似。」評「巷絶來遊，門希久要」云：「前有騎輪斷跡句矣。强湊。」評「寫崩山之絶絃」二句云：「韻。」評「爾乃室乏瓶儲」六句云：「蕪淺。」評「走獸爲之號咷」云：「率。」評「且棲遲而撫化」二句云：「有結撰。」

懷人賦 有序

懷樂安令沈公兼也。兼美鬚顔，有煙霞之致。移令樂安，彷佛王喬之在鄴，竇子明之化陵陽也。入朝，左遷于楚。余亦下第。過余，咄曰：「義，無不釋乎？以子之姿，太清太寧之氣也。豫章廬山，遠有匡俗，近有顛張，遠有徐孺子，近有吴聘君。高者鸞鶩天庭，低者鶻起人世，紛紛偕計射策，銷其年力，珠彈玉抵，君何取焉。」余時擁卧未答，眷其知己絶人矣。歸南都，中伏，夜不能寐，起坐月露之中，披懷作賦。

悲夫天大地小，飄其淳光，日往月來，流其迅景。運密徙以疇覺，物昭徂而遞警。戢升淪于半氣，覽衰隆于俄頃。孰無懷而不傷，在有情而必整。雖美人兮滿堂，兢勸余之修騁。慚御世之無奇，彙深流而縮綆。趾鄧林而必枯，詎冥山而見郢。内熱愁焦，長途畏影。儻踦鶩於青齡，復遲徊于素領。俟河清而海塵，幾魂銷兮骨冷。故知死之徒而欲生，躁有君而用静。想盡者窮年，觀冲者忘境。羡往去之松喬，識向來之箕潁。務尊養以蘄全，疾銷聲而自屏。

佳哉沈生，海内廉貞。德有曾鰌之實，政留蒲密之聲。余方揚迹於公府，沈亦垂翅於黔荆。既同病而同歎，亦有胸而有情。謂余姿之淑遠，似扶輿之灝清。既在人而靡類，亦何慕而不成。曷不都捐赤臭之路，了涉清芬之程。有豫章之丹釜，有盧阜之金英。釋恬愉於性智，一昭昧於魂營。證無生以爲友，拂煩軀而頓輕。止則風停，動則雲征。鬱兮纁鴈之聘，飄兮素鶴之迎。豈不長消枝係，永辭患驚。爾乃效藩羊之靡決，類纏蠶之自縈，送華韶于遠道，爍靈根于短名。

已焉哉，言之者無猜，聽之者有懷。經物情兮轉流泊，生人世兮苦難諧。索米長安之舍，走馬章臺之街。豈若僊衢玄仗，帝圃清齋。金蘭之語無别，琴尊之趣當乖。鵠態雲霞之氣，龍章土木之骸。結遥情于荆越，托遊真於海淮。君門萬里，人天一涯。懷端易繞，意藹難排。西湖畫艇，南都紫臺。窗高月度，幔卷風來。緬青衿而送抱，撫零露以傾罍。每憶霏霏之妙語，恒慚負負於僊才。

【箋】據序，當作於萬曆八年（一五八〇）庚辰夏，下第南歸，遊學南京國子監，三十一歲。

〔沈兼〕，仁和人。前任撫州樂安知縣，見撫州府志卷三五。

【校】

〔遠有匡俗〕俗，惟沈際飛本作「續」。按太平御覽卷四一引尋陽記，作「匡俗」。從原本。

〔躁有君而用静〕躁，翠娱閣本作「操」。從原本。

〔西湖畫艇〕畫，原本作「書」。從萬曆本、沈本、翠娱閣本。

【評】沈際飛評「太清太寧之氣也」句云：「語不倫。」評「眷其知己絶人矣」云：「不成句。」評「想盡者窮年」二句云：「見理。」評「曷不都捐赤臭之路」句云：「亦宜避俗。」又評「生人世兮苦難諧」句云：「俚。」

翠娱閣本評云：「悲悼之中，英雄氣骨自存。聊託想於忘名，深眷懷於知己。直是組愁織恨。」又評「故知死之徒」數句云：「悲來填膺。」評「止則風停」數句云：「飄飄欲遠。」評「爾乃效藩羊之靡決」數句云：「更添悲憤。」

吏部棲鳳亭小賦 有序

余生有涯，物遇無極。隨畛而流薄，觸象而逶遲，固有年日矣。若乃南都選署餘姚沈君、俞君、磁州李君、潮陽周君、吴顧君、王君、余鄉朱君，俱懷當世之才，逸俗之度，余並遊之。其署南側，有棲鳳小亭。諸君緩頰之場也。余醉其中，忽憶紅泉别墅草樹如斯，因爲此賦。

遊龍巨川，棲鳳名園，蘋池蔽景，竹町籠暄。吹臺之梧對植，暗河之桂雙掀。果多梅薁，草則蘭蓀。錦雲披而花笑，珠露零而葉翻。地則銓流之署，人非華競之軒。況復選部羣公，簡要清通，並挺瑶山之幹，俱韻竹林之風。賞心惟會，鏡影彌空。緩帶而臨清燕，搦管而和雕蟲。可以永慶朝倫之穆，均歡臣譽之融。汰靈襟於草陌，送柔抱於花叢。芳尊之友無恙，折楊之調誰工。有如僕者，周行有命，孔德無容，雖焕發於霞藻，終睇眄於雲松也。

【校】

〔折楊之調誰工〕楊，各本作「揚」。誤。

〔終睇眄於雲松也〕眄，各本作「緬」。據翠娱閣本改。

【評】

沈際飛評「蘋池蔽景」二句云：「整潔得體。」

翠娱閣本評云：「聲噰噰其和雅，乘的的而輝煌。」

哀黄生賦 有序

余友黄生，名棟，里人也。年六十矣，貌寢，孤貧。聞遊者談京都之富，冒漲而行，止之不得。至徐州，中暑，横舁過東平，已不任視聽矣。至京一日而瞑。同旅人共瘞之關南。余感其生時驩謔，撫壠酸涕。下第陸歸，不能致彼故鄉，先賦逝言。

哀哉黄生，生年甚飲，今日故人，醊君幽寢。欲不吞聲，嫌相嘲切；欲不陳詞，難相飲噎。生貧好書，仰人眉睫。定本巾箱，亡書别篋。蠹跡難憑，蠅頭自寫。獻笑虞初，涉略蒼雅。目不知書，玉珮金車。讀書如此，不及侏儒。生故無子，求方服食。雖有閒情，曾無弱息。不善爲容，揭露喉齒。掉臂而行，槃跚步屣。故無長志，亦復短視。忽慕豪華，來觀帝里。帝里云何，昔我經過。夏浸稽空，江淮沭河。濤翻雪島，漩轉雷渦。曲折駭頓，寧任風波。渡江而馳，僦逐騾車。焚輪疾堁，牛馬之餘。中目凝齒，蒙顏變軀。懸發有程，不得徐驅。寒門暑路，鑠石峩冰。羊腸巇險，騄耳摧凌。公無渡河，余方泣歧。拔劍而去，不若哺糜。生時揮手，語謝朋友。帝里豪華，誰非白首。土風便習，豈問妍醜。結駟難期，蹈隙時有。余聞此言，重相止勸。凡今之人，年輕力健，勁出如鎚，巧入如綫，動止如風，舉舌如電；若鬼若神，潛形晦現，如瘵如蛔，食復轉變，承鬣嬉遊，侯鯖穢羨。生無技姣，槃阿則便。古人有言，貴不如賤。白首華京，非生侶儔。號曰强起，名爲宦遊。年高始壯，漏盡何憂。如生已矣，宜終首丘。左思摘白，揚雲逐貧。人皆有憶，我獨無身。蟣腸蠅鬢，鼷腹臯脛。影必隨形，力不敵命。河上郵亭，別館横經。妻稱牧犢，子字螟蛉。希夷自供，怪魅無逢。翻爲浪士，忽翳雲蹤。陰陽之食，貧病之容，中暍徐邦，遊魂岱宗。裸致于京，不復省人。目直猶視，舌横難陳。一宿而冥，同旅悲嗔。藁瘞都南，時服周身。他鄉是客，異鬼非鄰。已迷生路，寧識歸津。千秋一寄，萬里同塵。敻敻獨塚，遥遥族親。魂飛渺茫，過鳥號翔。何當拍取，還君故鄉。

【評】沈際飛評云：「是一篇祭黄生文。」又評「欲不吞聲，嫌相嘲切」云：「醜拙。」評「目不知書」四句云：「憤甚。」評「凡今之人」十二句云：「借此一滴，澆我塊壘。」

【校】〔何當拍取〕拍，當作「扫」。

湯顯祖集全編詩文卷二三　玉茗堂賦之二

遊羅浮山賦　有序

夫星圖粤地，引潮汐於玄紐；日次周天，晷晝夜於陽陸。然則南嶺之南，北户之北，固以輿象之所偏龐，燭龍之所長寤矣。而廬嶽天子之障，衡山祝融之嘌，樞軸雖連於西極，經絡未窮於南紀。高融奥博，是在羅浮。羅山上直百粤之精，旁羅赤溟之氣，軒轅以降，隆爲粤嶽矣。而浮山者，是惟蓬萊神山，浮自會稽靈海。斷鼇不足比其波蕩，操蛇不足異其轉徙。蓋流睒絶橋，佇眙分碞，飛峯息壤，神理自然。所悵鬱者，名迹蕪藹，采真莫續。湧塔暗朝花之影，沉湖銷夜樂之音。每與友人祁衍曾曾人蒨嘆恨其奇，大有終焉之意。而東官陵祀，升踐靡由。辛卯冬十月，始以出尉徐聞，速令尹崔子玉於南海，遲文學翟從先於東莞，柑川墟，履原隰，宿朱明曜真之館，候晴霏焉。蓋晦夕也。詰朝朔，微雨，襲梅墟，經石門，聽泉於葉大夫春及之廊阿。明日，觀大簾泉，避雨。𠩄朏，弔湛公於黄龍講堂。道甚窄硌，夜火青霞洞中，有湛公樓七楹，仙鼠居之。此盡下界三矣。明日，起青霞，至顛際，觀日出。爲中上六界。美人峯殊好，袖如道人，時時出雲。其下千仞，葉大夫石館處也。日始華，露欲晞，見城郭者四五。前立石雙，如蛾翅豎。又立石纛，爲燕子門，一名彈子門；爲美人障；其前，蟾蜍峯也。同人不前，獨往彌勝。從數羽衣人芰蘊而上，鳥道二十餘里，迴翔眩視，草樹飛走，光氣有異，非所經識。意謂靈境阻鬱。剳然一岡，平曼修婉。名以子午，正其昏朝。登頓再舍，圭陰未禺。遂躡飛雲，凌日觀。唯見香罏一具，白水一巵，祀羅浮君焉。望天池以陽，星沙而陰，東連扶津之藹，西盡崦嵫之色。靡不區封有畛，略藐無倪者矣。可謂恢魁乎大觀，淵綿其神致也哉。枕石起卧，欣言賦之。儗於謝靈運想似浮寫，差爲飛慨云爾。

極廬衡之經首，暐赤嶽於賁禺。略招摇之桂樹，望雲氣於蒼梧。問津途於莞城，釋泛舟於源墟。灩林霏之窈窕，漠巖户之紆徐。晨光飛而首路，夕影流而載驅。倒煙容於衿帶，睇朱明於隙餘。磴環頳于莽蒼，林織密以扶疎。策孤征而晻影，鳥羣歸而沸呼。傍靈池以涉趾，歷迴梁而聳軀。鐘鼓鳴於林間，香氣騰於路隅。是爲帝軒轅之所履，神赤熛之所廬。坐參正而披衣，閱柳中而定居。何遷人之鞅掌，得借一於冲虛。靈想接而心歡，營宅清而寐除。慨衣冠其委土，想丹竈之流珠。問洗藥於真人，發靈籥於聖姑。守瑶光之玉虎，戴碧斗之銅魚。恨天華之宫不存，怨明月之壇久蕪。斷冥心其莫引，翳神光其忽諸。徒使來粤都者，走明珠於合浦，浮毳衣於賈胡。彼皋壤與山林，非天性其焉如。將縱觀其窟宅，恣風雲之襲余。

若有人兮山中，葉公逃其大夫。瞰神峯之窅缈，感鮑女之來胥。築清泠之妙館，移家室於真圖。半九天而一息，卷懸泉而自舒。契蘭溪之趙相，詠明懷於彼姝。悵峨嵋之脈遠，覺茅山之氣殊。諒仙人之藐矣，居其堂而載盱。度石關之穹窿，接新搆之離婁。泉淙淙而夜鳴，雲英英而晝敷。清不可兮久留，澹容與以踟躇。山帶氳而翠積，水簾波而素紆。營磐砥兮偃仰，蹴葩華兮噴嘘。避雨蝴蝶之洞，睨梁天漢之虛。彼增城之湛子，洵赤海之名儒。匪淳耀其外麗，有神精而内攄。吐經書以玄澹，集龍鳳以娭娱。若洙泗之誾誾，儼夏屋之渠渠。委樓觀於山精，寄田業於門徒。聖無存而不妙，凡有亡而必粗。疑海波之增減，窺户牖之有無。蘊苦心其爲誰，遡流風而涕俱。

於是拂金沙兮夜語，躡青霞兮旦發。逗威夷而宛轉，望敦龐而坱軋。澹孤青於氣表，漏陽華於空閱。砉崖隒於川渠，錯璁瓏於樓闕。雖道絶於登降，亦臨觀其曲折。緬增城其在兹，遞僊風而岋嶭。俯龍門而直上，有流光之彯撇。瀓上界之精華，照下方之明滅。何峯容之偉奇，漾真人之秀烈。偶儷石之前臨，露參差而障列。如倚翅以斯冲，似懸帆之次揭。映神姬之出雲，美朝暾而暮晰。轉靈蝸而下視，象寒津之漱鬵。始神山其浮來，自會稽而涌垤。覽至今其草木，有東方之種别。泯合際於羅丘，度鐵橋而綴缺。豈華靈之遠擘，非秦皇之近設。抵半舍而泉分，宿煙炊而飯潔。詫木末崔子玉之下來，愴石罅翟點蒼之困歇。信絶地之行難，豈中天而興輟。定飄揺而整巾，豫蹣跚而結襪。頓金策之拳奇，步羽人之勃窣。上登蕅其若梯，進孱顔其若闑。隋壁虚而溜浮，積泐歆而苔滑。寄掌股於旁陘，托跟趾乎冒檿。蓋起瑶池而躡飛雲，周三十里之靈樾。象耕之所絶蹊，雉樵之所迷術。肆奇樹之葱蘢，並異卉兮冥密。紺蒼凝而互陰，碧鮮流而競發。固風霞之所藹葑，亦丹膏之所淫鬱。有一花而四照，有五色而一節。或建日而無影，或嵌空而有雪。青珠泠風其欲亂，珊瑚叢生而逾活。神麙倚其雍容，仙鼯彯而撇拂。木客離簁而似語，山魈隱映而倏忽。固别有朝菌若雲，夜芝如月，翠羽攢菁，金粉浮馥。曩得一而爲艷，此成林而不掇。固靈境其常然，嘆人生之覯絶。謂林封而徑窮，忽岡巒之秀闊。儗撑距而不前，乃案衍而條達。曉發足於青霞，午凌岡而載芟。候鷄鳴於上霄，降茲巒而子末。正子午之嘉名，定昏曉之相割。念人間之急晷，劣旋車而已瞥。

矧山行之阻迂，慮峯攢而影咽。竟凌霄而未禺，何鄧林之蚤渴。豈日氣之偏延，非海陰之所遏。遂徑庭其造天，極空窅而戴日。屬湘嶷於壘碓，辨交廉之隴埒。眇蒨木於河林，認扶桑於渤碣。掞瓊州而地矯，引長星而天豁。布盻蠁之芒芒，衆每生而忽忽。偶旦宅以推排，糅山川與名物。昔冥丘而去燕，今南池而徙越。爲情多其苦悲，亦心淺而易悅。塵影含而智虧，年路深而意没。夜樂何時而遇僊，花首何因而禮佛。忖凡情於聖真，若闚觀與窮髮。將無始之趣未融，令有終之相難閱。朱鳳沬而潭氛，碧鷄殷而石裂。覽異鳥其參差，意靈禽之彷佛。宫觀巋而如在，丘壑虚而豈屈。吾將洗浮氳於自然，悟空明於一切。朱陵之花靡謝，曜真之氣長結。燁光景兮敻不知乎天之所窮，靚凌兢兮吾以觀乎日之所出。

【箋】

作於萬曆十九年（一五九一）辛卯十一月，四十二歲。時在貶官徐聞典史途中，迂道往遊羅浮。

〔湧塔暗朝花之影，沉湖銷夜樂之音〕夜樂池在飛雲塔側。池中夜有樂聲。見陳槤羅浮志。

〔祁衍曾〕字羨仲，東莞舉人。嘗住羅浮山中。見東莞縣志。

〔朱明曜真之館〕道經云第七洞天朱明耀真洞天。見羅浮志。下同。

〔葉大夫春及〕惠州歸善舉人。萬曆二十一年（一五九三）出任鄖陽同知。見鄖陽府志卷五及明史卷二二九。

〔湛公〕名若水，廣東增城人。理學家。學者稱甘泉先生。見明史卷二八三本傳。

〔黄龍講堂〕黄龍洞在延祥寺西北。

〔青霞洞〕青霞谷在冲虛觀後，蘇真人修真之所。

〔得借一於冲虛〕冲虛觀在延祥寺東七里。

〔想丹竈之流珠〕丹竈在冲虛觀。有蘇軾書稚川丹竈四字，晉葛洪煉丹處也。

〔問洗藥於真人〕冲虛觀有葛洪洗藥池。

〔發靈簫於聖姑〕聖姑即後文所云之鮑女，晉南海太守鮑靚之女，葛洪之妻，尸解於羅浮山。

〔天華之宫〕南漢主建，在延祥寺西北，後改名黄龍洞。

〔明月之壇〕在延祥寺，唐時度僧受戒之所。

〔蘭溪之趙相〕名志皋，是年九月以禮部尚書兼東閣大學士入閣。

〔蝴蝶之洞〕冲虛觀附近有蝴蝶洞。

〔度鐵橋而綴缺〕鐵橋，在羅浮二山相接處，其色如鐵，因以爲名。見羅浮志。

〔花首〕壇名，在黄龍洞。佛書云，花首菩薩五百會於此。

〔朱鳳沬而潭氛〕鳳凰谷有鳳凰潭。據傳昔有鳳來浴，潭中出五色雲氣。

【校】

〔蓋流睒絶橋〕橋，當作「嶠」。

〔暐赤嶽於賁禺〕暐，萬曆本作「暐」。

〔居其堂而載盱〕盱，原本作「盱」。當改。而載盱，萬曆本作「以鬱呼」。

〔漏陽華於空閬〕陽華，萬曆本作「華陽」。

〔詑木末崔子玉之下來〕末，萬曆本誤作「未」。

〔進孱顔其若闌〕闌，萬曆本作「闌」。

〔青珠泠風其欲亂〕亂，萬曆本作「乳」。

〔神麃倚其雍容〕容，原本作「在」。據萬曆本改。

〔木客離簁而似語〕簁，當作「蓰」。

【評】

沈際飛評云：「序佳。」又評「清不可兮久留」二句云：「古味。」評「詫木末崔子玉之下來」云：「俚。」評「紺蒼凝而互陰」二句云：「好景。」評「有一花而四照」十句云：「能盡物類。」評「年路深而意沒」云：「可思。」評「熚光景兮夐不知乎天之所窮」二句云：「篇終深甚遠甚。」

秦淮可遊賦　有序

庚寅晚夏望夕，風月朗清，人氣蕭爽。大儀伍君命酒秦淮波上，肅舲學宫，弭枻乎斗門，夷猶中流。急管起於别航，名倡更於樂府。雜謔奇篴，淹於丙夜。同寅膳客郎兩顧君，小儀蔡君，各極本量而止。懽如也。就中客郎，興寄横發，待予正陽門下。坐流雲之碧階，送淪霄之素月。醉言有清人之許，離思多久客之懷。歸攬朝霞，賦成夕秀云爾。

若夫赤月加望，林鍾應響，火熒熒而向流，晷遲遲而欲往。光拂鬱以延歊，氣烝沉而失爽。徒屏隱於軒廊，闕遊觀於蒼莽。何愜穆於周行，獲佳期於漢廣。樂我諸君，秀而有文，繚江閩之素氣，朗吴越之奇氛。即自公而多暇，在燕私而必聞。樓臺落日，山川出雲，木懷陰而靡景，草含清而向曛。首英寮其薦酒，指蘭舟而命羣。命羣兮何適，望秦淮兮今夕。擷文石之傾闌，背學宮之廣陌。玉樹之長廊半陰，金陵之倒影猶赤。有所期兮未來，借彈碁而遲客。減人從以輕舟，弛冠裳而露幘。儼佳賓其已齊，放寬波而試劇。

蔭紫蕪與丹駁，雜青林兮紺石。蟬啾嘹其翳響，鳥差池而卷翮。晦陽魚之出遊，艷波禽之浮拍。思冪的於芙蕖，眷幽芬於蘭澤。物有去而歡遲，時有來而怨迫。曠皇都其未娛，舍流光而更索。恨計往於尋常，悟懷來於咫尺。澹容與於清華，蕩流連乎空碧。蘋風起而颯帷，箭月浮而動席。度江東兮宵柝嚴，念漢西兮重闉隔。汰水闞而望迴，限斗門而意窄。態紛紜其自親，飲周流而未懌。極本量之推排，盡觥籌之發摘。蘭肴藉兮風色鮮，桂酒流兮月波液。唳簫倡於鄰舫，接棹謳乎伎籍。吹激賞而彌亮，唱延悽而屢繹。諒不醉以無歸，豈有懷而未斁。水光搖其綫組，露氣涼其簪舄。滌滯慮於玄青，玩回環於虛白。下瀨疾而須款，歸塘順而再逆。邁亭臺於浦裔，睇臯巒乎樹隙。素光流兮雲石稠，黛色深兮風煙積。或樹古而池平，有朱門而畫帟。釣渚何營，澌臺誰闢。吹簫屠狗之孫，鳴鐘販脂之役。杳河漢於清懷，盼亭臯其可惜。緬吳淮之百流，斷秦餘之一洫。擬王氣以中沉，亘皇明而上直。若渭水之貫都，象明河之注極。流美惡而匪鑑，映井里其如織。蔭居人於倍市，駐遊冶之百色。窗姝榜女之夜笑，蘆人漁子之風食。想閣道於何年，悵籬門於此域。荷年運之清夷，竊君子之光飾。況山川兮夕佳，有才情兮誰匿。諸君感此，且飲且持。小人承之，或鼓或罷。或唱驚蟬落葉，或歌飛鵲依枝。去清秋其幾何，撫逝川其若斯。清觴已矣，良夜何其。散殘瀝於津人，分餘桃於侍兒。收沉歡而一艤，上前崖而載欹。眷横參之已西，嘆明星之不遲。咿啞笑語，佪旋步馳。或有辭而未去，或有去而不辭。亦各極其致爾，誠無嗛於參差。

別有東吴主客，情源無竭。偶先驅而北矯，轉候予於南闕。步嶕嶢而遡風，立交桓而送月。望紫氣之冥蒙，坐玉街之瑩滑。譚信州之積想，喟玄都之素謁。已九涉於星霜，詎雙凋於顔髮。愴世路之悠悠，對旁人而咄咄。愛予行之高奇，許微文之清越。諒醉語其必誠，豈寤言而可忽。倏天鷄兮告晨，漾朝陽兮欲出。意悠揚而就分，興淋漓而未畢。車倉皇而造門，燭熺微而晃室。歸夜遊兮氣清，聽晨風兮思密。雖映賞於蒹葭，尚留驩於蟋蟀。

【箋】

作於萬曆十八年（一五九〇）庚寅晚夏，在南京禮部祠祭司主事任。四十一歲。

〔大儀伍君〕禮部郎中伍君，曾任澧州知府。見送伍大儀入都詩原注。
〔斗門〕一名斗門橋，在南京，秦淮河經此。
〔正陽門〕南京南面東頭第一門，即今光華門。
〔漢西〕南京西面第二門，即石城門。

【校】

〔闕遊觀於蒼莽〕蒼莽，萬曆本作「莽蒼」。
〔借彈碁而遲客〕客，原誤作「容」。據萬曆本改正。

【評】

沈際飛評序云：「大段好。」又評「豈有懷而未襞」云：「趁韻。」評「雖映賞於蒹葭」云：「意欲盡而復餘。」

青雪樓賦 有序

四明戴公，是萬曆庚辰歲予遊太學時師儒祭酒也。公容情俊遠，談韻高奇。

於諸生中最受風賞。徂春涉秋，究日餘夜，公私之致兼窮，禮樂之歡無吝矣。辛巳，以失意江陵相致仕里居，而予亦跧伏江外，徽音邈綿。己丑，予徙官南祠，得公手書云：「前葬婦徐青山。山自天台來，其前雪竇山來從四明，相當也。夾以公棠建溪，前以剡水横合，而東北靈海，胥其窟矣。若乃闢流扞門，隨迎主賓，金魚之阜，玉鏡之池，玄武碧鷄之狀，僊人文曲之星，察其地貌，蓋亦他日歸真之宅也。夫没爲堂房，生爲樓觀，考槃其中，名以青雪。四窗四明，蒼翠如織。步吟徙倚，甚以自適。吾弟達者，爲我賦之，以示後人。」予感而賦之。

若夫越國君子，翰林主人，江海空明之氣，風霞秀上之神。既有情而有望，亦信美而且仁。雖紛吾之寡韻，獲勝引於成均。坐東堂而賦竹，過西池而采蘋。圖史之觀入夜，琴歌之醉兼旬。人逗機而無舊，物賞氣而有新。素風期於道業，過洗激於清塵。加以東閣嫌猜，南臺恚誤，本生世之難諧，豈時人之法度。念衮職其何補，謝榮衢而息鶩。卷仁義之壇場，問風雲之徑路。温伯雪子之畏人，姑射僊人之飲露。非息陰而取機，且緣生而發寤。七尺之有難無，一瞬之新易故。苦山川之陰入，尚塋臺之闊樹。曙霞標其可驚，布神光乎赤城。度星台而折彩，閃鬱郁於徐青。影玲瓏之雪竇，洞葩華兮四明。左棠溪之溜莅，右建渚之葱縈。織交流於翠剡，歸榮光乎赤溟。洞壑宮商之響，陵阿鳥獸之形。象委宛以靈和，氣參差而淑清。青岊之金魚活活，雪峯之寶鏡熒熒。吾山有終焉之志，斯丘懷可樂之情。

志有悲而未陳，情有歡其必薦。映渠陌之通明，晻林霏之箐蒨。藹生香其發越，縟流津而渙泫。皋壤冪而陰穠，草樹花而晴絢。適愴莽以忘懷，撫高深而滯眷。矯樓臺而一目，敞軒甍於四面。納陰陽而吐心，出山河而入見。東井通日月之華，北斗飲風霞之彦。客至而棲雲讓席，人去而生煙拂薦。徘徊晤語，徙倚流眄。近深心其自遠，迫遺形而故衍。挹靈華於清府，望僊人乎海縣。想勝業之悠綿，限情期之涉踐。相毫釐而密移，恃神明其未變。一往之致無還，方寸之心有旋。故通人之遠旨，妙死生於一綫。

惟人生之去來，像潮音之出没。偶愜寄於山川，又奚分其宅窟。當生門而近鬼，逝多林而就佛。襲光氣之流離，藉陰暉之隱鬱。撫靈娟兮悲玉人，先朝露兮掩金骨。指同穴以爲期，念皎日以明發。依松柏之明庭，托枌檟於靈越。既連理之在兹，庶晝衾之無缺。遲鳳靡於金泉，訂鸞訛於石闕。渺同室之春秋，凜便房之歲月。想霜露於容堂，且醉歌乎林樾。極平生之眺聽，冀遊魂之恍忽。樓造天而敞高，壙穿泉而勃窣。隔地脈之幾何，謝人歡於倉卒。玩傳薪於竟指，候滄桑於窮髮。來未詮其所根，去不知其何物。苟來去之無存，自欣愁之可拂。

就臨穴而何怵，暫登樓而靡他。善飛沉之暢悦，佳草木之猗那。思美人兮瑶草，蔭山鬼兮女蘿。奉浮生於尺晷，懷佳期於寸波。悲千秋其未弭，歡一日而已多。唱蟋蟀於軒堂，邈寤寐於陵阿。寄流光於夜宅，欣蚤計於前和。弭日月之合璧，成樓闕之崔峩。溯甘露之鷄鳴，聽洛水之虞歌。達生之能事已畢，微躬之滯累伊何！澹春華於曉署，颯秋光於夕河。昔樹人兮桃李，今懷僊兮芰荷。尚風雲其未已，乘樓觀以經過。還及美人之無恙，佇靈想於羲娥。

【箋】

作於萬曆十七年（一五八九）己丑，在南京禮部祠祭司主事任。四十歲。

〈四明戴公〉名洵。萬曆八年（一五八〇）庚辰湯顯祖遊南太學，戴洵爲祭酒。據實録，次年辛巳四月，以南京試御史郭惟賢、南給事中吴之美之劾，原職致仕。序云「辛巳，以失意江陵相（張居正）致仕」，即此事。

〈坐東堂而賦竹〉見玉茗堂賦之一庭中有異竹賦。

【校】

〔佇靈想於羲娥〕想，萬曆本作「阿」。

【評】

沈際飛評「七尺之有難無」二句云：「拙句。」又評「思美人兮瑶草」六句云：「流利。」

西音賦 有序

周無懷與今侍御饒伯宗，並予弱冠時友也。周君氣激虹霓，心注時務，其人雖短，在乎儒俠之間也。中年好道，世業凌夷，遂乃骨立於江潭，神銷於路側。則夫把手而悲，撫心而贈者，交道之常，人倫之概也。夫上困者不如井養，外睽者思其家居。於是周卿與言晚計，修仲長休璉之樂焉。於予有成言也，賦而歸之。

何無懷之老人，紛平生之可念。昔魁顱而美髯，亦眸清而骨焰。肯問舍而問田，曾學書而學劍。説西州之地牢，講南吴之天塹。窺流俗以愁眉，指英雄而自占。饒君長而靡餘，周卿短而亦贍。何賦命之殊條，逢並飛而忽墊。妻子死而神傷，衣食虧而意歛。青瞳枯兮無光，白髮生而少艷。稍遊涉以痿那，數坐遷而涕欠。望百年兮幾何，尚寸心其未玷。絜才度於時人，許十倍而寧僭。君素食以恒饑，彼脂膏而未厭。痛皮骨之空存，直年華之數儉。且辟穀以無方，豈長生之足驗。偶西笑以彈冠，竟東征而解纜。朱絲拂而鳥舞，洞簫吹而魚瞰。獨世路之無明，屈夜珠於投暗。致旅人之瑣瑣，坐予官之淡淡。將送子以薄裝，復依人而轉颿。山中之桂團團，江上之楓湛湛。愁江上之清風，吹故人之白首。昨與予兮成言，歸葺理其園畝。曉傍樓而聽松，學當門而種柳。間雉麇之苗麥，雜鴈池之菱藕。直春秋之美辰，約遠近之妙友。舟音多半日之挐，青驢有數步之走。乍迎門而一笑，且入坐而開口。問近況之何如，并遠親之在否。墟集之屠鮮可具，廬落之果蔬自有。眼前之風物宜人，廚下之兒童應手。或興淺而中飯，或談深而上酒。有月下而聞笙，亦風前而擊缶。常若斯其往來，初不記其前後。倚名流其自清，恃嫛跚而可久。予素信乎周卿，諒斯言之不朽。巧天機其密移，劣人心之映受。愛世味而愁短，立家基而願壽。一生二而生三，歲數伏而數九。糶清微而糴粗，過美好而逢醜。猶守兔於舊株，尚窺魚於敝笱。豈知事有所不可知，器有所不可守。嘆予官兮久稽，歸與子乎解攜。溯流光之綽約，映明真而卜棲。過香罏於星子，揖上清於盧溪。散江湖之流精，玩龍虎之僊機。水玲瓏於山岎，花晻藹於林扉。亦鷄犬之相聞，但車馬之來稀。能止衆而止止，得非想而非非。飲冰雪以年熟，澡甘泉而色輝。儻老生其不死，會移家而見依。

【箋】

據玉茗堂賦之五哀偉朋賦，侍御饒伯宗卒時，湯顯祖在南祠。而此賦云「嘆予官兮久稽」，知必作於南京任太常博士時。周、饒兩人事跡詳見哀偉朋賦。

友人蔣禮鴻先生云：「呂氏春秋音初篇，殷整甲徙宅西河，猶思故處，實始作爲西音。是西音所以懷思故土。賦言周無懷將歸葺園畝，故以西音爲題也。」

【校】

〔夫上困者不如井養〕如，萬曆本作「知」。

〔指英雄而自占〕占，原誤作「古」。據萬曆本改正。

嗤彪賦 有序

予郡巴丘南百拆山中，有道士善檻虎。兩函，析之以鐵，中不通也。左闕羊，而開右以入虎，懸機下焉。餓之。抽其桁，出其爪牙，楔而鍖之，絙其舌。已，重餓之，飼以十銖之肉而已。久則羸然弭然。始飼以飯一杯，菜一盂，未嘗不食也，亦不復有一銖之肉矣。以至童子皆得飼之。已而出諸囚，都無雄心。道士時與撲跌爲戲，因而賣與人守門，以爲常。率虎千錢，大者千五百錢。初猶驚動馬牛，後反見犬牛而驚矣。或時伸腰振首，輒受呵叱，已不復爾。常置庭中以娛賓。月須請道士診其口爪，鐫剔擾洗各有期。道士死，其業廢。予獨嗤夫虎雄蟲也，貪羊而窮，以至於斯辱也。賦之。

夫何山中之一獸兮，受猛質於西旻。貌低團而項廷，鼻黝隆而齒齦。目斜匡而電爍，聲倨頷以雷殷。舌理粗而莝樹，鬚鋒横而獵人。爪含銛而卷曲，尾拂彗而絙伸。咤形模其足怖，矧精威之絶塵。静嘯而陰飈窣起，坦步則稠林自分。凜氣候之相制，隱形勢而見尊。況百拆之深山，常此窟之成羣。黄班屬而卧隴，白頞連而飲津。初涉味於牛馬，遂舐及於人民。户震躬而屏徙，或重遷而遠藩。

獨無生之道士，故有心而與鄰。力不加於子路，術不詭於黄神。布石關之宛轉，交鐵葉以繽綸。界鳴羊於接檻，誘聞羶而見循。進密歷以窮路，退蹢躅而下門。遂乃聊浪擲跌，傴仄輪囷。始傖氄而怒湧，久牢騷而意煩。氣屈而皺，力癉而踆。壙局拘而勢改，積威約而理均。於是道士欣焉，待旦及晨。舉之於懸處，餓之以兼旬。待威神之委頓，任處置之紛紜。未陷頭而拔鬚，先罥爪而剔蹯，捩權牙於巨斧，磨刺舌以疏巾。香泔變其腸胃，清水洗其喉唇。欲次第而施食，已隨宜而致馴。初猶啖以碪肉，次則習以盤飧。或設以粰粒之餘，或投以菘芥之根。既苦饑而伏檻，敢擇食以懟恩。遂乃改山林之性氣，狎鷄犬之見聞。遇夫人之下視，即弭耳而意親。諒厓柴之已去，放野牧以逡巡。非止柔性，兼弱其筋。圓腰纖而脇息，艷班摧而襞皺。撫之而亦喜，撲之而不嗔。似巨狸之擾足，若卑犬之纏身。偶循隅而吐喑，輒蒙呵而愴魂。昔有大蟲之號，今有小畜之云。

懊撑距之無時，委降戢於非倫。雖山君之短智，亦梁鴦之淺仁。見其弱而可弄，牽以售而論斤。有守犬其未足，借虛名而守閽。既爪牙之久折，亦何威而見奔。第周旋於苑薄，得混迹於麑麐。學婆娑而昵主，戲矍綽以娛賓。感知音之君子，被嘆涕之殷勤。偉兹靈之巨猛，鬱有武而有文。偶唇吻之所及，皆性命之相因。論雄心與剛力，固決乾而倒坤。略網絓而風飛，觸嫖燎以雷噴。哮怒則千人自廢，憤蹶而萬瓦猶震。非胥疏其有欲，何牢檻之敢陳。偶朵頤於跛羊，落一髮於千鈞。饑窘來而餌施，利器往而性泯。足人間之玩擾，何氣決之可存。諒如此而久生，固不如即死之麒麟。

【校】

〔退躑躅而下門〕門，原作「闢」。據萬曆本改。

【評】

沈際飛評序云：「事奇，一序已足。」又評「艷班摧而襞皺」云：「句亦嫩。」評「昔有大蟲之號」二句云：「似工而實鄙。」

湯顯祖集全編詩文卷二一四

玉茗堂賦之三

大司馬新城王公祖德賦 有序

夫原鴻者流匯，柢厚者枝郁。至乃河海配秩乎三公，風雲奕葉乎千祀。明德必大，有由來矣。濟南太僕少卿灤川王公，祚自琅邪，徙于新城。祖有翁嫗，積施累行。嘗獲偷兒，哀遺粱粟。市有酗而負神責者，神曰：「王翁來，乃貰汝。」已而信然。精神之至也。傳至公考，起鄉貢士，爲潁川王傅。公秉山立之資，受庭誥之業，幼而靡恃，加以食貧，或歲無完衣，日不再食，愉如也。成童，雋其鄉校。弱冠，貢于太學。遂成進士。拜工部尚書郎。吕梁著奠水之勤，潁川表息風之孝。起復户部，榷于九江。誓如白水。雅以幣餘，修飾學祀。理餘鹽而末竇塞，上會計而本政具。大臣以爲材。會虜大入，天子使治兵雲中上谷。時咸寧侯仇鸞新寵，以數十萬衆横雲中，脅治粟郎吏；又與制府史公議開馬市糜虜，而邊人益騷。鸞間襲虜，敗，欲殺候者十數人自解。而其裨至僞首功。公爲請折金粟半，制虜闌入，釋候卒而誅其裨。鸞心折焉。上谷大雨水，饑，天子詔卿貳往賑。公條上十二事行之。拜金幣之賜者再。兩鎮臬，兼校士，拔相國太原王公、大司馬代郡郝公於童孺之年。得一爲異，況其加雙，公之明也，邦之福也。竟以忌者徙參于黔。適三殿災，當採木斯路，而羿鸞阻兵，千里道斷，中外沮，莫爲計。撫臣高以屬公。公進耆長蠻，熟問故出入虚實，曰：「吾知之矣，是爲鬼方，緜歷幽曠，大兵四征之，弗克殲，殲之，非衆數十萬三稔不可。」乃潛授三將軍千人，斷其走集；而身引死士夜走落洪，畢登而呼，火窮其巢。蠻大驚愕，獸鬭者敗，鳥竄者殪。降其酋，經理之。羿蠻平。奏上，留公采木并功。公嘆曰：「得以棟隆爲天子堂，何恨！」乃從匠石將吏，擇木遐翳，犯飛毒吹蠱之虞，極蹻山絶沉之險。固已無林不臻，有薈斯息矣。最後，蠻乃獻其大木千章。皆懸崖蹠石，熟視而不可出。衆咸憂之。公齋心路禱，飛文于天。天爲暴雨，谿谷盡漲，大木通行，浮于冀方。而公亦以霧露之疾終矣。訃奏，天子悲憐之。曰：「某官其忠勤可憫，其諭祭一壇。」三殿告成，追贈太僕。蓋公居恒尅柱自誓，赤心報國，直道事人。斯其效矣。而厥配太淑人劉實相以成，益用忠勤爲母訓，令子聞孫，節鉞簪紱，至十數人。施於曾孫，多孝秀之士。淑人凡三受綸誥，而服素紃刺，老而不衰。精心慈氏，好施予。邑無丐者。生辰偶作銅器，變爲樓閣峯巒，世尊其上。蓋念力也。嗟夫，公與淑人不可作矣。公卒以秋中，月盈而昃；淑人逝以元夕，火息而傳。天地之正也。公纔逾大衍，而淑人幾及百年。憖其祖妣，視茲蕃熾。天有所不足，而陰助成歲功，陰陽之奇也。黔祠家祐，並額「忠勤」，敬德音也。公卿人士委積志頌，徵文獻也。公孫司馬公視師黔蜀，培勤襲忠，聿念厥祖，謀有以傳徽遠久。乃盡掇晉唐法書，雜寫其文。夫太傅碎玉，采就於輿嗣；內史遺珠，琲聯於聖教。駢帖而三，斯亦奇之至矣。千秋萬歲，愛其書，手其文；愛其文，思其人。如披蓮泊，恍玉帶於西河；若玩華趺，指鳳凰於東皋。詩云：「孝子不匱，永錫爾類。」司馬公之謂矣。小子欣其盛異，願附不朽，嗣西美之遺音，仰東王而敬賦。

蓋聞表東海之渢溶，配泰宗之峻極。導濟必登于王屋，行河始大於積石。故延陵致歎乎始基，遷史興言於累積。暐毓族於天齊，耿流風於晝邑。濟南代千秋之相，琅邪振青州之急。仕臨沂而浸昌，至始興而駿發。太原未足爲競爽，高平何能爲逐末。流泉揆星，徙于新城。東武世田何之業，不其傳樂浪之清。鹺甾畬而邁種，何翁媪之樸淳。授黄粱於夜竊，甦酒負於明神。食陰德而未既，啓公侯於嗣人。曰惟麟公，作傅梁邸。潁水之清，穆生之醴。誕我冏卿，克厲岐嶷，感杯圈而廢詩，正衣襟而學禮。高文以就，角丱而起。丁歲領環橋之彦，甲第映蘭臺之美。治于呂梁，實惟都水。度飛漕而悚經政，覩懸沫而泳名理。其來其徐，言過其里，道潁川兮視藥，阻洪河而風厲。泣籲天兮稽首，倏澄波而訖濟。迎釜養以盡年，撫琴聲而毁瘁。起推擇於司農，總軍儲而上計。清榷算於溢楚，指江流而肅誓。固孝子之潔白，豈盟言之所制。備庠序之缺史，飭陶周之毖祀。蓋體素而敦風，匪緣雅以飾吏。露風裁於鹽筴，屬雲中之有事。出管籥以干城，效情形於節制。居嚴主貴將之間，屬金生粟死之際。漏漢物以紓虜，攫僞俘而委罪。微我公之亮節，熾狂仇之逆勢。羽檄飛兮旁午，公沉勇而先智。第堅壁而清野，但傳旗而舉燧。歲倚晝其功多，嗛濃酬於金幣。既標稜乎武奮，亦簡駿於文揆。拔將相於倪齒，繫材殊而目異。徙鎮于宣，淫雨愆年。王人恤師，布詔宣恩。十上機宜，邊圮而全。

外和内剛，諧世實難。宜即北兮建臺，乃徙黔兮參藩。迤西之荒，厥惟羿蠻。緜於九絲，叢蠶濮滇。釁景皇以迨嘉，每懸師而刈旃。累士馬兮物故，略相當兮振旋。偶酋目之相仇，擁黑白而爲難。壘磨牙於有截，道暴骴而無煙。儼三殿之經營，當采木乎是間。中樞蹇采入之計，司空屯梗出之言。盈庭嗟咨，莫知所原。厥撫廉公，屬以事權。公爲怵然，周爰咨宣。腹脊險夷，翔實瑕堅。既洞其底，亦訊其言。皇皇天朝，蠻非敢然。虞以稽誅，乃酋實愆。盡種而殲，荆榛遠延。少十萬師，多四三年。耳不及掩，踵不得旋。時乎時乎，用決而前。密署材官，三分其千。阨塞要關，邀逋絶援。渠闉周遭，欞格緜聯。公帥死士，頷之以語。兵不在衆，入穴得子。探彼落洪，期宿而至。比昏擐秣，啣枚疾赴。衆謂公止，公實儒吏。公怒赫赫，斬牲以示。所向惟予，馬首是視。偃旎擁鐸，宵中其下，進薄鹵附，寂無知者。我公虓如，周麾而呼，鼓角翔飛，燒其渠胥。光炎燿天，諠殺震地，歘爍眙愕，卒起不意。潰決鋌走，東西角殪。蠻乃大哭，霆擊鷹鷙。前負質斧，詣吏肉袒。問所虜殺，罪莫可殫。酋自引服，皮面決眼。約十償一，下及畜産。契箭齧舌，誓不復反。羅拜乞命，乃受其款。爲定要束，布示寬簡。改置軍吏，附我氓甿。戎索既靖，夷歌斯滿。豁落溪峒，發泄崖窾。剪格庡絶，有夷其坦。累世之勤，收之旦晚。宜即皴繡，用錫圭瓚。帝詔遂工，並緒而纂。公益感奮，奔走厥職。束峽口而溝霧露，皆士人之絶跡。水則沉槎而泳，山則蹻履而歷。石林虧蔽，菌露滃滴。風魈木魅之所嘯語，猛獸怒蟲之所脅息。數瀕死而僅存，委蘱瘠於匠墨。夷爭獻其異材，顧沉吟于絶壁。臨層淵兮飛湍，眩砯崖兮轉石。殫人力其焉如，會靈心于帝力。走三章以訊神，雨萬壑而沸激。神哉沛兮東馳，踰數舍兮一息。夷庶譁其精靈，公已廢其寢食。瘴彌連而不休，豈出入而無疾。在死法以猶劬，謝刊旅而長畢。上訃奏兮哀傷，下禮官其議卹。謂勤勞兮以死，遺爲壇而祭一。殿三成兮允贈，慟駿骨兮冏秩。黔之祠兮庇依，棠勿剪兮芾密。顔廟貌以「忠勤」，取懸書乎天日。庶蘭菊兮終古，無患災兮長吉。

倪劉媛兮淑人，謇佐忠而輔勤。帥介婦以整穆，繼三姑而順均。匹從王於婦道，式正内以嚴君。泣未亡於杞梓，禮如在於藻蘋。依大士而持念，廣勝業而貲貧。結純誠之影像，偶鑄器於生辰。忽西方其變相，美樓閣之峯雲。異海蜃之幻物，豈躍冶而爲人。證前生而寫印，爲善巧而現身。萃福德以生男，並端好以貽昆。燁風雲兮起族，罄海岱兮揚芬。重棨節於高閲，疊桓蒲於薦紳。歲孝秀以無虛，策賢良而必聞。子無之而不貴，孫有象而即文。宿精輝於玄胄，嶷頭角於曾孫。蓁蓁者衆，振振其倫。閥閲蔭而成邑，羔雁擁以爲羣。冠名家乎海内，紱方來而是殷。蓋源洪於濼川，執一語以龐純。矢赤心以報國，必直道以事人。德無回而配命，開有先而降神。父教子以無二，子貽孫而有仁。矧遇其妣，顯懿于門。示承考以時述，勗念祖而彌諄。撫南榮之列桂，比北堂而樹萲。誥五膺而薄浣，壽九袠而示紃。母猶績以謚敬，子能恕而奉辛。御戴勝兮嚼首，縈朱絲兮善鄰。祗姚江之翼翼，庶羽接于詵詵。有忠烈之死事，亦善聖之佹存。憲文武乎家邦，衍忠孝於王臣。諒文獻之斯在，徒世禄而何云。

儼司馬兮文孫，誕纘戎而建勛。淚黔江於錦水，弔潘輿於玉輪。炳哀榮於丹册，赫寵襚之皇綸。碑表則崔魏張蔡，歌頌則溶毓淵雲。濡緗素而恐裂，勒石闕以虞皴。岸夷山而變谷，火即燧而傳薪。遂乃目追有盡，心算無垠。檢游龍于寶晉，拾墜翮於亡秦。淮水發金碑之妙跡，蘭亭鋪羽爵於貞珉。皆公家之舊觀，糾雲漢於穹旻。前者慨不可作，後者雜而誰甄。惟梁散騎，乃集右軍。曁於唐宗，命彼懷仁。事有瑣而足始，法有奇而可循。刿祖德兮巍峩，屬衆製兮繽紛。籍筆精其始遠，減墨妙而成陳。爰搜古法，遞寫今文。葯摘影綴，蟬聯翩翻。點畫波拂，琗粲瑞璘。方慶効材於九葉，信本呈妍於八分。約褚虞之映帶，兼顏柳之亭勻。智永失露橋之祕，法善得雲麾之魂。擇吉光兮集翠，總明璣兮備珍。助流鴻而取態，盱駭矚而争新。將使臨觀者稽諧而恐盡，展握者錯落而疑真。嘆鑪錘之妙手，信千古之絶塵。嗟夫，太僕公之忠勤，既徽麻而映帛；司馬公之孝思，可透紙而穿石。蓋皆焕若於神明，詎止繹如於鈎勒。昔衛孔父鼎彝稱先祖之美，周君牙旂常紀厥考之績。彼皆昭明物而靡傳，孰與夫蒞寶書之無斁。況夫察其天文，知兩制之矩模；觀于人文，見一代之制作。將司馬授龍門之策，王氏世青箱之學。紛琬琰兮齊光，麗盤盂兮永恪。臨兹末簡，賁於承學。眷靈鏤於華趺，佇昆銘乎井絡。仰燕翼以遥欽，遡鴻庥而遠托。

【箋】

〔大司馬新城王公〕名象乾，字霽宇。新城人。隆慶五年（一五七一）進士。初令聞喜，繼守保定。累官至兵部左侍郎，總督川湖貴州，代李化龍經理播州。以鎮壓諸苗陞右都御史、薊遼宣大總督。萬曆四十年（一六一二）正月任兵部尚書，次年十月兼署吏部，四十二年八月自免歸。見山東通志卷二八及明史七卿年表。賦當作於萬曆四十年。

〔太僕少卿灤川王公〕名重光。象乾之祖父。嘉靖二十三年（一五四四）進士。由工部主事改户部，督税九江。累官貴州副使。以採辦大木積勞卒。勅建「忠勤祠」，春秋祀之。見山東通志卷二八。據賦序，卒後追贈太僕少卿。

〔傳至公考，起鄉貢士，爲潁川王傅〕重光之父名麟。以明經爲潁川王府教授。見同書。

【校】

〔哀遺粱粟〕粱，各本誤作「梁」。

〔探彼落洪〕落，各本誤作「洛」。
〔剪格庡絶〕庡，原誤作「瘊」。今改正。

【評】
沈際飛評序云：「叙事佳。似有此序可無此賦。」又評「宜即北兮建臺」云：「穉。」評「既洞其底」云：「率。」評「三分其千」云：「杜譔。」評「諠殺震地」云：「率筆。」評「並緒而纂」云：「不成句。」評「倪劉媛兮淑人」十句云：「此段欠變化。」評「況夫察其天文」四句云：「時文氣。」

感宦籍賦 有序

今上丁酉三月，予以平昌令上四年計，如錢塘，蕩舟長日。篋中故有高士傳，慨然尋覽之，無存也。童子故以宦林全籍進。予覽其書，書官，書名，書地，書號。大若麟角，細若牛毛。晰矣備矣。反覆循玩，亦可以奮孤宦之沉心，窺時賢之能事。感而賦之。

有平昌之令尹，淹結課以孤羈。偶猶夷而懊悵，暫循求於展披。頗有仙班祕籙，士品玄碑，巾箱失檢，記室忘攜。既宦林之有籍，豈童子之無知。因而取御，業已忘疲。嘆閲川而閲世，何此書之可怡。冠二京分列省之地戒，標四季合匝歲之天時。其地界也，東綿遼掖，西折涼儁，北隃代薊，南極滇黎。控中軸于長安，剖河山而四維。皆百戰之所取，豈一日之可縻。署都官於南北，擬周漢之東西。南簡曹而少務，北備宷而多儀。外則邊遥其腹，幹切其支。臺省于焉受使，州郡于焉稱知。有斗僻以孤鎮，亦犬牙而交岐。甫一逕以維絶，或三會而扼奇。下至一尉一候，險如三亳三危，有兼有特，孰正孰禆，莫不禹跡陟于周官，堯封攝乎漢威。猶恨缺紀官于朵衛，失請吏于交夷。其天時也，選則通急之殊其候，推則例閏之譎其期，祕館視三年之學，内徵以四稔爲規。奏計佹優而或殿，報政當端而或稽，卧痾者往來於浹歲，予寧者去住以彌朞。或違將而往返，或奄息之早遲。第有聞其必鐫，鮮存亡而闕疑。覘邸報之日積，直會計而改爲。是故日曆終歲以猶把，宦籍逾時而輒揮。在近者摘新而賞實，市遠者豫舊以酬欺。非春秋也，筆削聖而竊取；非易也，先後天而奉時。時之爲義大矣，惟名與器隨之。

嗟夫，大鈞寫物，皇極鑄人，物與無妄，人生有真。吾有身而易寵，世喪道而難貧。是以羞其編户，榮乎縉紳。然而布種詭雜，值候繽綸。幸者乃爲公侯之子，卿相之孫。前書厥考，有階有勳。後列環衛，如官如恩。托江河而猥大，依日月而常新。

不必學書學劍，自然允武允文。又若駙馬都尉，一體天人。在既富其何費，獲至貴而無勤。次則納貲而爲郎，亦以財而發身。過此以往，其勤可知矣。清流之跡，奮以文詞，則必没身乎藻綴，噪吻于吟呻。寒暑侵而靡覺，骨肉怨而不辭。至如羽林隸策，倉門學醫，吏人讀律，中書臨池，玄流理樂，天文測機，莫不窮年渴晷，立骨銷肌。彼殆胡爲乎爾，誠亦有所用之。又其甚者，作奸犯科，知無不爲，跂榮分僇，迂平取奇，皆欲争毫釐於此籍之上，附咫尺於半部之餘。外有乘間抵巇，能畫能棊，微言解頤，説劍説詩，日者狎客，夜來祕師，皆得遊大人以成名，指旁流而借貲。下則緹騎惡子，前魚弄兒，一則如貙如豺，一則如韋如脂。無足比數，何所覬晛。然而物有所至，事不可知。買功爵于攫金之後，乞告身于枕袖之時。經營衣錦，踐躐綦絲。在主爵而無靳，吒剞劂以何遺。第云爲之則是，敢曰文不在兹。

嗟夫，天下亦大矣，仕人亦夥矣。有鳳凰之官，則必有蟣虱之使。有金玉之英，則必有糞土之士。巨海茸龍蚌以鋪文，太華總松榛而攟翠。散之人有十等，合之天無二日。天其平也不平，人則不一也而一。不平謂何，有一有多。有終身于帝所，有絶望于廊阿；有十年而不調，有一月而累加；有微欵而輒振，有一蹶而永蹉；有弱冠而峥嶸，有白首而婆娑；有受萬金而無譏，有拾片羽而爲瑕；有擁旃于華羨，有投牒于荒厓；有提鹾而擬方伯，有守郡而無建牙；有贍僮客而鳴豫，有絶父母而勞歌；有長孫曾而襲珪，有鬻子女而還家；有上壽而賜尊，有自經于幽遐；麗風者衎言笑而加翼，絶津者罄號咷而靡槎；得時者隨俯仰而皆妙，失志者任語嘿以無佳。徒使墨守者視此書而失據，捷鬭者指是刻以嚴誇。智愚勇怯，于斯乎盡鋭；貧富侈嗇，于是乎交賒。細則鑽如蚊蚋，大則據若蛟鼉；緩則穆如塤篪，急則慘若鋋邪。親屬之榮悴以此，人身之軒輊匪他。何必耆舊傳而特筆，人物志以編摩。第登名於仕版，若陟巘以盈科。有規有矩，如琢如磨。諒有朝其必市，想無臣而不波。乃有揚休山立，籧戚駘駝。姓名舛詭，爵地參差。鸞視蟲其一粒，豹覺鼲以隨窠。苟有懷而未瞑，總奔命於旁羅。是故謁選則咳成雷雨，議汰則委若泥沙。地貴則聯之以雲錦，命賤則等之以風花。至消詳于品列，益撫卷而增嗟。名理疇而贋售，功勤埒而盜夸。等奇節而抑真，並文林而采華。然則茲籍也，蓋有朱紫異質，淄澠同和者矣。

迨其甚也，且有人焉，巧若窮奇，昧若渾敦，名可以冠楚杌，貌足以鑄神奸，物論之所必去，茲籍之所獨存。方災木而未已，或閲季而彌尊。亦有行若處子，智若耆舊，望足以壓折非是，才足以替獻可否。謂周行其必先，視百爾而豈後。比索名于右方，復展轉而烏有。或置無人之境，或寄冗從之藪。冷之以所必灰，瘴之惟恐不走。

彼拙效其常然，豈削籍之所朽。徒使頑弱之人，覽茲籍也，耀其貴如得如鶩，黯其賤如失如玷。懲死灰之不然，慕積薪之所占。名已没其焉如，貴及生而可豔。捐亢壯以和顔，算幽憂而委念。然則茲籍也，能使人采色飛舉，道心沉亂。可觸手而偶觀，難淹神而久玩。忽掩卷而罔然，吾亦多言之爲幻矣。

【箋】

作於萬曆二十五年（一五九七）丁酉三月，時在遂昌（平昌）知縣任。四十八歲。

【校】

〔冠二京分列省之地戒〕戒，萬曆本作「界」。

〔豈一日之可縻〕日，原作「目」。據萬曆本改。

〔或三會而扼奇〕扼，萬曆本作「抱」。

〔予寧者去住以彌朞〕住，原作「往」。據萬曆本改。

〔西折涼雋〕雋，當作「巂」。

〔則必没身乎藻綴〕藻，萬曆本作「訪」。

〔噪吻于吟呻〕噪，當作「燥」。陸機文賦：「始躑躅于燥吻。」

〔莫不窮年濁晷〕濁，當作「竭」。

〔有鳳凰之官〕官，萬曆本作「使」。

〔則必有蟣虱之使〕使，萬曆本作「臣」。

〔苟有懷而未瞑〕瞑，萬曆本作「暝」。

〔復展轉而烏有〕復，萬曆本作「或」。

【評】

沈際飛評「亦可以奮孤宦之沉心」三句云：「創意創筆。」又評「其地界也」九句云：「筆下星羅草芊。」評「日曆終歲以猶把」云：「湊插。」評「市遠者豫舊以酬欺」云：「意陋。」評「大鈞寫物」八句云：「説理則腐。」評「天下亦大矣」八句云：「虎吼鳳躍。」評「散之人有十等」六句云：「忽出此鬔牙鋸髮何也。」評「徒使墨守者視此書而失據」十句云：「大言無所不該。」評「物論之所必去」二句云：「快論。」

奇喜賦 有序

庚陽丁右武，天下英奇士也。與余同庚而生，庚而舉。四十年中，慷慨連綿，備極兄弟婚姻之好。懷忠踐義，爲噂沓所危，不盡其用。閒情壯志，斯亦已矣。有子元禮、叔兼，弱冠上下，並積風霞之氣，騰藻繡之文。謂可咫尺雲天，承考賓王。發越未盡，三年之内，溘其萎而。知者爲之酸心，行路爲之隕涕。惟兄與嫂，叫號頓跌，摧隤咽絶，如不欲生。親懿咸相勸譬，叔兼幸有遺腹，無宜過傷。雪涕强食而需之，男也。爲一解顔而笑。至于七日，又殤。天道如何，人生至此！仰視棟宇，曾無容旭之光；俛睇堦庭，莫解繁霜之氣。忽而神人見夢曰，叔兼有子在某所，可往取之。起而診諸保阿，則信有焉。叔兼有媵，最近而娠，去之民間，兩月而生子男。民以爲貴家種，收之，且一歲而餘矣。促駕攜以歸，並其所遺姊坐裀褥上，衆睨之，姊弟相向，儼然叔兼也。兄與嫂氏舞躍大叫歡絶，如絶復蘇，如斷復連。擇吉告廟，錫以嘉名，見之宗黨。右武馳書示喜，且曰，孤兒生處備極艱苦，此天賜也。相國張公而下，薦紳文學，遞爲詩歌，嘆未曾有。題曰「國香家寶」，志夢蘭階玉之遭也。余謂此蓋人生殊喜驚怪奇特者矣，鋪而賦之。

肇玄黄之泮涣，激變化而蜿蟺。哀慘舒於涷燠，糅夷實于山川。動虬儀兮鐘應，咡蠶絲兮酒泉。烏啣子於寄生，菟摇絲於茯苓。物有所不可致，理有所不能詮。謂變盈其偶爾，亦與善而良然。洪都右武，實余友兄。襲司馬之高門，發鷹揚之緒英。並撫塵而振采，偕弱冠以成名，步揚休而山立，吐玉振而金聲。筋骨備五行之色，胸懷深四海之情。固將以忠爲福本，信爲順禎。司馬之門再啓，公侯之後必盈。何悟天不其然，玄之又玄。世不我恤，日以一日。積羣蜚而去朝，懷幽憂而滿室。激昂皋壤之間，消瑟文尊之匹。攬年髮其已遷，撫陔庭而借一。趨庭惟何，匪凌匪夸。伯也頎晳，叔也豐華。蒼筤竿其秀竦，珣琪玗其交加。藻機雲于鸑鷟，寫徽獻于蛟蛇。伯艱難于厥考，叔依回而在家。伯能操世法之幹，叔能修學士之葩。被奇服而高冠，顔渥丹而映霞。談家難兮感慨，撫世態兮咨嗟。見其二子，曰予叔父。靡襟期而不親，在微詞而必悟。嘆吾兄之有子，鬱堂構乎終路。如何如何，天乎孔多。阬我兮如不我克，促我兮如不我苛。沓雙劍於委土，迫兩龍於逝波。喟琤鎗其已爾，遑顧望於其他。堂幃恨兮潰絶，行路涕兮滂沱。凜華宇之將及，冀凌陰而少和。伯兮已矣，叔也遺腹。庶其在茲，七日不復。慟余嫂其何如，兄展轉而增觸。悲有助兮號呼，愛無詞兮勸勗。沉劍兮望遺彩而何收，逝龍兮候纖雲而靡矚。惟庶季以長年，或多孫而羨續。

忽焉天開，叔兮有孩，色于室而棄路，取諸寄而置懷。生之行葦之際，立之叢翠之階。儼晬周而有餘，視髦儀而靡乖。並遺姝兮笑語，均秀額而奇顋。本閨房之兆叶，費門户之推排。佚蘭蓀於媚草，洩桂種於流荄。蘭汍瀾兮思公子，桂幽樛兮留上才。虹晦明於扺鵲之璞，月虧全于去蚌之胎。璧問道而始返，珠離浦而再回。乃公得之而驚曰異矣，傾都聞之而喜曰幸哉。雖人理之多制，亦造物之俶詭。震卺失而索男，鼎趾傾而得子。碩果懸而解剥，娣袂歸而濟否。字遥集於上楹，識仲孺於遺體。祖抱孫兮顧笑，孫遇妣兮徙倚。覺痛定而逾痛，驟喜來其亦喜。夜遽明而豈厲，決復入以成汜。荔側挺而見珍，桐孤生而韻美。引一髮於千鈞，立嘉名而正始。擬圭璋之判合，薦潢潦之原委。重承饎而挹注，續悲塤以攜取。免牛羊於踐巷，佐螽斯而在宇。如天福其亢宗，寔帝詒乎下女。托江河而猥大，恃神明以無苦。長葛藟之綿綿，接庚陽于鼻祖。

【箋】

〔庚陽丁右武〕右武名此吕，江西新建人。嘉靖二十九年（一五五〇）庚戌生，隆慶四年（一五七〇）庚午中舉。官至湖廣右參政，萬曆二十三年（一五九五）被逮。三十七年卒。餘見明史卷二二九傳。賦作於萬曆三十五年。

〔相國張公〕名位。江西新建人。萬曆二十六年（一五九八）革職爲民。見明史卷二一九傳。

【評】

沈際飛評云：「叙稍霑滯，賦蒼雅駢儷勝之。」又評「趨庭惟何」八句云：「組練。」評「佚蘭蓀於媚草」八句云：「會文敷藻。」

湯顯祖集全編詩文卷二一五

玉茗堂賦之四

四靈山賦 有序

大憲甌陵李伯東使君，余齊年中莫逆昆弟也。宣慈惠和，篤誠明允。擬跡循聲，率本忠孝。尊人百鶴先生隱永春萬歲山中，賦詩引醇，歡然難老矣。而時于母夫人有棄緯復禮之感。一日欷戲涕流語余：「不孝所差慰，乃得佳城艮坤，幽妥淑魄耳。記言龜龍麟鳳四靈，形家本天文星氣，指象方隅石精，妄意良然。亦未能具而有也。吾母隴岡，殆具是矣。先是飛來峯神見夢，示其方中，起行四山，旁薄欻霍，拊蒼麟，儀朱鳳，趾角冠距，誠然畢肖。獨鳳咮微瘃，而趾孤峙。心危之。居人云，石鳳嘗飲于田，田人瘃之，如石馬然，其趾蹌如。嘗苦海風，嶫吸微徙。就視有之。搆大士座，支其危。向後地數震，莫能動也。其壖爲石龜鋪，如蹲龜者，磊珏相望。有雙柱起盤石中，如執珪謁帝。小子請于大人曰，可書四靈于豐嶽矣。弟芬疑之，曰，三靈則有，如龍何。予曰，槩山爲龍，奚恡而不四。然終莫爲嗛也。循行轉深，忽見一石屏，大字二十餘，皴蘚殊半。洗發讀之，爲蘇家書。云，此山形如出洞龍，一草一石，皆其鱗角爪甲，幸勿剪伐以永山靈。予驚喜甚，從大人昆弟鎗而觀之。曰，此非龍耶。乃大書四靈于穹窿之石，望若天際云。已乃凌步飛來，得唐歐陽詹大書古雷字。震爲雷爲龍，此非龍起處與？爲書起龍字，字大如四靈。形家若四靈備者，得無異耶。」又言：山起東粤，過大營石龜而來，甌陵屏護殊衆。某山某水是也。溪流九十九，並折而襟其後。珍木靈果，森蔚無計。翠氣矞雲于樹頭，甘液成津于果下。此亦淑靈之樂丘，而賤子之永廬矣。幸爲賦之，時若瞻望焉。余按形家「龜若龍，世爲公」，或二千石。乃至有四天文，四禽之中，爲黄龍。母垣而封，子孫其逢。喜極爲賦，用附貞石。

若夫山川始合，玄黄既分，爰在天而象物，即下地以成文。酌十形而取貌，準七宿以扶輪。首蒼螭于大角，味赤鳳于飛鶉。處玄冥而伏龜，矯素商而現麟。偉精氣之攸屬，實宅兆之所尊。顧機緣其詎偶，率影象以難論。有之者偏詭而不必備，備之者确瘠而不必純。畏飛龍之壓角，喜遊龜之顧蹲。麟啣觸而何貴，雀和鳴而見珍。

彼氣雄雄兮畢吐，緊精磊磊兮奇臻。是故地以大閩爲大，天以温陵而温。旁唐鬱積，坱軋瑞璘。殆峻發于我友伯東君太夫人之阡也。

我有世父，百鶴老人，天俔其偕，母氏維陳。翁延和于萬歲，母息照于三辰。翁命伯東，卜吉而墳。連山歸藏，負艮揖坤。審止氣之在兹，覺中央其有神。庶三吉兮是取，詎四靈之敢云。日月居諸，雨露沾濡。撰杖屨以攸往，攝纖佩而亦趨。翁指盼兮矍鑠，子顧步以踟躕。目擊心語，光駭色殊。伯東喟焉，啓其大人曰，母恭人之阡美矣備矣，四靈既矣。懿斑麟兮何獲，定三五而磊隗。緬嶙峋乎睇視，恍麝鮥兮犉尾。兆聖母以縈絲，受火土之嘉祉。委石麟而載毓，衍隆厚於公子。右有之兮左宜，涉百步兮有咫。翹鳳髻之峩峩，載盤陀而托趾。立數尺于千圍，根厚地而無底。眩五采兮丹碧，被蔦蘿之霏靡。宛形色兮飛動，巇萋萋而戾止。夫何嗟于稻粱，儷神馬而志詭。疑秀蹢之蹌踉，托孤撑于慈氏。非善巧之過虞，經海翥而微徙。挺龕柱于來兹，月數震而無圮。瞰丹穴之鄰比，稱鸞訛而鳳靡。隕酈石兮將雛，峴鸑鷟兮鍾美。若乃吉氣有餘，黑螯于陬。積以委迤，十丈而裒。上有踆龜，大如一樓。吐息嘉林，法象靈丘。紐于左方，以名其郵。昂首公倉，觀頤何求。濡尾潘湖，流泉美疇。乃有十倍其蠵，見于隴頭。上隆下貞，晞陽伏幽。偃蹇壇場，顧子而留。儷石磐輿，青雲上浮。有若朝天，玄圭載侯。青純蒼光，背可刻鏤。伯東稽首定墨，向尊而謀。曰大人宜書「四靈」，以祥千秋。仲熙獻疑，三靈示休，龍則何居，請視其繇。伯東嘿然，以夷以躊。忽阡左之葱菁，見大書乎石屏。曰洞龍之出，爲山之形。鱗甲指爪，片石咸星。告勿采伐，以壽其靈。名既寶於眉山，字如書於滁亭。盱鬼神其護持，曠日月而丹青。伯東驚喜，幾不自制。父子昆弟，載酒往視。昔疑今信，四靈畢至。曷維其同，亦祇以異。曰時乎時，不志曷俟。書徑六尺，鐫于贔屭。臨觀道上，若懸天際。炯後人之摘抉，實先天其布置。蓋惟隴岡之原，起于粤東，石龜而南，飛來其峯。聳平疇而插漢，啓山靈而告中。行周昔刊於古雷，伯氏再標以起龍。豈雷古而龍今，將龍起而雷從。點乾象於霏微，接震畫於崆巃。其爲字也，行若龍矯，立若鳳峙，展若麟遊，促若龜曳。爲隴岡兮發色，與飛來兮争勢。

暐有子其若斯，向經文而武緯。允陟踐於樞機，且時陳於臬事。眷白華而逵漸，洊綸綍而泉賁。母孝而慈，彤管是紀。事大姑如其姑，撫猶子如其子。闡明淑以追榮，方幽贊而未已。況其數曲之間，嶺珏凌鬬；百里之内，殊麗輻輳。羅松帶其左，覺海鏡其右，鴻漸高鳩翔其前，葵朋青紫屏其後。高則紫帽清源，平則大輪三秀。擁龜龍於潮汐，障鳳麟於郊藪。琨溪百而堂會，珍木千而廈覆。五色之雲恒飛，六氣之霞時逗。翁顧而笑曰，淑人之丘；子仰而喜曰，慈姥之阜。亦安測夫天垂象而彌布，地愛寶而逾剖。如岡陵兮貴徵，歷世孳兮氣候。不敏顯祖，世睦之後。於母猶子，伯東則友。勒頌樂石，敬附不朽。

頌曰：四守在天，下屬爲物。河洛之榮，龜龍自出。生祖之洲，麟鳳是窟。孰配孰圖，此焉葱鬱。有真有精，非其彷彿。夫人委翟，中殞若月。地以爲媲，藏其真骨。回還四顧，光景發越。如麟翔郊，如龍竦闕。如鳳振冠，如龜抒笏。千百其障，踴躍旁勃。趨于甌海，湧自炎粵。千里相牽，束脈毫髮。小頓大起，莫不生活。重坤偵艮，如在房闥。含章載貞，吉止祥發。煌煌石窌，受天綸綍。於赫顯懿，氣莫可閼。子之翼之，翰墨黼黻。古雷起龍，四靈是揭。星流霧洗，光怪旁達。世未嘗有，奇茂斯括。溶溶大山，掞示毫末。顯祖作頌，次于玄碣。以告千祀，敬共無忽。

【箋】

〔大憲甌陵李伯東使君〕名開芳。福建永春人。湯顯祖同年進士。任江西按察使。見江西通志卷一二七。開芳字伯東。官至南太僕卿。父應元，有百鶴亭草。弟開芬，萬曆十三年（一五八五）舉人，終身不仕。以上見永春州志卷一〇。賦當作於萬曆三十四年二月李氏任按察使後，三十五年九月陞右布政使前。參本書卷二六懷恩念賦箋。

【校】

〔有雙柱起磐石中〕石，沈本誤作「啓」。

〔夫何嗘于稻粱〕粱，各本誤作「梁」；稻，沈本誤作「栺」。

【評】

沈際飛評云：「頓跌起伏，虛實並遊，如蛇蜕龍行，不愧賦。」又評「連山歸藏」云：「四字連意，亦奇。」

霞美山賦 有序

蓋余歲丁未夏五，得拜蘇弘家使君于大憲之府。休暇論交遊，得何君稚孝、蔡君敬夫、李君叔玄。叔玄固余同年友也。三君世清真士，而使君懷抱之内，瑋博淵靚，貞方淑明，誠足相友。海上相與謳歈大篇，北山南陔之思，油如也。已而曰：「賦者古詩之流，子善爲賦，吾母黄淑人即安于武棨之霞美山，山朝暮出雲，五采燁昱，婉孌甚美。吾雖宦遊，意未嘗不在淑靈霞美之側也。子其賦之，以識吾目。」因示以山圖壙志。志，封公仲齋先生筆也。山嵬故爲君曾大父直軒公塚。公嘗途遘重器不取，天畀佳城焉。公之子爲御史封公，其孫爲御史觀察次仲齋先生也。先生孝篤不忘，追養維謹。歲時偕淑人祠墓下，登降徘徊久之，嘆曰：「美哉斯丘，與淑人獲托體侍先公，幸矣。」兆而舍之，時引稚孝、顔範卿、黄郡伯諸名儔，薰然酣歌其中，覺煙霞爲氣質，身世爲風景，趙臺卿陶元亮之流也。所志淑人，内行純備，綸誥總以孝敬儉勤四德。德之大與。顯祖仰承孝則，謹按丹青金石之重，爲使君語鋪而韻之。匪敢掇塚賦之小文，要以毖屺瞻之極思焉爾。

懿神明之俶紀，始司寇之蘇公。配周邵而則遠，長國家而祚鴻。肆層瀾之瀰瀰，參奕葉之蘢蘢。豈翅乎東海高駟馬之門，平陵受九世之策。文言引慶於積善，春秋占達於明德。周秦蜀閩，如緘及紳。集賢之雅，届我蘇君。清明在躬，宣哲惟人。豈培塿兮松柏，必巖嶽以風雲。竊燕閒而問思，遡鴻休而有云。大祖直軒，内恕以仁。芥千金于路遺，寶寸心而席珍。樹德滋而保世，嗜欲先而降神。遂開我祖，施于曾孫。家伯憲伯，家君隱君。若我隱君子之爲行也，趨庭學詩而學禮，居室中慮而中倫。出昭明而處晉，偃經綸而遇屯。既光乎德，亦富以文。承考兄其芘美，據鍾釜而食貧。載矩矱兮揆覽，次芳菲兮襲紉。祗令德以惟孝，感人生而在勤。誰其佐旃，我母維賢。誕黄公之著姓，兆金紫於神詮。視必徵於圖史，步必儆於蘋蘩。痛先姑之靡逮，觸衿佩以汍瀾。承繼姑之卞急，調氣色以盤旋。奉堂上於枌榆，再終星而始捐。我祖垂堂，倚杖而顛。母也倉皇，披帷出援。吮血傅藥，沾衣涕漣。翁曰孝哉，曷爲其然。子以學遊，婦備除涓。豈無青衣，必躬必虔。溽雨于庖，上漏下泉。背腹兩兒，齒屐而前。砍蟹炊葵，挈粱擊鮮。堂户清芳，施于賓筵。議其酒食，製其裳衣。箴管在佩，鞶袠周資。免乳多難，織結澣治。繅車夜鳴，分燈課兒。受四喪其畢舉，咸取襄於婦儀。踴縗幃兮諸孤，泣嘗蒸兮歲時。其勤孝也如此，惟神明其知之。幸襲余於三爵，表庭誥兮閨慈。應神言於金紫，洊恩華於翟禕。絶灩溢以明冲，隨黽勉而稱施。在邦媛以貽則，没鄰春而助悲。時守鄰都，計奏言歸。褒儉勤與孝敬，捧王言而載馳。擬賜金其上壽，豈杯圈以長揮。痛奔星兮靡及，將母諗兮何期。

惟我舊山，厥名霞美。隱君子之所營，曾大父之所啓。其爲山也，鬱兮坤盤，聳兮天搆。福全屏其前，紫帽冠其後。翁山八赤睨其左，清源三能映其右。葵峯依九日之華，梅嶺醖雙陽之秀。江縈綬于金鷄，飲風湍乎鳳味。豈金崎之自來，拓靈海而安受。蓋我隱君，載瞻王父之藏而嘆曰：樂哉丘也，僾貞士於霞屺，肅幽人於雲竇。乃挹恭慈，言升其阜。葱蒨展簇於屏帷，氤氳吐納其懷袖。指岡巒之體勢，儼冠佩于列宿。水繹耀以來矜，謐層阿而繞霤。傾焉雲徊，欻焉霞覆。出乎空閬，炫乎玄岫。駭神靈兮光怪，緬葱蘢兮氣候。丹山明兮赤城輝，步肸蠁兮兩迤逗。翁語恭人，霞美且悦。顧九原其在兹，庶千秋兮共穴。恭人謂翁，信美成説。托餘魄於先公，願前驅而秉莂。翁有感焉，乃壇乃宫，芟舍其壖，陶焉在中。撰歸行于一際，藐旦夜之玄同。樹松柏于齋隅，唱露晞于朋從。意爲歡兮偶爾，寧嬰憂兮我躬。蓋翁達于未嘗有生之始，毋當夫所必不免之終。歸大衍兮成數，痛靡依兮先露。諒終吉以偕臧，就初貞而撫路。匪暨陽之近渚，微京洛之遠遡。大地靡虞於漏泄，兼山允呈於顧濩。接止氣于西南，眷前霞之曉暮。細若金碧之吐，矗如樓閣之曙。麗訛鸞之窅緲，屬雌龍以容與。氣有赤兮有青，態若迎而若佇。覺先慈之樂康，奉家嚴之指厝。依祖德以延休，叶孫謀其永固。悵來歸而詠屺，賚思成於寫素。嗟夫，使君之言若此，何孝德之綢繆。偉封公兮任達，偕同隱而啓疇。寤玄闥以通明，處便房而燭幽。嘆褖衣兮不復，拊霞御兮長留。諒徽音其不朽，托悲頌於靈丘。

頌曰：連山起兮似城郭，岡陵嵷兮肥不薄。赤氣揚兮曳朱舄，赤氣鬱兮抱蒼璧。

霞之美兮青以赤，代殊好兮貫華脈。圖寫吟思麗以則，照耀山容動海色。楸梧離支女貞柏，茇舍陰煙美營魄。太公時遊鏗樂石，過祖及妣醉賓客，笑語恭靈此依息，乃公壽算永無極。

【箋】

據序，作於萬曆三十五年（一六〇七）丁未五月，家居。五十八歲。蘇弘家使君名茂相，福建晉江（武榮）人。去年六月自汝寧知府陞江西副使。今年十月調爲提學副使。明年九月致仕。何稚孝、蔡敬夫當是江西官員，其名不詳。李叔玄名開藻，福建永春人。時任江西提學副使。上據實録。

【校】

〔挐梁擊鮮〕梁，疑當作「粱」。

〔赤氣鬱兮抱蒼璧〕赤，當作「青」。

浮梁縣新作講堂賦 有序

饒陽浮梁有講堂焉。隆然兩溪之上，合大易「麗澤」之義。基宋南渡，嘗于元季前後廉訪之使。兵燹迨于兹。閩周侯新之。甫成而以能治劇徙南昌。湖錢侯嗣之，益嚴以炯。友人黄君龍光謂余曰，講院發氣色于流峙，備體勢于規隨，于以居賢來章，邇所未有。盛美不宜無以照炤于後。敬爲賦之。

遡名流於匯澤，陪德鎮於匡垠。匪江湖之氣急，緊農桑之業勤。俗劬勞而憂善，地偏安而樂貧。鄉老提朝夕之塾，遊童遵出入之倫。國游藏於經解，家韞席於儒珍。道山東其證聖，里江西而近仁。凡兹宦遊，適若期契，莫不欣其風土，安其氣味。引諸生以怡懌，法講堂而蔽芾。相慕用以良然，有代興而靡廢。

若夫芝城浮梁，通乎大鄣，處江山之清絶，入吴楚之空宧。人喜儒而化鄙，吏好學而明臧。乃至勝國之長，餘燼之良，猶能嘆青衿之道缺，感桑椹之味長。慨焉始基，逮彼搶攘。近華風而狄遠，在門墻而雅亡。喜孔顔之像在，覿皇明之道昌。皇道明兮孔昌熾，萬曆斯兮卜年世。聲明焯兮文物沸，牛女精兮江海瀣。物有沉而俶晖，事有龐而載懿。有溪有堂，孰揆孰嗣。我閩周侯，經營其位。祠亭翼翼，橋閣跂跂。中田有盧，以教以食。六月南徙，物有其備。我湖錢侯，崇增厥制。繚以墉援，飾以欄綴。徒觀其四達之爲勢也，北起乎覆鍾之山，西揖乎鳴琴之治。東陂陁而折北，道如帶以迤遞。遶三方乎曲隅，面長風于水際。兩岡相啣，棲以木石。中有歸塘，樹以荷葯。延演漫汗，焕炫寞歷，收委潤於閶祁，度霓梁而振掖。隱玉几以横陳，拔蒼岑乎遠碧。鏡晏嗢而寫旭，罩晡煙而吐魄。風霆雲漢之所迴，澗沚蘋蘋之所滌。白鷺飛而有容，潛龍見而時惕。對學海以津梁，宛天成其泮璧。山陽兮崚崒，振衣兮下視。邈靚秀于洲衢，逖喧嘂於闤市。右爲堂兮友仁，欻炯敞而巨麗。義有取乎燕居，鬱嘉客之所戾。友仁之左，徑以葱青。傑閣俔天，是曰尊經。靈峯在前，寶積在後。其朝迴溪，其夕孔阜。若登山而魯小，似酌海而星覆。典則斯有，闕佚是購。豈禪枝静閣之藏，迺孔林曲阜之副。統一真以定尊，積數仞而云富。噫嘻此堂，美好備矣。四方之遊，日其暨矣。

今夫浮梁之茗，聞于天下。惟清惟馨，係其揉者。浮梁之瓷，瑩于水玉。亦係其鈞，火候是足。然則無清英之意者不可以及遠，鮮陰陽之力者不可以致用。故夫通人學士，坐進此道。鑿户牖以爲室，則思其人以居之；觀埏埴以爲器，則思其人以儀之。必且撰杖履，儕衣冠，診同文，發更端，舉聞見而歷落，依性命以盤桓。珠無燧而不引，響有叩而必還。蓋將以暵發于天人之際，流通乎師友之間。濟濟祁祁，便便反反。課規程而測美，執文句以攻堅。講太極而中隱，賞良知而物捐。是皆擬日用於仁智，轉天機於釋玄。等疑虚而借實，鮮遺邊而遇全。體用合而理正，粗妙函而事安。惟尊經而正業，得在意以酬詮。慨學人之多致，攝堂奥以良難。有同聲而響隔，有殊風而意傳。嘿則神而有信，辨且存而勿論。將樂羣兮攻玉，豈譁衆以連環。或風以雩，或遊于觀。度楹以几，適館而餐。式飲食兮庶幾，亦歌舞兮笑言。則必助流雅頌之化，肆廣中和之篇。佇孔容而徙倚，矚周道以迴旋。載濯于溪，乃挹其源。紫莖屏風，紋紆以漣。菡萏始華，被以秋蘭，幽香杳靄，清華嬋娟。庶懷虚而會遠，足抱素以明蠲。若夫燕息橋梁之上，光陰魚鳥之前。見漁樵之莞爾，覺士女之悠然。君子既愛其日，小人亦愛其年。悔聞道兮不早，返端居兮景賢。賦陳其志，歌永其言。

歌曰：惟芝以東，是曰浮梁。龍棲鳳遊，絃歌在堂。廣毘學宫，波陰甹陽。經閣峩峩，振衣相望。有源有都，視其歸塘。汝穀以貽，好學無荒。中有新田，外有長薌。迺作于兹，休其烈光。令以慈湖，訓以紫陽。汝父汝師，來遊來康。莫美爲報，崇經重道。道有隆夷，性無粗妙。尚有典刑，惟忠惟孝。雍雍者祠，有槐有柳，桃李蘭蓮，春秋户牖。其西崇功，其東惠後。侯其來巡，載笑飲酒。我歌不忘，貞于孔阜。

【箋】

〔湖錢侯〕名中選，字元英，號玉虬。湖州長興人。萬曆二十三年（一五九五）進士，萬曆三十年前後補浮梁知縣，擢刑部員外郎，陞臨江知府。見湖州府志卷七二。

【校】

〔鑿户牖以爲室〕牖，原誤作「墉」。

〔適館而餐〕餐，原誤作「飱」。

【評】

沈際飛評「徒觀其四達之爲勢也」七句云：「景物鉅麗。」又評「然則無清英之意者不可以及遠」二句云：「器賅道，即象寓理者。吾欣賞此。」評「體用合而理正」二句云：「説得完。」

湯顯祖集全編詩文卷二六

玉茗堂賦之五

懷恩念賦 有序

永春李伯東岳伯，吾舉進士第齊年弟兄也。都下一再往反別去。予補南，沉寂竄廢，闕奉音徽者殆二十餘年。天與伯東來憲江省，一見歡甚，周旋拯接，備極綢繳。伯東天性忠孝人也。忠也，故素絲大車，著司直之節；孝也，故南陔北山，極遑將之詠。兹且以再上計行遷次，欲歸侍百鶴翁萬歲山中。奉再晤以何期，拊寸心而淚下。懷人念路，將何以處我乎？抆涕而賦之。

惟馮生兮有倫，亦淡成兮鮮類。始違家而涉朝，業辭榮而罷晦。憫聚散於來朋，感實虛於前士。有緩急而與酬，孰涼温而可嗣？矧齊年其乍進，幾淹時兮容曳。輒分署於吴朔，旋乘流於嶺澨。奉周旋而未再，曠音形兮莫繼。靡塵露之淺益，乏蓬麻之薄寄。林壑擠而迴幽，蒿艾委而重蔽。積五稔以無見，俟千秋兮永喟！何伯東之大雅，儼簪黻而來暨。乍握手以驚癯，每投心而念瘁。動引想於淪落，數解嘖於煩憒。向慨亮而多節，復醇深而亹致。秉素絲以爲緎，集幽蘭而倚佩。大憲執而風流清，价人藩而斗維會。總三英之正則，兼六藝之能事。入周秦而澹墨，出晉唐之新意。懸日月乎壯觀，佇風雲於遠勢。文綽兮而有斐，德熏然其既醉。發梗概乎家乘，托綢繆於世契。匪華朋之振衰友，迺良兄之睠弱弟。羡人理之均調，仰天性之獨至。外比則樞機周慎，内行則經緯醇備。

本緣親而報主，式資孝以移忠。拱百鶴於雲漢，懷萬歲於山中。寄裁斑乎繡黼，謡陟岵於呼嵩。矢浮雲而愛日，凜嚴命之無從。有季代慈烏之弄，多孫撫羣鶩之雍。欣釜鍾之逮及，詠皇澤以從容。戒荏苒兮懷私，勉驅馳兮在公。翁言則然，兄豈其同！暫跪喏於遥旨，長鬱咄於深衷。寤違將以明發，感煩痟而蘊隆。豈杖屨之無人，洗廁衵而匪躬。待六年之奏計，庶我歸其自東。

嘆自東兮零雨，眷西人兮秋暮。雲晶熒而黯色，風寥落而商素。江氣肅而生波，嶽色悽而響樹。念無衣兮此時，送公衮兮上路。我有心兮誰與言？我有悲兮誰與寤？或留處於君王，或追隨於世父。急忠孝於茲行，肯爲予兮延佇。思舊恩兮攬結，隔阡陌兮誰度。送賤軀以何其，反章門而匪故。祇加餐兮增歎，詎裁書而減慕。庶徼天兮惠來，望踟躇兮，淚横心而不能去。

【箋】當作於萬曆三十七年（一六〇九）秋，次年爲上計之期。據實録，萬曆三十四年二月加陞江西兵備參政李開芳爲按察使照舊管事。以賦序「兹且以再上計行遷次」，至三十八年九月離任，開芳至江西當亦不久。三十五年九月陞本省右布政使。三十八年九月云：「江西布政使李同芳乞歸終養，上許之。」按，李同芳，崑山人。萬曆八年進士。蘇州府志卷九三本傳凡四五百字，不可謂不詳，無出仕江西記載。江西通志職官志亦不見其姓名。實録「同」字當是「開」字之誤。

【評】沈際飛評序云：「得賦體矣。覺懷恩念三字一賦反淺。」

高致賦 有序

夫崇高以富貴爲大，聖人以有位爲寶。英賢所以極至死之節，常人所以集資生之具，皆是物也，豈顧問哉。然而時有所不可致，道有所不可期，常情嗛嗛，通人妙士，委時順道，屈申其情。樂則行，憂則違，確乎其不可拔者，進退之象也。天下士宦江以西而暱於予者，江東姜仲文，稍爲中人所疑，破手作大機宜文字以去。壯矣。嗣若海寧查君，晉江蘇君，前後以引疾行，皆君子也。予高其風而惜之。曾幾何時而蕭山來任卿復引年解岳伯政行矣。初與予言去意於西樓，予謂丈夫會合，即有餘齒，未足爲吝。任卿容骨修炯有神，時方以吏事清嚴見重，未有厭意，驟以引年爲禮，何其腐也！任卿欷然曰：「吾嘗得小石印，款以腐儒。吾之爲腐也久矣。腐儒得宦至老方岳，甚幸。意本不家於官，所以久此，亦欲有所致。而不可，則取一歲俸，日食百錢，劣可十年而盡。過更圖之。兒子輩無與吾事也。」因言海山花木之勝，欲及耳目聰明時行弄之。家臨元人九歌圖細甚，時一摩莎，問湘君何神。已而嘆曰：「豫生國士之言，豈不信哉！」復誦風人數章而起，曰：「不死，期湯生於華嶺之上耳。」予恢然聽之，頗不爲異。秋而果然，望匡廬道於越而歸，大吏更止之，不能得。夫人才悶悶然無所可，至黯爾去官，復少異趣，枯腊而已者，予何取焉！任卿雖去，緒音亹亹，其致甚高，當爲次第之，用傳世人。亦非凡世人所能慕用也。爲作高致賦。

惟君父之體大，故忠孝之用長。自成童而教仕，抵黃髮而靡忘。被衣可以相重華，垂釣可以師文王。良驥仰櫪於千里，婦人從車於四方。事非觝於逐麋，時有藩於觸羊。古引年而致政，亦節度其偶爾。苟所欲其從心，豈爲我而制禮！

嗟夫任卿，清強自天，出有二品之俸，處無再易之田。齊年曲臺，珣琪琅玕，月夕風晨，良讌爲歡。來與爾言，蕭山本寒，徙合肥而故瘦，令黃梅而過酸。入參華署，幾不能斂其婦；出駟錦川，幾不能行其官。玉干虹而竟剖，尊爲犧而必殘。終始其勤，于我江干。行河久于梁濮，轉餉初于秦蘭。皆積小以致大，每遜易而就難。芟舍移而江漢遥，軒帷敝而歲月殫。軼分陰之烱烱，抱寸意之閒閒。春酒夕佳，興言其端。若登高而悵遠，欲車怠而馬煩。勉以遷延，勗以旬藩。人綱服其警策，風物資其折樊。匪龍枯而淵夷，甫鷹揚而天翻。公顧我兮則笑，謂予言之實艱。玩榮期之妙語，愁禍祿於憂患。有多才而僵死，或盛年而立乾。儌予倖於清時，容直木之高蟠。嘗片巒而已知，況屠門兮飫餐。覩一葉而自見，矧蕙苑兮爲萱。喻吾子以物理，百難盈而易慳。火盡薪其欲傳，石懸霤而見鑽。漸忽微而得老，徒黽勉以施顏。事已鄰于「尾遯」，情何吝于「闃觀」。諒所至而不貪，遲風波其未還。數椽之側，十畝之間，雜蒔花卉，周施楯闌。護西州之海棠，接東人之牡丹。山北指兮西陵，水南匯兮東關。凡越王百戰之履綦，皆幽人一曲之考槃。及耳目之精熒，付尊足之蹣跚。興緣欣而屢徙，景方延而詎闌。茶筍無虧，糧藥粗安。有子不貧，亡妻曰鰥。笑張蒼之飲乳，恥文淵之據鞍。既鍾漏兮並盡，何金石之足刊！計杪秋而一決，姑與子兮盤桓。

十月之交，菊露猶團，竟果所言，飄然掛冠。納文書于大府，捐印綬于通班。出南浦兮吹洞簫，揖西山兮辭鵷鸞。情無之而息遣，理有存而絕攀。俸三百其早逋，路九十而迯拚。寫樵風於歸楫，指越鱠於餘盤。久暢意於江楚，恨闕遊於匡山。將振策乎五老之巔，維舟於落星之灣。倚九疊之屏風，看天池之雪湍。飛灑發皇，躊躇闌珊。浩歌而西，終焉伐檀。諒莫黑兮匪烏，豈予庭而有貆！拾圖章於漢汜，分腐儒之汗漫。發沉騷於素色，手名迹而未殷。何世人之還還，尚好少而即頑。撫國士以何期，偉豫子之所嘆。傍嚴陵之沫彩，涉蓴湘之淺瀾。快老客之還故鄉，劇廉賈之去市闤。道山陰而折屐，際海曲以循環。鑑夙姿於湖藻，吸餘芬於亭蘭。書禹穴而登窺，琴蕭然而坐彈。存有涯于自已，擲無盡於人寰。庶良朋兮惠來，得寤言之所寬。

嗟乎任卿，何歷落而多懷，吐緒風之激亮！苦素絲而弗渝，甘白首其何望？釋荏苒而志悅，酬耿介而色悵。凜霜霰兮交下，煦山澤兮神王。肅支許之前衢，屬予心之所向。采真氣乎天姥，瀑靈襟於鴈蕩。慨心知其幾何，及吾子之無恙。緲孤光兮浙湄，記成言於江上。

【箋】

爲江西右參政來三聘作。三聘字任卿。浙江蕭山人。顯祖同年進士。曾任黄梅、合肥知縣。萬曆二十七年(一五九九)任江西副使，旋調四川。此文當作於三十七年之後，查允元三十六年十月始任江西參政，其「引疾行」當在此後。

〔姜仲文……破手作大機宜文字以去〕仲文名士昌。丹陽人。實録云，三十五年「九月辛卯，大學士(李)廷機上疏自明。爲參政姜士昌疏發也。士昌以江西參藩奉表入賀。事畢，因言國是人才關係世道安危匪細。去歲，二沈之忠邪同罷，無一人别白。使濁涇清渭混爲一流，後來無所懲勸」。大學士朱賡復上疏論之。士昌遂坐誣罔降三級調用，爲廣西僉事。十月，直隸巡按御史宋燾申救士昌，坐降級調外。並降士昌爲邊方雜職。按，二沈，忠指次輔沈鯉，邪指首相四明沈一貫。玉茗堂尺牘之四答姜仲文：「非仁兄一疏，千秋不知四明事。」即指此事。參看明史卷二三〇姜傳。明儒學案卷五八顧憲成傳，謂士昌此疏大抵推憲成之旨。

〔海寧查君〕名允元。據實録，萬曆三十六年(一六〇八)十月陞江西副使查允元爲本省右參政兼僉事。江西通志卷一二七有傳。

〔晉江蘇君〕名茂相。福建晉江人。任九江榷使。見同書。

【校】

〔曾幾何時〕何，原本誤作「向」。

〔凜霜霰兮交下〕下，沈際飛本作「足」。

【評】

沈際飛評序云：「一序極磊砢之致。」評「意本不家於官……兒子輩無與吾事也」云：「風色絶異。」

酬心賦 有序

癸未春，予舉進士，經房秀水几軒沈師，年少于予，心神迫清，而予方木强，故無柔曼之骨。五月館試，房舉各得上其門士。時馮君夢禎謂沈師曰：「子門中，固無愈湯生者耶？」師曰：「固也，恨生骨相涼薄，不如徐聞鄧生。生甫終賈之年，而負河岳之相。必大拜者，其人也。」予聞斯言，服師人鑒。分以一縣自隱，得少進爲郎，便足，無敢更攀師門，重累知己。偶晡宴侍，師喟然曰：「以子之才，齒至而獲一第，何也？凡人有心，進退而已，然觀吾子之色，若進若退，當何處心耶？」予卒卒謝起，作酬心賦答之。

若夫吾師者，鍾玉名家，簪綸秀緒。環耀魄以中澂，軼蒸林而上侶。日月漾其清華，山川鬱其風雨。故宜朗穎獨耀，鮮雯稚舉。勝衣藹豔於蘭庭，弱冠彫蕤乎桂嶼。遂乃清勇皇軒，高華帝圃。皎陪飛月之纓，匡飾受河之釜。度沖影若文霧之霏霄，叩微言象泠風之穆羽。故允以標九河之人宗，藻十洲之衆父。

邅迴薄躬，實命不逢。少多奇阨，夙慕玄同。抉目英雄之記，銷心文學之蹤。安步險聊泥之轄，卑棲危碣石之宮。紅泉近構，紫蓋遥通。浮霜剪桂，漬月捫松。琴樽薄展，糧藥粗供。顱辭舜帽，耳謝堯鍾。笑鳳衰於啞婦，嘆狼跋於僂公。金盌玉杯，不問人間之占；芝泥竹簡，忘情家世之封。而大人有言，吾子可仕。既人生之在三，亦大戒之有二。爾乃暫釋虛恬，稍窺華潤。曾聆拾紫之言，輒著拜經之論。岣嶁北海之偃藏，陽翟東方之祕殉。山川雲氣之墳，姓名風物之訓。十五代之今古從羲，三十國之春秋主晉。靡不恣南宮之極遊，歷東觀之名儁。炯發越於明眉，度逶迤於玄鬢。終以風氣遒上，性韻剛疎，薄泓噌之寡醞，病披昌之詬儒。固以慆心理籥，軒眉文轡。世率駭於真龍，士或驚其累鷙。命與年迴，理隨形閟。瘦昃月之珠泉，晦無霜之玉地。遂乃悵寄兼深，形轡多制。大展而比三公，險衣而遊一世。分東吳之孝廉，老北門之賢士。不謂人師，相逢此時。撫乾璣而發采，握地鏡以窺儀。引三吳之勝氣，暢百粵之高姿。亦盱衡於薄質，時撫節於蕪辭。遂使路寢皇人，備影形容之相；鈴鑾都護，齊吭芳媚之嬉。自謂可以擢殿堂之雅步，起金碧之沉思。兹焉已矣，抑又何其！

苟墨絲其有寄，豈州縣之無奇？東平之士風可愛，中牟之稺子無欺。河陽之花城足態，柴桑之蘭徑兼資。未嘗速貧，猶旋泛局。張華王佐，感巨細於鷦鷯；賈誼奇才，嘆圜方於鴻鵠。天損有餘，人苦不足。乍勉身而就列，即回情而舍旃。定君躁於流品，落賓名於世筌。窈窕兮順紫靈之氣，依棲兮保玄仗之年。此時吾師者，方當調神玉琯，篤俗金提，贊蜚耳與長目，覆孺齒與修眉。弟子於焉，歌謡庶幾。想風雲於竹素，指星月於彝旂。入玉出金，輒見麒麟之畫；小鐘大鼓，長聞鳳鳥之徽。詎懷私於隱屏，永駐運於洪丕。予官止郎吏，沈師鄧生久逝矣。

【箋】

〔癸未〕萬曆十一年（一五八三），湯顯祖三十四歲。

〔經房秀水几軒沈師〕名自邠，時以翰林檢討任禮部春試房考。

〔五月館試〕據實録，五月戊申，命大學士申時行等及吏、禮二部堂上官考選進士，得季道統等二十八人改庶吉士，同一甲進士送翰林院讀書。

〔馮君夢禎〕據實録，時爲翰林院編修。

〔徐聞鄧生〕名宗齡，萬曆十一年（一五八三）第三甲第二百三十名進士。野獲編卷一四科場師弟相得云：「癸未，先人（沈自邠）以閱尚書分考。得一南卷，賞異之，云：『非吾叔度（焦竑）老手不辦……』因薦高等。比拆卷登榜，則廣東鄧宗齡，其年甫弱冠……鄧入詞林……未幾夭」。

【評】沈際飛評「凡人有心，進退而已」云：「自是先正得力語。」又評「遂乃悵寄兼深，形響多致」云：「酈道元佳句。」

哀偉朋賦 有序

昔人友朋之義，取諸同心。夢簧者得賢友，絶琴者傷知音，其致然矣。予年未弱冠，有友二人。鍾陵饒伯宗崙，臨川周無懷宗鎬，皆奇士也。崙長不盡九尺，瘠而青，瞻視行步有異。鎬長不盡三尺，髯而甚口。當予譚説有致，崙笑斷然，鎬笑軒然。三人差峩蹣跚而行乎道中，旁無人也。崙父廢莪公於豐城李大司馬燧，鎬於鍾陵張大司馬梟，南昌劉都督顯，皆中表。少長其家，故習譚帝王大略。所喜皆大臣將相籌策占候之事。而崙復曉夜誦書，常與予映雪月，交書而盡，乃已。同卧處三歲餘，前後别去。至同赴南宫，試都下，卧未嘗有異衾枕，履襪先起者即是，不知其誰也。崙同舉進士，出理順德，有潔清公忠之名。三察並闕將吏，凡却萬金。徵試御史。病，告卒于臨清。汰舟于姑孰。予在南祠，望江瀆而哭之，曰：「傷哉伯宗，君親友之望未塞，而遽爾乎！」鎬久爲諸生，以文字不倫，落去。益學騎射兵法，年四十，走長安，以策干陳御史大夫炌，不受。説譚大司馬綸，綸陰用其策而陽棄其身。鎬發憤恚懣，歸而病目，幾瞑，飲後婦乳，復視。貧甚，發嘗所受異人書，作黄金，不就。苦饑，則學辟穀，然不可久。時來就予食。予爲收教其子仲兒。壯慧而死，益自傷。慨然有長遊不反之志。或諷止之，則曰：「重華祖龍皆客死，何必我！」既而謂予曰：「我數夢之帝所，終當僊去，公不甚信我。我所有異書兵訣，長以與崙。」後崙死，而鎬書散亂盡。所與卧起信宿，掀髯長嘆者，又獨予一人而已。辛卯秋，裁六十，來送予嶺南。握手而唏曰：「伯宗與予，獨一子，皆不好讀父書，無能言其父者，即從此長别。子能忘言于故友乎？」予悵然止之，曰：「勉飯自怡，長生固人所爲也。」去大梅之南，夜夢鎬來告别，指伯宗之舊館曰：「鎬其如是矣。」予驚而寤，曰：「有是耶！」起而發燭踟佇，爲賦而哀之。

惟吾朋之恢詭，形一短而一長。並弓裘於北渚，同研席於文昌。無懷之胸腑有奇，伯宗之體貌殊方。予參差以中立，亘通衢而頡頏。服御無分於几毻，詩書或亂於巾箱。夜談則風雨如晦，曉起而月出之光。有擊目而成笑，無疑情之見妨。

歲周旋於金午，予獨舉而賓王。暫成器以不括，有善刀而未嘗。饒損趣于文囿，周摇心于武場。時不可兮驟得，年有徂而莫當。計摧殘於生慮，精勞傷於死喪。周食素而痤黑，饒衣單而瘠黄。予公車其亦窘，時黽勉以傾囊。影答形其有待，力問命以誰强。怨鎬君之需往吝，喜崙生之蹇來章。一司刑而縻爵，一無權而食漿。矢貧交其不遺，館無懷於奉常。爲料理其糧藥，并資營其劍裝。期上書而赴闕，圖方略而詣羌。足屢踒而恣遊，目半盲而兢張。諒意智之有餘，悲年命之無疆。乍彈冠而縱語，忽投書而若忘。喟短籌於世局，寄長想於僊方。道佳期於沙城之宅，指神物於星子之傍。作黄金以飲器，步青鋒而吐鋩。吸流華兮再中，畢雄心其未央。嘆斯情之浩渺，感高興之淋浪。恒度世而苦饑，持氣術以休糧。閲九州兮何求？反山中兮樂康。

夫何山川未改，歲月猶常。昔伯宗之慷慨，被雄職以還鄉。料婚葬之完立，起王事而方剛。豈知時有所不可待，計有所不可詳。清淵有訃，隕我惟良！予在陵祠，驚投于床。司業劉生，叫絶于堂。形無死法，云何不臧！眉目竪而準隆，頦頷修而骨昂。笑有醺而微韻，步無遽而不莊。惟股掌之平薄，與情興之滄涼。極予交而晚疎，在他人其缺望。然猶重子以平生之矜矯，屬子以世業之匡襄。昔獲交於予美，羣吠怪而搶攘。庶子名之修立，見予懷之淑芳。詎想夫有繡衣之半載，無珥筆之毫芒。君親之恩莫報，友人之責何償！逮鶡飛而靡及，豈魂愧以他翔。遡江波而灑淚，重頓擗以頹磄。原盍簪而挺解，海方舟而起戕。彼先醒其已然，予後死以誰相！爲汝半朞兮素帶，三旬兮縞裳。遇同官而見哂，慨朋友之禮亡。越卯辛之夏五，予復上書而遠行。途瘴熱以烝厥，歸奇病於三陽。問所苦而舌呿，夢易宅以魂禓。辛淹秋其再起，將有事于炎荒。周跰蹦而送遠，軫彌留而自傷。悔辭家之不早，遺枯腊以踉蹌。書散敗而不收，名湮微而孰章？撫予心其尉遺，泣回袂於河梁。九日登予于盱姥，十月遭予于湞陽。忽周君兮見夢，儼顏髯之秀蒼。指伯宗之舊居，望白雲而歌商。嗚呼已矣，其亡其亡！

牙絶絃於鍾子，惠滅質於蒙莊。俯濠魚而奚樂，聽流波而望洋！皆一子以偏露，並繼室之罹霜。號蕭蕭於殞木，哀闐闐於壞墻。周無鄰以相杵，饒有弟而綏筐。諒無貲以協睦，雖有哭而悠颺。饒五喪其未舉，周一坏而矩央。指越裝其可損，寫泉幽其再光。獨怪夫熒熒司命，瞢瞢彼蒼，或千指而逾贍，此數口而靡遑！氓蚩蚩而長在，士琅琅而遽殃。玩此時之芻狗，皆昔日之干將。豈古帝謂之縣解，將造物收其不祥！鎬夜行而在燭，崙晝歸而不暘。等悠悠於市合，何嗷嗷於歸藏。虞舜在而猶羶，秦皇死而不香。何帝鄉之滅没，即人代以荒唐。纊無纖其摽擗，車有素而徊徨。委魂緒於虚微，起編歌而自觴。撫夙衾以何得，竟愁思之不可量！

【箋】

作於萬曆十九年（一五九一）辛卯十月，貶官徐聞，途次廣東英德湞陽峽。四十二歲。

〔陳御史大夫炌〕臨川人。據明史七卿年表，萬曆五年（一五七七）十一月至十一年十一月在任。

〔譚大司馬綸〕撫州宜黄人。據明史七卿年表，萬曆元年（一五七二）七月任兵部尚書，五年四月卒於官。

〔金午〕庚午隆慶四年(一五七〇)，湯顯祖鄉試中式。

〔館無懷於奉常〕萬曆十二年(一五八四)至十五年，湯顯祖官南京太常博士。

〔予在陵祠〕萬曆十七年(一五八九)至十九年春，湯顯祖官南京禮部祠祭司主事。

〔司業劉生〕萬曆十七年(一五八九)八月，劉應秋陞任南京國子監司業。見實録。

〔越卯辛之夏五〕見玉茗堂文之十六論輔臣科臣疏箋。

〔途瘴熱以烝厥〕萬曆十九年(一五九一)夏湯顯祖貶官過家，病瘧甚苦。

〔九日登予于盱姥，十月邅予于湞陽〕盱姥在建昌從姑，顯祖師羅汝芳講學處。湞陽，在廣東英德縣境内。

【評】

沈際飛評「夢簣者得賢友，絶琴者傷知音」云：「真至。字句皆有法。」又評「當予譚説有致，嵛笑齗然，鎬笑軒然」云：「三笑圖。」評「履襪先起者即是」云：「添頰三毫。」評：「怨鎬君之需往吝，喜嵛生之蹇來章」云：「極不善用經。」

湯顯祖集全編詩文卷二十七 玉茗堂賦之六

豫章攬秀樓賦 有序

江南洪州藩司之樓，紫薇是居。東維攬秀，西儷辯章。晷漏存焉。仰答天桴，昏旦之候無爽；俯和民紀，旬宣之政有序。厥由來矣。屬乃赤熛示舊，靈仰告新。革不日而已乎，鼎有時而傾否。岳伯嘉禾陸公，四明王公相與謀曰：「休哉！功有半而可倍，事有一而得三。斯樓之設，時夜是司。顧以吾屬宣懷，未乏羊杜，賓至燕言，或假僑札。爰有沙城神仙之路，遠在數里；滕閣帝子之洲，近隔重闕。非期便人，難以卜夜。微寧就此一臺之基，增爲三成之制。咫尺足以呰體，尋常可以發志。出不嫌於久次，進無妨於設險。利用大作，莫便乎是者。」上下俞同。時物會貞，賦取幣餘，役以流傭。令信工敏，浹月而就。剞劂並舉，重複湊緻，楣極蜿蟺，軒牕玲瓏。龐素而不露其材，鬆堊而不傷其質。都作告備，司時練吉。二公相與攝英寮，從妙屬，帥而登焉。則見山川畢升，天日加朗，出草樹於綦履，度魚鳥於几席，南浦西山，不在闕城之外矣。徘徊流觀，則朱邸華閈，環珥于府寺；英耋貴俊，冠蓋于逵巷。以至都人琇厲之觀，方外玄緇之處，偉雅神麗，指顧而詳。漁唱田歌，夾重湖之表裏；軍漕估舶，沸瀕江之上下。孰非宇宙之精氣，國家之利寶乎！嗟夫，事有合而成賁，物有大而可觀。我勞如何，煙霞取日用之適；有客莅止，風雨惟時至之期。至于鼓角晴飛，戾天霄而益爽；壺尊夕轉，遲月露以方盈。節之以陽陰，文之以禮樂，不其懿與！樓成而中丞衛公適來撫我，益新其政。恢軍國之容，復隍臺之制。模觀精偉，神色異昔。樓增麗而勝焉。歲戊之申，月日之九，陸公偕岳伯四明丁公、永春李公觴予此樓。晝漏之聞，連於晡下；夜烏之咽，通乎晨戒。澄日氣於煙霏，寫月精於露靄。固已極斐亹之妍譚，盡淋漓之雅致矣。總而攬之，秀其外者，山川備仁知之所樂；秀其中者，人物兼富教之所歎。儻干霄有異之氣恒存，薄收無憂之言每驗，則諸公取適於來旬，吾屬從歡於上日，蓋亦太平之盛事，宜長久而無極乎。彼夫城隅之宴，忘其喪亂；歊臺之什，夸乎霸餘，方今洪淑，吾無取焉。諸公粲然而笑曰：「然則子爲我賦之。」一言均賦，敢居王子之先；九日登高，辱在大夫之後云爾。

若夫圖書上計之省，樞璇布政之宫，蕃北宸而拱峻，劃南夏以成雄。正經途於一軌，極高閎而有融。金城遶霤于兑西，玉漏欐梁而震東。取陽陰而定體，亦登降而在中。制豈懸於飾樸，時有適於污隆。象除舊而布新，事有約而助洪。政自公而燕喜，禮賓遊而會通。勝寄攢羅於一舉，意匠圖回於再重。允規隨而命作，葉和會而勸功。引章貢之瓌材，集臨汝之精工。乃作高門，爰及遺垝。土緣剥而厚下，木層升而致美。下如甕以穹窿，上若堂其瑰瑋。隥礙懸施，繩斲兼掎。矗以九挺，鋪以密砥。重欒承而窈窱，枝掌複以玲瓏。乍井幹而宿斗，倏丹雘以流虹。納靈曦於陽馬，閣玄溜於陰蟲。庶歡呼而勿亟，公賞成於具逢。擁官聯而上陞，立嶒峵而正容。恍靈區兮湧地，迫慶霄兮麗空。蠱有事而後大，革取新而不窮。地響奮而盱豫，天際翔而上豐。準燥濕以維則，度几筵而載容。睇刻漏於蓮花，叶信晷於祥風。寅亮者資其察，貞觀者賴其同。謹户牖而知時，倒衣裳而在公。且三爵以興言，會羣龍之高盻。承交臂以宣劬，暢遠心而釋倦。仍攬秀以楄危，臨辯章而聳絢。諒所攬之多秀，豈吴餘而楚羨。判休明於昔今，豁懷袖於聞見。方外内其具賞，期霽晦而兼善。紛憀悷以孤遊，被温沖之餘眷。

遲九日兮晞令期，佇三山兮登薄軀。沙城出谷其將晚，滕閣扶櫨而未舒。竟夜飲其厭厭，儼新構之渠渠。清酒溢而山光凝，纖歌揚而潛思紆。時則籟稍沉於風律，節懸瑩于霜鍾。雲晶暉其斂色，露溥腓而向濃。霧罘川而晻晻，日罩野以曨曨。沙含虛於近阯，灌吟寒於遠峯。歷倒茄而去燕，遵反宇以來鴻。援山中兮桂枝，渺江上之芙蓉。迫年衢之冉冉，曠天宇之溶溶。蕩芳英於蘭苑，懷幽人於菊叢。陶頹然於刺史，嘉率爾於桓公。折萸房而醽醴，警蕭辰而切衷。坐紛想於遊極，起延竚於巖櫳。像長雲之蜿蝘，若飛雨之空濛。躧前榮而恣觀，良鬱鬱以葱葱。

鬱葱兮直下，西山兮若畫。測地象於神州，輒金方其款跨。上都隱屏於太行，中土開靈於少華。彼拔地以常然，此瀕江而潤化。瞰回隍於溆渚，出清都之臺榭。影四序以恒流，氣千年而不謝。江則括坤爲墟，委乾爲畔，淙淙潼潼，浩浩浙浙，出没遝沱，縱横泮渙。繹絡乎東溟之盡，灩瀲乎南紀之半。川魑水夷之所盤嘯，海錯天琛之所流灌。晦冥而風雲靉靆，澹蕩而星河炫煥。洞窅眇以無倪，愜虛明之所玩。流玩兮蒼郊，鉤之山兮以超。矯迴風于丹陵，上留田而逍遥。睇青峯於梅葛，指緱氏於巖椒。白雲英其嘌飛，碧海堆而嶼摇。認落花於桃崦，訝沉書於石橋。乃有紫清懸瀑，斗絕而起，喂若秦人，秀若蕭史，天寶開而霞曙，雲蓋移而煙靡。崑膏玉以明球，岡流珠而覆米。灑泉壇于冠石，度松門于屏几。蓋西山之高二千其咫，西山之延四百其里，雖發地而厭原，默匡廬之徙委。浥山帶以披衣，遡屏風而叠綺。輪菌接香鑪之雲，滵液下清溢之水。勢遠而危，欝嵂嶁螺。虧夕陽於半江，宿初月於層崖。映松榯而氣美，漬嵐霏而色滋。日射則陰霞委金，雨過而生煙拂霓。岸明涓而翠寫，風增瀾而紺瀕。江女窺而戀霧紫，幽綃織而巖户移。白鳥光颺於壁嶂，舟人影映於沉暉。遞菁熒其可悦，動沖溶而倍姿。擁名城而論都，極敞顯之南戒。潁陰雄成于漢首，武陽式廓于江外。水竇按黿而潛洩，岡勢鑿龍而抗會。湟洫艨艟而布遠，樓觀儲胥而備大。比志物以維屏，恃休明而勿壞。動迴飈而佇想，步循環於衿帶。故其内眄則東西湖水，漭沆日月，鶴池之煙霧猶鮮，龍門之風雨自出。長橋度以殷雷，鎖院開而辯蜺。東二泖於淞函，涣大明於濟碣。水花净而香遠，風色迴而態溢。卒良士以思瞿，必都人而秀發。時泛客於三洲，唱凌波而未闋。繞百花兮霞匯，約九津兮雲泄。緣淥漉以周洄，記斗門之約節。宜繞樓以西逝，迺負關而東決。散旴章而脈清，會宫亭而勢折。卷八郡之風濤，立二孤於喉咽。信東南之都會，備西北之門闕。豈太真之議徧，將昇元之氣歇。大中潛而龍起，建炎嘘而鳳瞀。

自中迤西，官方所治。巍峩約繹，文樞武毘。建中臺之龍節，設行馬以驄麾。既鼎立而置參，亦嶽峙而分司。受官成之統總，裁氣脈之機宜。大府承而望縣翼，壇祠蒼而庠序徽。物色音華之所蒞止，明謨風愛之所棲遲。訓恪則宵嚴於柝署，務閒而晝偃於鈴扉。通溝轉減，經衢緯陌。參差流離，朱邸有赫。啓北維寧，載南而國。委滕嬰於歌吹，帶劉宗之盤石。怵章山兮采銅，款扶疎兮屬籍。席芬英乎獻靖，跨文明於淮益。屬宗師而綺正，收茂才而路闢。被儒素以矜華，朗慧滋而秀奕。時節物以斯游，儫國風而詠適。罷聞樂之層欹，食衣税之舊德。扶輿中央，精華裔皇。山液而流，川暉而翔。貴相上將，公卿丞郎。或橋梓而槐棘，或塤篪而圭璋。騈緋夾棨，嗣鼎承筐。偶必大而無降，交累懿而益詳。典則獨藏於望國，風徽時映於公行。必百世而猶祀，在式微而亦張。故老敦詩，成童誦章。道述門素，經營國常。七族奄而魯阜，八姓彩而吴襄。冠事業於本朝，襲俎豆於其鄉。月旦重於汝潁，科目兼乎顔商。里聚星與通德，藹喬木而相望。餘則所至而煙火萬家，所向而雲樹千牕。或望止以如歸，代謐作而無嚨。

至乃郛廛表裏，百物流牣。輳估客之風期，浹章門於廣潤。雧精奇乎萬里，舶魚鱗於重鎮。槩展成而授序，紛駢擊而沸震。貨如臺兮累槅，寶若星兮流暈。炯琲珏以彌出，孰槻銙而見吝。步旗亭以稽詣，夥闤干而售俊。敞物力之膏華，識山淵之美蘊。固頎豔之共往，取資生而適韻。然猶貴不粥於周度，賤難得於老訓。稟方岳之理靜，忘闕賦之儆峻。市無擾以無虞，賈亦廉而亦信。民日中而自退，十三倍而無近。卻服御於夭邪，劭康功於田畯。惟江之壖，厥田十千。雖水耕而火耨，職善坊而固泉。懸穜稑於歲秒，視黍稷於昏前。怙寬鄉而償瘠，趾樂郊而趣先。適斯樓之倚徙，厥高眺于天田。原隰素而夷衍，塍皐繡而邈綿。澹如雲之漠漠，計井牧以無愆。望杏花兮輕弱，訊泠風兮陌阡。意民天而遠想，豈煙景之留連。若乃湖圩宕迭，五百餘里。黃荊白沙，松蒲柏子。柘葉長埒，桃花淺水。皪蓮芡於蒲稗，唼鷺鳧於鰋鯉。列漁步之攸界，繄澤梁之所坻。風鮮景明，煙消水平。鶩鳴榔其如織，鼓釣絲而互經。拂鸕翎於旅鴈，雜漁唱於高鶯。晝炊煙乎樵舍，夕弭楫於吴城。喜多魚而獻公，佐涼酎於軒檻。逗滄洲兮歲晚，莞江潭而獨醒。

對時物於嘉魚，詠聖風於有杞。則有逢掖深衣，圜橋方履，顒顒祈祈，雍雍濟濟。或翱于庠，或吟于里。容服既則，周行有禮。尊悅皇風，瞻趨素齒。披文采友，來會於此。摘秀升之章句，析孝文之經史。鏤道祖於圖緯，紬次宗於玄旨。若顯若靚，或哦或倚。企飛榱而逸想，循伏檻以流思。汰塵滓而空清，引芳妍而縕滋。類矯指而角鮮，實交頭其取師。江山有興文之助，風雲爲接武之資。龍門自天，揭彼雲陲，鹿鳴于苹，宴我薇司。駭樓中之撰結，成世表之威儀。江湖瀕而猥大，豫章拱而見奇。皆我公之攬擷，獻王書而載馳。厥有學道之侶，高隱之倫。慕澹臺之友教，紥三百以爲羣。處孺子之式閭，倚一木而自珍。來遊來歌，載言載欣。仰吴會兮傾言子，俯滄浪兮弔蘇君。豈風流之遂遠，緬容與於青雲。世何流而不波，路有方而必塵。章之門兮塵芾，章之流兮波逝。毓元命於江湖，曄開神而演祕。蚑宫啓靈，巍乎真君。沙城表讖，多乎聖人。摶雲仞於西峯，結飛客於南津。撫城闕以逾故，展空明而互新。吹笙之臺晻藹，文簫之宅煙氲。側控鶴之玄景，挹寫韻之清神。渺僊尉兮難即，掞丹華而散雯。睩伶崖兮有覿，響天樂以鳴真。庶僊人於樓居，故延庚而挹辛。西山之陽，不死之鄉；西山之陰，無生之林。渡江之旨奇特，遠谿之笑清越。西江之水無盡，南嶽之風有鬱。下雲居而振幡，過上藍而拄拂。聖諦冥兮體常露，凡情盡兮境超忽。坐盤中兮何事？講虚空兮何物？相與詑黄龍於山中，笑丹露於木末。唤裴休乎斷際，點韋丹於靈徹。樓觀等而平視，諠寂泯而何設。領玄釋於簪組，玩今風而古轍。誕江陽之俶詭，常寄言而設端。曩神明之鱗萃，今巖岫之空寒。諒獨往之能事，洵絶地之匪難。乍遊陟以成趣，岌人寰而詎安。

閔吾流兮閲世，蹇川途而獨詣。南上瀨以忘疲，朔通津而必暨。樓艦分風而轉飃，鐃鼓接韻而浮吹。路八達以如絲，坐交衢而委轡。疇四方之都雅，極宦游之體勢。公應接以餘閒，客周諮而有寄。或雅歌兮投壺，試清倡兮舉袂。足登高而送遠，具成歡而既醉。乃至放臣淚國，遷客思鄉，赴建康而不果，適交筦而未行。亦有賢士失志，遊子迷方。覩遷謝而多悲，感留滯而自傷。一登樓而慷慨，冀宣寫於毫芒。客也無勤，聽我勞音。會計之司，成賦是欽。日至而鍾石斯起，歲獻而漕艎載歆。絶控引以無期，灌天淵而在今。則有兑士煩於星渚，橦檣廣於山林。流粟羨於沙礫，籌策高於崖岙。艑柁取於魚鳥，邪許殷乎笳音。旗幟撓於荆吴，讙嚻徹乎曖陰。見軍國之有衍，慨塗泥之所任。戒驕譁於水次，妥積儈於潢潯。時我公之約飾，往聽矚以迴臨。喟民膏於庶土，悚國賦之惟金。延少内以涓煩，屬都官而獻斟。終古有稻粱之色，刑民無醉飽之心。鼓摻發而念遠，棹歌齊而思深。

思深兮太息，倒景兮西夕。秋志激而彌亮，風候紹而無射。梶流華於末光，動寒姿于暝色。紛下馳兮煙闕浮，傾霞晦兮禽啁啾。感授衣兮謝歡燠，炳華燭兮重登遊。進匏瓜而更酌，承湖海之下流。悵涼天兮北河，遺佳人兮南州。月微波而灩席，風析木以宜秋。發浮樽於漸臺，進河鼓於宵籌。絶天潢之閣道，奉紫薇而披廓。宛衡殷其在南，正杓欃於龍角。轄左右之煌煌，輔帝車而軌若。偶少府於關梁，躡天堦而用作。步飛光兮意折，想壯武於豐城。何千年之寶氣，得斯人而夜明。河魁載西，形如戴匡。津梁在中，號曰文昌。王臨川而集計，愧余生之草鄉。草木落而自出，風雲興而詎央。廓凜秋其在此，若端居而遠行。喜布政之優遊，逡樂職以翔徉。究由來之陂復，豈逢今而太康。

蓋我江南以西也，挾淺原于漢汭，抗虔樞乎甌粤。錯餘方而有隧，剪叢徼而或蘖。巒隰體寬而重緼，江湖氣急而輕發。首柏舉之興替，逮蘄黄而合裂。王政痺而澤弛，物力恢而氣竭。阻喪亂以何言，諉尋常其固然。算鴻釀之美業，各未逾乎百年。山川黷色，窮于有元。誕我高皇，戴斗履衡，虎變龍興。日在金水，風清漢荆。歲在星紀，天飛吴京。初震出于南昌，訖乾戰于康郎。賜觀燈于南浦，詔騰鹿于西岡。宴羣臣而天歌夜清，禮玄聖而春旌曉翔。父老欣欣，士女洋洋。何江漢之首被，而韶英之遽鏘。至于今二百餘年，洪都拱真人之蹕，廬山爲天子之障。法物具而加精，官列盛而彌莊。

偉我諸公，有濟其郁。衛公撫茲，益斐其菉。漢流聲于次公，唐宣風乎九齡。陶姑孰之大志，顧太康之廉貞。耿河南之槩亮，王新建之虚靈。九皋來而憲重，三原至而賦輕。讞決爽鳩於林鶚，文學猗蘭于蔡清。並師濟而休嘉，各勤施而茂祉。郡榻奮平輿之節，邑紘奉道州之理。迴秀色於干旄，浥惠氛於蘭醴。雲無覆而不卿，露有瀼而必旨。南斗之熒不入，西郊之霖自瀰。出明月於海昏，荑枯章於郡邸。武寧希夏雪之零，新吴斷玄穀之秕。麥窺閭而岐秀，稻旅生而再蕤。洲野牧而不收，户肥狩而有釃。女遵行以絅直，叟遊詠而都偉。孳秀盛以恭承，起歡娱而伏膺。會大往其何極，犖方來而載寧。善諸公兮有作，慶微生兮樂成。蔭層覆之航航，對清佩之盈盈。景斜延於夕佳，趣遥攝於秋屏。目熕燎而下盡，興澄歊而上征。商飈卷而户洞，暗河低而坐傾。悟挈壺之戒曉，憬通鼙而遲明。樂燕胥其匪報，激高歌乎列星。

歌曰：山巃嵷兮江逶迤，結飛樓兮含翠微。雨陽貞兮流音徽，鼓淵淵兮漏遲遲。宣明政兮發嘉德，宜登臨兮受光色。來清觴兮眷今昔，江南西兮秀無極。

【箋】

作於萬曆三十六年（一六〇八）戊申九月，家居。五十九歲。

〔嘉禾陸公〕名長庚。平湖人。萬曆三十年（一六〇二）進江西右布政使，轉左。在任七年。見江西通志卷一二七。

〔四明王公〕名佐。鄞人。歷任南昌知府、江西副使、參政、按察使、布政使、巡撫。在江西二十餘年。見同書。

〔中丞衛公〕名承芳，時以右副都御史巡撫江西。見江西通志卷一三。

〔四明丁公〕名繼嗣。鄞人。任江西參政分守南贛。見同書卷一二七。

〔永春李公〕名開芳，原任江西按察使，去年九月陞右布政使。見同書及實録。

【校】

〔屬乃赤熛示舊〕熛，沈本誤作「煙」。

〔會羣龍之高眄〕眄，當作「眄」。

〔訓恪則宵嚴於柝署〕柝，原作「析」。當改。

〔披文采犮〕犮，疑當作「黻」。

【評】

沈際飛評序云：「事詳致盡，滕王閣序流風。」又云：「非徒流覽景物，抑亦旰衡教養，纔有關係。」評賦云：「目光如炬，墨瀋如波。纍纍數萬餘言，物華天寶，有美必傳，無勝不具。」又評「若乃湖圩宕迭，五百餘里……莞江潭而獨醒」云：「悉山川風物之美鉅。」評「乃至放臣淚國……冀宣寫于毫芒」云：「歡往悲來。」評歌云：「逼樂府。」

奉别趙汝師先生序

宗伯吴趙公，以徽且行，一時卿大夫正人在南者皆喜。有言于予者曰：「趙公，世所謂大人也，必爲政。」予曰：「子何以知趙公大人也？」曰：「江陵相，知公者也；今兩相，其里之密焉者也。皆以正言有逢其怒，莫有逢其視。守道于今，能逆世而立者，必大人。」嗟夫，亦未既于趙公所以爲大人者矣。公嘗謂予曰：「吾見所謂人矣。其名也，偶以出一言正，見一節奇。已而起，則泯泯然而爲官。凡若此者，皆細人也。予所不爲。爲其官，不忍不爲其事；爲其事，不忍不爲其人。言之莫有聽焉，以吾行可也。」是故自公起至于今，凡三數徙，未嘗不言其官，或言天下利害不少厭。其無細人之心也。已而吉水鄒君三出南，趙公北。公又謂予曰：「鄒君名則益高矣，而國重傷。吾之北，必且又然矣。益高吾名而重累國，非吾意也。吾意不欲行。」

予俛然嘆曰，公言及此，大人之心，君臣之義也。雖然，公其行矣。大人之行于天下也時。三代之法，諸侯士大夫世其國家，餘子得習其政。士無境外之志。至春秋時有之，所之不如而可以去。故有異邦，有父母之邦。參相仕也。今一父母之邦而已，未有少不如意而得去之者。非其勢，亦非其情。古惟如彼，其地分，其所生人有賢者，則相爲重。至于天下一，則大矣，視士若廣矣，其勢不得不輕。古惟如彼，其士皆世家相親，有賢肯相爲下而相爲待也。今則天下之人矣，有政而此不爲，則彼爲之矣。夫大人者，其心常有以自寬，誠不拘拘焉以政爲。然非政莫爲也。後之時亦未遠于今之時也。何以言之？古惟如彼，其封内有士易以見，法有讓而士益以見矣。後雖有大人，急不得而知於其君，其知也必且以相。非其相，則其君之侍人也。夫以侍人而知大人，宜不忍爲。然則以相其可也。今可以相而知之時也，若猶不得存其身，且可因而存其言。言而從，即其身爲之。不從，雖不忘爲天下之心，而我無逆也。

嗟夫，孔子亦大人矣，於季桓子而可，時也。其行於魯之事，亦無所信。然則孔子固未有行于魯也。曰「道之不行，已知之矣」，其不已何也？曰「吾五十而知天命」矣，則可以耳順而從心，前此亦未知天命也。有不然之音則逆其耳，有不可之形則立其心，以此爲不惑，蓋人道也。既知天命，則天下之故皆有以然矣。曾何足以逆吾耳而立吾心。即未有所行，其道固已行矣。如此則爲其官而名不益，行其身而國不傷。天之道也。非大人不足以致也。嗟夫，以趙公之爲大人，而予又遊之久，最知，然所以望之知命而已。天下事可盡言哉。

【箋】

〔趙汝師〕名用賢。常熟人。萬曆十五年（一五八七）二月陞南京國子監祭酒，十七年八月擢南京禮部右侍郎，以吏部郎中趙南星薦改北部。序爲此作，約在萬曆十八年，時湯顯祖在南京禮部祠祭司主事任。參看明史卷二二九本傳及明實録。

〔江陵相〕張居正江陵人。萬曆元年（一五七三）至十年爲首輔。

〔吉水鄒君三出南〕見明史卷二四三鄒元標傳。

【評】

沈際飛評「今一父母之邦而已」四句云：「重有傷感，于勸駕及之。」評「夫以侍人而知大人」十句云：「迴環宛轉，文情相生，坂之九折，而河之九曲也。」又評「天下事可盡言哉」云：「説不出。不説更高。」

蕪湖張令公給由北上序

蕪於南都爲輔邑。三百里而遥，雜障丹陽宣城池間。瀕江湖，萑葦葅濕之所蒸，田下下。勾慈石跽之間無富農，而魯江上受諸榷，置都官，百越之商在焉。其駔儈多非土人。土人以利盡外，益貧。獨雄收市租多者。然常不能勝外方諸賈人。諸賈人久遠亦不復以土人爲意，往往侵持之。鄣客爲甚，常以其贏通南都貴人。土人即訟，常左。賈人益用豪，侈衣食，盛歌舞，藏盜魁。其中治一郡丞防江。夫以蕪北盡黄山，南盡艾蒿，不當吴一中縣，而都官郡丞，挾長而三；又部諸使者，常受事四方，諸賓常數道而集，又時時爲都官丞治客。爲此地令，豈不難哉。古之長人者，務農積衍，因而訓之，經術禮讓，至少所訟，名爲大雅。精者至欲清净自正，民至不相往來。今何可得也。乃至以往云簿書期會所爲粗者，今亦無能優治焉。蕪之爲蕪，幾不可理。獨湖張君能治之。

君試令曲周，以能理劇徙蕪。君爲人長大，美鬚眉，喜笑。至御吏又多廉威。於蕪人與外方諸賈豪，分别其地，比徭復，教令無訟。訟終不以通豪貴人書失平。時爲諸使者都官丞上事，無所避就。供張旁午，或自占疏牘。問外間人士，亦復纚纚如也。所治甚粗，治之甚精。余嘗攝簿南太常寺事，導擇諸果，視犧，輒廢數日書答。爲諸舞人有所治，常如不盡。人才乃甚相遠。天子可謂能使人矣。張君入計，人歌而送之；來，又歌相迎也。

或曰，肅皇帝時有張公者，名御史大夫，起家治蕪，有祠。張君父也。張君以此益精治蕪，蕪人以此益歌張君。異日父子並留祠，豈不異與！父老宜善事張君也。

【箋】

〔蕪湖張令公〕名天德，字新吾。浙江烏程人。萬曆十三年（一五八五）任蕪湖知縣，擢監察御史，遷徽太道。其父名永明，嘉靖十五年（一五三六）任蕪湖知縣。入爲刑科給事，官至左都御史。見蕪湖縣志。

〔肅皇帝〕明世宗朱厚熜。

壽方麓王老先生七十序

蓋予未仕時，即知東南江海之上，明經術，守先王之道者，方麓王先生一人而已。而怪其仕不顯。夫今之天下，亦古之天下，未必不可行古之人於今也。故雖大吏不馴者用事，朝未嘗無二三通人長者其中。而江陵相又名於王公爲故雅知，然竟以去，何也？已而知之，世所名長者通人，皆非能無欲人也。自以爲機，曰，吾且用大吏，爲天下用。夫所謂大吏執政者，固天下之機人也。知其如此，因而有以用之，則相呴而爲大吏用，卒亦未嘗用大吏，爲天下用也。凡此者皆王公所不能，故以九卿歸，終其節，得因而著書傳之後世。

吾未嘗得見公，問之友人王巽父，曰，公頓首修項而微傴，若不能言，蓋恭儉儒者也。至於論天下體勢人物大小之變，其中無窮。嘗曰，聖人之心，盡於經矣。經能令人之心微而明於濁清，此王公所以不言而辯也。頗聞公不愛西方聖人之書，而其子其孫好之。達觀氏者，吾所敬愛學西方之道者也。吾問彼東南來誰當有道者，達觀曰，必方麓王先生也。凡道所不滅者真，王公，真人也。真則可以合道，可以長年。夫蓋食淡者不渝其恬，行敦者不泄其清。壽非真人之所愛，而人之所愛於真人也。夫天下之生多矣，世所知必不可使壽者，害世人也。有其人可而必不可壽者，有可以壽者，有必不可不壽者。可以壽者，鄉里之行，科條之材也。有必不可壽而其人可者，非真人也，世所謂通人長者是也。或壽之，而名不全。必不可不壽者，真人也。孝則真孝，忠則真忠，和則真和，清則真清。進而有社稷之役，大，爲可恃之臣，其次不失爲可信之臣。能則行，不能則退而修先王之業，紬性命之心。入其通理，出其疑義，傳書其子孫與其人，將使後之學者得以窺瞻廣意爲人焉。凡若此人者，無所害於人，而有功於人；取天下者少，與天下者多；人之所不厭，而天下之所獨容也。王公豈不其人哉。敢言其端，從巽父諸君爲先生壽。

【箋】

〔方麓王老先生〕名樵。金壇人。官至尚寶卿，忤首相張居正，出爲南京鴻臚卿，旋因星變自陳，罷官家居。其子肯堂字宇泰，與湯顯祖友善。見明史卷二二一本傳。序當作於顯祖任官南京時。

〔達觀〕名真可，號紫柏。以反朱熹理學、反礦税爲時人所忌。萬曆三十一年（一六〇三）死於北京獄中。與湯顯祖交誼甚深。著有紫柏老人集。

【評】

沈際飛評云：「清轉之筆，褒刺美好具焉。」又云：「最厭壽言中智樂仁壽天壽平格等語，此文洗而空之矣。」

章本清先生八十壽序

古之人曰，得道者壽。或曰，壽而後可以得道。予頗疑之。豈今之人則必有異于古之人耶。生而爲儒不一，惟先生之道，敖倪胥疏，無所志以就焉，而倀倀然稱長老于世者，亦既不少矣。則所云壽而後可以得道者，固亦不必然矣。雖然，壽者不必得道，而常在乎得道。得道者不必壽，而常在乎壽。子言之：「一陰一陽之謂道。」「顯諸仁，藏諸用。」「知者見以爲知，仁者見以爲仁。」建于形容仁智，而分其樂水樂山。曰智者以動樂，而仁者以靜壽。然則凡有見于道之一者，皆有以行其世而善其躬。陰陽之道，坎爲水，天下之勞卦也，行天下之險阻，而不失其信；艮爲山，天下之止處也，藏天下之險阻，而不忘其愛。兩者皆根乎西北，而放乎東南。其行止也必以際。故曰，仁知者，合外内之道也。

吾過南州時，從章本清先生談天人之際，而嗒然於易「觀其生」。觀其自養，殆所謂樂而壽，壽而樂者耶。其言淵而溶，漣而清，如江如河，茫乎其未有涯也。其容淡而端，毓而熙，如阜如岡，敦乎其有象也。西山之間，東湖之上，有若人焉，可謂千載一時矣。猝未有知其然者。行年八十，而後乃聞于天子，以爲吴聘君復起，重以官師之學而弗敢勞，亦艮之義也，「時行而行，時止而止」。離之三：「不鼓缶而歌，則大耋之嗟。」常以爲合于風人「何不日鼓瑟」之義。勉壽者以樂，而先生不以爲然。若曰，離過中而昃，笑歌嗟嘆，皆非可久之道。惟「終日乾乾」，「不知老之將至云爾」。予然後知有道者之止無所止，而有道者之憂樂非夫人之爲憂樂也。禮云：「正明目而視之，不可得見；傾耳而聽之，不可得聞。志氣塞乎天地。」詩云：「夙夜基命宥密。」「日就月將。」先生之志氣，其始基之也夫。敢以爲先生頌。

【箋】

作於萬曆三十四年（一六〇六）丙午，家居。五十七歲。

〔章本清〕章潢字本清。南昌人。是年八十歲。見明儒學案卷二四。實録云，去年十二月遥授江西隱士章潢爲順天府（北京）儒學訓導。序云：「行年八十，而後乃聞於天子」，指此。

張洪陽相公七十壽序 代

今上御曆之三十一春王正月之元旬，是爲洪陽張老先生誕辰也。先是日長至，予子婿清江令張汝霖以書來請曰：「洪陽先生以三立之至，爲天下師，而某與新建令汪元功其門士也，南昌令黄一騰受知最深。兹其辰也，欲徼惠于大人一言以爲壽。雖吾師亦以爲微大人一言無當也。」予慨然久之。

夫星紀豫章，固天下偉鉅人之處也。予幸以同年爲寀，入侍經筵，出贊卿事，蓋相與雍容穆清，觀于進退屈申之故者十五六年。而公乃東湖之上，予亦雲門山中，往來以道旨天下事相薦進。已而上思舊德，即家起公入參大政。蓋天下自是覯有道者之業庶幾焉。凡所以爲天下者，剛柔而已。華亭徐公以柔承肅祖之威而事治，江陵張公以剛扶沖聖之哲而事亦不可謂不治也。剛不可以久，懲之者利用柔，曰：「我將不修華亭之意。」然而時移勢反，權散而不收，法刓而失理，蓋敝敝者且十餘年而公起，而視其變，曰：天下有機耳，發其機，所謂轉石決淵，千仞之勢不可得而圉也。雖然，政本不重，不可與握機，與人主不親，無以攝重。於是夙夜黽勉匪躬密勿之事，以精意親重於主上，而稍稍收久散之權，以議其用。自是綱紀法度可得而爲也。至于今天下猶莫能明其意，而徒察其功。功之顯峻融徹者有二。東夷之爲中國患也，蓋與肅皇帝相終始。楊粤之間不足爲也，往歲遂大舉屬之高句麗以窺遼。夫東北者，天地終始之際，遼金元之興皆在焉。宋惟不度，而與和親。從混同而西，則神京在矣。在事者曰，無動而姑與爲親。雖予在田間，撫手而嘆，何主計之失詳也。已而我張公確乎任戰，曰：高麗且亡，上者不如取之；不能取，則救之。可以有存亡之恩，而遠東夷之患。於是命將度遼萬里，宿重師高麗之東，偏戰鯨鯢裨海之上，天子倚焉。高麗奮而寇不中于遼。上無東顧之憂者，公之功也。是時太子長，仁睿聞于天下，上愛之久矣。而十餘年中，稍有誣上行私以爲他日利者，中外熒惑，幾不可測。而公屹然其容，動以上旨所在，鎮朝士之心，絶私家之意。蓋至于今而我皇上所屬以大事者，必太子也。此其功在天下萬世至巍且遠。然而不然者因以衆危公。幸上明聖，公得寬然賜歸東湖之上。

書不云乎：「天壽平格。」危者，有其安者也。易而知儉，簡而知阻，天地所以久長也。夫世亦何足以盡我公之用乎。初江陵之勿用公也，龍而潛；起而見大人于田，則有二大功之利。已而夕惕厲，乾乾之間，其有難爲者乎。茲其或躍時也。淵淵其淵，浩浩其天，惟公休然乘之。天下知其非離羣而爲邪，恬如也；進退存亡而不失其正，凝如也。公蓋深於用易者。治道德，語陰符至精。其言曰：「天與善人，常以慈衛之。」又曰：「絶利一原，用師千倍。」蓋公所謂機者，不盡用於世，而還之其身。兵兕無所施其利，火木無所施其克。然則公之自壽也，必頓首曰，天子之賜。士大夫壽公者，必加額曰，社稷之報。而吾以爲道德之爲也。夫道德之爲人壽也，保衡周公，豈不在亢危之後哉。

于是二三子以予言爲然，報曰：夫三立者，固以立德太上。且公危而天下安，天下安而公亦得安然爲道，此亦國家之福也。遂拜手而鋪之以爲壽。

【箋】

作於萬曆三十年（一六〇二）壬寅冬，家居。五十三歲。

〔張洪陽相公〕名位。江西新建人。萬曆五年（一五七七）以救吴中行趙用賢忤首相張居正意，時已遷侍講，抑授南京司業。未行，復以京察謫徐州同知。十九年九月以首相申時行薦拜吏部左侍郎兼東閣大學士。朝鮮事起，力薦參政楊鎬才，鎬喪師，二十六年六月張位奪職閒住。無何癸卯（一六〇三）妖書案起，除名爲民。見明史宰輔年表及卷二一九本傳。尺牘之二寄湯霍林書之二顯祖自述對張位之態度云：「洪陽師是弟少年所瞻敬者。既貴，便自落莫。難後，較與周旋。」壽序應清江令張汝霖之請，爲其岳父朱賡作。朱賡時爲文淵閣大學士。

〔東湖〕在江西南昌。

〔華亭徐公〕名階，嘉靖三十一年（一五五二）入閣，四十一年爲首相，隆慶二年（一五六八）致仕。

〔肅祖〕明世宗朱厚熜。

【校】

〔東夷之爲中國患也〕原本缺「東夷」二字，據天啓本補。下文「而遠東夷之患」，同。

李敬齋先生七十序

富可壽乎？富有萬鍾，于世無一飯之澤，其壽何爲也。貴可壽乎？貴爲卿相，于世無一言之教，壽何爲也。孔子之道大，天下莫能容，至于蔬食飲水，在陳蔡，藜羹不糝，數日不舉火，亦可謂貧且賤矣。其言曰：「知者樂，仁者壽。」固亦有取乎樂且壽也。而壽至七十，曰「吾從心所欲，不踰矩」矣。當其致嘆乎年數之不可得，曰：「假我數年，五十以學易，亦可以無大過。」夫所望以易終者，得五十而可，而乃天幸至七十，得以不踰距，孔子之樂且壽宜何如。然且憒然而慨曰：「甚矣吾衰也，久矣吾不復夢見周公。」然則其所志學，豈止七十其身之不踰距而足哉，蓋將有所行于天下。在易之觀，上九，象曰：「觀其生，志未平也。」言其志非所以觀九五之生而已。世有孔子之年，而無周公之夢，雖富且貴何如哉。

予友吉水李先生爲臨川學官，徙教上高，其人蓋有志于仁者，顔其齋居以「敬」，而「强恕」自號。孔子教仲弓以仁如此。儒者曰：以敬恕爲仁，坤道也。其告顔子以

「一日克復」爲乾道。蓋其説出于易乾曰「剛健中正」，坤曰「直方大」，「敬以直内，義以方外」。恕者，絜矩而行，有義方之象。先生殆學于易之坤道乎。第非乾知中正發覺流啓，敬義亦無從而立。先生之邦與其家皆世仁體之學，必有以合乎此也。先生處貧賤而不憂，清羸淡食而無所苦，至于今强學好禮不倦，教訓鼓舞不廢，樂且壽，其亦近之乎。

乃有進乎此者。先生當孔子之年，而有周公之夢否，誠不可知。竊意其志止于仁上高臨汝之徒而止哉。得其徒而爲之，不若其子爲之，此人情也。仁莫盛于堯舜，壽莫古于堯舜。然而堯以道傳之舜，舜傳之禹，至孔子而僅乃傳之其徒孟軻，皆不得而授其子。聖人而非人情也則可，其猶人之情耶，則亦豈能無介然也哉。一家之學，何以異此。先生有子曰宣，從予遊，動止言笑，能不以貧賤富貴爲向，而常以不得仕養其父母聞聖人之道爲憂。年少而已舉于鄉矣。極其所志，先生所欲夢見于天下而未平者，意在斯與。吾謂樂且壽有進焉者。歌而屬之酒。歌曰：蒙山之峯，可以包蒙；淩江之陂，可以由頤。遡玄根於李老，咏幽蘭於孔尼。揖青衿而進酒，動宫墻而賦詩。止輕嗽兮明漿，潤清羸兮素芝。臨上高而久視，望長安兮綵衣。安且吉兮上壽，寶虚明兮庶幾。

【箋】〔李敬齋〕當即李生春。吉安人。曾任撫州府學訓導。見撫州府志卷三六。

壽趙仲一母太夫人八十二歲序 有歌

春秋時，介之推從晉公子十九年，歸而爵不及焉，有懟言矣。母曰：「盍語諸。」介子曰：「身隱矣，焉用文之。」母曰：「如此，吾與子偕隱。」漢范孟博爲使者，攬轡有澄清天下之心。及患，辭其母。母曰：「汝得與李固杜喬齊名，何恨。」予讀書至此，未嘗不喟然流嘆。爲人子爲人臣，遭遇于世，何其嶄絶踸踔，一至于斯也。方晉公子西歸濟河，雖其舅氏犯猶中流而邀其君，以備患而固利，况乎趙胥而下諸人，其爲介子所羞，不欲與比朝而争禄，明矣。雖然，爲人臣者，羞其臣，不可以懟其君。勞而聽君之察，君察而次諸朝，相與光輔大業以禄吾親，留竹帛之名，固亦無高于綿上也。而必以懟，此亦人臣之大戒也。漢季黨事起，紀綱叢絶，公正流離，滂雖有意乎澄清，不可得而清也。患苦備矣，猶欲與善善同其清，抗厲首陽之義，天下悲而壯之。雖然，苟吾一身，慷慨爲天下致命顯節，其亦何嗛，獨如白頭老人何。若此者，亦爲人子之大戒也。

吾友真寧趙君邦清，爲人長巨鬈好，氣高厲，激發自喜，宛如范孟博之爲人而殆甚。當爲滕公，有功德于滕，請寄不通，苞匭不納。爲豪右所疾。幸乃入爲吏部郎，則急發其曹偶豪吏贓至數十萬。執政疑而畏之。時南北黨事且起，公竟爲觝角擠落以去。雖去，而天下皆知趙君關西男子，其才具氣決有異略，當爲天子信臣。天子亦雅知君，君亦感愴至伏闕流涕不忍去。而國家制，非出上意不可測。而事起重臣，雖有所忌，竄逐，終不能遂窮其威。趙君之幸，乃不爲滂別其大人狀，而得歸居河山之陽，草笠種牧，以奉太夫人。膏瀡裘罽，而相姁眴，良幸矣。時而讀書撫琴，愾然君臣之際，不及于懟。雖廢，常冀復用。數與我期，將東出武關，遡懷湘，會我漢沔之上。而余以家親皆八十有六，不能西；君亦且以書來，母夫人歲以三月三日上壽，今八十二矣，固不能東出關。明庶風至，願聞子之歌聲也。嘻，子綏至與其母爲綿上之操，而趙君得從太夫人歲相浣濯爲家園之遊，此又臣子之大幸也。君其進太夫人酒，吾爲子歌。歌曰：崆峒王母留金方，金氣騰翔精且剛，吹鑪躍冶成干將，天水淬之流其光。夫容始華溢金塘，如蛇吐鄜龍奮湟。華陰土拭琉璃裝，佩指扶摇行帝閶。鮮飇可持不可當，數擊恐折羣睨旁，夜吼歸飛天莽蒼，竇而候之臨玉房。捉刀刈禾封豕羊，壽母夫人垂北堂。三月三日辰吉良，金母之生逢會昌，倉庚應律春日陽，桃花雨水河泉香。文翬拂扇玄燕蹌，瓊沙委輪雲蓋翔，皭首戴勝嬉黄桑，子婦諸孫從樂康。寧河聖水清且長，執蘭太清迎百祥。雲盤霧縠帷連綱，筵尊遞陳藉若芳，撫琴吹豳揄佩裳，瑶池百拜飛羽觴，慈顔笑謳懽未央。水心之劍貽君王。

【箋】

作於萬曆四十一年（一六一三）癸丑，家居。六十四歲。文云：「而余以家親皆八十有六，不能西。」據文昌湯氏宗譜，是年父八十六，母八十四。次年母卒。

〔趙仲一〕名邦清。真寧人。萬曆二十三年（一五九五）、二十六年以山東滕縣知縣赴北京上計，得與湯顯祖兩度相聚。二十六年遷吏部主事。據實録，二十八年六月吏部文選司主事趙邦清參鄜州同知吉弼討陞運判爲鑽刺。七月，吏部尚書李戴言吉弼未嘗有求於部臣，並以疾乞休。四月，時已陞吏部稽勳司郎中，被劾。罪狀爲挾娶選中儲婚淑女楊氏爲妾，無人臣禮。邦清疏辨，謂前任滕縣鄉宦及今同僚唆使致然，至號哭禁門叫冤，云皆同僚及尚書李戴相通賣法。六月，被革職爲民。參看玉茗堂文之二、之三有關各篇。

【評】

沈際飛評「嘻，子綏至與其母爲綿上之操」三句云：「結拙。」又評「捉刀刈禾刲豕羊」云：

「古歌。」

賀馬母王恭人六十壽序 有歌

南陽之新野，固海内重邑也。鏈周楚，跨荆豫。自漢中興，氣色滋大，遂以名都。張衡所爲賦南都，叙其山川風物，顯偉幽麗。而昭烈武侯因焉。盡于唐建中，世家爲盛，向後未能數數然也。而觀察在田馬公，實起新野。公子時良，廷試第二人，官翰林編修；仲良亦以進士高等主司農事。兄弟比肩接翯而登朝。天下莫不艷之。湯子曰，固也。漢鄧高密仲華，依附日月，開國承家，而唐庾氏休簡，翰學工傳，皆不異對。風土秀厚，有固然者。獨其友人丘毛伯謂予，時良先仲良對南宫式，念母夫人甚，愾然久之。曰：「吾兄弟依依太夫人所，言笑飲啖起處，未嘗一日不俱。兄先貴而弟後，太夫人雖歡，何能不幾微介然於吾弟耶。歸，同侍太夫人三年而以來。幸乃偕南宫以第，太夫人不恢然無憾乎。」則歸，而左右太夫人玉顔之晬温。太夫人副禕而臨之，壎如篪如，璋如圭如，歌白華而笙南陔，瀡中黄而漿穀玉者，三年一日矣。而後乃以仲良偕計取上第，則又所爲如取如攜者。太夫人乃始恢然而嘆曰：「先大夫含笑于九京矣。」

已伯仲肅書迎養太夫人，太夫人往，而以意示伯仲，若曰：「凡臣子勉身事君，蓋亦以爲親也。夫奉母氏，乘輕軒，遠覽王畿，近周家園，此昔人閒居之志，而豈爲是乎。若兄弟何以爲母酬上德。汝先大夫歷官中外凡六，四治民而再治兵。鷄鳴而朝，出以朝其屬，吾未嘗不贊以恭；日出眡事，吾未嘗不贊以勤；退食而委蛇，吾未嘗不贊以儉。恭而儉以勤，無獲罪于上下，以久其禄，而吾與焉。施于子之兄弟，尚迪有禄，而吾幸復與焉。昔聞之襄陽馬氏兄弟並有才氣，遭仕非時，不盡其用。子兄弟幸際熙朝，顯融休懿，於是乎在，可不勝與。非恭莫以存其位，非勤莫以既其官，非儉莫以固其節。三者可以事君，可以成身，可以養親而長年。吾且如百寧，奉先大夫衣冠蘋藻而給矣。」伯仲奉教惟謹。

太史日以其間，討先則之同異，志方訓之好惡，爲異對揆録地。而仲且以都官視關政于滸，約己惠商。人爲之語曰：「滸可旅，馬仲子之煦；滸可程，馬仲子之清。」則伯仲所爲敬其身以成慈也。慈敬之至，天地應焉。會太夫人以良月開七袠壽，而太史得以詔使，司農以代，並還里，爲太夫人進萬年之觴。而馳示不佞某曰：「子善于丘生，知子之能言也。」

予惟長年之道，通乎三極，恭儉而勤，慈以敬，人道盛矣。分野，三河角亢，壽星也。中爲進賢，爲鼎柱，爲威角攝提。則伯仲之象也。太夫人得天矣。邑左沘而右湑。沘，比也，于先大夫爲媲德；湑，育也，于伯仲爲毓材。太夫人有地道焉。受函三之粹精，處樂都之麗康，而眉壽連娟，爲國母師者，此太夫人所自有，而能言者所共徵也。予恨遠，不獲三千里從伯仲後，挹西江神姥泉滕爵，而雀躍以言。言之不足，抃而爲歌。亦太夫人所樂聞也。歌曰：望楚山兮星漢潯，出曲隈兮玉女臨。叶禎圖兮宜鄧陰，盛淑則兮流徽音。千年有餘氣猶震，昔者王后今夫人。王母戴勝乘青雲，真氛淑景相輪菌。扶風君子憲四方，育兩奇男時仲良。夫人親持帝女桑，其上乃有鴛雛翔。我聞南陽稱樂都，崑崙閬風無以逾。華薌湓皋香稻魚，芍藥之醬百和俱。宜城酒清如漢波，蘭堂載笑慈顔和。兄弟遞代登南歌，瑶池千秋容詎多。

【箋】

文當作於萬曆四十一年（一六一三）癸丑。據吴縣志，馬仲良是年榷吴關。任期例爲一年。良月，十月也。

〔時良〕馬之騏字，新野人。萬曆三十八年（一六一〇）進士，以榜眼入翰林，官終禮部侍郎。

〔仲良〕馬之駿字，時良之弟。同年進士。授户部主事，榷滸墅關。天啓五年（一六二五）卒，年三十八。仲良與竟陵鍾惺並以詩稱。著有妙遠堂全集。以上見列朝詩集小傳丁集下。

〔丘毛伯〕名兆麟，臨川人。時良同年進士。撫州府志有傳。

【校】

〔鍵周楚〕鍵，當作「鍵」。

〔賀馬母王恭人六十壽序〕序文云：「以良月開七袠壽」，題作六十，不誤。「開七袠壽」，謂過六十也。

〔華薌滍皋香稻魚〕滍，各本誤作「溠」。滍水，在今河南襄城，會汝水，流入潁水。

湯顯祖集全編詩文卷二十九

玉茗堂文之二——序

吉永豐家族文録序

湯，殷人之後也。武王封微子於宋，命之曰：「惟汝象賢，修其禮物，慎乃典常，作賓於王家，統承先王，永綏厥世。」而本原其德，曰「恪慎克孝篤不忘」。凡以悲憐微子之微，傷先王之後不傳，而以其文物典常與宋，令世世守之，雖與國咸休可也。其後微子歲時朝周，威儀甚備。周之王者，儼然客而歌之。陵夷至于春秋，宋襄公行仁義焉，正考父爲之追道，作商頌。孔子始承其衰，憂其殘，録于周魯之後。曰：「予殷人也。」「予學殷禮，有宋存焉。」之宋而不足徵也，則文獻之不足故也。是故之周而學周禮。得老子焉，因而述殷周之事。蓋老子者，老彭也。以殷大夫入周，爲柱下史。而又生長宋亳間，習兩代之事，其壽又足以存之。孔子因而得文獻焉。嗟乎，國家之有文獻也，猶人之有精華氣脈也。當其亡，雖以王命之勤渠，始封之恪孝，而不能必其後之子孫謹守而足傳。當其存之也，則老彭一人焉可也。

吉之永豐有吾宗焉。魁然大矣。起宋平叔以來，幾二十世，譜凡五六易矣。而其先後文雅彬發，與所爲名賢交友，積文成林。思有以譜之，未也。蓋萬曆辛卯，予謫尉於雷之徐聞，道陽江，見吾瑞宲兄，而慨然問所爲世者。且曰：「吾二十世祖平叔，以宋亂護從如西，而留吾子之先，倘是耶？」予未有以應，第曰：「元季譜諜散亡，予祖文德友信公父子耳，知與益翔父子後先焉否也。」然因以齒陽江君爲兄，而陽江君亦以弟厚予。君儒者，爲縣令三，判州一，皆以清强去官。而其從兄掌故君夢鯉者，以浙之嘉禾諭來授于撫。掌故君，敦敏士也。一日，悵然有請於予曰：「以不腆之家，經宋元而來，其魁梧耆宿，于兵火屠僇之餘，流離散亂，然終以接屬完聚三十里之間，其系屬昏因廬舍塚祠，皆可得而覆也。則譜之力在焉。獨文苑之録闕如不修。吾弟陽江君流涕於此久矣。有志不就。吾爲學官掌故，無所與于國之典若獻，獨不可以徵吾家乎。」予聞而愧之。已而暱然欣之，曰，嗟夫，此宋杞之所不能存，而故家流風所爲與國幾焉者也。槃匜洗罍，傳之數十年，世以爲寶，而況于文章。亦以流寫其時之風政謡俗，與其人之終始。後世或因以一人之事知其鄉，因以一家之事知其國。其爲寶也不亦大乎。

雖然，予有觀於盛衰之際矣。蓋予祖茂昭公言，予江南之湯，皆唐殷公文圭之後也。公之子悦，仕南唐，以文章高世。國亡，從其君入宋。藝祖恚曰，尚不知我先人諱耶。乃改殷爲湯，官其父子於宋，御醫平叔，其後也。餘子多留江南者。而予先祖適以南唐使之錢王所。國亡，遂留錢塘不歸。靖康之亂，以族從康王孟后，如洪，如臨，之盱吉。以故大江之西多吾氏而大，則文圭公之裔也。由此言之，吾人之得世其家也，不亦難乎。時經喪亂，流離伏匿，或從其君，或從其父兄子姓昏因，或孑其身，所在爲可以免而是矣。彼其居之不能守，而能有此文獻乎。微其居而已，新故諱避之際，將其姓是易。然則雖有世家，其文獻之存與亡，固將有待于國也。豈獨其家之人能存亡之耶。雖然，宋元亡而予宗之文物有在者焉，則謂掌故君爲吾宗老彭可也。

【箋】

據撫州府志卷三六，湯夢鯉，永豐人。萬曆二十八年（一六〇〇）任撫州府學教授。序作於此年或略後。

〔萬曆辛卯〕十九年（一五九一）五月，湯顯祖以上論輔臣科臣疏抨擊朝政，自南京禮部祠祭司主事降爲徐聞典史。

【校】

〔萬曆辛卯〕曆，原誤作「歲」。

〔然終以接屬完聚三十里之間〕間，原本缺，從天啓本、沈本補。

〔皆唐殷公文圭之後也〕圭，原誤作「奎」。據新唐書卷一八九田頵傳改正。下同。

【評】

沈際飛評云：「褒揚美裔，詳而有體。」又評「雖然，宋元亡而予宗之文物有在者焉」句云：「一句點出通譜，甚雅。」

周青萊家譜序

歲在壬寅，比部郎周簌六先生，爰先子之意，於其宗秩而譜之，成，以示予。遨遨乎其欲予序之也。予讀君所自爲序者，自姬受姓而東，至於今號爲賢士鼎門者皆在焉。而安仁臨川之有周氏，則自楊吴時始；平湖之有周氏，則自勝國始。入我明而以科甲顯者，則自廉州守宗武比部君始。嗟夫，當楊吴錢越之相兵，海内如沸，藐然一峙，寄身臨川之戰坪，蓋瘡痍燼燬之餘，形影存亡，所不能旦夕計也。而竟以遺其宗，得至勝國贅于平湖，以成大姓，而有今日。盛衰絶續存亡之際，豈可料耶。

吾聞之，留士氏以陶唐氏之後，爲留世卿，不可爲不盛矣。叔孫穆子以爲在三不朽，非其禄而已也。然則族之爲世，亦其中之有人焉，可以世云耳。徵于周氏，有人三焉。宗武以乙科爲瀏陽令，卒廉州太守。所至有公方苦節之頌。死無以葬，妻子至爲人春絍以活。予謫雷陽，聞其所爲戒吏士者曰：昔人以不貪爲寶，何必合浦之珠。海生珠而不净，蚌生珠而不全。況乃非人所生，而欲有之耶。廣之吏士聞而化之。若廉州公者，可以爲周氏之一人也。其從弟宗鎬，予友也。於古帝王將相儒者之略無所不窺，談天下事阨塞如在履席。老而飢，自號無懷氏。於玄同性命之際，藏其身。死固無以葬也。謂其子曰：「吾無所負於人，止負某氏六斛粟，必反之。」子如命。予爲立石表之。云：「生不負人，死不愧尸。」若無懷氏者，可以爲周氏之一人也。而比部君竅六者，於前二君爲從孫，亦予友也。性奇穎，有氣力。能挾發古今奇隱光怪之書，爛爲文章，成一家言。琅邪王長公，世所稱能文字譏評人者也。至于序比部之文，則曰：「雄博辯麗，或才溢而不自禁。然皆能以其才極其詣。思必物表，辭必境外。」其爲世所推艷若此。竟以論劾首相太宰失官。乃築鴻乙臺，爲樓三成以居。有終焉之意。若比部君者，固可爲周氏之一人矣。天下之生久矣，有一於此，可爲有人，況其三乎。有一人於此，可爲有姓，又況其三乎。予無能徵遠，試近而徵于州之爲大姓者，可得而知也。爲吏而廉，未有若廉州公之爲烈也；士而隱，未有若無懷氏之秀；而貞於大章，爲其家言，亦未有如比部君之篤者也。嗟夫，周之子孫，倘思其所爲世者而存之乎。高龐顯融，士氏之世禄，其未有窮也。予欣言序之，亦庶以不朽云。

【箋】作於萬曆三十年（一六〇二）壬寅，家居。五十三歲。周穎六，名獻臣，餘詳本文。〔琅邪王長公〕名世貞，爲後七子領袖。

【評】沈際飛評「天下之生久矣」七句云「下筆潔爽清辨，能如其人。」又評「爲吏而廉」七句云：「收亦緊。」

大司空心吾張公年譜序

易，天下之至健者乾，至順者坤。健易而順簡，然而知險以阻者，必此焉在也。

視天下屈身進退之際，變化遊移，皆非尋常體勢所測知者。知其畫然者耳。如盱新城張司空生平所爲興起生全，本末大致，家國兼之，其中可異者數焉。

公家世盱，而母夫人閩也。皆大姓，富厚。大公乃喜破賣生産，而日袖其奇零金施貧子于路。當誕公時，夢蛟龍鱗甲，燦然堂椅間。言于諸從，皆駭之。曰：「何妄意此。」及公五六歲時，母夫人遂乃拾枯而爨，至就食外家以没。公十歲餘，孤苦廢學。久乃學于姑氏。草次與聘婦，而會有間言，雖中表名德，時亦莫盡其惠。公初學，殊無穎名。至以溜爲石之鑽，流涕自喻，感動良師。已若有神人見夢相爲開發者，連第而去，爲仕族名家。凡此皆其家世衰興有不可相知者。初令婺源，治行循異。然不爲分宜相國所喜。竟得徵拜殿中侍御史，行鹽河西。分宜敗，世宗大開言事者路，而公疏爲二三言者趙公錦、吴公時來等洗雪。乃反以爲遊説見逮，獨身就詔獄，分死矣。卒以華亭徐公目授朱衛使，得不死杖下。復爲世宗遺詔起廢，首用公等。公爲言去新鄭高公，一時號爲静理。已乃徐廢而高興，遂有考察言官之請。而公以太僕少卿與魏公時亮，周公世選、希旦等，俱坐言事時不謹廢。蜀趙文肅争之，不能也。旋爲穆宗遺詔，不及起廢事。如是歷十年所。江陵相用事，尤不喜贛直。益用考察不謹例錮言事者。謂公等終置林壑間已矣。江陵相物故後二三年，而前吴趙魏周等諸公皆起，暴貴。公亦以中則推舉，累官至南京少司空。而公亦意識敦遠，樞機周慎，優遊無事之時，待次部卿之地。殆謂休休者所必庸，伺者可以無及矣。而竟用京察時中言者以去。此其身與國事相與舒慘起伏轉易，尤有不可知者。然公乃得以歸之踰年，年始六十，爲長君娶婦。更舉少君。日從鄉里父老賓客高會池亭間，極偃蹇駘宕之至。前已爲先人兄弟大治塚舍，迎葬母夫人于閩。而益復自起塚宅偉麗。飲樂其下。年且七十，撫然曰：「吾行矣。」視蜀木爲材，鬆畢而逝。

嗟夫，公爲人至性，外順内健，與人庶幾易親而可從。顧前後遭歷，未嘗不險以阻。阻而因以通，險而常以夷。蓋乾坤之候，家國之變，大故若斯之難也。爲人先者，要以椎訥好施與相貽，必食其報。爲人後者，常以忠直篤行，自致休顯，當益長。是則其晝然可知者。讀張司空歷年考本末，尤信云。

【箋】

〔大司空心吾張公〕名櫝，字叔養。江西新城人。嘉靖三十八年（一五五九）進士。令婺源，擢監察御史，累遷南京工部右侍郎，攝司空。見建昌府志卷八。

〔分宜敗，世宗大開言事者路，而公疏爲二、三言者趙公錦、吴公時來等洗雪。乃反以爲遊説見逮，獨身就詔獄，分死矣〕明史紀事本末卷五四云：嘉靖四十四年（一五六五）「十一月，山西巡按張檟言，往者嚴嵩與逆子世蕃奸惡相濟，皇上納言官鄒應龍議，悉置之法，而籍其家矣。復顯陟應龍，以旌其直。第先年首發大奸諸臣如吳時來、董傳策、張翀、王宗茂等，或雜列戎行，或流離瘴癘，臣竊痛之。乞赦過録用，以旌直臣之節。疏入，上大怒，命緹騎逮檟下於理」。

〔華亭徐公〕名階，時爲首相。據明史宰輔年表。

〔公爲言去新鄭高公以下六句〕明史卷二一〇本傳云：「嘗劾大學士高拱。拱復入閣掌吏部，檟已遷太僕少卿，坐不謹罷歸。」據明史宰輔年表，高拱於隆慶元年（一五六七）五月劾罷，三年十二月召還掌吏部事。高拱，新鄭人。

【校】

〔視天下屈身進退之際〕身，當作「伸」。

〔待次部卿之地〕部，天啓本作「陪」。

【評】

沈際飛評云：「條條達達，鳧短鶴長，各適於體。分兩段，筋轉脈摇。結老到不弱。」

睡菴文集序

「欲殺衆何意，千秋某在斯。」此非霍林前時過江之句乎。去予數千里，不見其人，而壯其心。時有所不怡，亦復吟此自壯。故歲，則其門人旌德劉生敦復、崇仁王生士烺先後從予遊。問霍林容貌言笑，在長安安否，皆言吾師清顔美髭，與諸生談，常極夜旦。遊日益廣，而貌故加肥。予喟然而止之，曰，以予所聞，霍林，道心人也。道心之人，必具智骨；具智骨者，必有深情。所與子墨流連，相爲綽約耳。雖然，亦非世人之所欲得也。已而以南祭酒出，書謂予題其睡菴文詠。予爲拊几迴翔，慨然有東下意。蓋前聞李公本寧以有所不嗛，留寓東間，霍林復爾。皆予所未見，莫由夢寐者。逾年春，而霍林復爲世人所疑，罷官矣。于是天下有識之士起爲不平，而予特甚。何也，霍林者，道心人也。孝友廉貞，足世師表，而當何疑于世乎。

雖然，吾有以語此。予前在長安，嘗謂詞林袁董二君曰：君等苦道心不善堅固，文趣不過奇拔。黄閣有何重慕哉。世之疑霍林者，恡其黄閣耳。亦太早計。予以霍林文字推之，其福德常在乎彼人者。何以明之？見其初第時數作，攸如也。至爲其里人作難，脱刺客于枯廬破衲之中，幽思顯詞，迸然而通。瀕沓揵疾，歷礫晻忽。可啼可笑，若出若没。大非前館閣中常設者矣。予猶意其翩連而貴，世樂所誘，或忘其智骨焉。已乃讀其文詠種種，異之。篤于功名世法之外，有以秀鬱而蒼發，或千餘言旆如其舒，或數十語棁如其詘。如霧流煙，如雲漏月，如洗峯嶽，如抶坱圠。雖其稽積衍按，尚未極其曉世之情。其必不爲世人，而爲道人文人也決矣。至于韻語短長，率意受律，氣力沉厚，班駁蕭瑟，成其家言。方前過江時，復已度越矣。大致羞富貴而尊賤貧，悦皐壤而愁觀闕。此其人胸懷喉吻中，殊有巨物。豈區區待一黄閣而後能與世吐咽者與。至其沉冥病中詩，猶有可舉似者。「平生事倉卒，黑白不成校。一死終無辭，安得朝聞道。」夫以欲聞道而傷其平生，此予所謂有深情，又非世人所能得者也。嗟夫，霍林之于道于文何如也。

發端未識，得其里人與之患難而迫之起；功力未竟，得朝貴者與以賤貧而恣之成。彼人者，無乃過爲福德與。是睡菴可以恢然逌然，以山川爲氣質，以煙霞爲想似，以玄釋爲飲食，以笑嘆爲事業。縱横俛仰，概不由人。道與文新，文隨道真。情智所發，旁薄獨絶，肆入微妙，有永廢而常存者。然則所謂「千秋某在斯」者，彼人何與耶。然彼人者必曰：「子何以知其必千秋也。」又曰：「即其饒爲千秋，吾且困以今日之事。」嗟夫，以此相難者往往而然，又非予所得而言也。姑言之以爲睡菴文字序。

【箋】

原書序尾署云：「辛亥秋一日清遠道人臨川湯顯祖書於玉茗堂。」辛亥爲萬曆三十九年（一六一一），時家居。六十二歲。

〔睡菴文集〕湯賓尹作。賓尹字嘉賓，號霍林，先一年九月以右春坊右庶子兼翰林侍讀陞南京國子監祭酒。此年京察劾罷。見實録。

〔詞林袁董二君〕袁宗道公安人，董其昌華亭人，俱任官翰林。明史卷二八八有傳。

【校】

〔予以霍林文字推之〕字，原本作「家」。從沈本改。

【評】

沈際飛評云：「拖沓沾帶，有段落行止，古文中之下乘。」又評「有以秀鬱而蒼發」十句云：「大都形似文章處墨氣烘染極妙。」又評「發端未識」四句云：「時文氣。」

騷苑笙簧序

太史公以屈平「正直忠智以事其君，信而見疑，忠而被謗，能無怨乎。離騷之作，蓋自怨生也。國風好色而不淫，小雅怨誹而不亂，若離騷者，可謂兼之矣」。嗟夫，此有道者之言也。天下英豪奇魄之士，苟有意乎世，容非好色者乎。君父不見知，而有不怨其君父者乎。彼夫好色而至于淫，怨其君父而至于亂者，則有意乎世之極，而不得夫道者也。至于宋玉景差之招魂，賈誼之弔屈，雖興廢異時，有所憤惻，迫發于其中，一耳。厥後招隱哀時，思沉調急。先漢之人，能爲楚聲。餘則賦而可矣。故賦者，騷之流而微異者也。

榆林杜君韜武，以武爵貴介公子，躬上將之姿，而好左徒之業。爲五嶽遊楚詞山中吟數卷，名之曰騷苑笙簧。其自序，則以屈原離放，傷悼家國，有所不平。而身當國家盛際，信而蒙信，忠而見忠，無牢騷伊鬱之思，有瀟灑優悠之致。引類比義，宜與騷遠。原其攄懷述志，時而放言獨往，亦未有遠殊也。誠有然者。羽人乘遊，則閬風崑崙之軌也；餐霞蘭生，則雲中堂下之思也。次第有作，靡不流離炫爛，窅藐偃蹇。就中辭義曲致，宛爲正則之遺。蓋無所好而自不至于淫，無所怨而自不至于亂。至其音清節和，無攙無逼，真有氣逐指而成笙，思在口而爲簧者。殆非悲笳横吹之助與。

予有概乎此。風雅之道息，聲貌流絶。屈大夫獨與其弟子，依詩人之義，隤源發波，崩煙決雲，爲千秋賦頌弘麗之祖。文則盛矣。當其時，堯舜道德之純粹，未得爲懷襄用也。言殺張儀，止王無西而止。顧是時楚獨無將，其將唐昧景鈌輩戰死，武安君且來。屈子之材誠用，固亦未能當也。蓋文盛，武不能無衰。賴封疆之靈，韜武從容詞旨，有墨卿文士所遜避者，至其登壇秉麾，鎮虜禽敵，居然宿將風。以一少年公子，而文武兼盛，諒非有殊絶于人者不能。將萬里一疆，神明倍强，古之所難，今之所易與。夫戰，怨事也。昔人有臨陣必先被髮叫天，抗音而歌，左右應之，歌畢，然後進戰。其氣然也。誠得騷之意而行之，悲惻排盪，憤悁噴薄，馳而入三軍之中，「援玉枹兮擊鳴鼓，誠既勇兮又以武」，要未足爲兒女子道也。或曰，韜武積精於道，於騷所爲托遠遊而含朝霞者，如將遇之。若然，則韜武固異日之莊騷也。茲之笙簧，殆劍首之一吷也。予何足以稱之。

【箋】〔杜君韜武〕名文焕。崑山人。歷官延綏游擊將軍、寧夏總兵。見崑新合志卷二四。明史卷二三九有傳。

【評】

沈際飛評云：「應待中之作，得詩人激刺之旨。」

滕趙仲一生祠記序

天下風土相遥，資幹懸絶。常千里而同心，目至而意授。或其生同地，受同材，乃顧有覿面而不親，把臂而相忤。何也，知不易知也。是故趙仲一世所謂精神才力體貌殊絶之士，而最能與仲一相難苦不合，仲一得少舒其長慨而發其壯心者，亦皆朝廷精神才力體貌之士。且時有西北諸君子焉。而予故江西男子也，與仲一非有所習。適吴君繼疎以吏部郎再過家，詢朝士，未嘗不言仲一。吴問予曰：「子何以知仲一之深，其以亭候橋道館舍廚傳閣之修好耶，團桑而道樾之盛耶。」予曰：「固也。」

予前以上平昌再歲計，道滕，君館予上宫。時方傳粥，餓民百十里外，來去塵坋中，診視伺察。屬治河，當滕界者，常晝夜行步築之，不避風雨暄露之疾。五年治縣，强半馬上決責罷遣者。乃至上計時，都無贖粟可付署者。君時謂予曰：「幸復此，十萬石不足餘也。」又三年，而予再計，過君。君行遲。予問故，則以庾粟之册視予。數之，過十萬石矣。非其罰圭撮以上不自入而以與民，莫及此。其中寧有不可知者耶。

至于田入口賦，常至以死爲百姓争九則之命。及所爲贖子婦，給中種，招流散，動以數千計。下至教碾作炭。滕風永而思祠之，皆天下人吏所知也。蓋予入都，盡畀其治地圖集以行。標其尤異者，示執政。公異之，再請而後見。曰，固奇士也。首政者不能用，而同寀某公，方言西北治水利屯作之事，需人焉。若此其可。久之，公云，已言于某公，願見趙君也，其往。再見，公又言之。予喜從君往，君許。乃竟不行。曰：「豈有執政之禮不先，而手版立其門者。」嗟夫，此予所以知趙仲一也。

予出都，而趙仲一且以治行最留。予謂執政者曰，趙君第可用御史，出按經營四方。在其中，非其處也。已除吏部郎。知其不可久。後一年，而紫柏先生來視予，曰，且之長安。予止之曰：「公之精神才力體貌，固不可以之長安矣。」先生解予意，笑曰：「我當斷髮時，已如斷頭。第求有威智人可與言天下事者。」予曰：「若此，必趙君可。」久之，則聞朝士大譁，而趙君去。又久之，幾起大獄。而紫柏先生死矣。

嗟夫，精神才力體貌，三者皆天下之利器也。而數以示人，其容免乎。雖然，有數。予天資怯弱人也，與仲一相遠何啻三千里，能一見而知之；不知者乃在其所近而氣力相埒者。詩不云乎：「我行其野，言采其蓄。不思舊姻，求我新特。誠不以富，亦祇以異。」蓄雖苦菜，而有異味，不在多采。我知趙君一人爲足。新而能知，舊所不如。今兹予與君皆棄在野，無所托言。因滕人之祠君也，偶爲激發如此。若乃祠之春秋，田夫桑女，坎坎而鼓之，蹲蹲而舞之，自有滕之風在矣。

【箋】

參看玉茗堂文之一壽趙仲一母太夫人八十二歲序箋。

〔吴君繼疎〕名仁度。撫州金谿人。趙邦清革職時，仁度任考功郎中，擬稍寬邦清罰，爲御史康丕揚所劾，調南京别衙門用。見實録。

〔執政〕張位，時爲武英殿大學士。

〔首政者〕趙志皋，時爲建極殿大學士。

〔同寀某公〕沈一貫，時爲武英殿大學士，以上據明史宰輔年表。

〔幾起大獄〕幾起大獄，指續憂危竑議一案，見明史紀事本末卷六七萬曆三十一年（一六〇三）十一月條。紫柏牽及此案，是年十二月死於獄中。而紫柏先生死矣〕

【校】

〔未嘗不言仲一〕一，各本皆脱。

〔盡畀其治地圖集以行〕畀，各本誤作「羿」。集，疑當作「籍」。
〔今兹予與君皆棄在野〕今，原本作「合」。據沈本改。

【評】

沈際飛評云：「中有自竪處。」又評「豈有執政之禮不先，而手版立其門者」云：「古人。」又評「精神才力體貌」四句云：「不深於道德之旨，不能爲此言。書紳可也。」又評「雖然，有數」句云：「何禿。」

趙乾所夢遇僊記序

世何夢而得僊，又何僊而得遇，有説乎。僊人往往聞其名，未見其人。所謂見其人者，皆夢也。而未能有所遇。山澤多枯癯迂怪之士，時至朝市。雖吾亦遇其人者二三人。要與禪寂異。其人類多壯偉矯厲，能行其氣者。殆非羸素人所堪。清净，少恚怒嗜欲，節服食，良藥自輔，則五所爲僊也。然則何人而僊耶。

趙乾所自言，吏部時，秋病甚，神氣委頓殆絶。自念平日授中黄術，垂目臍輪，握固緊齒，提攝幽户。踰時稍定。白湯一盃，引氣自温。中夜粥一盂。活矣。逾年，夢于故讀書處，何僊姑授藥一片，類桂皮，其大若掌。食之，香徹五内。旦起，覺精色迴暢，欣欣然若有所得者。覩記異之。君言修黄中久，示予臍間若胎有年。何得更病，血下至數箏。不當引而化之，乃至委絶不屬。而更行禁閉，引取温飲爲助。將所謂渣滓欲去耶。

僊姑初不知何許人。予遊羅浮，見香山何氏子孫巾帶者，爲言姑無他異，少黧瘠，不可行汲。或授以笊篱，云撈米得珠，可服不飢。信之，果然。面改如玉，步有金光。一夜亡去。見于零陵。數百年矣，而見夢真寧。此亦西方美人之思也。

約論之，趙君乃前所謂壯偉矯厲，能行其氣者。而懷僊精烱，爐然夢僊，情理之常，要無足異。至其言曰：「月之光，借日之明；人之生，借心之知。所存者神，所過者化，如有所立卓爾。」能言及此，其必有可得而遇者耶。嗟夫，千世而遇一人焉，猶旦暮遇之也。百歲而夢一人焉，猶旦暮夢之也。

【箋】

〔趙乾所〕名邦清，參看前文。

劉氏類山序

古人成言成書，皆於理所蘊發者，求之天地萬物之品族巨細，先民之訓若志顯隱，涉廣而造微，有得乎内而動乎外者。引類以應，如博依安詩，雜弄遊絃，若其自有。非先有所記而蓄之，時然後拔而掇之也。世遠，載籍日以博，爲文日以華。即有厭而反之者，終不能以澹嗇取勝。又資日薄而學日以淺。其素於蓄而取之也，不能如古人之自然。類書之興，此其尚矣。類書興而天下之讀書者廢，讀書者廢而天下類書愈不可廢也。蓋齊梁間君臣士友，往往以隸事見奇。雖𧶘𧶘如高齊，亦有華林修文之役。代相層積，北堂初學，遂分門標舉一二大書，而疏所從來。其於采擇引取良便。以吾觀劉燕及先生所爲類山，虞徐之流亞也。

然世南以祕書弘文，日遊省閣清高玉册之林，而堅乃以學士奉詔與諸人分次流略，其爲書也有資而易成。若劉先生成是書也，來令宜川，未能以期月耳。冠蓋期會之所馳逐，簿書校稽之所結約，宜雖鄙，亦必有以煩心思而縻日力者。乃于自公暇餘，盡舸家藏圖書雜記，目捷手敏，三月而書成。其于天地萬物之品族，先民之訓若志，皆有以涉廣而造微。孰復之，足傲世以所不知，而辨人之所不釋。非有資于殿省之祕文，奉詔書從事，而獨智以集。豈齊梁諸賢所難，而劉先生顧易哉。亦其天性嗜學，有殊絶者。考之先生世家，子政玄静而後，惟唐開元中崑山令綺莊爲集類五十餘萬言，上之朝，似先生之在宜川也。劉氏其世美也乎。

雖然，有進于是者。在宋，吾邑多嗜學，而晏元獻始用文章執政。曾子固爲序其輯要，言「公于六藝太史百家之書，旁及佛老佔藝蠻夷之荒忽詭變，而終以三才萬物是非興壞之理。顯隱巨細，皆有委曲。蓋其得於内者如此。士不素學，而處從官大臣之列，備文儒道德之任，其將能乎」。若先生之學，必有得乎内而成乎理者。起而爲大臣師儒，資覽略，藻風澤，古今人亦未有以相遠也。先生且以能治劇徙臨，故敢以元獻事爲祝。而因以僭引其端云。

【箋】

〔劉燕及〕名孕昌，桐城人。萬曆三十二年（一六〇四）進士，先後任宜黄、臨川知縣。見臨川縣志。此書有萬曆三十三年中秋李希哲序。

雲聲閣草序

天下之物，最大者無如道與法。希微淵淪，潦悅涬鬱，道之存也。剷錯瑩盪，方儼員幅，法之持也。法與道際，可以言心，可以言天下。心與天下，道法之所營也。性命功實節烈名譽之士，無一不在乎是。時一意之，時一至之，皆足以有言於時。而況其存與持焉者哉。余從丁紫崖明府燕言，得讀張文石先生雲聲閣諸作，有當乎心與天下者耶。砉爲詩歌，光怪流離，坱圠旁薄。子墨之徒習之，不可能也。名理在宣尼文釋之間，其不一而一，不入而入，非知之所得言，非言之所得知也。言事大者，乃爲許相國語定太子宗社至計，爲郡國談丘賦關澤之政。著系記里閭閣家巷之行，雜寫鍾劍優冶之奇。靡不騁古今之倪略，揚雅俗之趣會。盤紆而英，抗蹻而夷。其所爲心與天下者，殆有以存有以持，非恢然言之一致而無餘者也。蓋先生爲郎著節，歸與吳越間諸君子講性命學。本乎無欲，歸乎無極；本乎無極，歸乎無欲。嗟夫，其於道法之際久矣。容容冥冥，吾且聽雲之爲聲。

【箋】

〔丁紫崖明府〕名天毓。宜興人。萬曆二十九年（一六〇一）進士。任撫州金谿知縣。見撫州府志。序當作於丁氏金谿任上。

〔張文石〕名納陛，字以登。宜興人。萬曆十七年（一五八九）進士。授刑部主事，改禮部。二十一年，三王並封制下，偕同官顧允成、工部主事岳元聲合疏爭之。旋以抗章論執政張位，謫判鄧州。以登嘗從王畿學，與東林顧憲成、高攀龍、同邑吴正志、史孟麟等爲執友，講學吴中。東南人士爭赴之。著有雲聲閣集、易學飲河、疏稿續鈔等。見顧憲成涇皋藏稿卷一七文石張君墓志銘及宜興縣舊志卷八。

〔許相國〕名國。萬曆十一年（一五八三）入閣，十九年致仕。據明史宰輔年表。

【評】

沈際飛評云：「夷澹恢渺，開近時江右文派。」

易象通序

人之生，面目理澤，亦無以大異，而所好玩殊遠。士之於書，凡民之各其業，有所好之，有非全乎好之者也。得已則已。其風雨旦暮矻矻然而不已者，其有不得已者乎。貴遊之家，去四民之業，而好狗馬聲伎博塞。狗馬聲伎博塞，其利于養也，不如農民之業；其利于智也，不如書。然而有好乎此者，何也？得已者在彼，則不得已者在此。吾獨愛朧王之孫，有如用晦宗良貞吉三君者，去貴遊之家所好，而好古書傳。然技止以詩。行于公卿布衣之間，遊其名。至於文字之所起，理義之所變，探賾而鈎深，刻意而成言，亦有時乎未暇也。最後鬱儀王孫，好揚雄氏之學。方言奇字，多所訓明。憮然而歎曰，文字之所起者，畫也；理義之所變者，易也。通于書而蔽于易，不足以診天地人物之變。乃追而學易。凡子夏所傳，九家所爲變象互體者，潛測幽討，不遺餘力。久而隟括彷彿，爲一家言。名曰易象通。蓋能極暢其意之所欲至，亦可以有傳於世矣。豈其不得已于書而矻矻焉者乎。此所謂好之者也。雖然，方海岳子未成此書也，散然而傲睨，敦然而居休。倫黨堂除之間，愉如也。書成，而嘖言且起。拘然以悲，僑然以貧。豈所謂「作易者其有憂患乎」，抑鬼神之害盈乎？海岳子能明易，必有以通其故矣。

【箋】

〔鬱儀王孫〕明皇族，寧藩之後。名謀㙔，字鬱儀。海岳子當是其別號。著書百有十二種。見列朝詩集小傳閏集。千頃堂書目卷一列易象通，謂有萬曆壬寅（三十年）李維楨序。湯序當同時作。

劉大司成文集序

士和司成兩都，兩都士稱爲兑陽先生。先生言道德而近名法。常曰：「學，士先志，官先事，空文何爲。」蓋其天性廉毅貞穆，生於吉州，忠孝之鄉，而道學之世。故其言動出入，必以形影相格，不肯流遯而之他。其教然也。予性故馴而達，官南都，與之遊。于世俗嗜好一切無所當，好談天下事與天下賢人而已。予稍爲通之，引與達觀先生遊，倘識所爲西來意者。時亦爽然自失。然終束於其教，耿如也。今其遺詩文若干首具在。蓋士和之去國與被病，皆出意外。倉卒不克自定其文。然所存者亦可以知其所亡矣。所亡者其人，則東漢之人；所存者其文，則南宋人之文也。而先是海内人士稍稍傳其與政府諸執事疏記，指發端委，稱引連類。綱維大細之弛張，人材善否之進退，悃款焉，流連焉。彼其身未嘗一日當天下事任，而其心不忍一日付天下之事于不治。蓋至於言而躓，動而窮，然後歸而嘆曰：「吾讀養生家言矣。」最後探旌陽令至德觀，宿張道陵龍虎山中。上追洪厓驂鸞之跡，下睨仙巖遺蛻之處。嗒然有思，泫然而悲。曰：「死生亦大矣，吾無以處吾心，又何以譏稱爲。」將招予從汗漫之遊，竟長生之事。曾幾何時，而以無妄之藥已矣。傷哉。「天地雖云大，無之寄此身」，此非吾兄詩讖乎？「不問家人產，誰要國士知」，此非吾兄心行乎？孟子曰，誦其詩，讀其書，不可不知其人。欲知其人，論其世。然則士和之所爲人及其所遭遇之世，於士和之書之詩，其能無愾然長嘆者乎。知者何人，吾亦忍涕而待之耳。

【箋】

玉茗堂文卷一四劉公墓表云：「歸二年爲庚子（萬曆二十八年，一六〇〇）春……至冬十月七日起，衣冠端坐而逝。」序當作於此後。

趙仲一鶴唳草序

陸平原山海異才，爲河間嬖人譏死。兄弟嘆曰：「欲聽華亭鶴唳，其可得耶！」趙仲一如相如抱璧睨柱，幸不碎。間道而西歸，陶穴躬耕，黄冠草服。猶得聽山河鶴唳，飲靈湫，嚼金絲草。平原有是乎！

趙君偉容顔，性孤郅雄邁。然好禮下士，與人嘔嘔如也。故其去國，朝士悲焉，道侶疑焉，諸生野老，苟有識者，咸用喟焉。牢騷於書疏，迴翔乎詠歌。秦夏殊詭，玄釋增異。得若干篇。門人總之爲鶴唳草。言嘹唳也，其悲如唳焉。白露警而鶴唳清，知霜雪之將至也。

雖然，亦顧其地與時。吾當受選吏部，旅立軒墀之上，有白鶴焉，引吭而鳴，疏翎而舞，高趾遠聽，修然百禽之外。已而傾之以稻粱，注之以潢潦，未嘗不味之而就視也。孰與夫不好鶴者，放之嵩華江海之間乎。朱冠縞衣，絶塵滓之色；良宵清晝，發清迥之音。若斯者，固亦俗士之所不能有，而邇人之所不可無也。惡知鶴唳之不爲鳳歌也乎。

聞之，鶴，僊禽也。異焉者以胎化。君嘗坦腹示予曰：「吾結胎久，覺五内如玉。鼻嘗聞異香，暗室瞳子有光若蜚雪。」然則君之爲羽衣也，其亦近與。顧書示予，爲取債家所苦，鬚髮盡白，面目焦黑，懊喪呻吟，不能自休者，何也？嘻，此其所爲鶴唳也與。

【評】沈際飛評「趙仲一如相如抱璧睨柱」云：「小家。」又評「孰與夫不好鶴者，放之嵩華江海之間乎」云：「所語神雖王，不善也。」

滕侯趙仲一實政録序

佐王之才常寬，而取伯之才常急。非有相反，其時與地固然。寬之無宜以絙，猶急之無宜以縵也。蓋昔桀紂之法胥亡，而亳鎬之法常在。伊萊旦奭之輔，固得以從容而鋪德義，敖翔而登太平。及其時，天下已定，法制已信，風俗已成，如是而誅之，如是而賞之，俯仰之間，益可以休然而無事矣。幽平之後，先王雅頌之制，衰廢無存。諸侯相攻並，敝者先亡，勢不得不急法而治。時則伯才興焉。齊管仲、楚吴起、秦衛鞅三人者，其著也。大致亦周官正地比，受官成，畫一于經略會計之意。而急持之，歸于富强其國。曰，誅殺不必則令不信，不信則不行，如是則國弱，令不行。雖有地力，不可得而盡也。如是者國貧，貧則事雖小不可舉。事雖小不可舉，則是與亡國同也。是故三人者，急持其國，而用以富强。如晉文公之伯晉，子産之存鄭，皆是也。後世諸葛武侯以用蜀而王景略以用秦。至王荆國以用宋而效異者何也，勢不行也。伯者審勢急，可以趣其國，不可以卒治天下。國狹，吾之所得急爲；天下大，非吾之所得急爲也。如以王公自治其縣，青苗固效；專之方岳，則均輸方田無不可者；專之邊郡，則保甲保馬無不可者。何也，勢所得爲也。是故舉天下而急爲之，安石不能用宋；取一國而急爲之，趙仲一可以用滕。

今且語天下以滕公之政。吾嘗以於越長上計過滕，時公上事一歲耳。大祲之後，人大相食。公爲乞漕粟大府錢施其民。問公庾庫中，無如也。徐起，與吾北去。更三年而再計，止滕。待公，不能得見。後堂主籍者約視其牘，積金乃至羨羸三千，穀踰六萬。予啞然而駭曰：「是何興之暴也？」主者曰：「公所費修治公私署堠，禮際惠振，收恤士民，爲民贖子婦所亡失，立茇舍牛種以業流集者，復不在是。」予益異之。移以富一國，又何國而不遂以富乎。退而謂滕人，公何以至此。對曰：「凡田賦，影避盛，則有所逋而後期。公奮議度田，上下相傾動恐喝，不可。而公輒已單騎，從所在父老行度之，名其田。有倨而撓者，公故怒容渥丹，奮髯眉相抵。撓者行避去。故壤則而賦平，不比而争輸。羡若鍰一錢以上，率以糴。故異羡而粟流。又公深民，桑柳有籍數。去縣十餘里，要人孺子戲折其四五樹，圍捕之。償十五栽而後止。罰必而先貴，故民不犯。所在賦饑人粥，治堘河，皆獨身馳數十里察視。曉夜暴露不少休。故民無欺而不怨。衣褐食稗，而宫館馳傳，俎豆詠歌之節，必明以清。故民儉而知禮。」語未卒，予憮然而嘆曰：「此伯才也。」乃先公行，爲載其牘長安，以示執政張公。張公曰：「此固當以節鉞盡其任。幸少須，且以御史行邊，專屯田鹽筴開塞之事，可也。」已而事移，官止吏部郎。以廉梗訐激執政，不可復容，罷官去。

嗟夫，人有如此才，能盡之于法，而不爲盡，何也？用非其才也。今夫以貧弱之滕，三年而暴富。誠委之一二大鎮，其行法益巨，三年，當不異滕富强之效。所求于臣者重，而所求乎人者輕。然而終無亡敝之憂者，固將曰：「天下已定，風俗已成，法雖有所緩失，亦未見急之能爲也。」嗟夫，言治滕者異矣，皆以公才且老，而非當急才之時，不幸而可悲。然以予意之，公雖進不得如管葛諸公，主臣一心，光贊盛業，退猶免于吴起衛鞅刻厲之禍。其亦幸而生於王者之世夫。

【箋】蔡上翔王荆公年譜考略卷首云：「臨川人自宋陸象山作荆公祠堂記，元吴草廬虞道園又繼之。明嘉靖中則有章衮汝明作荆公文集序，纚纚至五千言。湯顯祖義仍於青苗、保甲亦皆有説。近惟李侍郎穆堂稿所辨正誣罔事尤多。夫此數君子，皆以文章道德著於當時，其著書立言亦欲以傳信後世，必不肯違直道以黨鄉人也。」後篇趙子暝眩録序亦涉及荆公。〔吾嘗以於越長上計過滕〕萬曆二十二年（一五九四）冬湯顯祖以遂昌知縣赴北京上計過山東。

【評】沈際飛評「誅殺不必則令不信」十句云：「蘇張文字。」又評「公所費修治公私署堠」七句云：「插叙極有法。」評「公雖進不得如管葛諸公」五句云：「末一意畢竟不可少。」

趙子瞑眩録序

孟子告滕世子，滕將五十里，猶可以爲善國。引書：「若藥不瞑眩，厥疾不瘳。」問者曰：滕地瘠小殘弱，因之可幸旦夕，投之瞑眩，恐更不勝。答者曰：有國必有土，有土必有民，有民必有受藥者。顧藥物何如耳。然則以何爲藥物乎？曰，以性善爲藥物。然則孰爲此方者？曰，先天地以來，即有性善一方。伏羲視卦氣，神農化毒草，軒轅畫井田封建，所以利生成世，皆是物也。至堯著其方授舜，曰：「允執其中。」已而嘆曰：「四海困窮」矣。舜以授禹。而湯文王周公孔子守之。孟子識其大者，故與滕世子道性善，稱堯舜，而曰滕可爲性善之國。至問所以爲國大略，復井田，正經界，十一堯舜之道也。曰：若此則藥性善矣，復何所苦而瞑眩與？曰：舜言之矣。「人心惟危；道心惟微，惟精惟一。」道心者，藥物也。其性至微。人心起，則常與道心爲瞑眩，不勝則危。善用藥者，必致精極一，隨瞑眩攻之而不止。時必有摇手反唇止其藥物者。鎮之曰，無稽之言勿聽。蓋危之也。此孟子所謂暴君汙吏必慢其經界者。何言暴汙，惠君良吏，驟爲投此，亦有憒憒而不敢遽受者。何也，皆所謂因之可幸旦夕者也。

趙君仲一治滕，偉容幹，精吏事，廉而有威。苟因之，旦夕幸無事而去，甚易。慨然曰：「滕病痼，吾不藥之，無起時。吾欲用滕子之國，正經界，復井田，復次而限田，未遽可也。歲凶不食，何以食；歲逋不償，何以償；歲流徙不歸，何以歸。我知之矣。」豪右受民所寄田失稅，而移責單細民。民有田不能深治，饑則徙而他之。田益以蕪，賦益以逋。必令自名其田，户度之，無寄隱而後可。豪者懼，撓之曰：若而年，固已度田不遠矣。間以撼大吏。君朝上議，立行。身與豪貴人鬬而馳田中。瞋目赭面，奮髯怒號。豪不可當，辟易就丈。無幾何而籍定。則又犨洶而蜚言大吏。君曰：「此正所謂無稽之言也。吾執吾中。」已而人心定，大吏莫如君何。凡得隱田並墾除數千頃，買牛千頭，活饑民數萬人，歸流民數千户。始至倉，見糧三年積粟止十二石。乃課民樹桑棗。有貴人子毁其一株，輒收捕，償樹十而舍之。後至數萬株。所至桑陰常滿，城壕半乃有蓮荷香，若南方。亭隧盡斥，垣樹表列，賓舍有序，學士誦歌，市賈無飾，男女廉貞。休休于于，河洛之間，葱然一善國也。由今思之，滕之人經幾瞑眩而至此。雖然，不瞑眩則不受藥，瞑眩則其受藥處也。受藥，則其性善也。趙君可謂善醫國者。

問者曰：能醫天下乎？曰，有命。國小而天下大。管仲子産吴起申不害商鞅諸葛亮王猛，皆以藥瞑眩其國。下疑而上信，故勝而成功。王安石信于其君，所用藥物亦種種當宋人病。而其時與爲瞑眩者，韓富司馬公諸人也。此皆所謂惠君良吏者，卒以不勝而止。世遂謂安石無能醫天下矣。而其治鄞也，固效。彼固稱用堯舜之道者。然則移滕治於天下可乎？趙君所入用者，皆世所語王道藥也。而氣勢形格常以霸藥見疑。夫有霸藥之疑，而令天下瞑眩，知其於治何如也。雖然，趙君固知學者。歸其鄉，處秦阡陌間，歌豳風。益繕其性，更出而授藥，必有神而化之，天下霍然病已者矣。

【評】

沈際飛評「先天地以來，即有性善一方」云：「是湯子説書。」又評「雖然，不瞑眩則不受藥」三句云：「能轉。」評「問者曰，能醫天下乎」一段云：「崇論閎議。」

趙仲一鄉行録序

趙子鄉行録，録真寧父老子弟以趙吏部邦清有功德其鄉，而草笠徒行，闕於儀體，相與共上其守吏，求以車馬優重趙君也。父老意良厚。趙君之去吏部也，同官予鄉吳君仁度，坐爲君疏理調南。漸徙至太僕，使歸，示予斯録。予謂趙君賢者，而其鄉德之如是，然其鄉之大老在兩都者不下五六公，吳君何不爲趙君一言，而令坐廢，無乃非其鄉行意乎？吳君笑曰：「嘗以語其鄉，乃更有不好趙君者。」問故，吳君不言。嘻，予知之矣。將如孔子所謂「鄉人之善者好之，而不善者惡之」與？吳君曰：「不然。凡譏削趙君者，亦皆忠信廉潔之老，非爲不善者也。」

予益怪之。久而繹之矣。夫所謂忠信廉潔者，微孟軻氏所謂其鄉之原人與。鄉原之所至不好者狂狷，趙君將無得爲狂且狷與！若此或非所謂善者惡之。而向時父老言趙君有功德，不可徒行以辱之者，乃誠善者之好也。嗟夫，趙君高氣異材，天下有識者聞而好之，意相近也。而其鄉老在朝者惟恐趙君不徒行，在野者惟恐趙君不得輿，是何其鄉用情之遠與。

嗟夫，一遂昌令也，上六年計，求去，南考功某曰：「遂昌有關係人，何得便去。」予竟去，未嘗一日之官矣。又三年計，而温中丞出故相揭袖中曰：「遂昌有言，宜遂其高尚。」二公皆秦人也，而異同若是。其又能盡好趙君與。且方今士大夫進退以黨。秦楚北而吳越南。趙君前失越相意以去，天下意君秦人也。去而秦之大老曾莫爲援，然後知趙君天下士也。鄉人難與爲行，不能不與爲行。獨秦而已耶！

【箋】

〔吴君仁度〕號繼疎。見卷二九滕趙仲一生祠記序箋。

〔又三年計以下數句〕萬曆二十六年（一五九八）上計後，湯顯祖即自遂昌知縣棄官家居，未嘗一日之任。二十九年大計竟以「浮躁」罷職閒住。温純，三原人，時任都御史。故相，王錫爵也。

〔越相〕時首相沈一貫，鄞人。見明史宰輔年表。

〔秦之大老〕都御史温純，三原人。見明史七卿年表。

【校】

〔闕於儀體〕體，原作「禮」。據天啓本改。

〔相與共上其守吏〕上，原誤作「土」。據天啓本改。

〔若此或非所謂善者惡之〕「善」字上疑脱「不」字。

〔去而秦之大老曾莫爲援〕而，原誤作「兩」。據沈本改。

【評】

沈際飛評云：「純以呼應得周。」又評「乃更有不好趙君者」云：「波折。」評「凡譏削趙君者」二句云：「波折。」評「然後知趙君天下士也」四句云：「挽强手。」

太平山房集選序

通人之言曰，善觀人者，不觀其人，而觀其人之天；相千里馬者，取其精，遺其粗。見其内，而忘其外，以此謂之天機。子言之矣，富貴貧賤，不以其道得之，君子有所不去不處，以成名于其仁。蓋造次必於是，而顛沛必於是。是不有天機存焉者乎。不然而曰必於是，是固有不可得而必者。何也？其外而粗焉者耳。故曰，言語者仁之文也，行事者仁之施也。行莫大乎節行，而言莫大乎文章。二者皆所以顯仁而藏其用，於世固非以成名也。而名不厭成。

國朝制天下，常以此厲臣子忠孝之節。吉之羅公彝正，論大臣起復非是。後百餘年，爾瞻鄒公繼之。羅公止于賤貧，公顛沛殆甚。前後公而必於是者，固亦有人焉。而公之名以成。何也？天下國家可均也，爵禄可辭而白刃可蹈，中庸不可能。中庸者，天機也，仁也。去仁則其智不清，智不清則天機不神。乃至有顛沛可必，造次不可必。貧賤富貴之際，終其身有可以爲名，不可得而成名者。公於其際固屢矣。仁存其心，如將造次而弗離。然則公其天機勝與。何以知之，以其文知之。公所爲奏議傳贊書論詩歌，無慮若干卷。大抵皆言均天下國家蹈白刃辭爵禄之事，而未嘗不出乎道中庸之意。正而不羈，旁而不離。發憤譏切大臣之事，詘然而止。餘多以大雅寬然之思感動主上。所傳記悲美，多以表發道術，感慨烈行，幽憂所不能平。與學道人酬答，常治其偏至。言修，曰必有以悟；言悟，曰必有以修；言悟修，曰必其中有真而後可。蓋學道人言多出乎是。獨公言之，如冰玉之清以明，如芝蘭之馨，如英英乎其出雲，而昭昭乎其發春也。令人挹而愛之不可忘，受而體之不可易。緒爲詩歌，漻然以和。公其天機勝者與。

蓋予童子時從明德夫子遊，或穆然而咨嗟，或熏然而與言，或歌詩，或鼓琴。予天機泠如也。後乃畔去，爲激發推蕩歌舞誦數自娱。積數十年，中庸絶而天機死。蓋晚而得見公文，乃始憬然嘆曰，是何仁者之心而智者之言。如相馬者，吾今猶未能定其色，知其人之天而已。公固謂予曰：「非子莫爲序吾文者。」因爲欣言之如此。固將有事乎此而就正焉，非如世所云以托公千秋之名而已也。

【箋】

〔太平山房集選〕鄒元標作。元標字爾瞻，江西吉水人。理學家，東林黨早期領袖之一。明史卷二二四三有傳。

〔公顛沛殆甚〕萬曆五年（一五七七），鄒元標以諫張居正奪情，受廷杖，謫戍貴州都勻衛六年。

調象菴集序

萬物當氣厚材猛之時，奇迫怪窘，不獲急與時會，則必潰而有所出，遯而有所之。常務以快其慉結。過當而後止，久而徐以平。其勢然也。是故衝孔動楗而有厲風，破隘蹈決而有潼河。已而其音泠泠，其流紆紆。氣往而旋，才距而安。亦人情之大致也。情致所極，可以事道，可以忘言。而終有所不可忘者，存乎詩歌序記詞辯之間。固聖賢之所不能遺，而英雄之所不能晦也。

東吳鄒公彥吉，著調象菴集數十卷。以余所好，急取其詩而諷之。已異焉。當其興屬而起，澒洞合沓，勃聿𤫊璨，可使霆發電睒，魚跳鳥瀾，猝不可得而當也。逮其法至而行，則復倚儷澹淡，切迭稽詣，若晴雲穆雨，堅車良駟，逝不可得而厭也。文則皆名嶽廣川之環其前，而通人選賓之駢其後。彪炳涣汗，要于足傳。而大致有動於余衷者，蓋公才具高偉於世，故亹亹之業，開濟有餘；而心目太明，神骨太峻。於貴倨無所可下，於夷伍無所可偕。用此率意而酬，殆非頻頻所了。蓋自是公之進退無恒，而天山有筮矣。嗟夫，有高才而鮮貴仕，其與能靖者與。折節抵巇，非公所習，則其鬱觸嘖迸而雜出于詩歌文記之間，雖談世十一，譚趣十九，而終焉英英沄沄，有所不能忘者，蓋其情也。至於今，四海人士鮮不引重公者。然猶大其才而高其氣。則當時之嶽嶽一世何如矣。雖然，世人爲其不可傳者，而公爲其可傳者。噫而風飛，怒而河奔。世能阨之於彼，而不能不縱之於此。

然公復自號愚公。而謂余曰，平生此道，恒以酒廢病廢遊廢，頃更以事佛廢。此殆不然。公文字言酒言病言遊言佛者，纍纍而是。公之廢，無乃其所爲興者與。聲音出乎虛，意象生於神。固有迫之而不能親，遠之而不能去者。

聞元成本寧二公當過公所，其亦以是諗之爾。

【箋】

調象庵集鄒迪光作。迪光字彦吉，無錫人。萬曆二年（一五七四）進士，官至副使，提學湖廣。罷官時年纔及强。爲文排詆公安，而傾向於王世貞。見列朝詩集小傳丁集下。萬曆三十六年來信爲調象庵集求序。見該集卷三五、卷四〇與若士書。

〔元成本寧〕馮時可字元成，著有超然樓集；李維楨字本寧。明史卷二八八有傳。

【評】

沈際飛評云：「賈生之弔屈原，憑抉胸臆，一時意氣都盡。卒其所以邑邑而死者，才鋒之過露也。此論可爲才人之鑒。」又評「氣往而旋」三句云：「踔厲翃有。」評「殆非頻頻所了」句云：「俚。」評「而天山有笠矣」句云：「只是遯字。」評「聲音出於虛」四句云：「能貫能攝。」

翠娱閣本評云：「英風灝氣，爲來逼人。殆亦爲集中寫其憤懣之氣。」又評「當其興屬而起」數句云：「平瀾蕩漾，秀色滿眼。」評「有高才而鮮貴仕」數句云：「情必有所寄。」又評「世人爲其不可傳者」二句云：「所得孰多？」

袾宏先生戒殺文序

春秋介葛聞牛鳴，知悲其子三犧矣。賓孟嘆雄鷄自斷其羽，悲而疑之。後予從太常，視一犧，齒長矣。常先祭數日，涕下不食，引之不行。數以免。後乃數人負之至庖門。竟自喑嗚躑躅死，不成爲犧。何其信也。夫以禮死而痛若是，況乎以食折財竟者乎。夫太古食鮮，如豺獺相祭，已亂矣。中古粒食而不絶鮮。至蜂蟬蟻子，亦爲聖人所食。豈不痛哉。此亦聖人生長東土，習味内恕，不能爲之斷矣。末流至使肉食君子，肥不可動，昏不可靈。又使貧士流涎餂啖其側。此非膏脂之累，乃聖人不制之過也。幸有西方神人，因機止殺。有如萬一禽魚復安，横目之心净矣。至云無始以來，遞代相食取報，人無信焉。徵於余郡南青雲鄉，有獵翠少年，乃爲一美人死。後美人死時，有大翠鳥如鷰出户飛。余先祖伯清聞之，嘆曰：「心精則化，寧循其端。翠精於怨，猶能報人，況靈於翠者乎。」遂素食草履，常步耦耕，斷内人珠翠飾。恐犯爲人所化牛馬蛤翠也。今何可得乎。善哉袾宏先生，爲諸蟲流涕。鴻臚孫君，又爲精信廣流傳焉。粒爲癰疽勒方，度殺業也。

【箋】

〔袾宏〕號蓮池，於杭州雲棲住山三十餘年，萬曆四十三（一六一五）年示寂。見列朝詩集小傳閏集。

【評】

沈際飛評「末流至使肉食君子，肥不可動」三句云：「駡得妙。」

翠娱閣本評云：「止殺原清心養慈一助，何必商及報復。至曰：『肥不可動，昏不可靈』，是現在報，更可動人。其推敲貧士曰：『流涎餂啖』，想亦當自合其貪心。」又評「肉食君子」數句云：

「憐耶，詈耶？又削貧士之色。」

光霽亭草叙

顯祖得爲祠官南來。客言山林遊適讀書之美。此皆非顯祖所以喜也。而喜得堂上二老先生。記曰：「君子尊德性而道問學。」「温柔敦厚，詩教也；潔静精微，易教也。」二老先生之德性問學，非末學所能遂窺。亦可謂之尊而道矣。以語吾鄉講學之士鄒比部等，因問曰：「爾何以窺二公之能尊且道乎？」顯祖曰：「觀其容，讀其言。其容皆温良恭儉讓者也。此易識耳。其言則方公之詩敦乎詩，周公之文精乎易。」衆多以爲然。

然方公之詩，已有息機堂集行於世爲徵；而周公之文，未爲世所窺。顯祖雖記其論説數條傳於人，而平生雅不能言，口旨未暢。乃時時謁周公，乞梓之。亦私欲以信吾言也。而今果有光霽亭集行於世。捧而讀之，乃私嘆曰，吾乃今知周公之所以爲文也。恨吾齒之已壯，材之已固，無由進於此道也。童子之心，虚明可化。乃實以俗師之講説，薄士之制義。一入其中，不可復出。使人不見泠泠之適，不聽純純之音。是故爲諸生八年而後乃舉于鄉，又十三年而後乃進于庭。素學迂而大義不明也。因思世人受此病者甚衆，獨無秦越人之術，劀其内，藥而洗之，令别生美氣也。雖然，讀周公之文，亦可以知治本之技矣。知文者當亦有以信斯言也夫。

【箋】

〔光霽亭草〕作者周繼，號志齋。山東歷城人。曾官南太常少卿，爲湯氏堂上官。參本朝分省人物考。

〔鄒比部〕名元標，時爲南京刑部照磨。

〔爲諸生八年而後乃舉於鄉，又十三年而後乃進於庭〕湯顯祖十四歲補縣諸生，二十一歲中舉，三十四歲成進士。

張氏紀略序

晉人有言：「比來離别，常數日作惡。」余爲寬言之曰，生别猶可，死别何若。年過耳順，愈不喜逆。戒客幸無以悲傷事相聞。即世間悲傷文字亦不必見也。何也，其叙述世家坎坷流連，乃至若數冬而不遘一春，恒夜而不經一旦者。固卻無視，視亦不竟。早衰恐神傷也。屬者客乃以崑山張元長所志六世以來行略見示。則有不忍不視，視而不忍不竟者。竟而去之，去之而復在几閣間。陫惻慨嘆，一月而神弗怡。客曰：「夙若某若某者，皆嘗述其世家以煩子目。未見子不眴然而艷也。讀張氏略而泫然傷之，太比于人情與。」余解之曰：「固也。吾亦世人耳。世之所喜，吾得不喜；世之所悲，吾得不悲！且彼其家男子而世纓組，婦女而世禕翟。外内休融，壽考咸遂。何德而至斯。張之世德，詎遠于斯與，何久瘁而不艷也。」客曰：「何如？」曰：「其六世祖道瑾，起於贅壻。立而與婦顧歸。孝弟力田，以有其子德聲。爲縣從事。輒自免。自領賦萬石以休其同人。迂騎而避少婦之涉者。歲晚，則與婦方浣枲紉緼，以衣里中煢孺；廣糜餌以飼囚。有德者矣。而子諸生唐文，乃二十二歲而死。且死，衣冠强起坐，使畫工傳之。曰，後人庶知吾齎志以歿乎。妻爲盧節婦也。撫其子抑甫。六歲時，秋夜，起見月華，雲成五色蔽天。呼母盧起視。驚喜，令兒整襟肅拜。見短髮蕭蕭印月下，慟欲絶。爲述亡考讀書時事，相抱痛哭。而雲中鴈聲裂然。嗟乎，聞此而有不泫然者，情耶。抑甫爲諸生，已復棄去。而其婦晉孺人，歲祭掃必戒必泣。曰，先姑有言，兒孫奉養有盡，但緑楊紙錢，年年如故，則兒家之祥也。至抑甫有子諸生宗翰，能文章，有當世之志。幸乃五十二而貢于鄉矣，終六十二而不受一命之榮。婦季，行年八十矣，而爲其子食貧，緋纑不能自休以歿。此豈不足悲乎。生子也才如元長，發舒五世之鬱伊，將是焉在。而爲諸生且五十年，竟以病廢。至云母子之間，徒以聲相聞者十四年。母病時，以手按母肌肉消滅，含泣大恐。而母夫人猶喘喘好語曰，恨兒不見吾面，猶未有死理也。斯語也，聞之而不亦悲乎。天下有目者皆欲與元長目，不可得矣。有子鐵兒而殤。有女孝仲，秀慧端婉，曉書傳大義。所謂閨閣中鍾子期也。爲孟家婦，幾年而復殤。天之困元長也，不愈悲乎。凡此數端者，客以爲何如也。」客曰：「若然，誠悲矣。安知前所云世家者之先容愈張氏，而張氏後乃終不如前數世家耶。夫冬之必有春，而夜之必有旦，亦天道也。」予爲嘻然久之，曰，固也。語不云乎，天不可與期，道不可與謀。元長且置無悲，需諸季之後，幸乃如客言，可也。

【箋】

張大復（一五五四—一六三〇）字元長。崑山人。崇禎三年卒，享年七十七。著有梅花草堂集。見蘇州府志。其梅花草堂筆談卷一一先合後離云：「庚戌（萬曆三十八年）哭女，癸丑（四十一年）哭弟。」據同書卷一〇桐夢，此序作於弟死之次年，即萬曆四十二年也。

【評】沈際飛評云：「情至之文，不忍卒讀。」又評「見短髮蕭蕭印月下」云：「添頰毛矣。」評「至云母子之間，徒以聲相聞者十四年」云：「讀至此，余不覺泫然掩袂矣。余猶及見元長先生。雖喪明，口授文字，能追取昔人塵土面目，而悲喜啼笑如生。況乎寫似自家骨肉乎。」

蘭堂摘粹序

我完素江侯，以文章家起大閩之西，而長予郡之金邑。一時吏治，用決裂無所顧護爲好。予獨喜侯顔敦而氣沖，有以下人。一見知其脱越世俗吏習，動于醲醇。蓋朞而其政已效矣。治士大夫禮，而治民惠。韋朴之楚，不聞于境外。而稽比以時，訟無鍰罰工作之煩，然常有所愧悔。至爲希少。蓋嚮見侯之容，知其循且良焉，必矣。雖然，殆必學殖與。

久之，授其爲諸生時所集諸家言。蓋抉玄而摽其粹者。予受之，歎曰，侯殆有進于道者與。此其於古人之書也，不皆感乎目而成乎心。然且章而摘之，句而劃之，編連而序之。固將爲夫世之學者磅礴徑省，有可以給取乎是。而爲夙所流縯，意不能無愛之。雖以予之衰且老，而一接乎離離諸家之言，感侯之勤，讀而乙之，拊而三之，尤不能無愛也。昔人之喻唾者，大如霧雨，細若珠璣。出乎人之精神一也。江漢之瀾，漱而爲溝，取于美田。引其涓涓，泠華出泉，凡以汰故爲鮮。不可謂非其全矣。嘗試語之，六經儒者之辨，莫燦于周孔。天人之際，爲持其平。若夫老莊之屬，人而之天；管韓之屬，天而之人。凡世之蘄有所立言成書托名字者，必皆有一乎是。學士得而精之，通其數言，舉可以攝理事而施于世。世固莫有致其精焉者。

予知之侯之學殖矣。刑名短長之説，不足相誘動。而其治獨以俞俞歐歐，凝重以慈，常出乎道德之意。並諸家所以表術事形物機者，侯若皆有所得之。異時所施用當大著。此以薄示其精烈，令學者亦有以窺天地之全，百家不可廢也。

【箋】

〔完素江侯〕名日彩。福建人。以進士任金谿知縣。見撫州府志卷三六。

【校】

〔凝重以慈〕慈，原作「薄」。據天啓本、沈本改。

【評】

沈際飛評「予知之侯之學殖矣」一段云：「一氣呼吸得全。」

超然樓集後序

於越通于吳，其地文物而風美。而處乃與江右鄰，質以野。其氓既曠于法物之聽，而吏於斯者亦無以與於文章之觀。蓋平昌令局于面墻而無與語者，五年于茲矣。天幸於越大人臨之，始與士民約，教以鄉比之長，如周官禁其佚而敎者。至於童子小學，各有程。吏率惟謹。平昌令捧令而嘆曰，公之文其在茲乎。屬者以參知天下事，其以文化成也何有。郡丞許公聞之，忻然曰：「未也。公之文有以開萬世者。」乃帥十縣令稽首而求發覆焉。久之，乃得其超然樓所爲文。各體具是。十縣令起而卒業焉。大者若雲漢委迤于天，而星含景流也；若山之延夷起没于地，而煙霞草木禽魚光怪響象，莫不儲以興也；若觀九奏雲咸，淫于舞馬歌嬪。而短章若奇音獨奏，其淒鏘詘然；又若孤嶂寒潭之秀以澄，而冰霰之泠歷也。蓋十縣令始知公之文有以極古今之變化，見天地之大全。而平昌令一旦出面墻而遊通都，神明爲之練汰，心容爲之解舒。舞之蹈之，不可得而言矣。

既而頓首曰，試言之。竊意「超然」有五難。有殊絶秀卓偉厲之資，而後可以竟業。公有其資。一也。竟學然後其資庶以有所立於時而不廢。公無所不學，而學必深。二也。孤絶而興者危，得之而已後矣。公生而有忠父孝兄。家國之務，聞若性成。三也。雖滿而動其中，外阻山川閒遊之觀，則不適。吴故文物風美之地也。遊客大雅，將朝夕焉。意所至而開。四也。若宦而偏窮偏通，無屈折頓挫之跡，亦不能有所憤會而成文。公外朗而中已蒼，世有知有不知者。物之態色，時之機趣，無所不經。而盡菀蓄以遊於文。五也。公有此五者，其覩於大全而變化極也，超然不亦宜乎。若平昌令者，生于質而野之鄉。學而廢于暗，仕而偏於窮。外無所發皇，而中有所底滯。雖得公之文師之而萬一也，亦可得而超然也乎哉。

于是九邑之令拱手而嘆曰：「平昌令可謂汙而自知，不阿其好者矣。」因敬梓而傳之，殿以平昌令之言，附不朽云。

【箋】

序云「蓋平昌令局於面墻而無與語者，五年於兹矣」，當作於萬曆二十五年（一五九七）丁酉，時在遂昌知縣任。四十八歲。

超然樓集，馮時可作。時可字元成，華亭人。隆慶五年（一五七一）進士，曾任處州同知。見處州府志卷一三。今所傳馮時可雨航雜録有此後序，末署「屬下吏臨川湯顯祖頓首拜撰」。

【評】沈際飛評云：「滿足。」又評「既而頓首曰」一段云：「章法。」評「雖得公之文師之而萬一也」云：「句法。」

湯顯祖集全編詩文卷三一

李超無問劍集序

歲往浴佛，有驅烏漫剌，坐我堂東。揖之，知其奇。留之齋。云，不能斷酒也。信宿而都無所斷。偶爾破口，公案二三則耳。居常率爾成詩。心有目而目有睛。眉毫鼻吻間，盡奇俠之氣。一日，問余，何師何友，更閱天下幾何人。余曰：「無也。吾師明德夫子而友達觀。其人皆已朽矣。達觀以俠故，不可以竟行於世。天下悠悠，令人轉思明德耳。」遂去之盱，拜明德夫子像。而復過我。則髮已覆頂額間矣。曰：「先生言俠不可竟行于世，而予之俠猝未可除。因而説劍，爲天大將軍得度耳。」余笑曰：「有是哉！」明年秋九月，則已雄然冒武冠，帶長劍而就余。有吴下諸生書，乃始知其江陰文士李至清也。曰：「業已去書生爲頭陀，去頭陀爲將軍。弓劍之餘，時發憤爲韻語，數十首。來豫章，題曰問劍。先生宜有以訣之。」

余笑而問曰：「既冠而娶乎？」曰：「未也。」「然則劍不可得而問矣。吴人而知干將乎。其師鑄劍三年，而金鐵之精不流。夫妻俱入冶爐中而劍就。干將夫妻，不能自投，斷髮翦指而已。今子獨雄而無雌，而又奚鑄焉。」生曰：「先生其無戲。」曰：「非戲。」曰：「子謂必夫妻而劍耶？」「莊生説天子之劍，裹以四時，制以五行，論以刑德，開以陰陽。陰陽者，夫妻也。若然者，上決浮雲，下絶地紀。列子所稱視之不可見，若有物存。或見影而不見光。乃是物也。然鑄此劍者，皆不能殺人。生嘗斬髮而爲僧，亦知有不殺人之劍乎。殺人者，非劍也。若吾豫章之劍，能干斗柄，成蛟龍，終不能已世之亂。不足爲生道也。」因爲問劍答而弁其詩。

【箋】

李超無，名至清。江陰人。見列朝詩集小傳丁集中。

【校】

〔先生宜有以訣之〕訣，疑當作「呹」。

【評】

沈際飛評「心有目而目有睛」三句云：「平叙耳，奇氣隱躍。」評「業已去書生爲頭陀」三句云：「筋節。」評「然則劍不可得而問矣」句云：「逸。」又評：「莊生説天子之劍」一段云：「援引皆有微寓，於含吐間求之。」

翠娱閣本評云：「摹寫奇處，氣勃勃而逼斗。」又評「云不能斷酒也」句云：「見其奇矣。」評「達觀以俠」數句云：「數語亦是提醒超無。」又評結尾云：「沉埋土中，遇非其主，劍如人何！」

耳伯麻姑遊詩序

世總爲情，情生詩歌，而行于神。天下之聲音笑貌大小生死，不出乎是。因以憺蕩人意，歡樂舞蹈，悲壯哀感鬼神風雨鳥獸，摇動草木，洞裂金石。其詩之傳者，神情合至，或一至焉；一無所至，而必曰傳者，亦世所不許也。

予常以此定文章之變，無解者。卧痾罷客，忽傳綏安謝耳伯遊麻姑詩數莱。諷之。古漢魏久無屬者，耳伯始屬之。溶溶英英，旁魄陰煙，有駘蕩遊夷之思。可謂足音空谷。循後有詩導一章，亹亹自言其致。亦神情之論也。嘻，耳伯其知之矣。中復有記盱江夫子升遐數語。若以死生爲大事。嘻，吁，此亦神情所得用耶。水月疾枯，宗復何在？唐人所云「萬層山上一秋毫」也。偶爲耳伯叙此。

【箋】

〔謝耳伯〕名兆申，字伯元。邵武人。萬曆中貢生。著有謝耳伯詩集八卷、文集十六卷。見福建通志卷六一。千頃堂書目列其所作麻姑游草。今存謝耳伯先生初集及全集。

〔水月〕浮梁僧，達觀和尚之弟子。見玉茗堂文之七臨川縣古永安寺復寺田記。

【評】

翠娱閣本評云：「正爾寂寥，數語頗自快人。」又評開端云：「□語括盡。」評「因以愴蕩人意」以下數句云：「風雨沓來。」

學餘園初集序

先王既往，而鐘鼓筦磬之音未衰。自漢以來，至於勝國，冠帶之士，閭巷之人，或鼓或罷，或笑或悲，長篇短章，鏗鋐寂寥，一觸而不可禁禦者，皆是物也。昔人常因其情之卓絶而爲此。固足以傳。通之以才而潤之以學，則其傳滋甚。然以今思之，亦其時然也。悲夫，今之人得而爲昔之人與。吾衰且敝。年十五，師徐子弼；二十，友帥惟審，講古今文字聲歌之學。至於今，可謂劬矣。觀歷遊處，感發而攄懷，亦不爲少。然反覆自循，終無可自好爲成者。以吾之情，不減昔人。將才與學，不能有加於今之人也與。托末契於後人，予將老而爲客。遂有毛伯丘君，頓致此道。蓋其去諸生成進士也，財一期以餘。有慈氏之喪，歸而除一園以居也，殆半期耳。而總其長賦，已成四五，詩凡百篇。他文字稱是。嗟夫，風煙草樹山川愉愠之情，行者居者，各得而習之。至若其鋪張摘抉，時物之精熒，人生之要妙，盡取而湊其情之所得至者，雖學士大夫或拄口啙舌而不能吐一字。丘君乃能出其數千萬言，縱橫流離，磊砢層集，無不如志。比其成也，曾幾何年幾何時，而學餘園初集固已風馳於天下矣。夫以予之晚悟而早衰，無所可至。以天下學士大夫所不敢易爲鋪抉者，而毛伯君獨能爲之。將其才與學有異與，一觸而不可禁禦者與？然則予有不遜而托焉者與？蓋君與予友人鍾陵李乃始，皆吾家霍林公前後所進士。乃始之於斯道也久，其所師友又略與予同，其亦有悲於予言也夫。

【箋】

序云：「蓋其去諸生成進士也，財一期以餘」，丘君於萬曆三十八年（一六一〇）舉進士，此序當作於三十九年（一六一一）辛亥，家居。六十二歲。

〔丘毛伯〕名兆麟，臨川人。有文名。編有湯若士絶句。撫州府志卷四八有傳。

〔鍾陵李乃始〕名光元，一字麟初。進賢（鍾陵）人。萬曆三十五年（一六〇七）進士，授編修。南昌府志卷四十一有傳。

〔霍林公〕湯賓尹號。萬曆三十八年（一六一〇）會試，賓尹以庶子爲同考官。見明史卷七〇選舉志。

【評】

沈際飛評「嗟夫，風煙草樹山川愉慍之情」六句云：「全以神行。」

太學同遊記叙

今上八年，吾師四明戴公寔臨太學。公誕乾坤之郁，秀山淵之氣。仁義中和粹其躬，詩書弦勺藻其物。意念良深，興屬甚遠。八表之士，靡不裹糧負笈，蹴屨摩袪，争來太學。至若行綴之曉，授書之晨，僬蹌焉，聶噎焉，退則連袂而趨，比席而誦者，真若雲鴈之儀霄，雷蚊之響沛也。是時偕計之哲，同遊者得若干人。越蜀荆吴，俱江漢之靈采；周韓陳蔡，有汝潁之風流。煌煌濟濟，肅肅雍雍，殆庶不足容其德，抑末不足儷其文。語語則德在其間，事事則政乎何有。人分四科之目，士遠百行之疵。俱吾所願從遊瞻依大聖者也。

嘻哉，委運不如，繡幹與彫花形照；投榮有適，文茵與隈落殊隕。非所語於蘭言，庶以明於芭漬。夫聲應則有敬羣之樂，迹遠則有睽孤之疑。同人者匹以鵜翰，獨自者憐其夔足。愆儀貴其攸攝，儒行徵其流言。至若偏其反而，緩急時有；載其半矣，仁義何常。故有急難之嘆，奔走之交。西河夫子，慊其離索；東漢諸君，隆其濟挹。厥有由也。夫高惠神求，猶云尚寐；巨卿遠送，曾爲未識。然且宛孌酬懷，徊皇就義，況乃負墻於一師，營道而同術。都養者蒸然接爨，學市者闇然讓售。斯其契款，何止夢寐之遊，冥邈之寄而已乎。然或枯生不殊於炭，燥濕曾不如銅。忘情舊谷之鶯，媚好新苹之鹿。静處則不如友生，時移則或爲小怨。致有奪符之恨，絶無班荆之救。雖復齒爲諸昆，何異路人乎。若乃鄗同門以姤真，緣彙征而進否，亦非太學蒸櫄之意，戴公提拂之心也。二者，諸昆何有焉。

若如僕者，或語或默，載沉載浮。未能純經式訓，將恐如孔子之斲觚也。然遊太學至久，師堇余公、吴周公，次師鄗許公、豫章張公。俱提上聖之姿，立弘獎之教。維時人士波湧，然無記牒，久而遺忘。固人情也。身自不然，每送抱於風塵，或興懷於月品。金陵方岳，璧水圜橋。前與三萬人遊衍其間，至今緬挹未或能忘。閲人爲世，翻成撫心也。諸昆今日疏列同遊里氏，豈不善哉。各朂清時，無忘戴公，是爲序。

【箋】

〔今上八年，吾師四明戴公寔臨太學〕據實録，萬曆八年（一五八〇）二月，陞右春坊右諭德掌南京翰林院印信戴洵爲南京國子監祭酒。是年春，湯顯祖北京春試不第，歸，遊南京太學。洵，字汝誠，寧波奉化人。

〔堇余公〕名有丁。鄞人。萬曆四年（一五七六）湯顯祖遊南太學，余有丁任祭酒。

〔吴周公〕名子義。無錫人。萬曆五年（一五七七）十二月自南京國子監司業改北。

〔鄗許公〕名國。歙縣人。歙縣秦時屬鄗郡。明史卷二一九有傳。何時任官太學不詳。

〔豫章張公〕名位。新建人。萬曆四年（一五七六）湯顯祖遊南太學，張位任司業。參看玉茗堂文之一張洪陽相公七十壽序箋。

【校】
〔金陵方岳〕陵，沈本作「時」。

【評】
沈際飛評云：「彪蔚以澤其質，敲戛以震其響。」

二周子序

原夫雲書皎判，開玉墉之册；奎璇發采，緯玄扈之文。遂踰繩契，競寫編謨。上起三王真誥，下底百國春秋。肇表天符，撰雜人理。徵存會泯，徒深緬邈之思而已。蓋自皇訛帝矯，王熕伯瘠，緣是影支離於多迹，聲咬嘵於不轂。弘道君子閔其若斯，厥有史儋厭周藏之浮蕪，滯秦關而强著。明竅妙生死之徒，兵政王侯之決。百有餘年，通靈闡繹。仲尼年十七歲，即授此言。布衣養徒衆三千，問答增損，成其述作。至天道與性，終不得聞也。兩者絜之，象帝之經，特筌靈杳；素王所説，務存乎昧。嗣是而作，分總兩流矣。然皆和疾不倫，形影相難。弟儒兄墨，能無憮然。獨我明二周子，連軒大志，比作二書。一曰蜩笑，一曰何之。畔天地之清奥，抉死生之靈詭，拔玄釋之義根，綜斯人之條貫。評往則死者有知，徵來則聖人復起。人位並美，必傳無疑。功德如斯，兼言不朽。盛哉。是時長公尚璽南都，忘年大學。授而序之。余素無老子之恍忽，兼乏孔子之中庸。不在能言之科，粗標著作之意。千秋讀二公之書者，庶亦明余。是爲序。

【評】沈際飛評云：「以魏晉人譯經文叙。」

儀部郎蜀楊德夫詩序

楊公本井絡之秀，體江漢之靈。育德蠶叢之區，耀穎峨眉之秀。固已苞結藝文，優遊玄釋矣。遂掞藻天漢，騰輝日匝。彈楚服之歌琴，坐吴都之禮署。亦復端居多暇，翰墨時作。或是涼年獻歲，首夏兼秋。撫鶯花而流悵，睇鴻雲而寄想。别有羣公飲帳，遊子河梁。寫離别之奇聲，究登臨之遠致。他若應真東遊，雲氣西往，懷仙緬竺，類有玄言。沉靈激韻，靡非清囀。吾友帥機，最愛上林甘泉洞簫諸賦。嘗曰：「蜀有楊君，世不減風流矣。」

夫楊君貌充而氣穆，聲和而蹈正。砥志雲屯，乘潛雨畜。若夫登高者大夫之餘，作賦者童子之技。楊君之業，蓋不在兹。楊君有言：「相如惑於玄龍，吾家子雲濡於紫蛙，子淵隨於碧影。他雖有技，所謂博弈者乎。」足以暢楊君之趣矣。然其搦管，才情并詣，亦安可不傳也。余輭弱之資，興屬流獺，閲有年日。蜀如楊君者，情途希覯之品焉。得詠淵作，敬叙而歸之梓矣。

【評】沈際飛評云：「雋秀之姿，揚葩掞藻。」又評「育德蠶叢之區」四句云：「六朝。」評「吾友帥機」五句云：「帥言、楊言二轉，化板爲活。」

翠娱閣本評云：「簡勁有氣骨。」又評「撫鶯花而流悵」數句云：「追逼六朝。」

吴越史纂序

赤城劉生，集春秋吴越事，爲書甚具。而數以意相繩引甚嚴。書似可以傳無廢。獨有感於吴越之際，兵之所由。吴越江湖間，其民氣急，去就頗輕。泰伯虞仲被髮采藥蠻荆，荆人悦之，因以爲君。厥後楚漢時，吴芮保聚江湖間，人亦因而君之。雖其俗易教便，亦其民性不重去就也。故曰吴數有反氣。起淮南，至百粤，修短不一姓。然大勢可覩矣。皆速大而疾亡，絶無關河延博重静之意。傳曰：「兵妖由人興。」泰伯兄弟，三讓至德。其後闔閭等兄弟叔姪以國争，相殺無已時。如此則謀臣子胥必入。子胥入，必霸而有越。有越，則西子必入。西子入，必抉子胥之目而食吴王之心，越必有吴。司馬氏有八王，而氐羌入。氣常然也。地勢吴爲喉，越爲尾。爲國則必相圖。此亦延陵季子王子搜所以不願爲君耳。范大夫似有道術。存吴而去，亦未爲不存越也。因生有奇，漫而及此。知我者其云然耶。

【評】沈際飛評云：「才思富健，故斷論明通而疾力。」又評「雖其俗易教便」二句云：「簡練可法。」評「如此則謀臣子胥必入」十三句云：「立案大奇，得未曾有。」

岳王祠志序

越有忠佑祠者，在臬司焉。祀宋武穆王岳飛也。司故王宅。王亡，以爲太學。元以爲司，而祠王。其東祠，宋孝宗之爲也。祠志爲册六。凡王所自爲文，與其時至於今所以榮哀王者，盡是梓而存之司。庶拜王祠下者，貌而既其實云。王之勇於忠孝，其天性然。斯志也，其以資世之感愴流涕指髮，豈有間然者哉。

予獨怪王以大將之才，爲戰將之用，而用益以不終。當時無將將者。然則若肅代之將李郭可與？曰，韓蘄王可以并郭，而王賢於李。高宗之資，不能爲肅若代，亦其勢然。蘄王逸而鄂王拘，非鄂王勇而蘄王智也。鄂拘，蘄乃逸；蘄逸，而鄂之拘不免矣。肅代雖疑其臣，不得而誅之。外多大藩帥，或以爲名。如李司徒召之不來矣，終不能有加焉。王之不肯爲李，亦勢然也。或曰，王何不竟滅虜而朝，附於人臣出境遂事之義。此不然也。觀金起時，其君臣父子叔姪將相之間，皆意念深毅，經略雄遠，非可猝猝乘弊而竟者。且其時諸將並以詔還，王以偏師濟乎？夫王以歸而死，得爲世所哀憐。佻而往，王之爲王，未可知也。王所謂進退維谷者與。

嗟夫，有高宗以其宅爲宮，故有孝宗附其宮爲廟。王爲人不可知，神而後知之也。雖然，孝宗時而王在，猶之不能用王。蓋孝之不能爲代，亦猶高之不能爲肅。何也，徽高在，高與孝雖有志，勢皆有所不得行。若使徽得幸蜀，高孝爲親父子，高總國而孝撫軍，滔然無疑，畫河南北之地，以與諸將所克，王收其全以俟，此亦高孝之所欲爲也。勢不能也。嗟乎，古今相弔，豈惟高之於王而已哉。予志而悲之，聊以告後之將將者。

【評】沈際飛評云：「撫事揆情，殺王之罪，不獨檜專之矣。」又評「然則若肅代之將李郭可與」十八句云：「特發一議。」評「夫王以歸而死」四句云：「知己哉。」

翠娛閣本評云：「如此論事，方是置身於古人之中，置心於古人之胸。豈是拮人齒牙，恣己偏見。」又云：「拘之一字，正屈原之過忠。」又評：「當時無將將者」句云：「自是將將者之過。」評「肅代雖疑其臣」數句云：「王之死，時爲之。」評「夫王以歸而死」數句云：「真能尚論者。」

春秋輯略序

孔子曰：「吾志在春秋，行在孝經。」吾師明德先生，時提仁孝之緒，可以動天。融融熙熙，令人蓄焉有以自興。春秋末之有詳也。桓文之事，仲尼之門無道者。春秋時有褒貶，非所雅言。杜君與予同師。其於春秋也，有師授耶。

春秋，一孝經也。孝經自天子諸侯卿大夫庶人，皆爲分明其孝。曰：「資孝以事君而敬同。」春秋多嚴君之義。周公以父配天，孔子以王係天。所謂其敬同。諸侯卿大夫有事君不忠者，非孝也。五刑之屬三千，無大於不孝者。春秋其刑書與。蓋至孟子以幾希别人於禽獸，曰「庶民去之，君子存之」。歷叙君子存之者，至君子之澤五世而斬。五世者，有虞氏、三王、孔子也。孔子存幾希之性，全在春秋。故又曰春秋盡性之書也。君子存之，天下有孝子忠臣。庶民去之，天下有亂臣賊子。亂賊興而小人之澤亦斬矣。得春秋爲之懼而澤存，得孟子辯無父無君者爲禽獸而春秋之義益存。忠孝同，春秋一孝經也。安見明德先生言孝經非即言春秋與。乾則雲行，坤則履霜。氣一而已。杜君春秋分隸五倫，終以天應，近於志氣交動之説。其於先師仁孝動天之旨不遠。吾有取焉。

【評】

沈際飛評云：「經術。」

孫鵬初遂初堂集序

漢儒疏五事，以水爲貌，而屬火於言。誠不能無概乎是。今夫木之生，其所以長潤森好恢瑰曲折者，大氐水之爲也。極焉而措之爲薪火。以傳火者，木之神明也。

而言者，人之神明。言而有以傳，傳以久。則神明之所際也。雖然，顧可以忽貌乎哉。人之貌也，明暗剛柔，成然而具。文亦宜然。位局有所，不可以反置；脈理有隧，不可以臆屬。藉其神明，有至不至。其於貌也，無不可望而知焉。

國初大儒彝鼎之文，無所敢論。迨夫李獻吉何仲默二公，軒然世所謂傳者也。要其大致李氣剛而色不能無晦，何色明而氣不能無柔。神明之際，未有能兼者。其于文也，瑰如曲如，亦可謂有其貌矣。世宜有傳者焉。間者文士好以神明自擅，忽其貌而不修，馳趣險仄，驅使稗雜。以是爲可傳。視其中，所謂反置而臆屬者，尚多有之。亂而靡幅，盡而寡蘊。則之以李何，其於所謂傳者何如也。然而世有悦之者焉。華容孫公鵬初憂之。嘆曰：「李何於斯文，爲有起衰振溺功。王元美七子，已開弱宋之路。日已流遁，長此安極。且吾先公四世文林，劑量二公爲法已久，不可以失。」而公又蚤負才志。入讀祕籍，出視省奏，淹於今昔之故。隱而益文。嘗欲總史傳，聚往略，起唐虞以來至勝國，效遷史體爲紀傳之書；而因以隱括十三經疏義，訂覈收采，號曰「儒藏」。嗟夫，公蓋通博偉麗之儒矣。至其爲文，封奏志序記牘歌詠，引繩步尺，取衷厥體。勃溢者勢而延豫者情，叩切者聲而流菸者致。賅此五者，故幅裕而蘊深。

公之所以爲文也，蓋江漢洞庭，爲水淵鉅，足以滋演文貌；而鶉首祝融，爲火雄精，足以顯發神明。然則公之文爲必傳，傳而必久。李何七子之間，有以處公矣。

【箋】

〔孫鵬初〕名羽侯，號湘山。萬曆十七年（一五八九）進士。授翰林庶吉士，歷禮、刑二科。罷官後閉户讀書。見華容縣志卷一〇。

〔李獻吉〕名夢陽，號空同子。爲文主復古，倡言文必秦漢，詩必盛唐。爲前七子領袖人物。

〔何仲默〕名景明。與李獻吉齊名。

〔王元美〕名世貞。其持論文必西漢，詩必盛唐，大曆以後書勿讀。爲後七子領袖人物。著有弇州山人四部稿。

【評】

沈際飛評云：「木水火三喻，足爲清言之助。」又評「賅此五者」二句云：「賅此五者，文之能事畢矣。」按，五者，謂體、勢、情、聲、致。

翠娱閣本評云：「七子亦不必拘拘步之。要自不失其神貌亦可以王矣。」又評首一段云：「九疇五行，無如此詳核。」評「閒者文士好以神明自擅」數句云：「當今欲如何、李亦自難。」又評「蓋江漢洞庭」數句云：「更暢。」

如蘭一集序

詩乎，機與禪言通，趣與遊道合。禪在根塵之外，遊在伶黨之中。要皆以若有若無爲美。通乎此者，風雅之事可得而言。余宦遊倦，而禪寂意多。漸致枯槁。于四方人士所作，時一過留，弗好也。而東莞鍾君宗望遊越中，來臨，偶以所自爲詩質焉。殆雅與遊道合者。

凡遊，遊于聲實之際而止。宗望秀于才，常爲廣州諸文學冠。以其先人樂華君起名進士，出館閣，能讀父書。足可優遊待舉。睠此長遊者，何也。將江嶺間人士多其家門生義故，公子微以是遊耶？其友帥生從升從龍知之。曰：「今宗望之遊若爾，則世之遊閒公子耳。似殆有不然者。其爲人貌沉而氣疎，幽然頹然，好欲與天下山川人物相駘蕩。當其所愜，布衣蝦菜，可以夷猶歲時。其所不欲，非可餌而止也。蓋宗望之見趣有殊絶世之聲實者。」予聞而笑曰，深于遊道也乎，詩道也。悟言一室之內，旬日不出；映心千里之外，累月忘歸。通之若有若無，都無遲疾欣厭之累。於以眷節懷交，必有不推排而齊，一雕飾而秀者。南中之美，何必翡翠明珠。茲且以巴丘小華山存王子晉笙鶴遺跡，欣然慕之。此其爲詩與遊也，殆益仙仙矣。

【箋】

作於萬曆三十五年（一六〇七）丁未，家居。五十八歲。

玉茗堂詩東莞鍾宗望帥家二從正覺寺晚眺，讀達師龕巖童子銘三絶，各用韻掩淚和之，不能成聲云：「十年紅淚掩袈裟。」去西兒之殤首尾十年。序當同年作。從升、從龍，同里友人帥機之二子。謝耳伯初集卷六有詩鍾宗望自粵攜家至臨川，客帥氏伯仲所三年，師湯義仍先生，予聞而異之。

讀漕撫小草序

漕撫關中李公道甫初以東南海警，開府維揚。海波澄謐，而稅使乃始稱詔横亂。徐沛吴揚之間，皆公履也。其爲夷戮甚大，非迅鬭所支。公能以筆墨口舌動主上，黠者喑以死，次者屈服受事。此朝廷之喉咮，而天下之要脊處也。五方四裂之民在焉，莫不倚公爲命。歌謡萬里。此亦足以控厄乘流，發決英雄之氣矣。當是時，公亦欲以微罪去。舉朝争之，天子若爲不得已者，而盡其用。居之淮，筦天下金粟之運。所上下疏奏教答，委積至若干卷。蓋政成而思其所嘗遊，逮於余，以相示也。受而讀之。大者力奮其身，號怒戲笑，與中貴人相横決，争數千里民命。貧者徙者，可以復業。居可以居，行可以行，而亂可以止。所謂社稷之力臣也。

夫功有所自成，而力有所自積。小夫愞臣之徒，其於天下事，潰敗無足論者。蓋亦時有有力人矣，與之扛千鈞之鼎，探豺虎之穴，旋轉噴薄而無懾；使之提細物抵蜂蠆，或反倉卒頹破蹩觸而無當。何也？以爲其力無所用之也。夫力豈有異哉，用之則大可以全，不用之小可以敗。用世之力，亦何以異此。公疏奏文檄中，大者所謂舉鈞石而當猛鷙，瞋喝示武，嘻噱示閒。英雄之概，有固然者。至其所爲繩墨吏士，罰笞以上，未嘗不親極其微渺出入之情。而誚責所治，於罷士細人，拊循收恤，無有二也。孝敬中行之理，時取以生其善而滅其詭。單語微詞，皆有法則。氣整而味平。此有力之士，所爲常器小蹩，無所屑意者。然則公之用力於世者，豈有餘哉。教義刑名不爲小，而河渠盜賊不爲大。公所以收百萬士民之心，起百十吏士之氣，而感動天子，擊折亂倖，至十疏以去，而滿朝争之。天子終不聽公去，更以委重者，豈非力之有所積而功之有所成哉。

皋陶言九德之行，曰「亂而恭，剛而塞」。恭固可以治亂，而塞所以積剛。彼亂而訖以不治，剛而不至者，無所積而空以才氣相急也。吾嘆世之稱公者在彼不在此，而以震耀其功。公蓋有德者也。

【箋】

當作於萬曆三十八年（一六一〇）庚戌。按，此爲讀後感，非序跋之序也。漕撫小草作者李三才。三才字道甫，原籍關中，移家通州。萬曆二年進士。任南京禮部郎中時，湯顯祖官太常博士，相友好。萬曆二十七年三才出任漕運總督，巡撫鳳陽諸府。三十三年遣使往迎顯祖，不赴。三十八年，李三才被劾，顧憲成貽書葉向高、孫丕揚爲之力辯。議者大譁。明年正月，三才自引去。三才曾上疏痛陳礦税害民，力爲抑沮，深爲東林諸賢所推重。詳見明史卷二三二本傳。

【評】

沈際飛評云：「條鬯中有辨覈之能。」又評「夫力豈有異哉」三句云：「一篇以力字作骨。」評「恭固可以治亂」五句云：「注疏。」

岳陽王氏宗譜序

蓋余友金壇王君應嘉，學植而樹敦，有大姓法度。游十年矣，時爲言其先世父弢孟燁之賢。給事南省中，大論嚴相國，僉山東憲清。嘗歸至淮揚間，絶食，終無所餽受。能古文辭。其鄉里附邑故多豪，至言弢孟先生，意未嘗不下也。已而得高陵呂先生柟所言王貞立標從其游。曰：「行在孝經矣。經云，居家理可移于官。」貞立因瞿然贖先人墓下田，以其一祠，而食其旁兄弟三。至封視壖外松竹，無不躬親。其至性也。

夫岳陽諸王氏，有先乎江左，而後祖琅邪太原。子之先何也。曰：「是吾所不能祖也。吾所祖者，宋慶曆皇帝時進士存。存子咸寧尉康。康，孝子也，是爲岳陽諸王。又四世而義公兄弟分烏，以入於明。雖吾城中王，皆其後也。已有過之而相誰者矣。夫慈孫翼子，於世次身所逮事者或三，所得服者五，所居得知始者十世而已。十世以上，非國家所護。其存廢轉止，不可不記也。故君子雖愛宗，常毗於其近；嚴祖，常窮於所不知。吾不祖江左以來，不可爲不嚴祖也。齒城中諸王，不敢親，所以別宗也。無言遠者，岳陽非伯父燁，祀幾無以禄者。如此，是存之忠不著也。非大父標，祀無以田者。如此，是康之孝不傳也。夫田禄之不時，而忠孝無所續，則其宗不可合。宗不可合，則雖吾岳陽里後，懼且有相誰之日也。吾安知琅邪、太原。」余嘆曰：「行子之言，其亦可以宗矣。」因取而書之岳陽諸王籍之首。

【箋】

王應嘉生平不詳。其伯父燁，字韜孟，嘉靖十四年（一五三五）進士，歷吉安推官、吏科給事中、山東武定兵備僉事。祖標，嘉靖七年進士，未仕卒。以上據金壇縣志卷九。

【評】

沈際飛評「已有過之而相誰者矣」云：「句法。」又評「故君子雖愛宗」四句云：「檀弓文字。」評「吾安知琅邪、太原」云：「句勁。」

義墨齋近稿序

凡爲文，苟有材力志意之士，咸欲有以傳其人。傳其人而不有以出乎人，雖窮歲年，謝歡昵，疲形焦思以文之，猶弗傳也。故士之有所爲于此者，必皆以出乎人爲心。

然而環視天下之爲此者亦衆矣。其材力，其志意，翩翩焉，兀兀焉，捷疾而争高。巧質之相乘，玄思之相傾，卒未能有所出也。嗟夫，古文詞不可作矣。今之爲學士本業者，而欲有所出乎人，其亦且奈何哉。雖然，就其相乘相傾之處，而盡謂其無所出乎人，則是世無人也。何也，舉天下之士，奉其材力志意，而畢争於此，然則今之世所爲出乎人而庶幾有傳焉者，其亦可得而概矣。

蓋余所聞見天下士，時日有之。屬者得石首王生天根來，與起居浹旬。視其材力志意，超然濬然，歸於大雅。吾里居十數年，未嘗見士如此其達者也。古書傳，余少壯所涉，貧病衰落，皆已忘去。生時時爲我舉誦本末。慷慨流連之際，至不容聲。與論詩歌曲度，能悟發于音外之音，致中之致。至於今昔賢豪進退之故，亦能舉其形勢，而衷其淺深。蓋生於荆爲望姓，世多達人。而身復明裕英好。全楚高流，無不爲生握手者。天禄承明何地，顧不宜早有此人哉。閲三十而未仕。于昔人爲早，以生之達而當于今，亦可謂之遲遇矣。天下士惟無材力志意而止耳。有之，則常泛濫於兼爲，而遷延其本業。若然者，亦非世之所得而遇也。生得微類是與。

乃大有不然者。生告我曰：「某稚也穎而横。家君教以自成其文，無所取故常。起爲作必奮切鼓蕩，絶人而後措一語。友生譏之曰，此豈以傳者耶。冠而病，殆死。

而曰，吾知之矣。自有此技以來，精奇恢詭之作，宜與古風雅并傳。何得慆心自智，而不一縱觀旁薄今昔乎。乃誓以十年之力，收拾導擇，證據批摘，彙之如品唐詩者。凡得文萬篇。當其時，兄弟三四人，坐一小園中，分欞而閱之。鑿垣而饋。凡再月一朝嚴君。更番者數焉，而乃得其所以爲文。試一題，至累日不能下。汪然若有遺，隤然若有忘。若此者之於本業也，亦可謂窮歲年，謝歡昵，疲形焦思以爲之者矣。而近得文若干首。此若干首者，知其于世所爲復何如也。」

余聞而悲之。亟取視焉。文雖不多，而一篇之中，斷續起伏流變處，常有光怪。其所欲言，則反覆痛道，詳麗轉致。若與曉人良晤，期于傾盡其所懷，而常若有所不盡。其所不欲言，則衍案掩抑，寥戾稽詣。如與陳人道中莽蒼數語，而意態常在所言之外。此其中倘亦音外之音，致中之致與。非有十年之力，銷鎔萬篇，宜不及此。余樂之甚，録示兒開遠等，而稍爲點其煩長者，得九十餘首傳之。嗟夫，生蓋有所出於人也乎。

【箋】

作於萬曆四十二年（一六一四）甲寅。袁中道珂雪齋游居杮録卷九此年四月八日日記及珂雪齋近集卷二答王天根可參看。王天根名啓茂，石首人。有渚宫集。

【評】

沈際飛評云：「悠悠浩浩，能盡其所苦與所自得。可爲學人一榜樣。」又評「慷慨流連之際，至不容聲」七句云：「磊砢英多。」評「試一題，至累日不能下」五句云：「神摹。」

朱懋忠制義叙

通天地之化者在氣機，奪天地之化者亦在氣機。化之所至，氣必至焉。氣之所至，機必至焉。孫策起少年，非有家門積聚之勢，朝廷節制之重。然以三千人涉江淮吴會，立有江東。袁曹眙愕而不敢正視。然竟以蹶。此氣勝而機不勝者也。諸葛武侯精其技，至于木牛流馬。然終不能出漢中夷陵一步，窺長安許洛者，此機勝而氣不勝也。天下文章有類乎是。莽莽者氣乎，旋旋者機乎。莊生曰：「萬物出乎機，入乎機。」天下有中氣，有畸氣。中主要而難見，畸挈激而易行。氣與機相輔相軋以出。天下事舉可得而議也。吾以爲二者莫先乎養氣。養氣有二。子曰：「智者動，仁者静；仁者樂山，而智者樂水。」故有以静養氣者，規規環室之中，回回寸管之内，如所云胎息踵息云者，此其人心深而思完，機寂而轉，發爲文章，如山嶽之凝正，雖川流必溶渻也，故曰仁者之見；有以動養其氣者，泠泠物化之間，亹亹事業之際，所謂鼓之舞之云者，此其人心鍊而思精，機照而疾，發爲文章，如水波之淵沛，雖山立必陂陁也，故曰智者之見。二者皆足以吐納性情，通極天下之變。下此，百姓文章耳。蓋日用飲食而未嘗知爲者也。

余與懋忠尊人景岳先生學同校、宦同地最久。懋忠因時時過而論業焉。殆數年于兹矣。未嘗不以氣機二字相屬。而近讀其所奏文章三十篇，則兩者俱來矣。勃律暐曄，其高華之執（埶）也。夭紹汪洸，其長廣之思也。捷疾倏爍，不傷于法；增積委磊，不傷于神。殆久于山水動静之意，而庶幾焉者。懋忠爲我言曰：「生意所欲爲，固不止是。時時讀書，爲人間事所廢。不然，殆有進而可以當先生者。」然則生之所以養氣發機者，得微有偏智之累乎。雖然，持此三十篇者，正正堂堂，與天下智計之士奪纛而舞，江以東不足爲也。

【箋】

〔朱懋忠〕名欽相，號如容。臨川人。萬曆三十八年（一六一〇）進士，歷平湖、南海知縣，官至福建巡撫。後以忤魏忠賢除名。撫州府志、平湖縣志各有傳。父名邦喜，字景岳，先後任平陽、平湖知縣。見撫州府志卷五一。

【評】沈際飛評云：「昔人論文，有所云山流水峙者，其在氣機之際乎。」又評「孫策起少年」十三句云：「定論。」評「雖然，持此三十篇者」四句云：「數筆遒逸。」

湯顯祖集全編詩文卷三二　玉茗堂文之五——序

蜀大藏經叙

大藏經，乃迦葉尊者文殊大智，閔昧筌文，紐玄撰極。蒼品佇其淵色，眷屬皈其檀度。所以拯接根蒙，圓明竅幻者。自周昭掩宿而後，莫與倫采矣。象帝摽玄竅之觀，似已涉其空實；素王開貫一之宗，亦未消其能所。道則縱而荒宧，儒則拘而喬宇。明虚者傷華辯之雕，守殘者慮小言之破。由斯以則，殆邈絕於西音矣。是以睎法空之所泯，則形識俱遺；屬一多之所冥，斯性塵並杳。若乃波想者夷陸，顧杭影而每遲；熱愛者焚和，渴涼雲而已後。故旋因慧業，非竟證之所圓；細滑聲香，非等觀之所外。至如報身六道，本屬未來。解難千聲，寧容勿怖。良以惡趣易淪，身器難拔。是用垂心巧趣，略影神通。緣庶行而立方，非至人之通喻也。

玆理虧蘊，茫無叩擊。南北二都，間啓玄集，等趨諷論。曉不搴翳，旋爲疑法。

悟不真修，增名佞佛。中土已爾，況在遐徼。今蜀法師某體西方之秀氣，發南贍之勝心。出身許道，化物爲宗。倡自蠶叢，來購龍藏。過明月之峽，則戒景夜浄；度神雲之觀，而空華曉廓。振策輿井之區，止筏玄枵之次。泛綃川如浄海，跋翠危若平道。往返如斯，卷笈無恙。蓋亦諸天冥贊，龍神合擁。靈契如斯顯閲矣。實賴復城楊公，江漢育其英潤，大塊資其玄量。深心不二，鎔想第一。前現宰緣而試諦，今托郎潛而精進。感彼西來之意，都無上慢之心。并力經營，平標旨格。威儀功行，可爲讚嘆者矣。

如某者，雖轉迹於風埃，實韜懷於月相。流慈善友，非今日矣。丙子朱明，謬繙經於長干故寺。己卯玄朔，忝升座於清涼勝墟。今已翦情嚴律，含識無學。間以微言相約，不欲雄機接辯矣。偶鑒往僧之勤苦，奉楊公之弘施，復爲趺揚首義。於多寶之窟，聊抽寸珠；香藥之林，仍念片葉。庶西方大衆，啓軸知歸。獲以嗣宣閟韻，普餐力味。龜城浄爲鹿苑，峨嵋升爲鷲嶺。非弘願與。至於單繹是正，廣繕别本，使四部恒流，三災不壞，是在善緣。引領禪悦。

【箋】

〔丙子朱明，謬繙經於長干故寺〕萬曆四年（一五七六）夏讀釋典於南京報恩寺。報恩寺舊名長干寺。

〔己卯玄朔，忝升座於清涼勝墟〕萬曆七年（一五七九）九月初一日於南京清涼寺講經，時三十歲。

五燈會元序

達摩西來，掃滅文字。五燈出，文字復爲祟矣。大都此方教體，最伊聲聞。而支那傳心，文爲結習。神而明之，存乎其人耳。能道人得法黃梅，初心亦用金剛語證入文字，亦何負於此方哉。慧經其能道人後身耶。誕生時，已感經聲而來；啓悟復從應無所住而入。及其了徹，乃證入杉山不思議境。夫杉山馬駒下人，始終證悟，與曹溪若合符節。其爲能道人再來無疑。刊五燈會元，嘉惠承學，用熟來因耳。

莊語火傳，佛心燈傳。燈燈相度。今之爲燈光者，非昔之爲燈光者也。而其爲燈明一也。向使佛心可傳，則三藏亦足。如不可傳，文字不乃爲祟耶。嘗謂迦葉拈花，別開一路，持衣示信。衹因此土文習業深，因緣依文不捨。故其五葉兒孫，惟用一翻字法門，掃除文障，直指心地法門。其於文字，蓋亦無幾矣。而見色聞聲，見聞爲倚。至臨濟棒喝一施，生死本除。故曰：「無始劫來生死本，癡人唤作本來身。」既已擣穴焚巢，豈非祖家一快。而狂慧一啓，真贋轉紛。不得已分其正偏，别其賓主。用寶珠而酬王子，以茅土而賞勳臣。嫡庶之分既嚴，真僞之差始現。則雲門法眼之苦心，而曹洞以來不失之家法也。若如潙仰父子，默相指授，以忠國師三十六字傳心。其事類漢唐之護秦璽，實乃周孔之守羲畫耳。既使文字之徒，無處住足，亦令棒喝之流，無從下口。而獅乳醍醐，始不爲馬駱牛漿溷。立法至此，辯統益嚴。究其指歸，要不過一直指心地法門而已。故曰五燈支子，不過用一翻字法門。即有强項魔王，癡心調達，跳出五燈之外，不殊一鼓之弄琵琶。乃知文學盛則律嚴。律嚴利用解，故有契北之街頭，少林之酒肆。解慧學盛而解復狂。解狂利用肅，故有神光之定業，神秀之北宗。嗚呼，解之何心，肅之又何心。則釋迦支吾，當場弄醜；達摩伎倆，魔魅兒孫。南北二宗，可會其元。直向文字堆中蝕穿故紙，深山頂上坐破蒲團，亦與契北示現之一燈明耳。經之言曰：「宗眼不明，非爲究竟。」後有閲五燈會元得其眼者乎，慧經之報佛恩不虚矣。

【校】

〔若如潙仰父子〕潙，各本誤作「僞」。

〔始不爲馬駱牛漿溷〕駱，當作「酪」。

〔解慧學盛而解復狂〕句首「解」字疑「衍」。

【評】

沈際飛評「乃知文學盛則律嚴」八句云：「抽我髻宇，示以衣珠。」

王季重小題文字序

時文字能于筆墨之外言所欲言者，三人而已。歸太僕之長句，諸君燮之緒音，胡天一之奇想。各有其病，天下莫敢望焉。以今觀王季重文字，殆其四之。而季重以能爲古文詞詩歌，故多風人之致。光色猶若可異焉。

大致天之生才，雖不能衆，亦不獨絶。至爲文詞，有成有不成者三。兒時多慧，裁識書名，父師迷之以傳注括帖，不得見古人縱横浩渺之書。一食其塵，不復可鮮。一也。乃幸爲諸生，困未敏達，蹭蹬出没于校試之場。久之，氣色漸落，何暇議尺幅之外哉。二也。人雖有才，亦視其所生。生于隱屏，山川人物居室遊御鴻顯高壯幽奇怪俠之事，未有覩焉。神明無所練濯，匈腹無所厭餘。耳目既吝，手足必蹇。三也。凡此三者，皆能使人才力不已焉。才力頓盡，而可爲悲傷者，往往如是也。若季重者，五歲遍受五經，十歲恣爲文章，二十而成進士。蓋一代之才也。而天亦若有以異之者。大越之墟，古今冠帶之國也。固已受靈氣于斯。而世籍都下，往來燕越間。起禹穴吳山江海淮沂，東上岱宗，西迤太行，歸乎神都。所遊目，天下之股脊喉顒處也。英雄之所躔，美好之所鋪，咸在矣。於以豁心神紆眺聽者，必將鬱結乎文章。而又少無專門，承學之間，靈心洞脱，孤遊皓杳。蚤爲貴公鉅人所賞，聞所未聞。出見少年裘馬弓劍，旗亭陌道之間，顧而樂之。此亦文心之所貽佇也。身復蚤達，曾無諸生一日之憂。名字所至，贊嘆盈矚。故其爲文字也，高廣其心神，亮瀏其音節。精華甚充，顔色甚悦。緲焉者如嶺雲之媚天霄，絢焉者如江霞之蕩林樾。乍翕乍辟，如崩如興。不可迫視，莫或殫形。大有傳疏之所曾遺，著録之所未經者矣。嗟夫，以一代之才，而絶三者之累，若此不亦宜乎。其爲古文詞詩歌又何如也。

雖然，才士而宦業流通，亦無以周世物之容。而既以當塗令高第爲郎矣，復抑而命青浦。青浦故屠長卿所治縣也。長卿既以此出大越，名天下，而季重書來，乃更以歸休讀書爲懷。夫季重固已讀書矣，凡爲若談者，當亦有未盡其才之嘆耶。然則天之于季重，誠若有以異之無已也夫。

【箋】

據青浦縣志卷一三，王思任於萬曆三十八年（一六一〇）任青浦知縣，文當是時作。時湯顯祖家居，六十一歲。王思任（一五七五—一六四六）字遂東，號季重。山陰人。明末小品文作家。國亡，絶食死。

〔歸太僕〕名有光，字熙甫，學者稱震川先生。崑山人。嘉靖四十四年（一五六五）成進士。官至南京太僕寺丞。以古文名。見明史卷二八七傳。

〔諸君燮〕當作諸燮，字子相。餘姚人。嘉靖十四年（一五三五）乙未進士，以經學名。二十五年卒。上據本朝分省人物考。

〔胡天一〕名友信，字成之，號思泉。德清人。隆慶二年（一五六八）進士。與歸有光齊名，世稱歸胡。見明史卷二八七傳。

〔二十而成進士〕據張岱王謔庵先生傳，王思任萬曆二十三年（一五九五）進士，時年二十一。

〔早爲貴公鉅人所賞〕季重八歲時，父爲益王侍醫。益王封邑在江西南城。

【評】

沈際飛評云：「持論曠逸，志高而文舒矣。」

翠娛閣本評云：「讀季重先生集，飄飄然左把太白之臂，右擘長公之肩，孤霞遠雲，不帶人間氣色。序不惟得其文情，直已探其文源矣。」又評「不復可鮮一也」段云：「是一可恨。」評「凡此三者」句云：「三者良足錮人。」評「往來燕越間」以下數句云：「今之子長。」評「故其爲文字也」以下數句云：「宜爲文中仙品。」又評末一段云：「未達，惟恐其扼也，恐短其氣；既達，惟恐其不阨，未練其才也。說至此，天真異之。」

攬秀樓文選序

蓋嘉靖後二十年中，南州文學士輩出。司文命者，又雅意臨視之。精其教而美其食。士各偉博通遠自好。文無慮數十家。名公卿郎吏二千石賢豪好修之士多在焉。易同人而後大，又曰「大而後可觀」。此一時也。後稍教養衰替，士各爲學。而陳鄧二公，自以制舉義爲天下第一。陳公猶有他文字十數篇，鄧公獨傳試春官七義耳。聞之鄧公多閉閣自證其理。理爲通物。或同學而求，或獨造而致。大于材而正于品。固無異也。嗣是南州數君子，相與講習，其風不絕。余每如章門，前後旅進就業者，往往而是。會攬秀樓中甚盛。積文字三百首。登覽餘閒，時爲裁定點正。蓋同而大，大而可觀，又將有在于此。

夫豫章多美才。江湖之濱，無不猥大。常然矣。顧其中有負萬乘之器，而連卷離奇；有備百物之宜，而爛熳歷落。總之各效其品之所異，無失于法之所同耳已。況吾江以西固名理地也。故真有才者，原理以定常，適法以盡變。常不定不可以定品，變不盡不可以盡才。才不可强而致也。品不可功力而求。子言之，吾思中行而不可得，則必狂狷者矣。語之于文，狷者精約儼厲，好正務潔。持斤捉引，不失繩墨。士則雅焉。然予所喜，乃多進取者。其爲文類高廣而明秀，疏夷而蒼淵。在聖門則曾點之空寃，子張之輝光。于天人之際，性命之微，莫不有所窺也。因以裁其狂斐之致，無詭于型，無羨于幅，峨峨然，渢渢然。證于方内，未知其何如。妄意才品所具若兹，于先正所爲同而求獨而致者；或不至遠甚。名公卿郎吏賢豪好修之士，時而試天下第一者，將有在與。嘻，此諸君子所自爲，豈世目所得定也。

【箋】

〔陳、鄧二公〕陳公不詳。鄧公名以讚，江西新建人。明史卷二八三有傳。

【校】

〔易同人而後大〕「大」下疑脱「有」字。

【評】

沈際飛評「在聖門，則曾點之空篋」十六句云：「臨川資性工力近是，乃以所得者語人。」

合奇序

世間惟拘儒老生不可與言文。耳多未聞，目多未見。而出其鄙委牽拘之識，相天下文章。寧復有文章乎。予謂文章之妙不在步趨形似之間。自然靈氣，恍惚而來，不思而至。怪怪奇奇，莫可名狀。非物尋常得以合之。蘇子瞻畫枯株竹石，絶異古今畫格。乃愈奇妙。若以畫格程之，幾不入格。米家山水人物，不多用意。略施數筆，形像宛然。正使有意爲之，亦復不佳。故夫筆墨小技，可以入神而證聖。自非通人，誰與解此。吾鄉丘毛伯選海内合奇文止百餘篇。奇無所不合。或片紙短幅，寸人豆馬；或長河巨浪，汹汹崩屋；或流水孤村，寒鴉古木；或嵐煙草樹，蒼狗白衣；或彝鼎商周，丘索墳典。凡天地間奇偉靈異高朗古宕之氣，猶及見於斯編。神矣化矣。夫使筆墨不靈，聖賢減色，皆浮沉習氣爲之魔。士有志於千秋，寧爲狂狷，毋爲鄉愿。試取毛伯是編讀之。

【評】

翠娛閣本評云：「序中是爲奇勁，奇横，奇清，奇幻，奇古，其狂言蒐〔嵬〕語不入焉，可知奇矣。乃今所不可與言文者，吾恐更不在拘儒，在誕士，親鬼魅以驚人，相與標奇甲〔角〕勝。拘儒耶？會當有辨。」又評「奇無所不合」句云：「奇無不合。」

張元長噓雲軒文字序

天下大致，十人中三四有靈性。能爲伎巧文章，竟伯什人乃至千人無名能爲者。則乃其性少靈者與？老師云，性近而習遠。今之爲士者，習爲試墨之文，久之，無往而非墨也。猶爲詞臣者習爲試程，久之，無往而非程也。寧惟制舉之文，令勉强爲古文詞詩歌，亦無往而非墨程也者。則豈習是者必無靈性與，何離其習而不能言也。夫不能其性而第言習，則必有所有餘。餘而不鮮，故不足陳也。猶將有所不足，所不足者又必不能取引而致也。蓋十餘年間，而天下始好爲才士之文。然恒爲世所疑異。曰，烏用是決裂爲，文故有體。嗟，誰謂文無體耶。觀物之動者，自龍至極微，莫不有體。文之大小類是。獨有靈性者自爲龍耳。

近吴之文得爲龍者二。龍有醇灝豐燁，雲氣從滃鬱而興，幽毓横薄，不可窮施者，錢受之之文也。有英秀蜷媚，雲氣從之，夭矯而舒，淩深傾洗，不可測執者，張元長之文也。受之之文已貴。獨元長廢然家居，尚未有貴而獨行之者。山東王公又新爲常郡理，得其文，愛重之。馳以示予。讀之既，嘆曰，所爲文目天下之至雜而不可厭也。出入元長指吻間，而天地古今人理物情之變幾盡。大小隱顯，開塞斷續，徑廷而行，離致獨絶，咸以成乎自然。讀之者若疑若忘，恍然與之同情矣。亦不知其所以然。然則元長不嘗試爲墨程習乎。曰，彼以靈性習之者也。度其十餘年中，習氣殆盡。故伎巧至于斯。善乎王公題其文曰嘘雲。言嘘氣成雲也，龍也。龍何習哉。

【箋】

作於萬曆三十九年（一六一一）辛亥，六十二歲。

張元長見玉茗堂文之三張氏紀略序箋。錢受之名謙益，常熟人。萬曆三十八年（一六一〇）第三名進士，授編修。有初學集、有學集。王公又新名命新，山東汶上人。萬曆三十八年進士。

任常州推官。見常州府志。

【校】

〔夭矯而舒〕矯，原誤作「嬌」。今改正。

【評】

沈際飛評云：「通言可佩。」又評「夫不能其性而第言習」六句云：「匪獨論妙，文字極蜿蜒波折。」評「所爲文目天下之至雜而不可厭也」十一句云：「興致淋漓，如麴車流涎。」

序丘毛伯稿

天下文章所以有生氣者，全在奇士。士奇則心靈，心靈則能飛動，能飛動則下上天地，來去古今，可以屈伸長短生滅如意，如意則可以無所不如。彼言天地古今之義而不能皆如者，不能自如其意者也。不能如意者，意有所滯，常人也。蛾，伏也。伏而飛焉，可以無所不至。當其蠕蠕時，不知其能至此極也。是故善畫者觀猛士劍舞，善書者觀擔夫爭道，善琴者聽淋雨崩山。彼其意誠欲憤積決裂，拏戾關接，盡其意勢之所必極，以開發於一時。耳目不可及而怪也。

吾鄉丘毛伯文頗類乎是。其人心靈能出入於微眇，故其變動有象。常鼓舞而盡其詞。詞以立意爲宗。其所立者常，若非經生之常。意崿然而可喜，徐理之，固應如是也。迫促劫悟，案衍固獲，咸其自取。力足以遂之，機足以轉之。如毛伯者，世之奇異人也。

傳曰：「同明相照，同氣相求，聖人作而萬物覩。」蓋聞世有霍林先生者，其人正而通於大道，善爲典則之文。天下人士苟有意乎言者，以其文爲聖而師之。然莫敢自名爲高弟子者。而吾鄉毛伯在焉。遺其滅没之形，收其靈異之氣。世多疑霍林先生好奇士，乃不類其所自爲。嗟夫，雖先生亦安得以其所自爲率天下士哉。顧士有所謂奇者，必如吾鄉毛伯焉其可也。

【評】

沈際飛評云：「仗氣愛奇，劉公幹如是。」又評「盡其意勢之所必極」三句云：「筆有千鈞力。」評「遺其滅没之形」二句云：「善爲抑揚。」

翠娱閣本評云：「唯平能奇，唯不露奇者能識奇。此霍林之能授毛伯也。徐理之，固應如是。

奇云乎哉。」又評首數句云：「論文快語，文章了義。」評「詞以立意爲宗」數句云：「只是得人意先。」又評「遺其滅没之形」以下數句云：「纔是真文衡。」

汪闇夫制義序

説者云，舒攖寧實蚤慧，其家司馬，故晦之以神其事。夫以攖寧之大對，其援古昔，切時世，有學究老吏所不能，説者良不妄。以予所聞汪闇夫，何年少而多奇也。其爲文奇肆横出，穎豎獨絶。旁薄而前，天下莫能當。聞其家太史，故欲爲晦閟。扃之深室，寘書數萬卷，絶不通賓客。度非太史不能成闇夫矣。雖然，闇夫之光故自難揜。賈生弱冠，吴河南舉秀上聞；王僧虔弱齡，袁司徒望風推服。世患無吴袁耳。此道父不能譽其子，亦安能閟其子耶。風胡之治劍也，百辟而成之。祕不以示人。而鋒芒睒絶，迺至于斗截彗飛，嗚吴出楚。其祕之久也。玉人之攻玉也，百琢而成之，不示人以璞。而精華流炫，迺至晁采宵光，城秦國號。其藏之久也。闇夫之祕藏久矣，太史可出以示人矣。

【評】

沈際飛評云：「自有振拔之氣。」又云：「其古處俱在湊理紋縐間。」

陽秋館詩賦選序

夫有盡者生之所資，無盡者性之所恆。居室饘籍，所以資生；山水詠述，所以恆性。滯所資之役，遺所恆之契，則謂之世人。盡所恆之期，遺所生之累，則謂之出世人。兩人皆殉，而趣度杳絶。聲音粗妙，亦隨以移。差易了耳。隱世人之迹，明世外之心，托居室于山水，遲饘籍爲詠述。凡夫藻飾之具，代耕之物，就之則羊羶可厭，棄之則鷄肋可惜。勉身和就，疑志或躍。憒惱旁午，鬱撓漏射。精發越于興居，思沉迴乎往復。若援曲匏而嘔嚄，洞疏琴而切迭，礌硠宮商之内，瀺灂羽角之際，自名一家，足稱高士集者，則吾兄帥惟審耳。

惟審成童舉于鄉，逾壯始成進士。除縣長，不拜。掌故汝寧。遷太學正，主虞部事。乞南至膳部郎。滿歲，出守思南。謫分鹺於越，量移鄞郡丞。復拜南比部郎。引病自免。君慧敏純固，特于討誦一路，暎發揉結，亦復好之。下帷佔畢，至忘馬色；行路思惟，或墜坑塹。博物精理，代欲寡貳。加以嘆世慕古，長想遠思。口不談阿堵之事，手不執琉璃之器。聲變兼絶，枕席鉛槧。酬名理則至暮忘食，啓時勢則白日欲寢。既以遊宦曲折，感槩遂多。小楊墨而無讓，非湯武而不顧。阮嗣宗愛東平土風，張思光喜晉平間外。然而金張靡托，年事漸往。衡泌稍葺，糧藥粗立。哀樂之外，無復措意。先有集若干卷。龍蛇在歲，被病息夏。會予歸自嶺海，謂曰：「千秋誰知定吾文者，可謂知言。余集，子其定之。」乃爲正定若干卷。君復閉户精削，減前十二三。稿就而卒。卒後十年，桐城劉君燕及寔來。弦歌兹暇，欽企舊德。命刻以傳。因爲論之。

江湖以西，柴桑令友顔謝之間，當改革之運，委志不仕。義取素貢，和澹蕭遠，固其獨致。而思南君性寄凝藹，運直休泰。散郎荒牧，雅足流莅。資生愜性，不至睽裂。故可以吐朝市而納皋壤，憎寒暑而便清煥。年德轉升，望實彌定。深穠澹簡，率境而成。顔謝之間，柴桑之後，一人而已。然陶集恨少，帥集恨多。少則人不知富，多則人不知貴。千秋予言，固當有會耳。

【箋】

〔龍蛇在歲，被病息夏〕萬曆二十年（一五九二）壬辰夏河南彰德府同知帥機以病請告歸，適湯顯祖自嶺南還，得以相聚。

〔卒後十年，桐城劉君燕及寔來〕帥機卒於萬曆二十三年（一五九五）。三十三年，劉孕昌任臨川知縣。孕昌字燕及。

【評】

沈際飛評云：「瞻望魏采，不減晉風。」又評「勉身和就」六句云：「韻古。」

明德羅先生詩集序

記有之：「入其國，其人絜静精微，深於易者也；温柔敦厚，深於詩者也。」如此則其人易知矣。孟子言：「尚友古之人，誦其詩，不知其人可乎。」今之人以詩相示，誦之則其人亦已可知矣。乃古之人若有其詩可誦，而其人尚有未可知者，以待論其世而後知。夫世之爲世，古之爲古也。古之爲古，即其人之所以爲人也。故夫論古之世而後知古之人。非其世何以有其人，然非其人亦何以有其世。故孟子曰：「伊尹柳下惠孔子，皆古聖人也。」

明德夫子之巧力於時也，非所得好而私之。其於先覺覺天下也，可謂任之矣。

而沖焉若後覺者。其所與人，蓋已由由斯，而又非有爾我不相爲浼之意。殆時爾耶。吾遊夫子之世矣。所至若元和之倐昶，流風穆羽，若樂之出於虚而滿於自然也，已而瑟然明以清。夫子歸而弟子不得聞於斯音也，若上世然矣。夫子在而世若忻生，夫子亡而世若焦没。吾觀今天下之善士，不知吾師，其爲古之人遠矣。今之世誦其詩，知其厚以柔。而師之卒也，以學易。其静以微，亦非世所能知也。静故厚，微故柔。雖然，論其世知其人者，亦幾其人哉。則亦誦其詩而可矣。

【箋】

明刊羅近溪先生詩集此序署萬曆丁酉夏四月望，丁酉是二十五年（一五九七），時在遂昌知縣任。四十八歲。

【校】

〔潔静精微〕静，原誤作「净」。今改正。

【評】

沈際飛評「非其世何以有其人」二句云：「清轉。說書有别見。」又評「夫子在而世若忻生」二句云：「去之，便不拖沓。」

徐司空詩草叙

余待詔容臺署中，六月苦暍甚。無可如何，迺託養疴，號沈眴，用避兩都之患也。而同署徐敬輿君求我於僻，劇譚逾晷矣。袖出一篇，抆淚而視余曰：「此先子司空大夫之什也。不敢以行於世，敢以藏諸宗。當爲會而梓之。君爲言其首。」余讀一再過，嘆語之曰：「余見今人之詩，種有幾。清者病無，有者病濁。非有者之必濁，其所有者濁也。杜子美不能爲清，況今之人。李白清而傷無。余嘗爲友人分詬而作詞。因知大雅之亡，祟于工律。南方之曲，刓北調而齊之，律象也。曾不如中原長調，庵庵隱隱，淙淙泠泠，得暢其才情。故善賦者以古詩爲餘，善古詩者以律詩爲餘。君之先子，唐人筆也。然宦遊酬對，多爲律詩。所以芳華微吐，藻實猶藴。大抵擬工于杜而清勝之。其孟浩然劉長卿之亞也。當亦有從聞詩者歟？」君愀然曰：「受大父教。」因出其大父白谷先生之誦餘、續騷經，爲閩賦者也。又經與其弟魯源先生沉繹古學，詩思醇深。余嘆曰：「靈根濬源，司空大夫上有父，下有子。子爲人復端亮而仁孝，大夫爲不亡。」君累欷而謝曰：「子之言可以引矣。」徐生出門，余復謝客。

【校】

〔當爲會而梓之〕會，原作「令」。據沈本改。

〔淙淙泠泠〕泠，原作「冷」。據沈本改。

〔因出其大父白谷先生之誦餘、續騷經〕續，原作「讀」。據沈本改。

【評】

沈際飛評「杜子美不能爲清」云：「刻而當。」

金竺山房詩序

詩者，風而已矣。或曰，風者物所以相移，亦物所自足，有不可得而移者。十三國之風，采而爲詩。舒促鄙秀，澹縟夷隘，各以所從。星氣有直，水土有比。宮商之民，不得輕而徵羽。明條之地，不得垂而閶莫。此儀所以南操，而舄所以莊吟也。

江以西有詩，而吴人厭其理致。吴有詩，江以西厭其風流。予謂此兩者好而不可厭，亦各其風然，不可强而輕重也。立言者能一其風，足以有行于天下。若夫金右辰之詩，有不止一其風，而兼兩者以究焉。唐貞元以後，言詩而相遜焰，李杜止爾。予觀右辰才氣，渟積崪崪，瑰瑋延衍。魁然其大，而不可以細視也；又兀乎其奇，而不敢以正視也。想其含吐揮設之際，思緒興寄，雲湧而興，颷發而成。如萬竅倏厲倏濟，騷騷而于于。如屠坦一日解十二牛，四顧滿志。誠有隴西不足爲其輕，少陵不足爲其重者。嘗戲之曰：「永新山川幾許，而當有生？」生曰：「某非永新而已也，而來吴大鄣。」嘻，吁，其知之矣。新安者，江吴之集；而永新者，江楚之交。其地脈精采射越，當乎右辰。故其詩旁魄憤發，幽繚致屬。則大鄣之氣也。標貫玄微，該驗條傳，則又非若吴人之風露自賞者。兩者之風，較然粲然矣。得一爲美好，而況其兼焉而不專者乎。

客曰：生之詩，直寄焉已耳。生廣涉天下經制之事，好與大人先生相傲倪。夜半醉卧，或竟日抵掌，與語星曆、氣候、山林、兵策、河渠、圜府、方技、稗説。曼以玄釋，辨如決河，中如射覆。大人先生卒當之，口拄不能窮也。其大且奇如此。然生故遠千里而與我書。曰：「身爲掌故弟子，不宜越俎而議風雅。」夫風雅正弟子事，兼深詣邁出，且退然若斯。則其與大人先生譚開濟厄塞諸大略，豈可易測識者耶。孟子言尚論者誦其詩知其人。生非詩而已也。因如其人以序之云。

【箋】金竺山房詩作者金光弼，字右辰。江西奉新人。年未五旬而卒，不獲展其志。著有功臣傳、九邊考、旁觀録等。見永新縣志卷一七。

【校】〔而烏所以莊吟也〕莊，當作「越」。

【評】沈際飛評云：「以地論人，邇來作叙之套。然出自才人之筆，自有異姿。」又評「江以西有詩七句云：「風氣所域，誠有不得而同者。學一先生之言，殆可笑也。」

王生借山齋詩帙序

江左王氏，世濟其美。於明，則王氏顯於齊安。齊安在江北，然故江東地也。稚欽太史崛起武廟時，以節義文章雄長一時。子聲繼之，子雲其再從弟也。造物之與於人也，多所惜。厚之花者靳其實，傅之翼者兩其足。稚欽以異材自顯，幸乃讀中祕書，詎擯斥以死。子聲不爲不蚤達，竟終臨漳令，不究其施。故王氏之聲，怨而多思，其節婉以悲，殆與騷近。有風人小雅之意焉，怨而無誹，悲而無傷。子雲之聲，何其多怨也。語云，士不窮愁，不能著書。天亦窮子雲以發其聲。吾聞其宗，有行父厚之叔芳，皆能世其家學。宗之窮愁爲甚。王氏何多材哉，英英然追江左矣。一家之中，挾江漢湘騷而起者，後先六七人。其取於造物多矣。造物妬之固宜。

【箋】

〔王生〕名一耆（一五八二—？），號子雲，崇禎三年（一六三〇）舉人。有青蓮花樓集、長跡園稿。見黄岡縣志卷一八、二三。

〔稚欽太史〕王廷陳字。别號夢澤。湖廣黄岡人。正德十二年（一五一七）進士。以庶吉士讀書翰林院。上書論江彬，忤旨補外，知裕州，被劾入獄。見罪惟録卷一八。

〔子聲〕王一鳴字。黄岡人。萬曆十四年（一五八六）進士。授太湖知縣，調臨漳。二十四年卒。稚欽爲其從祖，負詩名。見列朝詩集小傳丁集下。

【校】

〔傳之翼者兩其足〕傳，原作「傅」。據天啓本改。

【評】

沈際飛評云：「激切之音，婉而有直體。」又評「故王氏之聲，怨而多思」云：「有易水沛上之氣。簇簇刺人。」評「天亦窮子雲以發其聲」云：「筆極勁潔。」

旗亭記題詞

予讀小史氏宋靖康間董元卿事，伉儷之義甚奇。元卿能不忘其君，隱於仳離。某氏能歸其夫，且自歸也。最所奇者，以豪鷙之兄，而一女子能再用之以濟。卻金示衣，轉變輕微。立俠節於閨閣嫌疑之間，完大義於山河亂絶之際。其事可歌可舞。常以語好事者。而友人鄭君豹先遂以浹日成之。其詞南北交參，才情並越。千秋之下，某氏一戎馬間婦人，時勃勃有生氣。亦詞人之筆機也。嗟夫，董生得反南冠矣。獨恨在宋無所短長於時，有以自見，使某氏之俠烈不獲登於正史，而旁落於傳奇。雖然，世之男子不能如奇婦人者，亦何止一董元卿也。

【箋】

據古本戲曲叢刊第二集影印明繼志齋本，此題詞署萬曆癸卯小春，當作於三十一年（一六〇三），時家居，五十四歲。鄭豹先名之文，江西南城人，官南部郎，稍遷至真定知府。作有旗亭記傳奇及白練裙雜劇。見列朝詩集小傳丁集上及呂天成曲品。小史氏指洪邁夷堅乙志，其卷一俠婦人叙董元卿事。宋濂宋學士全集補遺卷一義俠歌亦叙董事。

【評】

沈際飛評「元卿能不忘其君」十一句云：「叙致省静。」又評「嗟夫，董生得反南冠矣」九句云：「承史公筆法。」

玉合記題詞

余往春客宛陵，殊闞如邛之遇。猶憶水西官柳，蘇蘇可人。時送我者姜令、沈君典、梅生禹金賓從十數人。去今十年矣。八月太常齋出，宛然梅生造焉。爲問故所遊，長者俱銷亡，在者亦多流泊。余泫然久之。爲問水西官柳，生曰，所謂「縱使君來不堪折」也。因出其所爲章臺柳記若干章示余。曰：「人生若朝暮，聚散喧悲，常雜其半。奈何忘鼓缶之歡，闕遇句之宴乎。」予觀其詞，視予所爲霍小玉傳，並其沉麗之思，減其穠長之累。且予曲中乃有譏托，爲部長吏抑止不行。多半韓蘄王傳中矣。梅生傳事而止，足傳於時。

第予昔時一曲纔就，輒爲玉雲生夜舞朝歌而去。生故修窈，其音若絲，遼徹青雲，莫不言好。觀者萬人。乃至九紫君之酬對悍捷，靈昌子之供頓清饒，各極一時之致也。梅生工曲，獨不獲此二三君相爲賞度，增其華暢耳。九紫玉雲先嘗題書問梅生，梅生因問三君者一來遊江東乎。予曰：「自我來斯，風流頓盡。玉雲生容華亦長矣。」嗟夫，事如章臺柳者，可勝道哉。爲之倚風增嘆。

【箋】

作於萬曆十四年（一五八六）丙戌八月，時在南京太常博士任。三十七歲。距萬曆四年春宛陵（宣城）之會適十年。玉合記傳奇作者梅禹金名鼎祚，宣城人，著有鹿裘石室集六十五卷。見列朝詩集小傳丁集下。

〔姜令〕宣城知縣姜奇方，字孟潁，監利人。

〔霍小玉傳〕指所作紫簫記傳奇，未成。

〔玉雲生〕當即吴拾之。臨川人。

〔九紫〕謝廷諒。臨川人。據吕天成曲品。九紫，曲品誤作九索。

〔靈昌〕當即曾粤祥。臨川人。

【評】

沈際飛評云：「不乏風人之致。」評「視予所爲霍小玉傳，並其沉麗之思」二句云：「此臨川自藥也。」

牡丹亭記題詞

天下女子有情寧有如杜麗娘者乎。夢其人即病，病即彌連，至手畫形容傳於世而後死。死三年矣，復能溟莫中求得其所夢者而生。如麗娘者，乃可謂之有情人耳。情不知所起，一往而深，生者可以死，死可以生。生而不可與死，死而不可復生者，皆非情之至也。夢中之情，何必非真。天下豈少夢中之人耶。必因薦枕而成親，待掛冠而爲密者，皆形骸之論也。

傳杜太守事者，彷佛晉武都守李仲文、廣州守馮孝將兒女事。予稍爲更而演之。

至於杜守收考柳生，亦如漢睢陽王收考談生也。

嗟夫，人世之事，非人世所可盡。自非通人，恒以理相格耳。第云理之所必無，安知情之所必有邪。

【箋】

明刊牡丹亭還魂記題詞署「萬曆戊戌秋清遠道人題」，是作於二十六年（一五九八），自遂昌知縣棄官歸數月後。

〈傳杜太守事者，彷佛晉武都守李仲文、廣州守馮孝將兒女事。……至於杜守收考柳生，亦如漢睢陽王收考談生也〉李仲文事見搜神後記卷四，馮孝將事見異苑卷八，睢陽王事見搜神記卷一六。按，據文學遺産第二〇六期譚正璧傳奇牡丹亭和話本杜麗娘記一文考證，牡丹亭傳奇本事當出自話本杜麗娘記。此記題目見晁瑮寶文堂書目中卷子雜類。晁瑮係嘉靖二十年（一五四一）進士，其時代早於湯顯祖。

【評】

翠娱閣本評云：「情之所鍾，在我輩善用情耳。不極之死生夢覺，與不及情者何殊。然麗娘之用情，得先生之摹情而顯。」又評「復能溟莫中求得其所夢者而生」句云：「是情至。」評「皆非情之至也」句云：「工言情。」

邯鄲夢記題詞

士方窮苦無聊，倏然而與語出將入相之事，未嘗不憮然太息，庶幾一遇之也。及夫身都將相，飽厭濃醒之奉，迫束形勢之務，倏然而語以神仙之道，清微閒曠，又未嘗不欣然而歎，惝然若有遺，暫若清泉之活其目，而涼風之拂其軀也。又況乎有不意之憂，難言之事者乎。回首神仙，蓋亦英雄之大致矣。

邯鄲夢記盧生遇仙旅舍，授枕而得婦遇主，因入以開元時人物事勢，通漕於陝，拓地於番，讒搆而流，讒亡而相。於中寵辱得喪生死之情甚具。大率推廣焦湖祝枕事爲之耳。世傳李鄴侯泌作，不可知。然史傳泌少好神仙之學，不屑昏宦，爲世主所强，頗有幹濟之業。觀察郲號，鑿山開道，至三門集，以便餉漕。又數經理吐番西事。元載疾其寵，天子至不能庇之，爲匿泌於魏少遊所。載誅，召泌。懶殘所謂「勿多言，領取十年宰相」是也。枕中所記，殆泌自謂乎。唐人高泌於魯連范蠡，非止其功，亦有其意焉。

獨歎枕中生於世法影中，沈酣啽囈，以至於死，一哭而醒。夢死可醒，真死何及。或曰，按記，則邊功河功，蓋古今取奇之二竅矣。談者殆不必了人。至乃山河影路，萬古歷然，未應悉成夢具。曰，既云影跡，何容歷然。岸谷滄桑，亦豈常醒之物耶。第概云如夢，則醒復何存。所知者，知夢遊醒，必非枕孔中所能辯耳。

【箋】

明刊邯鄲記題詞自署辛丑中秋前一日，當作於萬曆二十九年（一六〇一），家居。五十二歲。焦湖祝枕事，見古小說鈎沉引幽明録。枕中記，唐沈既濟作。湯氏謂「世傳李鄴侯泌作」，可能有意傅會，以足成後文。

【校】

〔飽厭濃酲之奉〕酲，原本作「醒」。據翠娛閣本改。

【評】

翠娛閣本評云：「大夢非在困阨與暢快中不易醒。然造化非是富貴貧賤，亦不能令人夢。夢覺之先後，則在人耳。」又評「天子至不能庇之」句云：「天子亦可憐矣。」評「蓋古今取奇之二竅矣」句云：「信然。」

南柯夢記題詞

天下忽然而有唐，有淮南郡。槐之中忽然而有國，有南柯。此何異天下之中有魏，魏之中有王也。李肇贊云：「貴極禄位，權傾國都。達人視此，蟻聚何殊！」嗟夫，人之視蟻，細碎營營，去不知所爲，行不知所往，意之皆爲居食事耳。見其怒而酣鬭，豈不吷然而笑曰：「何爲者耶！」天上有人焉，其視下而笑也，亦若是而已矣。白舍人之詩曰：「蟻王乞食爲臣妾，螺母偷蟲作子孫。彼此假名非本物，其間何怨復何恩。」世人妄以眷屬富貴影像執爲吾想，不知虛空中一大穴也。倏來而去，有何家之可到哉。

吾所微恨者，田子華處士能文，周弁能武，一旦無病而死，其骨肉必下爲螻蟻食無疑矣。又從而役屬其魂氣以爲臣，螻蟻之威，乃甚於虎狼。此猶死者耳。淳于固儼然人也，靡然而就其徵，假以肺腑之親，藉其枝幹之任。昔人云「夢未有乘車入鼠穴者」，此豈不然耶。一往之情，則爲所攝。人處六道中，嚬笑不可失也。

客曰：「人則情耳，玄象何得爲彼示儆。」此殆不然。凡所書祲象不應人國者，世儒即疑之。不知其亦爲諸蟲等國也。蓋知因天立地，非偶然者。客曰：「所云情攝，微見本傳語中。不得有生天成佛之事。」予曰：「謂蟻不當上天耶，經云，天中有兩足多足等蟲。世傳活萬蟻可得及第，何得度多蟻生天而不作佛。夢了爲覺，情了爲佛。境有廣狹，力有强劣而已。」

【箋】

明刊臧晉叔本題詞署萬曆庚子夏至，知作於二十八年（一六〇〇），家居。五十一歲。

【評】

翠娱閣本評云：「鴻苞一書，包括三教，四夢亦該括三教。鴻苞似爲漸階，四夢大啓頓門。言幻，言真，俱指南之車。」又評「嗟夫，人之視蟻」以下數句云：「只此數語，已竟一本傳奇。」評「有何家之可到哉」句云：「看破。」評「一往之情，則爲所攝」句云：「情爲夢因。」評「夢了爲覺，情了爲佛」句云：「二句作佛真詮。」

紫釵記題詞

往余所遊謝九紫、吴拾芝、曾粤祥諸君，度新詞與戲，未成，而是非蜂起，訛言四方。諸君子有危心，略取所草具詞梓之，明無所與于時也。記初名紫簫，實未成。亦不意其行如是。帥惟審云：「此案頭之書，非臺上之曲也。」姜耀先云：「不若遂成之。」南都多暇，更爲删潤，訖，名紫釵。中有紫玉釵也。霍小玉能作有情癡，黄衣客能作無名豪。餘人微各有致。第如李生者，何足道哉。曲成，恨帥郎多病，九紫、粤祥各仕去，耀先、拾芝局爲諸生倅，無能歌樂之者。人生榮困生死何常，爲歡苦不足，當奈何。

【箋】

題詞云：「曲成，恨帥郎多病，九紫、粤祥各仕去。」按帥機卒於萬曆二十三年（一五九五）七月（據陽秋館集惟審先生履歷）；粤祥，曾如海字，萬曆二十年中進士，二十二年任福建同安知縣，次年卒（據泉州府志名宦傳）；九紫，謝廷諒號，舉二十三年進士，官南京刑部（據明史卷二三三傳）：知臧刻本題詞所署乙未萬曆二十三年春即此劇創作時也。

〔姜耀先〕見卷一〇送姜耀先寄懷周臨海箋。

溪上落花詩題詞

長孺僧孺兄弟似無着天親，不綺語人也。一夕，作花溪諸詩百餘首，刻燭而就。予經時閉門致思，不能如其綺也。長孺故美容儀少年，幾爲道旁人看煞。妙於才情，萬卷目數行下。加以精心海藏，世所云千偈瀾番者，其無足異。獨僧孺如愚，未嘗讀書。忽忽狂走。已而若有所會，洛誦成河，子墨成霧。横口横筆，無所留難。此獨未宜異也。僧孺故拙於姿，然非根力不具者。以學佛故，早斷婚觸，殆欲不知天壤間乃有婦人矣。而諸詩長短中所爲形寫幽微，更極其致。如溪上落花詩：「芳心都欲盡，微波更不通。」「有艷都成錯，無情乍可依。」不妨作道人語。至如春日獨當壚：「卓女盈盈亦酒家，數錢未慣半羞花。」僧孺不近壚頭，何知羞態？七寶避風臺：「翠纓裙帶愁牽斷，鎖得斜風燕子來。」僧孺未親裙帶，何知可以鎖燕？燕姬墮馬：「一道香塵出馬頭，金蓮銀凳緊相鈎。」僧孺未曾秣馬，何識香尖？春閨怨：「乳燕春歸玳瑁梁，無心顛倒繡鴛鴦。」僧孺未經催繡，安識倒鍼？當是從聲聞中聞，緣覺中覺耶？無亦定中慧耳。然予覽二音，有私喜焉。世云，學佛人作綺語業，當入無間獄。如此，喜二虞入地當在我先。又云，慧業文人，應生天上。則我生天亦在二虞之後矣。

【箋】

〔長孺僧孺〕虞長孺，名淳熙，錢塘人。萬曆十一年（一五八三）進士。授兵部職方主事，累遷稽勳郎。二十一年削籍歸。弟淳貞，字僧孺。兄弟俱好仙佛。見列朝詩集小傳丁集下、寓林集卷一五吏部稽勳司員外郎德園虞公墓志銘。虞德園先生集卷四古今禪藻集序云：「往偶見編苕刻燭之技于湯若士。若士評以爲使我閉門致思，不能如其綺也。」袁宏道致江盈科云：「前見湯海若作二虞溪上落花詩引子，妙甚，脱盡今日文人蹊徑。」

【校】

〔至如春日獨當壚〕壚，原誤作「爐」。今改正。下「僧孺不近壚頭」同。

〔僧孺未經催繡〕催，原作「摧」。據沈本改。

【評】

沈際飛評云：「前半人奇，後半文奇。」又評「如此喜二虞入地當在我先」云：「心花筆花，無非天花矣。」

翠娱閣本評云：「叙處擷百花之奇英，結處灑天女之奇蕚。」又評首數句云：「情之所通。」評「不妨作道人語」句云：「艷冶中亦可説法。」

湯許二會元制義點閱題詞

人之愛子甚于愛其身。度其身常智，度其子常愚。此其故何也。予弱冠舉于鄉，頗引先正錢王之法，自異其伍。已輒流宕詞賦間。所知多謂予，何不用法更一幸爲南宫首士最，而好自潰敗爲。予心感其言，不能用也。庚壬二年間，制義不能盈十。比杭守貳監利姜公奇方迫予明聖湖頭，令作藝。已近臘而逾春，卒卒成一第去。久乃悔之。予力與機可爲王錢，而遠之者，亦非命也。生長子蘧，年孟舒早慧，因以所常悔者望之。取國朝省會諸元作，定爲「正清」「側清」之目，示之。兒蘧曰：「何一以清耶。」予曰：「萬物惟清者貴。元骨皆清，十之三不能無側者耳。」此目隨蘧亡去。欲更目之。仲大耆曰：「元多時貴人，或以側爲諱。」已之。

時季子開遠方學藝，求可爲法者，予教之曰：「文字，起伏離合斷接而已。極其變，自熟而自知之。父不能得其子也。雖然，盡于法與機耳。法若止而機若行。」錢王遠矣，因取湯許二公文字數百篇，爲指畫以示。湯公止中有行，行而常止。許公行中有止，止而常行。皆所爲「正清」者也。不從横氣來，不從横襲見；得天高而人深，故法聖而機神。此予之所還延流離而不能得者也。而以教吾子，此豈不謂之大愚也

哉。庚戌

【箋】文末原署「萬曆庚戌孟冬臨川清遠道人書于玉茗堂」。作於三十八年（一六一〇），家居。六十一歲。

〔湯許二會元〕湯名賓尹，見玉茗堂尺牘之二寄湯霍林。許名獬，福建同安人。有叢青軒集。

〔錢王〕薑齋詩話卷二云：「錢鶴灘與守溪齊名，謂之曰錢王兩大家。」鶴灘名福，弘治進士。靜志居詩話卷九有傳。守溪名鏊，成化進士。明史卷一八一有傳。

〔庚壬二午〕隆慶四年庚午湯顯祖二十一歲秋試中式，萬曆十年壬午之次年舉進士。

蕭伯玉制義題詞

唐人有言，不顛不狂，其名不彰。世奉其言，以視士人文字。苟有委棄繩墨，縱心橫意，力成一致之言者，舉詫曰，此其沸名已耳。下者非其固有，高者非其誠然。予少病此語。必若所云，張旭之顛，李白之狂，亦謂不如此名不可猝成耶。第曰怪怪奇奇，不可時施，是則然耳。

予所友吉州人士最篤。長者義理淳深，少者亦復風氣雄遠，緩急可爲世有。故予每見吉州人士輒喜，實不同餘州人也。九月，聽榜南州，纍纍然誦其名，至泰和蕭君士瑋，則啞然。羣嘆曰，此名士也。予益爲之喜。已乃知爲予邑南海葉侯所録。伯玉來謁謝，而同陳大士夕予。燕語沖然，流菸今昔。目中久不見如許客也。明日，得其文字十數首。大致奇發穎豎，離衆獨絶，繩墨之外，粲然能有所言。非苟爲名而已。大士曰：「方岳李公、觀察葛公且爲伯玉刻此行之。」夫二公者，士所證嚮聞人也，而已爾，則向所云不可時施者，又不然矣。夫不苟爲名而又可以時施，此亦天下之至文也。

【箋】

作於萬曆四十年（一六一二）壬子，家居。六十三歲。據江西通志卷一三，江西右參議九江兵備葛寅亮是年任，又爲秋試之年。

〔蕭伯玉〕名士瑋。泰和人。萬曆四十年（一六一二）舉人，四十四年進士，崇禎時官至太常卿。著有春浮園集。見泰和縣志卷一七及一二。

〔南海葉侯〕名天啓，萬曆三十八年（一六一〇）任臨川知縣。見撫州府志卷三六。

〔陳大士〕名際泰，崇禎三年（一六三〇）舉於鄉，又四年成進士，年已六十八。見明史卷二八八傳。

【評】

沈際飛評云：「清奇。」

翠娛閣本評云：「奇怪不可常，而尋常寓奇怪。此乃真奇奇怪怪。文開合處，殊有古意。」又評「怪怪奇奇，不可時施」句云：「時施，亦不奇怪矣。」

芳草集題詞

辛丑夏五，予坐廢，交遊殆絕。有客泠然數千里，扣玉茗堂扉而去，媒以芳草詩。蓋吴下彭興祖也。急起攝衣冠而謝之。舉其世，則吴先賢彭孔嘉先生其祖云。芳草詩，晉江李宗謙爲序，首引王長公布衣遊三人，云俞仲蔚好里居，而興祖喜遊。謝茂秦俠，盧次楩使酒，興祖都無此意。庶幾馴雅君子與。興祖宴遊月餘，恂謹殆甚。問所嘗遊，必爲堅護其所不足，而按衍其所長。於遊道中號爲長者。每出其詩一過，於宗謙瀟灑婉倩之目，可謂如其人如其人。

嗟夫，肅廟在御，天下豐樂，上好爲神仙青詞，詞臣向用，因風隨流。客都官者，各厭所懷而去。人士日以嬉遊，工文詞聲伎，使氣彈射相高，亦其時也。屬者此道殆絕，文章家鉅人皆已前死，而予亦坐廢。空食寥落之中，見所爲彭先生孫者，殆亦莊生所云跫然足音也。予觀王長公謂彭先生豪於文詞，貌伏爽秀，絕不挂人臧否。沃之酒，醉而益恂。興祖之文情酒德，乃自其祖以來。莽莽榛桷，固不足爲大雅道矣。生且行還吴，見馮元敏先生；過廣平，見大梁男子劉誠父。其亦有同予落穆之悲乎。芳草之詩曰：「何如薄世務，又欲求知音。」殊有味乎其言之也。偶爲題其卷之首。

【箋】

作於萬曆二十九年（一六〇一）辛丑，家居。五十二歲。湯顯祖自遂昌知縣棄官歸已三年，是年正月大計竟以「浮躁」罷職閒住。

〔彭孔嘉〕名年（一五〇五—一五六七）。蘇州人。有文名。

〔王長公〕指世貞。嘉靖萬曆間後七子領導者。明史卷二八七有傳。

〔俞仲蔚〕名允文。崑山人，爲文善王世貞而不喜李攀龍。見明史卷二八八。

八七。
〔謝茂秦〕名榛。臨清人。曾與王世貞、李攀龍結詩社，後被削名於七子之列，見明史卷二八七。
〔盧次楩〕名柟。濬縣人。與謝榛爲友，嗜酒喜駡。落魄而卒。見明史卷二八七。
〔馮元敏〕名行可。松江華亭人，登鄉薦，謁選得光禄署正，遷應天府通判。
〔劉誠父〕名芳譽，一字際明。陳留人。萬曆十一年（一五八三）進士。時任廣平知府。

【校】

〔上好爲神仙青詞〕青，天啓本、原本誤作「清」。

【評】

沈際飛評云：「傷心人别有懷抱。」

江西按察司修正衙宇記　代作

臬司，法度之所出納處也。其公私堂舍，中側高下，晦明長廣，皆必有中乎臬，而後可以觀，可以處。是故易之蠱有事而賁有止也。事固未有離因革者。因而莫可以革，革而莫有以因，則亦猶之乎因革而已。惟夫因而必不可以無革，革而幸可以無失其因，則一不爲過勞，而永可以幾逸；法易以維新，而衆可與樂成。此其善物也。

江西臬司政事堂，蓋今上甲申歲，吾師金存菴先生所重飭者。拔地起如雲，緣是衙齋益以仰而下。且故東偏也。昨冬，予代乏，度之久。曰，夫公宇也，仰而莫爲之興，偏而莫爲之正，得無非臬所宜乎。先政者安之，惟節之虞。夫節，取不傷財不煩民而已矣。幸有以因，予敢安而弗圖。于是因其署而中之，一榱無易也。因其房而翼之，益瓦木十之一。因庳而高之三尺餘。前後隙地障爲三，各因而一之。又因而屏焉級焉，引以升，無迫于堂也。方隅之巽隆也，因而閣焉，銘之以東井。垣以内，東西三十六丈，南北二十二丈。其方隅卯洿也，因而截其三之一，爲水榭焉。拓舊署之一鎮二楹而三耳。且非徒如是而已也。徒隸無所廢于官，工稍無所料于民。因于堂用之餘，節縮而供之，裁具而止。在節，「中正以通」，不敢謂當位乎是。殆所謂蠱而後事賁而即止者與。夫然後堂與署靚乎其直而相望也，益閎以明；平乎其達而無仰也，塏以清；翼乎其崇而相將也，儼以盈。可以出憲令，可以時陰陽，可以式燕而周謀，可以退食而静思。然即吾屬之罔不克臬也，其永有躋于是乎。

是役也，昉丁未臘六日，落成戊申四月八日。始終其勞者，南昌周令君也。予爲六書書其額及東井銘與楹庭，并姓氏，詳碑陰云。

【箋】

文云「是役也，昉丁未臘六日，落成戊申四月八日」，萬曆三十六年（一六〇八）戊申，爲同年進士、江西按察使李開芳作。家居。五十九歲。據實録，萬曆三十四年二月李氏自兵備參政陞按察使，次年九月陞右布政使。南昌周令君名起元，廣東海澄人。萬曆二十九年進士，官至蘇松巡撫，爲魏閹所害，死于獄中。

【評】沈際飛評云：「紀事之文，不嫌屑屑，於體適合爾。」又評「因其房而翼之」十七句云：「法自考工變换。」

顧涇凡小辨軒記

凡天下從大而視小不精，從小而視大不盡。此夫以識爲大小者也。居明不可以見暗，在暗可以見明。此夫以境爲辨塞者也。惟道，顯諸仁，藏諸用。其藏也復，其顯也辨。物無非用，用無非仁。逝而反，廣而微。非心之所爲也，道也有然。而舉九德之卦，復若小焉耳。

言復者，莫辨于大學之道，「知止而後有定」。以能慮止者，復也。不復不止。止而慮，則其辨也。天下而反之身心意，遞相復也，遞相小也。而意復于知，復于知則彌小耳，乃又在乎格物。物，天下之物也。格，則其辨也。心不在焉，乃至視不見，聽不聞，食而不知其味。不在者，不復也。不復，雖食味聲色不可知，而又奚辨焉。

學道者，因「至日閉關」之文，爲主静之説。夫自然之道静，知止則静耳。安所得静而主之。象曰：「商賈不行，后不省方。」此非主静之言也。環天下之辨于物者，莫若商賈之行，與夫后之省方。何也，合其意識境界，與天下之物遇而後辨。夫遇而後辨，固有所不及辨者。若夫不行而行，不省而省，所謂自然之辨也與。

然則聖人何小乎復而大乎乾？復之小，乾之小也。乾之大，復之大也。乾大而明終始，復小而辨于物。其知一也。聖人于顏氏子問仁，告之曰：「克己復禮爲仁。」此亦顯仁藏用之説。至視聽言動皆復，而天下之能事畢矣。故曰「不遠復」，「有不善未嘗不知」。

吾友涇凡君，懷顏氏之資，幾學易之年。有意乎是，以名居。稱名以小而取數大。予故廣其義以貽之。具以諗于諸君子知復之所在者。

【箋】

或作於萬曆二十九年（一六〇一）辛丑，五十二歲。家居。

文云「幾學易之年」，文當作於涇凡將近五十歲時。據明儒學案卷六〇，顧允成字涇凡，萬曆三十五年（一六〇七）卒，年五十四。允成爲東林黨領袖憲成弟。時人稱涇凡爲「義理中之鎮惡，文章中之辟邪」。

【校】

〔因至日閉關之文〕日，原脱。據沈本補。

〔商賈不行〕易復彖辭作「商旅不行」。

〔稱名以小而取數大〕大，原脱。據沈本補。數，當作「類」。易繫辭：「其稱名也小，其取類也大。」

【評】

沈際飛評「環天下之辨於物者」十句云：「盡是説理之文，揖讓於濂洛堂奥。」按：此文致辯於「主静」之説，與周、程宗旨不同，沈評失之。

蘄水朱康侯行義記

天下有意義之事，非庸庶人所得與也。何也，庸庶人不足以受此名，不足以食此報。蓋必存乎其人。雖然，以爲名而張之，報而收之，則亦庸庶人之事，非有人其中也。人之大致，惟俠與儒。而人生大患，莫急于有生而無食，尤莫急于有士才而蒙世難。庸庶人視之，曰：「此皆無與吾事也。」天下皆若人之見，則人盡可以餓死而我獨飽,天下才士皆可辱可殺,而我獨頑然以生。推類以盡,天下寧復有兄弟宗黨朋友相拯絶寄妻子之事耶。此俠者之所不欲聞,而亦非儒者之所欲見也。以予所聞,亡友河内太守蘄朱子得之弟康侯有足記者。

其從兄子貞破千金之産,豪浪結客。産盡去,而爲漁大澤中,不得魚,殊泣自傷。康侯曰:「如此,天下聞之,必以俠爲悔。」歲與之田百斛,曰:「吾非爲子貞八口者也。」初子得病且劇,自度不可起,割田其宗人爲公私費。康侯益爲廣之,得四百斛。曰:「先岳伯太守之遺也。」施予必稱父兄,可謂儒者。其最著,在急難友人姜夔一事。夔,黄岡諸生。與王子聲一鳴康侯等爲十二友。子聲嘗爲我語夔於長安,以爲才。坐遊大吏貴人所口語,捕逮急對。子聲已前死,莫爲言。夔跳身亡去,北至代。所在十年矣,獨其母老人與婦居。丁零訟係,至求死不可得。康侯常居間存活之。又時時上書理夔。後稍有哀夔者,得白。夔乃出。曰:「我不可復爲郡縣諸生矣。取貲所遊,而遊太學,以交于賢豪長者公卿間,豁吾意。」康侯曰:「子行而嫂饑,奈何。吾有田數十畝,近齊昌,歲可粟六百斛。他豪臬物稱是。以給嫂。幸無内顧憂。」夔曰:「可矣。」起别去,擇日治文書行。此所爲康侯之義也。

或曰,異日夔必有以報康侯。非也,康侯何以必知異日耶。或又曰,康侯爲人,故拓落自喜。一時聞人，如郭美命瞿睿夫焦弱侯皆相慕艷，爲之記以傳康侯。微亦有名之意耶？予觀康侯，非洩洩爲名者。天下凡有意義之事，常力不能致，而心喜之，口道之。喜極而致，固人情也。如予於康侯未有聞也，而獨聞之偶愚。偶愚曰：「非惟如是而已。康侯固留意内學者。文字之外，别有所窺。」若此者，亦非予所知也。獨怪江楚之間，不少學者。江多儒俠，而楚多俠儒。以所聞見，其於兄弟宗黨友朋之急，好以其身與焉，而不出於庸庶人之見者，亦幾何人也。彼誠無所窺者耶。康侯祖江居黄，能世其家學，必有出文字之外者。姑記其行義以風云。

【箋】

〔朱康侯〕名期晉。蘄水諸生。父袗，官至布政使。見蘄水縣志卷九。

〔朱子得〕名期至。康侯之兄。萬曆二年（一五七四）進士，官至懷慶知府。著有王屋山人集。見蘄水縣志卷九。

〔王子聲 一鳴〕名一鳴，字子聲。黄岡人。萬曆二十四年（一五九六）終臨漳令。見列朝詩集小傳丁集。

〔郭美命〕名正域。江夏人。萬曆十一年（一五八三）進士。官至禮部右侍郎，萬曆三十一年罷歸。見明史卷二二六。

〔瞿睿夫〕名九思。黄梅人。坐抗苛派聚衆毆縣令，長流塞下。見明史卷二八八。

〔焦弱侯〕名竑。江寧人。萬曆十七年（一五八九）殿試第一，官翰林修撰。著有澹園集。見明史卷二八八。

【評】

沈際飛評云：「如太史公游俠，意旨淋漓，何限感慕。」又評「非惟如是而已，康侯固留意内學者」云：「妙如剥筍，層層入内。」

宣城令姜公去思記

余識宣城令荆人姜君奇方孝廉時，長者。後余遊宣，行水陽，林樹修遠，廚傳甚飭。已又見其人士沈君典梅禹金之流。文雅風快，爲之欣然。令數來，攸攸如也。令朝京師，會余上試。令故江陵相弟子師也。不數日，江陵弟子介令候余，余謝不敢當。意令且計最，寵遴之矣。然令終用平徙，得治粟郎。已復貶山東小州屬，監泰山妃祠。余異之。蓋去宣十年，丞武林，而病疽，宣人聞之，愁然趨。比已，宣人聞之，脱然喜。余又異焉。夫姜君者，亦蹇咢重進止，質行人耳。治縣當亦無有奇，何以思乎。

一日，宣父老諸生來言狀，如之。且曰：「令無以予民，然善爲條。如前役者長，常署人田多者，得收其旁户租。常自入豪蕩，比前徵後，相補射爲謾。卒發覺一人至負租百萬。犯至死，當戍邊者，至一家九人。連年不決遣。令至，乃與囚約，能輒抵所負，爲除；不能，遣。未盡十日，囚空。更爲法行條編，均里甲。里自徵輸，因以訖税如程。至無可笞。故事，吏贖常利金得自與。間行其十之三，遊聲不在民矣。緩急無所匄。令曰，若此所謂金生而粟死者也。歲當侵，奈何。乃大治諸庾，累穀至七萬餘石。主以訾良人。然令在縣六年，無凶災。後乃連歲水敗，穀種流死，然後以此不饑。嗟夫，作令如此，亦可思矣。」余嘆曰：「然則何以遷無殊則？」諸生瞠然造前曰：「沈君典在時言之矣。雖江陵相亦極知姜令賢。然嘗謂其子，令不與我親，常眾見我。後江陵相橫，不肯持父喪。問荆人士在都者，當云我何聞。獨姜有後言。因以忮去。且夫仕宦遇合者，時也。惠音者，基也。其時在上，其基在下。」「然則何以去十年而後思？」中一父老，般仙飲洟而前曰：「始令之勤吾宣也，食稗衣薦，亡晝夜忽忽，勉循其民，問勞疾苦，興立纖致。口咄咄不能言，常心計而手條之。乃至顏色黎露，耳目將廢。一時流吏，姍笑爲愚。然至今號令有所利便民者，常君之法也。乃今而後知之。」余不覺流聲歎曰：「若宣之民，可謂能言其君矣。百姓何負於長吏哉。」書之告後來者。

【箋】

〔後余遊宣〕萬曆四年（一五七六）事。參看前卷玉合記題詞。

〔「令朝京師」以下數句〕萬曆五年（一五七七）春事。參看列朝詩集小傳丁集中湯遂昌顯祖小傳及棗林雜俎和集叢贅「湯顯祖」條。

【校】

〔問勞疾苦〕問，各本誤作「間」。

【評】

沈際飛評云：「問答處妙。」

翠娛閣評云：「有粟滿庾，不以實橐。有徑可媒，不以措足。拙宦也，至人也。然陳自强以侂胄流竄，姜令猶以郡丞終，且以去後具思，安知拙之不爲巧乎？議論相接處，風急浪飛，山低林續。」又評「令無以予民」以下數句云：「予不在形。」評「然後以此不饑」數句云：「智士備事先，愚民感事後。」評「口咄咄不能言」以下數句云：「所謂無赫赫名者，常致思。」評結尾云：「妙有鼓舞諷誚。」

青蓮閣記

李青蓮居士爲謫仙人，金粟如來後身，良是。「海風吹不斷，江月照還空」，心神如在。按其本末，窺峨嵋，張洞庭，卧潯陽，醉青山，孤縱晻映，止此長江一帶耳。風流遂遠，八百年而後，乃始有廣陵李季宣焉。

季宣之尊人樂翁先生，有道之士也。處詘而神清，休然穆然，五經師其講授，六德宗其儀表。達人有後，爰發其祥。夢若有持清都廣樂，徘徊江庭以祝將之，曰：「以爲汝子。」覺而生季宣，因以名。生有奇質，就傅之齡，騷雅千篇，殆欲上口。弱冠，能爲文章。雲霞風霆，藻神逸氣。遂拜賢書。名在河岳。公車數上，尊人惜之，曰：「古昔聞人雅好鳴琴之理，子無意乎。」季宣奉命筮仕。授山以東濟陽長。資事父以事君，亦資事君而事父也。三年，大著良聲，雅歌徒詠。然而雄心未弇，俠氣猶厲。處世同於海鳥，在俗驚其神駿。遂乃風期爲賈患之媒，文字祇招殘之檄矣。君慨然出神武門，登泰山吴觀而嘯曰：「使吾一飲揚子中泠水，亦何必三周華不注耶。且親在，終致吾臣而爲子矣。」則歸而從太公。羣從騷牢，夷猶乎江皋，眺聽壺觴，言世外之事，頽如也。

起而視其處，有最勝焉。江南諸山，翠微浥曄几席。欣言久之。夷堂發嵏，層樓其上。望遠可以賦詩，居清可以讀書。書非仙釋通隱麗娟之音，皆所不取。然季宣爲人偉朗横絶，喜賓客。而蕪城真州，故天下之軸也。四方遊人，車蓋帆影無絶。通江不見季宣，即色沮而神懊。以是季宣日與天下遊士通從。相與浮拍跳踉，淋漓頓挫，以極其致。時時挾金焦而臨北固，爲褰裳蹈海之談。故常與遊者，莫不眙愕相視，嘆曰：「季宣殆青蓮後身也。」相與顔其閣曰青蓮。

季宣嘆曰：「未敢然也。吾有友，江以西清遠道人，試嘗問之。」道人聞而嘻曰：「有是哉，古今人不相及，亦其時耳。世有有情之天下，有有法之天下。唐人受陳隋風流，君臣遊幸，率以才情自勝，則可以共浴華清，從階升，娭廣寒。令白也生今之世，滔蕩零落，尚不能得一中縣而治。彼誠遇有情之天下也。今天下大致滅才情而尊吏法，故季宣低眉而在此。假生白時，其才氣凌厲一世，倒騎驢，就巾拭面，豈足道哉。」海風江月，千古如斯。吾以爲青蓮閣記。

【箋】

〔李季宣〕見問棘郵草之一真州與李季宣一首箋。

【校】

〔爰發其祥〕祥，天啓本、原本作「詳」，據沈本改。

〔且親在〕親，天啓本、原本誤作「視」，據沈本改。

〔相與浮拍跳踉〕拍，天啓本、原本誤作「柏」。今改正。

【評】

沈際飛評「李青蓮居士爲謫仙人」二句云：「起堆垛。」又評「然而雄心未弇」六句云：「四六礙氣。」評「季宣嘆曰未敢然也」一段云：「末段必傳。」

新建汀州府儒學記 代李太守作

汀爲漢南部地。水爲丁，厥象文明。唐開元間，發福撫二州奧隟之地爲州。而予，撫人也，於汀接建武而來，固習其山川風氣矣。郡學，故宋紹興間守鄭公移置。中爲聖殿，其後爲明倫堂。至開慶初，守胡公移殿於宮西，而堂其東北。不稱所以尊嚴先師之意。國朝以來，時修時圮。以至于今，猝未有易其位置而新之者。亦其時也。

今上歲丙午，予以比部郎積歲來守是邦。三日，謁廟，起立，周矚庭廡，多茀漫弗治。愾焉久之。問其星土，則自予省章貢石城而來，蜿蜒陸離，興爲九龍，支于横岡。學在其東，雲驤飛來，拜相其中。七井休光，與斗河通。宜其文章蔚縟以洪，而人文地氣，猶若有待而充者。其士之未振與，其地之弗飭與？退而謀之同寀，曰：「文翁在蜀而禮殿興，僖公居魯而泮宮作。及今不理，誰執其咎？」度費而言之大吏，報可。諏辰鳩工，伐堅以梁，陶膏以甓。頹舉敝易，漫漶以色。最後因諸生之請也，而復明倫堂於殿之北。以迨櫺墉廊阿，齋廬庖湢，靡敢不虔以飭。蓋若干時而告成。然後士之入其門，見崇垣修廡，翼翼其相引也。升其殿堂，見丹青黼黻，煌煌其相秩也。入其室，見俎豆絃籥詩書，翕翕其有以相置也。固皆鼓舞焉，迴翔焉，若臻皇宋之舊規，而相與歡樂之矣。乃諸生復求予言所以學，而因爲記。

予三讓不敏，而乃晉學官諸生于庭，曰：嗟夫，士知所以學乎。三代養士皆有法。周衰法壞，而宋爲近之。仁義道德，上下所以相成，其法一出于是。故宋之君子醇正詳雅，履規蹈繩。平居則相與談詩書，談禮樂，以觀先王之風，存聖人之澤。至於遠徙流離，從容就之，而無激無怠。是非上有以宿養，下有以自得而能耶。我國家建學立師，養士之法，繼三代而軼宋。近所爲修功令厲學官者，尤至濃純也。雖深谷斗絶，被化滋久，醇茂日蒸。況其前列餘風，去宋未遠。楊子直親受建安延平之學；而龜山豫章之裔，在吾宇焉。至于李伯紀文信國，致命來兹。此數君子者，于道德仁義，暐奕貞固何如也。無非汀士父老子弟所習言者耶。由數君子所爲學者，積焉而趨于大成，則國朝所以養士之意具在。若夫山之拜相，水之文明，會其時而多士以興，猶未足以塞太守厚望諸生作新學之意也。於是學官諸生殷殷焉誾誾焉，有概于予言也。而麗之學門以爲記。

【箋】

文代李太守作。據汀州府志卷一六，李自芳，號毓和，東鄉人。萬曆十七年（一五八九）進士。以刑部郎中出守汀州。又據同書卷一二，文當作於萬曆三十七年（一六〇九），家居。六十歲。此條承馬泰來先生指正，謹謝。

【校】

〔予以比部郎積歲來守是邦〕邦，天啓本、原本誤作「拜」。據沈本改。

〔至於遠徙流離〕徙，原脱。據沈本補。

【評】

沈際飛評云：「只是大雅。」

南昌學田記

古者井田學校出于一。各有以養其民，以登于學，誦數而歌舞之。潛裕敏給，以一其情于仁義禮樂之具，而恣之成以仕。其鄉閭有塾，則鄉老爲之師。民朝于田而暮于學也。魯作泮宮，鄭不毁鄉校。有司于此獻囚辟之成，士於此議鄉大夫之政。其於上下之際亦重矣。而未有經理其田係之以學者。蓋所謂養民以及賢，食而教之，畯而發之，故出于一，而無肥瘠之憂也。至于先師綸奠貌服鍾簴籩踐之物，歲時謹而修之，又無所事于田也。秦不師古，阡陌開而庠序塞。漢興，不能起而一之。馴至有宋慶曆間，始詔天下郡縣皆立學，而其後有司乃始餼學。往往飾其器于禮樂，而講其財於仁義。以是爲政之情耳。

蓋我國家後學徧天下，分之以餼，而合之以饌。其德於士也，亦既飽矣。然而文化廣羡，弟子員之來，歲有增益。如余所覩，南昌生儒，乃至七百餘人。歲時有課命也，而無有以食之，其情不可以久。至於貧而以告者，固無以應也。春秋釋菜，所受胙滋益多，乃至假市牲而獻。余受事祠下，考文章，而憮然于軒楹間有日矣。計安所得出而爲制乎。蓋自今令君寧國黄詹爲政，且亦稔于兹，而始得所爲俸幣之餘若干者，爲易城南田若干石，而稟于學宫之東焉。歲以石十五爲牲，而其餘以課士，士有行而貧無以存者，以一二石與之，其出入，學請于縣以行，而報于學使者。蓋以今爲端，而以來兹爲繼。士庶乎其不窮于學也已。

雖然，以爲具而止乎，吾將以田語于學植者。聞所爲儲田，皆上腴也。而近于官非遠也。然而田之不以其人，且稗且廢。得無廢矣，而主者視之不謹，數猶莫得而知也。數具矣，而出之不褕，不以食勤士，振介潔而縻之乎他，猶非余易田意也。予觀諸士中，多從余也，恢奇秀好之資，比比而是。且日近宫廡，而遊師帥紳冕之間。此亦田之美而近者矣。然不以美學，不以學至于道，能無稗且廢乎。如此田雖美，不知其美也。以美而學且于道，不日月比其成，多少淺深之數，亦莫能明也。比其成矣，而要之適于用。不爲吾先師而用，猶不以田祀也。不爲吾同道者而用，猶不以田課士急有行者也。若然者，無亦非吾養士意耶。是故聖王治天下之情以爲田，禮爲之耜，而義爲之種。然非講學，亦無以耨也。于是乎穫而合之仁，安之樂，至于食之肥，而天下大順。嗟夫，天下之於一邑也，一而已矣。侯將有大于斯者，姑爲取于養賢及民者而申之勸云。

【箋】

文云「蓋自今令君寧國黄詹爲政」，據南昌府志卷二二，黄一騰寧國人，萬曆二十七年（一五九九）至三十三年任南昌知縣，文當在任時代作。

【校】

〔古者井田學校出于一〕者，原誤作「有」。據沈本改。

〔而其後有司乃始嚮學〕有，原誤作「何」。據沈本改。

〔蓋自今令君寧國黄詹爲政〕自，原誤作「且」。據沈本改。

【評】沈際飛評云：「醇茂處有漢初風。就學田論學，尤親切警省。」又評「往往飾其器於禮樂」三句云：「妙在安置字面有意。」評「吾將以田語于學植者」云：「以淺喻深，議論絶妙。」

臨川縣新置學田記

臨川學宫，自城南而遷，故寶應浮圖地也，與廣壽寺並衢而南。學宫乃寡田以養其學官弟子，而廣壽之田至若干頃。中頗侈，削去十一二。前袁侯復之，予爲記其事。若曰，田之設，以成道資而覺世也。道非世俗忙人所能得，庶幾禪律之士，有一聞其大道，外生死者焉。蓋其聞而修以惟也。已而主其田者，瀾漫耗蠹，不以給四方禪律法喜之食。而四方之以禪律至者，亦皆鈍劣朽憊，不稱威儀應食之義。寺虚有其田，而田亦虚有其寺。固未閒者之不忙，而於弘廣甚深微妙之際，終莫能有所明也。我劉侯撫其册而悲之。曰，敝敝者而何以多田爲。法王以衆生爲田，吾聖王亦以人情爲田。禪以禪悦食，儒以儒悦食。裁彼賦此，亦天下之通義也。遂取其若干畝與郡校，而入若干畝與縣學宫。爲經紀學官博士諸弟子。禮際振絶，歲費出入，皆有程。於是諸博士先生弟子，忻忻焉，言言焉，稽首而贊曰：「侯之惠也。」而仍以侯之旨屬記于予。

予因就博士先生而驗之曰，侯蓋惠而已耶，其以爲教也。吾有質于此。則必以受斯田而食焉者爲閒者乎，忙者乎？王子墊問士，「士何事」，豈非以士爲閒者與？孟子曰：「尚志。仁義而已。」殺一無罪非仁，而取非其有非義。凡世俗之所爲，猝不可得而閒者，要非必於仁義之事也。誠能去其非而是之志，則其閒殆甚。固然之廣居，居之而已。成然之大路，由之而已。如此而大人之事已備，士復何事之有哉。士固天下之閒者也。博士先生，盱衡而燕坐，諸生儼雅而遊翔。上無公方期會之侵，下無井里竭蹶之苦。舞蹈太平之世，詠歌先王之風。當此之時，其亦有不閒者乎。吾道廣矣大矣，能無弘願；深矣微矣，能無妙思？廬其廬，何以近聖人之居；食其食，何以事聖人之事？有聞焉而加修惟也乎。仁以耕，義以種，至于安之樂，食之肥，而後侯之教有獲於無窮。不然，饁餐已具，猶彼之裁而此之賦也。吾黨相與爲惠而已耶。

先生覺然避席而興曰：「是侯旨也，而亦士之志也。」砥予言而籍若田于左。

【箋】

〔前袁侯〕前臨川知縣袁世振。見臨川縣志。下同。

〔劉侯〕臨川知縣劉孕昌。約萬曆三十三年(一六〇五)後在任。

續天妃田記

高皇帝即位二年,勑太常司博士孫子初定儀,封號天妃。歲以正月十五日、三月念三日鄉祀。文皇帝即位,遣使者高品鄭和等,遍海外國,欲有所聞。妃著神海上,天子親記其事,歌呼之,祀龍江之上。置守者户羽人。而和等復以金銀諸飾物爲妃報焉。今上九年,卿陸公以和所獻貯銀三百兩買高橋門外田百畝,歲入銀一十八兩,爲禱祠時有所修治費。

後五年,予率太常官屬視後堂,又見和所留金銀步摇花樹卮匜合注之屬,艷焉。冠上花鳳流蘇玲瓏,多斷落不可檢綴。念妃者,天之貴人。氣物之内,惟虚生神。海者,地之積虚處也。故曰天牝,因以爲妃。若以坤爲媪,金爲母。傳者遂曰斗中有玉女焉,光響歙曄,因而像之,爲作環飾。此今時王妃,非天妃也。然聞之,神無求于人,而善悲人。悲心不除,所以止爲神也。今廟下主者,日夜供養,靈帳飾除,炳芳執燭,所以歌雩祝塞甚恭,歲常百人。而前時所藏追釦諸飾物,又非妃所御。竊以人道事妃,當亦有所悲也。乃藏其諸黄金諸物,而銷其白金,爲兩者得二百二十六焉。以續高橋門外田二頃二十畝，歲屬銀三十九兩六錢。歲給羽人廟者布花三兩；樂舞生道士人三錢；廟户七人，人二錢；二祭爲主祭者飯三兩六錢。餘以待所欲治，或益置田，廣妃之悲施焉。記田所其後。

【箋】

據記所云，當作於萬曆十四年（一五八六）丙戌，在南京太常博士任。三十七歲。天妃宮在南京儀鳳門。

【校】

〔炳芳執燭〕炳，當作「焫」。

遂昌縣滅虎祠記

癸巳冬十月，虎從東北來，甚張。忽夢指有二碎跡，登堂，有言虎嚙其鄉西牧竪子。予嘆曰，予德不純，氣之不淑耶。予刑不清，威之不震耶。何以烋氣如是。下令，將以十月望吉告城隍之神。文曰：「吾與神共典斯土，人之食人者吾能定之，而不能於止虎。民曰有神。夫虎亦天生，貴不如人。神無縱虎，吾將殺之。」呼吾民任兵者，簡其鋭以從。搜之葉塢。是夜，見有一冠幞袍靴白鬚團頤長者見夢。若予與同爲法官治獄者。持一文書示予。予曰，必殺此二渠以償。長者微笑，指文書中一處示予，若前所云「虎亦天生」之句。意望予寬之。予正色争不可。長者知不能奪，復微笑曰：「徐之，觀樞密公意何如耳。」予覺，知神有意乎哝然者。然已戒不可止。之葉塢，午至昏，見虎。虎奔，一虎倨高嵎，薄不可近。予曰，知之矣。旬餘齋居，夜念樞密公，兵象也。有得虎者與，當祠之。是夜不能寐，覺外洶洶有聲。問之，獲巨虎。雄也。虎首廣尺餘，長幾二尺，身七尺。驚其雌，三日繞而號其山，中伏矢，走死松陽界中。東北抵萬山，忽夜震如裂。民曉視之，得巨虎首二，八股。草血洙漬。縣人歡，異甚。然以公出郡中，月餘歸，忘立祠也。復報有虎。予嘆曰，神其罪予。老氏曰：「佳兵不祥。」莫如以慈衛之。遂就報願佛寺旁大樹下祠爲滅虎祠。祠樞密公。非真能滅虎也，虎滅無迹，則亦滅之乎爾。祠以後，獲虎三五。向後虎聞遂稀。神之能有兹祠也，爲之銘。銘曰：「惟山之峻，有貓有虎。神其司之，甚力而武。神來見夢，予爲立祠，以衛吾人，依於大慈。遂伐三彪，薦五文皮。孰震於幽，徵其腦髀。丁壯出作，翁孺倫嬉。非我德民，神滅其菑。菑由人興，非虎非豺。我去其苛，物象而和。神其安之，與民休嘉。

【箋】據束屠緯真，祠之成，記之作，當在萬曆二十三年（一五九五）秋屠隆來訪之前。

【評】沈際飛評云：「此束屠緯真者。有尺牘云：非熊非羆，既不能候之渡河，又不容聽之負嵎，與衆棄之矣。祠記奉覽。」按：緯真名隆，又評「非真能滅虎也」八句云：「筆意頓跌有法，真能爲古文者。」

遂昌縣相圃射堂記

蓋今上二十有一年三月望後三日，予來遂昌。又三日，謁先聖廟，甚新。從學官諸生至講堂，堂敝。其後益庳。問所藏書，無有。問縣隅中或有他學舍爲諸生講誦，無有也。四月朔，始克視事。發檄，有學使者陳公所爲書，命諸生射。諸生皆對不能，云：「無射堂也。」按縣治南石梁緣溪而迤，有斷垣，負牛山。故令鍾嘗爲若堂者，今廢。而其旁壽光仙人有宮，壖蕪甚衍，可以相益。諸生言如此，爲之欣然。望吉，乃授地形於學官於君可成、周君思問、黃君繼先，直以報學使者，且營射堂矣。請以學租三千錢爲端。而予爲縣官，於禄入固無所愛。凡訟之獻金矢而不直者，賦其材，或以輸作。會夏五月，大雨水，諸山之材畢來，工作咸集。六月，堂成。迫東陂埯而蒼，其西山有峯，遡澗而遥，門其空夕陽也。門之中，引泉爲池。池之上，除道甚修。凡百數十步而垂堂。可以馳步射也。道左右各廣丈餘，而霤若繩。爲學舍者各十五，屬之門。舍容二人，合之可坐生徒六十人。闔闔如也。繚以垣。六月芸，七月穫。作者告休。八月而後克成。費百金。其右旁，武射場也。尉率歲閱兵壯，兩肄。餘月課捕盜賊。射虎尚不中程，何以令士射。夫士射亦禮射而已耳。六藝，射於禮樂爲近。天子之選士，祭必射於澤宮，卿大夫士歌采蘩采蘋。言士有幽微而可采也。予所以爲射，將歌蘋蘩而薦士焉，非射而已也。男子始生，爲弓矢以射天地四方。必先有志於其事，勉所以不愧爲男子者。噫，豈惟射哉。

【箋】

作於萬曆二十一年（一五九三）癸巳秋，在遂昌知縣任。四十四歲。

〔故令鍾嘗爲若堂者〕萬曆七年（一五七九），知縣鍾宇淳創屋三間。見遂昌縣志卷一。

【校】

〔蓋今上二十有一年〕遂昌縣志卷一引録原文無「蓋」字。

〔從學官諸生至講堂〕至，從縣志補。各本缺。

〔有學使者陳公所爲書〕縣志陳公上有「廣陵」二字。

〔望吉，乃授地形於學官〕望，縣志作「諏」。

〔直以報學使者〕直，原本作「且」；者，原本作「君」。從縣志。

〔迫東陂埯而蒼，其西山有峯，遡澗而遥，門其空夕陽也〕縣志作「瞰東山坡陀而蒼，其西有峯，遡澗而遥。」

〔舍容二人〕原本作「其舍修容二人」。從縣志。

〔作者告休〕告，原本作「若」。從縣志。

〔尉率歲閲兵壯，兩肄〕兩肄，縣志作「而肄射」。

〔射虎尚不中程〕縣志中「程」上有「能」字。

〔夫士射亦禮射而已耳〕已，原本作「可」，從縣志。

〔射於禮樂爲近。天子之選士〕近，縣志作「附」，無之字。

〔予所以爲射〕射，原本作「池」。從縣志。

〔男子始生，爲弓矢以射天地四方〕男，縣志作「君」。原本「爲」字下衍一「禹」字，據縣志改。

〔必先有志於其事〕必先，縣志無。

臨川縣古永安寺復寺田記

天下有閒人則有閒地，有忙地則有忙人。緣境起情，因情作境。神聖以此在囿引化，不可得而遺也。何謂忙人，争名者於朝，争利者於市，此皆天下之忙人也。即有忙地焉以苦之。何謂閒人，知者樂山，仁者樂水，此皆天下之閒人也。即有閒地焉而甘之。甘苦二者，誠不知於道何如，然而趣則遠矣。朝市之積，則有田廬。山水之餘，則爲寺觀。故寺觀者，忙人之所不留；而田廬者，閒人之所不奪也。

臨川古爲名郡，五峯三市在焉。三市者，市也。五峯之間，聞有觀九，寺十三。蓋入明以來，大爲忙人割奪盡，乃至稗粥無所。而古永安寺境界巋然獨完，其田則大半無有矣。邑侯袁公起於蘄黄，來宰於兹。廣山川之精，深性相之學。披圖而嘆曰：「臨川人之憎閒人也，一至此乎。有能從吾言而反其田者，吾徒也。」於是郡弟子劉某首籍所買田若干畝，上之侯以歸於寺。侯爲欣然，告世尊而撫之，曰：「此所謂孝子劉某也。」而適是時，有僧大千購得南都藏經以至，而尊置之寺。侯曰：「有其書矣，而無其人何。」於是有浮梁僧水月，爲達觀先生弟子，精心苦行，通於評唱之義，適來寓斯。人士與遊，始知有所謂宗門者。久之，長干寺僧大初來講蓮華經，聽者千餘人。得田而食，無不歡喜贊嘆。曰：「此固我侯之福田也。」

嗟夫，當忙人之急得此田也，豈不曰彼無父母妻子之屬，先王所禁遊民者，吾非真有所憎利其田，姑以蕃其種類云耳。嗟夫，此所謂奪閒人之物以將養忙人也。固一其説。然試以語彼，使天下皆忙人而無一閒人，皆忙地而無一閒地，則亦豈成其爲世相也哉。且今所從遊於二氏者，彼亦有所業，非所禁遊民也。如其爲遊民，法固禁之久矣。所惜者，遊人之非遊，而閒人之未嘗閒也。非閒非遊，不可以涉道。是故聚百閒人而食之，必將有意乎道者焉。聚千閒人而食之，必將有進乎道者焉。不已而食閒人至於萬，猶將有得道者焉。道之喪世也久矣，幸而有一人焉，其何禁於千萬人之閒，而奪其養哉！即未有之，庶幾有之。如以食百千萬人之閒者奪以養百千萬忙人，其必無冀於有道者矣。則亦蕃其種類而已。然則侯所爲存寺者，或不在田而在道。飯器無殊，香色有異。後之遊閒往來食於兹田者，其亦有感於侯之弘願云。

【箋】

〔五峯〕青雲、逍遥、桐林、香楠、天慶，在臨川城内。

〔袁公〕名世振。蘄州人。萬曆二十七年(一五九九)至三十二年任臨川知縣。

【校】

〔法固禁之久矣〕固，沈際飛本作「因」。

【評】

沈際飛評「所惜者，遊人之非遊，而閒人之未嘗閒也」十句云：「如入武夷，一轉一境，一境一奇。」

翠娱閣本評云：「文字辨折處，須令人無可伸喙。以田而豢頑秃，何必奪此與彼。想出一道字，足以壓倒貪情。其中『必將』、『猶將』、『庶幾有之』等語，皆文字之靈妙處。」又評「即有忙地焉以苦之」句云：「入境者之自苦。」評「然而趣則遠矣」句云：「因趨成趣。」評「大爲忙人割奪盡」句云：「田廬不足，繼以寺觀。」評「當忙人之急得此田也」以下數句云：「爲此輩設飾詞，正是推敲此輩。」評「幸而有一人焉」以下數句云：「得此一段，方可結蹊□(田)者之舌。」評「或不在田而在道」句云：「主意方大。」

宜黄縣戲神清源師廟記

人生而有情。思歡怒愁，感於幽微，流乎嘯歌，形諸動摇。或一往而盡，或積日而不能自休。蓋自鳳凰鳥獸以至巴渝夷鬼，無不能舞能歌，以靈機自相轉活，而況吾人。奇哉清源師，演古先神聖八能千唱之節，而爲此道。初止爨弄參鶻，後稍爲末泥三姑旦等雜劇傳奇。長者折至半百，短者折才四耳。生天生地生鬼生神，極人物之萬途，攢古今之千變。一勾欄之上，幾色目之中，無不紆徐焕眩，頓挫徘徊。恍然如見千秋之人，發夢中之事。使天下之人無故而喜，無故而悲。或語或嘿，或鼓或疲，或端冕而聽，或側弁而咍，或闚觀而笑，或市湧而排。乃至貴倨弛傲，貧嗇争施。瞽者欲玩，聾者欲聽，啞者欲嘆，跛者欲起。無情者可使有情，無聲者可使有聲。寂可使喧，喧可使寂，饑可使飽，醉可使醒，行可以留，卧可以興。鄙者欲艷，頑者欲靈。可以合君臣之節，可以浹父子之恩，可以增長幼之睦，可以動夫婦之歡，可以發賓友之儀，可以釋怨毒之結，可以已愁憒之疾，可以渾庸鄙之好。然則斯道也，孝子以事其親，敬長而娱死；仁人以此奉其尊，享帝而事鬼；老者以此終，少者以此長。外户可以不閉，嗜欲可以少營。人有此聲，家有此道，疫癘不作，天下和平。豈非以人情之大竇，爲名教之至樂也哉。

予聞清源，西川灌口神也。爲人美好，以遊戲而得道，流此教於人間。訖無祠者。子弟開呵時一醪之，唱囉哩嗹而已。予每爲恨。諸生誦法孔子，所在有祠；佛老氏弟子各有其祠。清源師號爲得道，弟子盈天下，不減二氏，而無祠者。豈非非樂之徒，以其道爲戲相詬病耶。

此道有南北。南則崑山之次爲海鹽。吳浙音也。其體局靜好，以拍爲之節。江以西弋陽，其節以鼓。其調諠。至嘉靖而弋陽之調絶，變爲樂平，爲徽青陽。我宜黄譚大司馬綸聞而惡之。自喜得治兵於浙，以浙人歸教其鄉子弟，能爲海鹽聲。大司馬死二十餘年矣，食其技者殆千餘人。聚而諗於予曰：「吾屬以此養老長幼長世，而清源祖師無祠，不可。」予問倘以大司馬從祀乎。曰：「不敢。止以田竇二將軍配食也。」予額之，而進諸弟子語之曰：「汝知所以爲清源祖師之道乎？一汝神，端而虚。擇良師妙侶，博解其詞，而通領其意。動則觀天地人鬼世器之變，静則思之。絶父母骨肉之累，忘寢與食。少者守精魂以修容，長者食恬淡以修聲。爲旦者常自作女想，爲男者常欲如其人。其奏之也，抗之入青雲，抑之如絶絲，圓好如珠環，不竭如清泉。微妙之極，乃至有聞而無聲，目擊而道存。使舞蹈者不知情之所自來，賞嘆者不知神之所自止。若觀幻人者之欲殺偃師而奏咸池者之無怠也。若然者，乃可爲清源祖師之弟子。進於道矣。諸生旦其勉之，無令大司馬長嘆於夜臺，曰，奈何我死而此道絶也。」迺爲序之以記。

【箋】

記云「大司馬死二十餘年矣」，據明史七卿年表及卷二二三本傳，兵部尚書譚綸，撫州宜黄人，萬曆五年（一五七七）四月卒。文當作於萬曆二十六年顯祖家居後，三十四年前。據實録，嘉靖三十九年（一五六〇）九月，陞浙江按察使巡視海道副使譚綸爲浙江布政使司右參政，仍兼副使巡視如舊。海鹽腔傳入江西，形成宜黄腔，距此文寫作時不過四十年左右。按，此記可注意者三。一、宜伶盛行於江西，實爲江西化即弋陽化之海鹽腔。二、宜伶人數達千餘人之多，足見其盛。湯顯祖殆爲此戲曲運動之領袖人物。三、據詩寄吕麟趾三十韻「曲畏宜伶促」，帥從升兄弟園上作四首之三「小園須着小宜伶」，寄生脚張羅二恨吴迎旦口號二首之二「暗向清源祠下咒，教迎啼徹杜鵑聲」，送錢簡棲還吴二首之二「離歌分付小宜黄」，「遣宜伶汝寧爲前宛平令李襲美郎中壽，九日遣宜伶赴甘參知永新，唱二夢「宜伶相伴酒中禪」，及尺牘之四復甘義麓「弟之愛宜伶學二夢」等，知玉茗堂曲之演唱者實爲宜伶。明乎此，乃恍然於尺牘之四答凌初成云「不佞生非吴、越通，智意短陋」；又云「不佞牡丹亭記，大受吕玉繩改竄，云便吴歌」：是原不爲崑山腔作也。當時水磨調盛行，地方戲爲士大夫及傳奇作家所不齒，湯氏乃特立獨行，寧拗盡天下人嗓子而不顧，以其一代才華爲江右之鄉音俗調。惟其不勉爲吴儂軟語，其情至處人所莫及。玉茗堂傳奇改編者特多，變宜黄爲崑山也。其不協律處一曲或數見，蓋原爲便宜伶，不便吴優也，協南戲宜黄腔之律而無意協崑腔之律也。

【校】

〔訖無祠者〕者，原脱。據沈本增。

〔予額之〕額，疑當作「頷」。

【評】

沈際飛評云：「小中現大，似莊子諸篇。」又評「恍然如見千秋之人」三十六句云：「文字極奔放恣縱，卻是自道其得意處，故腕下神來。」評「一汝神」十一句云：「歸本於道，臨川先生作文把柄處。」評「微妙之極」七句云：「幾於化矣。」

蘇公眉源新成文昌橋碑

郡東出數十武，絶汝水而梁。中于信盱，連于淦章，冠蓋郵驛之使無虚日，率以東行爲良。橋宜廣以紆。而居人旅子，肩摩踵錯，其亟於斯也，固晝夜然矣。橋之以石也，宋嘉泰始也。橋之名文昌也，宋寶慶始也。而唐季柏倅虔再記，乃云「汝江趨文昌橋」，非橋也，堰也。入元，兵燹相仍，橋政無所考。至嘉靖間，守陸公堂與令林公恕卷石易木。則其先，欙也。六十年而金隄復水，以全力注橋，橋敗。將趙州學所記「橋隄足兩存」者非耶。後視敗卷，乃有土其中。水入而隳，宜矣。守張公試輒募民毁故整而加大者四。數年而丞晉江朱公于讚署郡，檄驛丞孫耀祖募修其餘。仍欙爲梁。成且三年矣，而倏以燼。公私咸病焉。春夏間水暴下，橋敗，石犬牙立，破船而漂流，卒不可救者，歲常百十人。號哭聲被岸，而莫敢以告。以告莫爲緩急者，費也。

天以蘇公惠民，至而顧視其址，曰：「此豈不可更爲耶。」視帑，帑虚；募民，民劬。「吾有以處此矣。」夫民，上所使也。聞之，用地者以利，用天者以時，而用人者以和。不和而强使之，千萬人不能用也。和而使，一人焉可也。和莫若以道。公清微虚遠，以道正其體；顯允疎越，以道弘其用。與物無營，而與民有經。所治官屬大夫士，下至閭井匹夫匹婦之微，與同憂樂。急人之善而寬其過，得可而止。其容蒼然，其中穆然。未期而士民安之，豁如也。滌疵導休，善氣條遂。公所起意，莫肯用戾。於是耆稚士女，皆知公有意乎成梁，而未知所承也。

有馬之嫠婦人，持其半歲孤兒來，訴曰：「是兒家累千金，欲得者衆。懼無以寘此子。」公喜而頷曰：「役其濟矣。」令婦人出，而意示其宗老曰：「財散則孤兒安。以爲梁，誰争彼者乎。」宗老以語嫠婦人。嫠婦人曰：「謹如命。」公起曰：「信哉，必若所爲，府不汝與也。」立爲徵匠于開化新安所嘗治金隄者以來。而擇三月良日首事。以聞監司，莫不允悦。而公乃始進耆老百工而教之曰：「若知爲橋所以固乎？宋守王君瓛始爲石梁而屋之，平以板。火漏其隙，江風扇之，不可向撲。昨之火猶是也。慎無櫟與板，而以石上下之。縮水門之一，而增高焉。甃之，無以土成，無以邸閣，雖厲焚火，無益也。中爲亭以休，而繚其闌以馮。若是則水火之卒至而風雨之無時，其將免乎。」皆曰：「謹如命。」

于是精者指麾，信老度支，官爲役以示其婺。伐石冶鐵，排槎鍛灰。平傭善佑，歡往躍來。蓋十月而水門具，逾年而石道平，何其快也。官無董稽，民無勸追，何其佚也。橋成而居者連連，行者翩翩，又何適也。高雄敞鮮，旁無蔽虧，南望石門金隄，北望鍾陵劍墟，溶溶葱葱，開煙翕霞，臺城參差，豐茸萬家，亦何壯也。長雲亘施，潛颷折螮，永無害菑，又何固也。一時歡舞道幸，以爲天地人合發於兹。不知我公所以執天機，立地符，起人心者，蓋有道焉。道至而功成，而公不言功。郡士民與家封君謀所以言者，以命予小子。謹爲記而永之以銘。銘曰：

星上山川，旁魄精氣。形上曰道，形下曰器。道以成物，器以濟世。濟世惟梁，上直文昌。何彼祝融，延于戴筐。傾何耿紆，孰爲其扛。其扛有神，除舊布新。帝降不遲，我公天人。恭儉惟德，清明在身。滌蕩苛疑，毓衍純真。上義下順，流歡去愠。不肅而成，不言而訓。匹婦之微，亦效其信。遂梁河關，丁丁孱孱。精衛填河，孀子移山。漸履其安，壯觀以還。累石駢甃，瓏玲空洞。委若黿鼉，舒如螮蝀。迴瀾東湍，堅立不動。高視遠陟，如睨道陌。交龍東南，狻猊西北。金石皎炯，佳氣四塞。

佳氣維何，得道者多。道以政通，政以人和。如坻如岡，如切如磨。旁闢以備，中亭以憩。百世之營，期月而濟。公不言功，歸之天地。公功不忘，川流詎央。端明惠州，宣父竇唐。惠我來蘇，繼繼皇皇。曰千萬年，公在文昌。

【箋】作於萬曆三十六年（一六〇八）戊申，家居。五十九歲。據撫州府志津梁，是年，知府蘇宇庶修文昌橋成。

【評】沈際飛評云：「森羅經費，如在目前。」又評「蓋十月而水門具」二十二句云：「化阿房賦。」

東莞縣晉黄孝子特祠碑

今上辛卯夏，余以言事尉海北。冬，道南海，過哭再從父墓東莞焉。撫友人祁衍曾之孤，遂如羅浮。而諸生陳君啓心者，乃以書來，爲其先賢晉孝子黄公舒特祠，欲有以記也。然孝子生處，其地乃割在新安界中。孝子晉人也。家貧，自力養侍。雖盛暑未嘗不冠帶。親意所在，千里之外不以爲難。親死，皆身爲墳而廬。深野中無人，猛獸左右嘷，安之也。每夜定，或寒月，號哭聲常飄蕭出林薄，隨悲風遠聞，人爲泣下。獨日飲一盃糜，形色枯槁。人勸其還，哭而不答。行路之人皆曰：「黄舒，今之曾參也。」有司表旌其居曰參里。里有山，岑蔚可愛，爲參山。有孝著聞如此。至於今，且千年矣。學宫闕焉不祀，何也？而諸生中，若李元表祁衍曾陳啓心，此三人讀書而豪，以言於縣令欒安董君。董慨然曰：「此嶺表人士之初也。曲江諸賢，猶在其後。」而郡以上學使者，莫不歡動焉。然有以新安疑者。董君曰：「入新安界者今，爲莞人者昔也。」乃擇日附主學宫。亦十有餘年矣。妄一人來視縣事，竟議祀之新安，而主在東莞學宫者，遂置屏處。

是時祁生病且死，李生一人不能争。而陳生目又廢，然獨發憤抱其主以出，且言曰：「仁人孝子，天下一家。東莞新安，故非兩邑也。今已罷祀，主無所歸。生等願不煩費縣官一人一緡錢，但得城北空外地七丈餘，足以容主，令東莞之人有父母者得望見焉。」視學者許之。三年而後克成。多里中賢豪長者營之。陳生首義。嗟夫，陳生有其心，無其目矣。猶感憤好德千載之前，舉義如是，况夫有心有目者哉。

而是時東莞伯何真之祠亦成。真於元喪亂時，有粤地十七，歸高祖。賢於尉佗遠矣。讀其書，不使人感惝而嗟咨。孝子無尺土之柄，獨身事一父母，又非有奇孝。其孝，閭野人所得爲也。至今人人讀不能半其傳，即涕嘆結塞，皆願如黄孝子事其親，願有子皆如黄孝子，固未有願如東莞伯者也。豈非雄力智數之事，於人心必有所疑；然而接神明，感天性，乃在於其根本至德也與。詩云：「天生烝民，好是懿德。」言此烝民是天生而然，孝德者，所以不忘其生，故烝民感動尤至，歲月之所不能沫，地界之所不能分。在禮，有其舉之，莫敢廢也。言凡非不得祀者也，況如孝子者哉。詩云：「孝子不匱，永錫爾類。」莞之人得而觀焉，庶亦有類于孝子者乎。余嘉陳生諸人，所爲好德必行其意者也。而銘之以告莞之人。銘曰：

粤於西晉，荒落蒙靡。不知父母，乃有孝子。生死至性，愛而有禮。哭不能言，心孝而已。緜緜嶠士，孝子伊始。鄉可以祀，豈有分里。爲主特廟，厥義良偉。有門有堂，有寢孔搆。闢門在左，石梁在右。江水在前，睥睨在後。稍有形勝，儼雅窅峭。汝莞之人，誰無父母。有孝以教，誰爲來者。亦有人子，來吏斯土。惟孝以忠，神明是與。遥遥參山，氣鬱且明。其類維何，樓觀蒼蒼。冠帶傖泱，蠻夷有風。我兹爲銘，以感人心。

【箋】

〔黄孝子特祠〕在東莞縣治北關右。見東莞縣志卷三六。

〔今上辛卯夏，余以言事尉海北〕萬曆十九年（一五九一）五月，湯顯祖以上論輔臣科臣疏，自南京禮部祠祭司主事謫徐聞典史。徐聞在瓊州海峽北。

【評】

沈際飛評云：「形容至性足以動人。忽入何真一段，尤見波瀾老成。」又云：「文情悽楚。」又評「每夜定」五句云：「好點染。」

惠州府興寧縣重建尊經閣碑

天下珠碧孔翠香澤奇詭之玩，寒之不可以衣，饑之不可以食。萬里而走五嶺之南，毒蛇飛蠱蔄莨，百有一死之地，務取多而争美，以耀其軀顔，充其室御，而相與夸紿上都中縣之人，以爲是能得所不易致者。至于六經，先王聖師所爲飲食被服天下，入于性命形色之微，出乎文理事業之大，積之若尺棰，而用之不可既，陳之若九鼎，而其用日新，此其相珠翠奇麗也，不亦急乎！又非有遠萬里險絶瘴蠻之虞，安坐而致，各可以相得，而無容以夸者，然過之而不取，取之而不能以多，略其粗而不争其美者，何也？且彼之取焉者有禁，取六經者非惟莫之禁耳，苟有意乎爲人上者，將歡然而與之，惟恐不家笥而人誦焉。何也？法不勝道，道勝而風移，吾亦可以簡法而治也。然予觀下之能取于六經者鮮矣。雖上之人持六經以予人者，亦未能往往而是。教衰道微，上之人亦猶夫卑古尊今之爲見爾。

予友金壇中臺史侯殆有意乎爲人上者。嶺之東有惠，惠之東有興寧，而侯在焉。侯爲人偉好，頎秀而髯，望之知其神君也。行嚴而貞，衷理以平。民有弗若，矜哀之，不忍以刑。鏗鈜嘔呴，反復再四，而民於是乎始知法矣。侯曰：「是未可以及化。子云，入其國，見其人，其經教可知也。吾興寧之人，性潔敬與，情廣厚與，能知類而屬詞與？入吾境，觀吾人，吾殆未嘗以經教矣。夫士以式民，而經以式士。」於是博士王君學淵、連君瓚帥羣弟子而進曰：「世有積而必披，道無澳而不澄。惟惠靈山鬱州，衣冠之氣，被于興寧。大望其恢，九連遂清。父老子弟不見兵革者，殆且百年于兹。生齒繁遂，庶而教之，亦維其時。士專一經，束于功令，未能旁暢。方以不獲人師，遠于固陋是懼。而侯身以明牧爲我人師，其不終鄙夷之乎。」侯笑而謝之。於是簡賦薄稽，休暇有餘，時從博士諸生横經，各授以先王聖師所以豐給美好吾人之意。問焉以言，如發崇山，如脈波流。士皆鼓舞沉詣，如嗛于志。然後知侯之大有得于經，而邑之大有得于侯也。

侯曰：「未也。當爲汝士廣置經籍。」不可以無地。起而循學之北，爰有茀土焉，是可以營而尊吾經。因以益飾其學宫墀廡門，得請于上，而睞其廣深，度其几楹。不煩而庀，不張而翬，不亟而成。成之日，侯與學官弟子喜而落之。覯厥美富，精志踴悦。乃庋乃儲，六籍在中。經以聖典，緯以賢謨，肴以史志，稗以百家。芟疵選醇，惟經是尊。侯喟然曰：「以是爲尊之已乎。尊天者用其日月風霆，而後曰仁；尊父母者用其聲色意氣，而後曰孝；尊生者用其饑渴寒暖之時，而後曰知。經于人如天如父母如生，尊而用之，性命形色之微，文章事業之大，皆取乎是。不然，庋閣之，鐍管之，擇日而蠹焉，有啓閲者焉，以辨以文，弗躬弗視，此又以六經爲孔翠珠碧之玩者也。非吾所貴于尊焉者。」博士弟子拜手曰：「侯之言大，不可以無傳。」千里而謁予以記。

予固知侯之所以經政，非其邑而止也。蓋侯之鄉人祝公允明常令于兹，記其邑之水利而靡害。且曰：「予既美水功，傷其局於斯域而弗普，又傷夫人之弗克用水者。」若以自況云。予亦美其言而未大也。若夫六經之在天下，如水之在地中。局於其域，未嘗局於其域也。雖夫人弗克用之，亦未嘗不爲其人用也。況夫上之人脈脈然，矙矙然，教人用之，而有弗克用者與。昔之祝公能用水，今之史侯能用經。異日以經術用天下，自興寧始，不亦偉與。記而系之詩：

天作高山，寧昌是環。劃然中開，沃野夷原。雄雄學宫，附麗而遷。如寢斯鍧，鼓角在前。東有鷄靈，寶山燭天。神光貴人，鳳翔其西。屬海于河，或委或源。毗于六經，光響亘延。剖山觀河，恣取而捐。實牣寔儲，宜抗而宣。面勢其陰，龍淵則蟠。我經秩秩，我閣憲憲。月日斯成，登降歡欣。圖書若星，衿帶如雲。從侯流觀，樂侯笑言。道高且明，莫敢不尊。廣侯德心，不朽斯文。我言是徵，以訊其人。

【箋】

約作於萬曆三十三年（一六〇五）乙巳，家居。五十六歲。據廣東通志卷三二職官二十三，金壇史懋文於三十三年任興寧知縣，其後任盧奎於三十五年接事。又據金壇縣志卷九，史懋文爲萬曆七年舉人。

此文首段與牡丹亭第二十一齣謁遇第二支駐雲飛所插入之柳夢梅説白旨趣頗同。

〔祝公允明〕長洲人。以書畫名。明史卷二八六有傳。

【校】

〔天下珠碧孔翠香澤奇詭之玩〕詭，原本作「絶」。據興寧縣志本改。

〔入于性命形色之微〕于，縣志作「乎」。

〔積之若尺棰〕棰，沈本作「一」。

〔而其用日新〕其，縣志作「于」。

〔此其相珠翠奇麗也〕相，縣志作「于」。

〔「且彼之取焉者有禁」至「亦未能往往而是」〕縣志缺。

〔將歡然而與之〕歡，原作「歌」。據沈本改。

〔上之人亦猶夫卑古尊今之爲見爾〕夫、之，縣志分别作「乎」、「以」。

〔予友金壇中臺史侯〕縣志缺「中臺」二字。

〔「殆有意乎爲人上者」至「望之知其神君也」〕縣志缺。

〔「鏗鈜嘔呴」至「亦維其時」〕縣志缺。

〔士專一經〕縣志作「而又深憫乎士之專一經」。

〔束于功令〕縣志「令」下有「者」字。

〔「方以不獲人師」至「以是爲尊之已乎」〕縣志作「恐迹于固陋也，于是廣置經籍，營閣以佇之。既成，進學子弟而告之曰」。

〔六籍在中〕六，原誤作「亦」。據沈本改。
〔擇日而蠹焉〕擇，縣志缺。
〔弗躬弗視〕視，縣志作「親」。
〔非吾所貴于尊焉者〕縣志作「非君所貴于尊者」。所，原誤作「則」，據沈本改。
〔千里而謁予以記〕縣志作「乃千里而謁予爲記」。
〔「予固知侯之所以經政」至「記而系之詩」〕縣志作「予因嘉侯之能以經術治其邑也，遂記而系之以詩。其詩曰」。
〔「天作高山」至「鳳翔其西」〕縣志缺。
〔寧昌是環〕環，各本誤作「壞」。
〔龍淵則蟠〕所，縣志作「則」。
〔衿帶如雲〕雲，縣志作「靈」。
〔樂侯笑言〕樂，縣志作「于」。
〔不朽斯文〕不朽，縣志作「奮于」。

【評】

沈際飛評云：「喬喬皇皇，宇宙間一篇大文字。」又評「萬里而走五嶺之南」二十六句云：「汩汩而來，理沛氣足。」評「以是爲尊之已乎」十一句云：「河決東注之概。」

遂昌新作土城碑

遂昌爲括蒼郡西南邑治。萬山溪壑中，介長松龍泉，猶毗境也。西北而南，走衢嚴婺郡，犬牙信州，以接于閩。縣迤奥絶，緩急猝不可檄制。地少田畜，而豐于材。其萁蒔薪採，則旁郡之流傭也。多隱民焉。而鄉若邑長老子弟無賴者，常藪其奸，與爲利。盜以故出没不可迹。夜掫者復多虎憂。而境旁數礦，近詔止采，盜亦時時有之。余昔治此，故未有城。横亘一街，可步而竟。居人悉南其溪，而闌以一橋門，可闖而入也。念城之帑無見儲，不可刑政者吾城耶。乃稍用嚴理課。殺虎十七，而勒殺盜酋長十數人。縣稍以震。因循四五年，乃幸無事。然意未嘗不在城也。

余去治一年，而遂有殺人于市，横橋門而去者。民脅息以譁。歷三政，得晉安辜公，以名德淵雅，來靖兹邑。秉素絲之心，持大車之體。當其操軌介然，雖極勢力機利之衆，不能奪也。一意約損與民，俸薪時以治客。衣食無所餘，至不能遣子嫁女。訟明而寬，清惠聲有聞千里之外。民習教令，盜日以遠。而公亦且上三年計最矣。尤惠顧其民曰：「縣如是，其亦舉無陁茀與。獨如城何！吾不能爲千仞石城，而土城數仞之，其可乎？」請于上，而謀于下，必躬必親。引溪度山，畫圻而程。物力有宜，幣餘有經。以賦弓司，以屬其耆。神告威庥，不可以疑。築踴絙趨，槖鼓弗渝。邪句婁，雜民歡謳。大姓居間，欣焉自完。屬間填埤，工倍于官。察所不任，官苴其難。以楨以茨，民乃不煩。蓋數百丈之城，數十日之間，而公與士民休然晏寢，具文書，報成事矣。士民擇吉，釁謳歌舞，用塞司隍之貺；而歡呼稽首，爲公謝曰：「保障有邑以來，未始有也。」公始從官屬民，履其壖，莫不仰天嘆曰：「茲役也，不欐巢而巍，不睨瞭而遠，不髹粉而華，不闉闍而固。蓋我公之惠也。」公嗛然俯首而謝曰：「良以藩吾坊之人，安寢無吪，謹司之而已。邑近寶而嚨，幸國家無事。異時虞盜兵之來，邑之君子，阻溪而陴，或跨溪而城，未可知也。語不云乎：椎輪爲大輅之始。累石委土，庶幾自吾始乎。雖然，昔人比志金湯，志而渝，三里城猶折樊也。邑雖小，豈無四維腹心干城，汝士民所以自衛也。吾行矣。」已而監撫使者，上公治行，求即丞括蒼，終其勤績，不報。而且以知瓊管萬州事。士民愈用謳思。以城，予志也。千里而來告成，且求銘。予所不能爲士民庇依者，公能爲之，其又何敢以辭。銘曰：

天於平昌，險不可升。繚以地形，山川丘陵。維城弗咨，缺其威棱。旁邑逋連，伏莽攸興。蒐慝討亡，憯莫勝懲。我公來治，惠和清澄。士民安歌，不吪不騰。寬而盜遠，有德者能。公曰其然，維城是應。君子之堂，叢山爲肱。引梁爲喉，帶溪爲膺。隟隧如夷，出没我乘。溥城寔難，連墉其勝。乃卜乃營，子來烝烝。其氣溶溶，其聲蕚蕚。循淮逶迤，哀山崚嶒。垠疏者新，碕堅則仍。爾絶爾聯，爾埤爾增。隱以冲冲，削之馮馮。其横寬晼，其矗雲昇。自公指麾，材宣力凝。和會陽陰，作中染繩。以裕而升，有速而恒。橋扉汲門，偵營是兢。士女朝迫，以林以蒸。牛羊夕歸，靡夷靡崩。甘寢露藏，庶無盜憎。赤烏以來，百雉斯稱。業以時臻，道在人弘。百世之仁，我公是徵。釃酒麗牲，神休所憑。我銘公功，于豆于登。戒邑于隍，以莫不承。

【箋】

作於萬曆三十五年（一六〇七）丁未後，家居。五十八歲。據遂昌縣志卷一城池，八月，處州知府鄭懷魁檄遂昌知縣亭志會重修土城。志會，晉安會昌人。

【校】

〔以接於閩〕接，原作「捷」。從遂昌縣志卷一改。

〔芟蒔薪採〕薪採，原作「新桴」。從縣志。

〔休然晏寢〕寢，原本作「請」，沈際飛本作「清」。從縣志。
〔爨謳歌舞〕謳，原本作「謳」。從縣志。
〔不闉闍而固〕闉闍，縣志作「闉扼」；原本作「闉拒」，拒，當作「闍」。
〔蓋我公之惠也〕惠，原作「時」。從縣志。
〔椎輪爲大輅之始〕椎，原作「推」。輅，原作「路」。今改正。
〔志而渝〕渝，原作「偷」。從縣志。
〔豈無四維腹心干城〕豈，原作「其」。從縣志。
〔伏莽攸興〕莽，原作「奔」。從縣志。
〔寬而盜遠〕遠，原作「還」。從縣志。
〔連墉其勝〕其，原作「具」。從縣志。
〔碕堅則仍〕堅，縣志作「望」。
〔削之馮馮〕之，原作「削」，從縣志。
〔其横霓虺〕虺，原作「虺」。從縣志。
〔偵營是兢〕營，原作「管」。從縣志。

【評】

沈際飛評云：「長行文透迤層折，是臨川所長。」又評「引溪度山」二十句云：「用韻是古體。」評「昔人比志金湯」七句云：「周詳委至，具見心事本末。」評「以城，予志也」云：「聯絡。」評「其氣溶溶」四句云：「形容妙。」

麗水縣修築通濟堰碑

經立世業之謂才，遘會世機之謂時。引天地之力，極五行之用，開塞利害，減益盈涸，早算旁捁，時察穎斷，非才莫可以爲也。雖然，獨智不與以慮，獨勇不與以成。視其氣，萎菸結嗇，詭譎峭疾，此其時雖有訓事，其亦可以已矣。若夫時叙端好，上下和茂，山川精朗，若發其覆，雅頌流委，士女遊豫，焕若新洗，耆長喜壽，癃滯思起，有時若此，而爲其長上若有事焉，若開若塞，若減若益，揚搉指顧，皆有華澤，官師吏事，手語心諾，則何慮而不發，何斷而不成。天下國家之事，機有向悖，業有王廢，蓋莫不因乎其時者。

予嘗試爲長吏於浙之處遂昌也，而感于麗陽十以年之前何如時也。所謂其事無不可以已者耶。今何時也，鄭公爲郡而樊君爲長。蓋予以遂昌謁郡而道松。遂之水源高急，砂礫不可以舟。松而後可以舟也。通濟堰在麗水西界中，其堠有龍祠，可以陰。堰源一，斷之爲三。所溉田百里，最爲饒遠。而並隄居甿，常盜決自喜。米鹽之舟，水涸，硌磧如縷，常曲折徙泄，而後乃可行。堰歲積以非固，比益以水敗。而並堰以下，若司馬章田等，逕于河東，亦皆以蕪廢不治。寶定之呂，碧湖之湯，父老以聞于予，未嘗不嘆息而去。欲爲一言其長。會歲少旱，而麗饑，松閉之糴。麗人譁，受事者幾以兩敗。予嘆曰：「水事不修，而旱是譟者，何也。」

去十年，而麗人來，問其堰，曰：「畢修矣。夏之六月，我樊侯始用祭告有事于通濟堰。七月，暨其旁下諸堰，盡于白橋，皆以十二月成。諸堰之費千，而通濟裁倍。半期之勤，數世之食也。」曰：「何如矣？」曰：「先是春正月，龍祠傾，野火燒其門，如將風雨者。有蛇蝘焉，象輿迴翔其上，而火已。居人請新之。我侯來觀，而周徇于堠，悼其徙以陊。問其故，則與所以敝者次第起行。諸壞堰，各從父老所問所爲修復費，心計而首頷之，以上太守鄭公。公槩然曰，坊敗而水費，則移而水私，固賢長吏事也，其以上司道東公。公報可。而侯乃始下令齊衆，均力與財。侯常以其俸入，身先後之。民所願平準所度田自爲浚葺者，聽。大小鼓舞，集而後起，序而後作。築崖置斗，疏函窒穴，開拓諸槩，縱廣支擘，視故所宜。遊枋昃石，易其朽泐。謹察匠石，分寸畫一。啓閉隨驗，高下不失。是役也，貲用約而功溢。侯乃以西人擇日上成事。受慶報賽，伐鼓絙瑟。有上有年，上下無患，是謂永逸。」

予憮然嘆曰：「侯之才敏至是耶。」麗人曰：「非若是而已。歲嘗旱，侯從鄭公禮於麗陽之山，畢吁而雨。乃新學宫，從鄭公講五經于堂。芝草生。數十年而弟子之舉于鄉者三人，上春官者一人。侯之才蓋通天地而斡五行，非水事而已也。」予嘆曰：「而亦知麗之有侯樂乎。昔麗之人蹐履瞀視，今麗之人飛色吐氣。則吾見麗之今日矣。鄭公樊侯，皆有春秋僑肸魯公宓子之意。簿書不以勝委迤，叱咤不以移色笑。士民休居，貌若有餘，工其樂胥。汝公汝侯，道達謳于。醲潤郁鬱，精甿發越，流止土石，氣莫底閼。聚人而人理，疏川而川治。此亦汝麗人千祀之一時也。其又何有于數十里之水坊開侖爲。」麗人喜而拜曰：「今而後知所以樂有吾麗也。」將銘侯功于龍之祠，莫可爲者。予宜爲銘。銘曰：

麗陽阻山，磽陿其畎。仰雨無時，迄東有衍。絶潭而西，百里爲沃。釃水以被，瀍湖以屬。事始惟梁，司馬詹南。宋令曰禔，乃作石函。越守成大，申著水則。源極中下，槩衡南北。股引三百，派餘七十。我匱我斗，以注以挹，及圮而新，必智與仁。水有旁渝，土亦善湮。有龍自天，祠于堠左。既貞其旱，亦戒于火。侯雩于川，膏雨其隨。來視其祠，亦民是爲。起行諸堰，或屬或散。都十有一，畝二其萬。彼決弗茸，彼偷弗治。如水斯平，不平以私。石久則裂，枋久則腐。歲比少有，曷爲其故。侯既念止，計畫尺寸。下與其勤，上然其信。涓辰用書，分耆屬傭。鼓役無羸，登輸靡窮。親以節口，二屬有帥。迄用告成，九十維日。代有廢興，莫必其理。侯用大作，溥長脈理。雲雨版臿，書夜晷刻。沃彼靈翠，施于岑擇。維侯有材，亦孔其時。太守伊人，如友如師。雅頌流通，山川休融。晏晶維期，蜿蝘效工。肅新龍祠，亦祀司馬。紀侯于碑，歌舞其下。終古稻粱，好樂無荒。終侯之功，以配麗陽。

【箋】

文云「去十年，而麗人來」，當作於萬曆三十六年（一六〇八）戊申，家居。五十九歲。

〔予嘗試爲長吏於浙之處遂昌也〕萬曆二十一年（一五九三）至二十六年，湯顯祖任遂昌知縣。

〔鄭公爲郡而樊君爲長〕時鄭懷魁任處州知府，樊良樞任麗水知縣。見處州府志。

【校】

〔揚摧指顧〕摧，原誤作「擢」。今改正。

〔通天地而幹五行〕幹，疑當作「斡」。

〔磽陿其甽〕甽，各本誤作「畝」。

〔晏䁀維期〕䁀，當作「䁀」。

【評】

沈際飛評云：「筆力奇古。」又評「經立世業之謂才」十二句云：「語語粹美。」評「麗人曰非若是而已」云：「往往於水窮處雲起。」評銘云：「銘甚佳麗。」

送吳侯本如内徵歸宴世儀堂碑

吳本如先生在吾臨六年，政成，徵爲户曹尚書郎以去。父老子弟思所以留之不可得，祠之。先生行有日矣，謂予曰：「予且欲如世儀堂。六年之劬，息以累月。一行受事長安中，猝未能家食也。」因言世儀堂，可以庥風雨，納景光，棲文尊，酎燕言。主人回翔其間，車馬之鶩塵，簿書之零誶，不足易吾樂也。予問世儀其何以儀。先生曰：「予諸生時有堂也，樹而雉止其棟。雉，文禽也。以爲瑞而顔之。已而獲從太學中連第以去。若此其祥也。得仕于臨，而再上計。冬過家，更堂其東。匠者方施礎列柱，而一雉復翩翩從天而下，入于懷中。雉上不踰丈有咫，何其高而有儀也。其又祥予而徵也乎。且予先大父儀亭，先君來儀，雖不光于時，而皆有隱德。堂之以世儀名，亦以志吾思也。」

予瞿然起而嘆曰：「有是哉。江淮以南，翬青地而備文，耿介而聞微。質青，仁也；耿介，義也；聽察先聞，智也；五章，禮也。有此四德者，可爲世儀。夫鳳凰者，天子之禽也。故虞書「簫韶九成，鳳凰來儀。」鴻鴈雖卿大夫之禽，在易漸上九曰：「其羽可用爲儀。」則隱士也。惟雉也，天子可以衮，而士可以摯。天子可以衮，則天子之儀也。士可以摯，則士君子之儀也。可以爲天子儀，則上行而可以毗于鳳也。可以爲士君子儀，則平施而可以列于鴻也。爲世之儀，不亦遠乎。且先生世有隱德，至先生而光，加以有功德于臨。然則兹堂之爲先生儀且瑞也，其又可以世次數乎。」予喜從父老子弟後而歌斯堂也。歌曰：

大江以南，大吴自東。有臺于樅，有國于桐。我侯之美，世濟斯豐。含章以秀，食德而融。起于諸生，一畝之宫。益堂其西，有棟而隆。乃瑞自天，我雊其容。一止于梁，再集于躬。齊新厥寢，應以鳴鐘。侯堂維何，圖書在中。匪犄匪游，何起何從。以摯而升，若彼桓躬。衮職有補，以兆華蟲。離而亦潛，鷪矣其噰。君子儀之，隮于雲鴻。我侯于臨，人和政通。言歸京師，于焉雍容。侯宴于堂，載考其祥。文明以止，翬飛則翔。有羆有熊，爲龍爲光。君子儀之，以世其堂。

【箋】

爲吴本如明府去思歌云：「使君去時一年與我好……紫柏師來江上春」，其去任在萬曆二十七年（一五九九）己亥。文當同年作。

吴本如，名用先，字體中。桐城人。見撫州府志卷三九。

【校】

〔先大父儀亭〕父，原作夫，當改。

渝水明府夢澤張侯去思碑

歲壬寅夏，臨江新渝縣侯晉陵張夢澤先生視縣，且中秋，而忽以先大夫之訃行。

其邑之士民以千數，無不星走雨泣，如失慈乳。不可遮留，送之章門，或至其家而後返。既而其父老子弟迴惑展側，思侯不休。聚而謀于玉几山之校曰：「張侯豈忘我耶。其教令皆可爲後世法，盍勒之以示後之愛民者。」或曰：「張侯恂恂儒者，所施行便民。然好自匿，不喜有智勇之名。刻教令，非侯意。」「然則忘侯耶？」曰：「先王之經理其民也，陳其國風，而通其慕好，以知吏治。侯治且成，吾屬得而歌舞之。歌舞者，吾人之情也。懼于鄙野，有一人焉，文之，可乎。」或曰：「焉文之，有能言者而可矣。」於是問諸邑之賢良文學，越五百里而贄以徵言于予。

予豈能言者耶。肅然爲起，不獲辭，進而問曰：「張夢澤先生者，非弱冠而以文章妙天下者耶。必若所云，是子賤子奇復見于汝渝也。予雖未見張侯，而聞于往來長者，知其心。試言所以治渝者。」父老進曰：「侯亦非有驚詭繚厲駴絶之治也，要於便民。渝貧，問于章虔，歲賦當七萬餘，而所獲常不足以半。賦或逋負至于十年。有令悉追之者。侯至數月，喟然而泣曰：賦逋至十年，籍亦有不可得而校者矣。此徒爲老胥史奸利地，何益。下令，課吾來渝以後者。餘逋須後令。民乃無譁。旁大縣或先一歲而畢徵，或僅如其歲，渝不能也。侯與民期以十，且曰，盡來歲春當竟也。民乃益舒矣。訟以里老捕告者，往往有之。民或格不應。侯召，無不至者。山谷之民，見侯，皆色喜，各自言其情無隱。而侯以半詞決之，皆解去。侯常推誠勸譬反覆，至于父子骨肉之際，未嘗不流涕而遣之。民以其風，愧訟，至于獄空。罰所入以廩饑民，餘以待公所繕具。諸生月三課以爲飱錢。至于侯自養，粗厲取具而已。上計至無以爲資。都下呼爲窮新渝。侯笑曰：「非新渝窮，誰當窮者。」然渝乃更以侯重。渝産銀。中使横，且至，侯意不爲屈，欲引去。大吏曰：此非所望于賢者。侯止，爲畫一授中使前驅者，纖曲有程度。旁縣皆爲折衷以待。中使知侯賢，且事率整辦，終不來渝也。至虔還，略清江而下。渝省費以千百計。歲微暍，侯蹶然籲天曰：礦税爲魃，天亦忘吾民耶。已而雨。蓋自侯來三年，邑無暵浸之憂。野糧流溢，江楚行道無所稽，夜户不閉。民樂而歌之，亦其時也。」予聞之，厥然而興，逌而嘆曰：此盛德事也，而太平之業也。吾何足以言之。雖然，如璧肉好其精氣有異。蓋周漢間所爲俗吏苦者，固已在包苴干牘之知，筐篋簿書之能，中乃以文學相緣飾，非其學也。予聞之往來長者，皆云侯性澹而容端，學深而行夷。其爲政也，悃乎所謂忠信之美，優游之法。人知之不爲腴，不知無以爲瘠也。由此言之，侯意念深至，類有道者。夫有道者，其風澤自遠。渝之不忘，豈有極乎。予能爲諸父老子弟之不忘也，而文以言。曰：

蘭陵之英，大江之靈，我侯誕生。風霆角芒，日月冰霜，裂爲文章。經于有政，文明以正，惟所涖幸。吉錡瑞間，南爲渝川，北倚蒙山。侯以爲家，廉貞惠和，公勤静嘉。言笑晷刻，皆取成畫，鮮不爲則。不訏不縵，函良梶奸，以敬其官。如金如玉，如布如粟，如川如谷。恥幅其外，以鬯其内，如彼襜佩。士女曰宜。施于道周，或遊以歌。汝薮汝酭，式歌且舞，無德與汝。豈無德與，忘侯之處，而思其去。侯去在東，衆號而從，孝慈則忠。侯吉而駕，將雨天下，視渝其稼。渝人思止，父也違止，孰我儀止。刊山以容，瞰虎盤龍，維鼎維鍾。我侯夢澤，思也罔極，視此樂石。

【箋】

作於萬曆三十年（一六〇二）壬寅，五十三歲。家居。夢澤名師繹，晉陵（今江蘇常州）人。萬曆二十八年任新喻知縣，今年離任。有月鹿堂集。

【校】

〔旁縣皆爲折衷以待〕待，沈本作「行」。

【評】

沈際飛評云：「文亦端淡深夷，類有道者。」評銘云：「體稍變而逾古。」

臨川縣孫驛丞去思碑

吴淞孫君耀祖來視臨川之孔渡驛，三年，遷嶺南巡檢以去。民留之，不可。而思祠之。祠之者，賢之也。何賢乎孫君也？君之賢，有一時大吏所不能辨者。蓋先是驛在孔渡，去郡五里。逮金隄成，水趨文昌橋以北，徙驛橋東。歲甲午八月之二日橋壞，歲流殺人以百十數。民議當修復此橋。而偶有一二氣力無識之人，謂不可復，不如徙橋他所。先太守張公以爲不然，力復其十一之四。餘猶爲憒憒者破敗而不修。戊戌，予歸田，始著復橋三不難之議。而署郡事二守朱公斷然主之，得詳允以行。顧下無和者。君慨然起而任之，曰：「丞之驛與橋俱。晝夜察其工便。」朱公大喜，曰：「丞能爾，吾何憂。」已而梗者大起。予與二三鄉紳，擇吉敦延郡縣，告於河神。一時長吏無敢出者。君曰：「丞業以任橋事，神其聽予。」至期，君鋭然朱衣攝祠事。祭告訖，風日清皎，人用奮悦。君首捐十金犒匠氏。然民愚，觀望久，莫爲應者。予叔尚恕謂予曰：「張太守時，吾家修復四之二，及兹，我首其功，以民終其事，可乎。不然者，負丞。」予遂始其一，而二三鄉紳繼之。民見其因圮以立，易就，各有所捐。一歲而告竣。壬寅之臘，迎春於此橋。懽呼者萬計。朱公屬民而嘆曰：「費出入有經，工早晚有程，孫丞之力也。」橋成而謀所以屋之，仍以君既厥事。蓋今而後知君之賢。然乃以遷去，不可得而用矣。

予閱史譏魏西門豹，旁有漳水而不能用，爲不仁且不智。夫彼猶水利，可以需而行；此爲水害，不可旦夕待者也。歲溺數十百人，略無省憂，豈彼獨去民遠，孫君驛與橋近，時見溺者猶己溺動心與。若然，則孫君之仁也。孟子曰：「爲政不因，不可爲智。」橋有因而可治，其功易成明甚。乃獨一孫君早見而獨決與。若然，則孫君之智也。一二有氣力無知之人，能撼大吏，不能撼一丞。豈大吏皆金注者怯與。若然，則孫君之勇也。仁且智且勇，有如孫君，不止宰一驛，而當大事，爲世津梁，豈可量耶。爲大吏三五年，偷以去，固不如孫君力成一橋，功德於民不朽。予故因父老子弟之情而爲之言，以告世之人。爲民決計便利，雖一事，非仁智以勇不能。官雖卑，亦能有所發憤。張公朱公前後物故，然皆功德首，不可忘也。

【箋】

文云「壬寅之臘，迎春於此橋」，壬寅爲萬曆三十年（一六〇二），文當作於此後。次頁沈際飛引若士與楊耆民書，當作於萬曆二十三年歸省時，碑文後或重又增改也。

〔甲午〕萬曆二十二年（一五九四）。

〔先太守張公〕名試。

〔二守朱公〕撫州同知朱於讚。

【校】

〔不如徙橋他所〕如，原誤作「加」。據沈本改。

【評】

沈際飛評云：「與楊耆民書云：孙驛宰鋭然成橋事，去歲活幾百命。官微而德鉅，即以汝水爲峴山可也。記已屬草矣。」按：此書今佚。又評「爲大吏三五年偷以去」三句云：「關係語，不獨文字之工也。」評「爲民決計便利」四句云：「立言不朽。」

湯顯祖集全編詩文卷三六

玉茗堂文之九——啓

爲士大夫喻東粤守令文 代

余觀東粤郡縣難爲，甚於西粤。蓋近寶而民多，奸吏易以富。監司之地或迴遠，察吏未精。蓋余始不得不稍近士大夫，以論吏，可信者十之七焉。若愈於同吏斯土者所是非焉。何也。余登名以來，年運而往矣。今與余同事斯土者，皆非余故相朝夕者也。直於禮數文移間模想而知。其監司於守令所在，不能無昵；而士大夫於守令所在，不能無怨。怨不能有公，猶昵不能無私也。故余參伍而用之。此總吏治察人才之大較也。而日者守令輒持士大夫短長，暗揭顯呈，若惟恐余與往來有所信用者。此大不然。余中州人也。木强，然無所諱，而愛信士大夫。與士大夫論吏，未嘗過也。無論見仕如周廣州啓祥，周廉州宗武，其人亦已久矣，而士大夫至今傳其清。魯司理點、董郡丞志毅，其官不復然矣，而士大夫每見訟其清。士大夫何負爾有司耶。

且聞有司中，有謝絶士大夫，偶爾相見，若路人然者。夫子賤，聖門年少之英，其宰單父也，滿車而載父老。曹參，漢初更事之將，其守齊郡也，爲堂而師蓋公。爾等守令，材於二君子耶。余以爲雖夙智老成，於地方利害微渺變動，有非書記所盡，意知所通者。必于士大夫謀之。士大夫之欺守令也，盡於其所關説之一事而已，未有問其他事皆欺者。然則士大夫固可以源源而見。其質勝者，愛而詢之以爲主；其文勝者，敬而詢之以爲輔。詩不云乎：「周爰咨詢，每懷靡及。」周詢以盡衆也。今守令嘗自謂智力有餘，可以獨見私決，兼可以籠制士大夫。於是談笑恣意，睚眦滿匈。賓主無交，利弊安訪？必且訪之，吏書而已，門子而已，皂隸而已。此數種人者，最不利有司之聰明，亦最不喜士大夫之得近于有司也。詩云：「其何能淑，載胥及溺。」其最可恨者，庸吏爲人所使，貪吏先以箝人，偏於士夫家深致其罪，申詳體審，乃或不然。不止教下民以不恭，兼亦費上官之處分。興言至此，爾守令等以爲何如？

然則士大夫之家可無治乎？曰，士大夫亦所治者也。奈何不治。當先之以禮耳。夫士大夫固多賢豪知書，即甚不自愛者，其當官亦知有律令數條矣。凡不如律事，未必其身爲之，多其封君有少子者，其子弟有奴客相誘者。蓋利則平分于奴，害則全歸于主，理勢然也。大奸惡，自如律係治。非大事係封君者，宜姑以狀還示其封君，曰，人如此言，未知信否，善自治之。夫封君固多老人，習世變椎訥者也。得此示，當惶恐匍伏謝罪。則禮之如初可也。敬其父則子悦，因以化其子也。如封君再犯，其子仕在近，宜爲書告之，遠則告於羣士大夫，曰：人言某封君再矣，可若何？三則係其奴治之矣。如其子弟，則召而教之。在諸生者，以付學官。未見其難爲也。曰：如士大夫身親里居犯法不義者，如之何？曰：犯法大者，如治庶人律。其次，所以告語者如封君。三則係治其奴，四則係治其子。曰，如斯而已乎？曰：有本。子曰：「其身不正，如正人何。」酌石門之泉，士大夫必不争渡矣。還合浦之珠，士大夫必不懷珠矣。是故清吏之法亦清，濁吏之法亦濁。清吏之法法身，而濁吏之法法人也。且汝見食民脂膏，爲天子持法，然已貪廢若此，豈必士大夫言汝乎。然則自爲清吏而已，無患士大夫不保汝矣。

曰：如東粤海大夫之節，龐中丞之才，亦可以治人矣。所至不能大治，而常爲其部士大夫所危以去。士大夫固有必不可治者乎。吾所云士大夫可治者，乃東粤，非東吴也。彼雖號難治，然未嘗不敬服海公而畏避龐公也。二公雖去，東吴之俗亦變，又安在東吴士大夫之難治也。今以始從我東粤者，宜以政正身，以禮先人。興廢必詢衆心，低昂必持平法。他日血食斯土，循良有書，士大夫必不負汝有司也。更無以疑忌禁制爲不可治之言。前士大夫雖於一二有司有所言，余無成心也。如陳郡丞鴻漸署新會，閣余文書不行。徐察其意，在便民也，雅信之。馮令渠治番禺，每與論議常左。然知其志在古人也，甚重之。此二事皆汝守令所見，余豈以士大夫有言爲芥蔕，不察其後者哉。各安乃心，度乃職，無貪無殘，無昏無縱，以清漲海，紓朝廷南顧之憂。此論。

【評】

沈際飛評「酌石門之泉」八句云：「妙在子書文法，不見其爲子。」

爲守令喻東粤士大夫子弟文　代

東粤山海緜奥不可測，所爲寶藏興焉，貨財殖焉。然近寶而反貧。多藏厚亡，天之道也。惟粤中人材爲天地精寶，萬有益于世而無一費於其鄉。古遠無論，陳湛二先生之正學，梁方霍三公之偉業，丘海二公之博文危節，至于今粤之後學末宦，未嘗不稱之，與古聖賢豪傑争銖兩，何問今世哉。而本院下車問俗問學，乃稍有異。有云諸生得與有司過手通錢，舉人輒遮有司車言事，麾之不去。余喟然嘆曰，嶺表多奇士，何士氣一至于此。士大夫先達無能爲先耶。既而親士大夫，訪故實時務，無不悃款周至。大率以正對者十之八，以愛惡請者一二事焉。其一，言故徐聞令陸之貪。其實廉，而使酒不治事耳。其二，言已降瓊賊李茂之可用不可殺。夫茂于嘉隆之際，殺掠焚燒海上十餘年矣。不克征而受降，令居城中。其衆日蔓，他日有風塵之儆，恐瓊州非國家有也。余是以違一二士大夫之教，必禽之。其餘士大夫之教皆是也。然則嶺海士風之敝，徒其下舉人諸生未有命教者耳。其士大夫修名行，不隊先達之風者固多。余是以論吏舉事，未嘗不就士大夫也。

而頃者一二郡縣有所疑，云某鄉先生不能于其守若令，因列其里居所爲，至云包舉蛋户，不如式船爲盗，或出池盗珠，或受盗珠，發覺反爲地者。此自影響言之，余不忍謂士大夫有此。至如云租渡船有争，業葑田有争，領税領鹽有争，則士大夫真有至本院言之者。其他舉債鎖人于柱笞没之；或倒署年月日争買便田宅，空其價處不書，買得多自填之，以絶其贖；或與價十二三；或以貨相折；或竟爲奸人報怨，受其所獻産不明者；遍告人買之，展轉取受，竟決賣之，少與獻者錢，以來後奸；或大奴入市買物不售，輒取物頓置道上破敗之，詬駡而去，以此持小貨不敢過士大夫之門。郡縣言往往如是。一何市井鄙細人之甚也。然此必非士大夫所爲，亦其家子弟貧薄失教，無行義一至此耳。雖然，子弟亦不可以無教也。禮，于父母幾諫；得罪于鄉黨州閭，寧熟諫，三則涕泣而隨之。況于子弟，父兄乃得而義方之者乎。夫士大夫子弟，猶吾子弟也。余不明于義方，亦有一得之勸，可乎？

夫士大夫子弟固有舉于鄉者矣，賓興之詩曰：「示民不佻，君子是則是傚。」言爲鄉所舉者，爲王嘉賓，民之望也。如復輕佻暴亂，即與細民何異。甚則有細民自愛所不爲者。以此稱嘉賓，不已羞乎。于是鄉中細民得而輕之矣，況在有司，復安所見重而相賓禮乎！蓋知汝鄉行如此，智量福業可知。他日受官，或值此有司同事，詎復以可人相待乎？試觀士大夫享長福者，其心必有以愛人，其行必有以重于世。亦有褊心薄行而獵通顯者，然其名必壞，其後亦多不全。寧爲彼不爲此也。陳江門海忠介亦何必成進士乎。其號爲秀才者，于編民中才且秀也。如已不才于父母之邦，其亦不秀甚矣。夫以巾帶之士，加以名家，如肯折節好義，其名易出于平人。而乃于鄉閭中，無所比數如此，深爲惜之。至于士大夫子弟，有同爲白民，而侮奪鄉閭者，不勝，則忿曰，必欲假一巾帶而後可。嗟夫，再世之後，編氓一也。汝今日無奈人何，人他日亦無奈汝何矣。然則勢力不行，正爲佳事，不足忿也。

孔子曰：「君子懷德，小人懷土；君子懷刑，小人懷惠。」以近事相辟，如忠孝慈讓，皆所謂德也。宗黨善之，州閭幸之，天下後世聞者莫不歎慕之，可謂至榮。此君子所懷，即君子之土也。小人務廣田宅而已。田宅亦土也。然君子以德爲土，萬世居之。小人以土爲土，没世而復陵替于他人。故懷上不如懷德之寧也。刑者，如今日陳説律令以儆聳爾等是也。當以此爲懷，見幾而遠罪。若我等官司聽汝説事害人，名雖爲惠，實汝毒也。小人無知，喜順而惡逆，故懷惠而忘刑。已而涉于刑，或免冠乞哀，或褫服受係。舉人秀才賢公子不爲，而爲堦前獄内之人哉！玉盃盛溲，此之謂也。雖然，豈能無觖于士大夫乎？父兄，子弟之師也。士大夫争渡争葑，其子弟有不争者乎？士大夫領税領鹽，其子弟有不領者乎？士大夫害鄉閭不德，其子弟必不懷德矣。士大夫僭官府行刑，其子弟必不懷刑矣。乞人臧婦，苟愛其子，未有教其子爲暴者也。以一二士大夫所爲，令子弟效之，敗名滅種，此何異憂子弟之饑，而食之以毒藥乎。

子曰：「吾未見過而内自訟者。」即士大夫有一二過舉者，慢然謂其子弟曰：「吾今日以往，多非人所爲，汝等良子弟慎毋效之。惟孝友慈讓是爲。争渡船，不如漁者之讓坻也。争葑田，不如耕者之讓畔也。領税領鹽，不如領詩書仁義之爲富也。使鄉里稱爲小人，不如使鄉里稱爲君子；使他日稱爲惡種，不如使他日稱爲善門。」如此雖陳湛梁方諸公之訓子，亦何以遠過于斯乎。詩不云：「神之聽之，終和且平。」本院之言，神之所聽也。此諭。

【校】

〔而頃者一二郡縣有所疑〕頃，原誤作「傾」。今改正。

〔未有教其子爲暴者也〕子爲，原作「名以」。據沈本改。

【評】

沈際飛評云：「篇中無數轉折，如龍峽不可尋。」又評「而本院下車，問俗問學，乃稍有異」云：「轉。」評「無不悃款周至」云：「轉。」評「而頃者一二郡縣」云：「轉。」評「然此必非士大夫所爲」云：「轉。」評「子弟亦不可以無教也」云：「轉。」評「然則勢力不行，正爲佳事」云：「妙。」評「豈能無觖於士大夫乎」云：「轉。」

續棲賢蓮社求友文

歲之與我甲寅者再矣。吾猶在此爲情作使，劬於伎劇。爲情轉易，信於痎瘧。

時自悲憫，而力不能去。嗟夫，想明斯聰，情幽斯鈍。情多想少，流入非類。吾行於世，其於情也不爲不多矣，其於想也則不可謂少矣。隨順而入，將何及乎？應須絶想人間，澄情覺路，非西方蓮社莫吾與歸矣。昔遠公之契劉遺民等，十八賢爲上首。而康樂高才，求與不許；淵明嗜酒，而更邀上。名跡既遷，勝事遂遠。至趙宋省常昭慶之社，虚有向王二相國名，隱跡不著，亦足致慨於出世之難矣。

吾弱冠徘徊墜簪池上，因而自念，異日投簪，庶其在此。四紀而餘，因循未果。邇欲奮飛開蓮續社，而故林馳傳，頗礙棲遲。諸所高深，去人大遠，津梁一處，允惟厥中，則有唐少室山人李公所隱棲賢故基。谷林石淙，雷動車震。橋名三峽，循涯眺聽，空寒應心。五老雙流，傾其左側。龍淵鹿洞，踧其近間。真不盡之靈墟，而無爲之盡垝也。中有平疇煖曲，茶筍斯儲。谷口江乘，延接非遠。興言葺築，無負初懷。冬春間，復聞九江分司錢塘葛公加意道業，亟往依之，冀成斯事。比度章門，葛公幅巾歸越，而棲賢老釋樂愚寔來。樂愚故有浄行可語者。旋告之故，樂愚曰：「亦其時也。高天銷於熾炭，大地沉於積流。況此聚沫之軀，懸輿之晷乎。雖然，非有同心，安能久處。曷若遂蹤林遠，大啓宗雷，庶使鸞鶴相依，蘭菊無絶耳。」吾愧其言。自惟素尚淺於淵明，雜心廣於康樂，而敢擅嗣盟以滓前哲。已而静思，有足述者。晉宋之間，世道奇側。遠公夷迹諦交，實深玄慮。我明一家，恢然道廣。才度之士，朝壑交容。慕類以悲，感愾而集，要亦語嘿之通懷，往來之大致矣。且吾有二友，湯嘉賓久愾嘆於棲賢，岳潛初近勤施於昭慶。兹之續斯盟也，成斯役也，二公首其許我乎。

嗟夫，匡蠡之名迹鉅矣，宇宙之名流盛矣。遺民通隱，必有周劉。散騎舍人，未乏詮炳。費神明於匪妙，委日用於無常，情有所必窮，想有所必至。苟懷千秋之寄者，皆將有感於斯言耳。

【箋】

作於萬曆四十二年（一六一四）甲寅，家居。六十五歲。是年冬母吴氏卒，蓮社之志未遂也。

〔吾弱冠徘徊墜簪池上〕隆慶四年（一五七〇）湯顯祖在南昌中舉。往西山雲峯寺謝考官張岳，晚過池上，墜一蓮簪，作蓮池墜簪題壁詩。

〔九江分司錢塘葛公〕葛寅亮。錢塘人。萬曆四十年（一六一二）任江西右參議備兵九江。見江西通志卷一三。

〔湯嘉賓〕名賓尹，官南京國子監祭酒。去年罷歸。所著睡菴稿卷六亦有續棲賢蓮社求友文。

〔岳潛初〕名元聲。嘉興人。萬曆二十四年(一五九六)三月以工部都水司郎中上書言事罷歸。著有潛初子集。

【校】

〔續棲賢蓮社求友文〕續，各本誤作「績」。據翠娱閣本改。

【評】

沈際飛評云：「語多幽抑簡貴，是棲逸者流。」又評「想明斯聰」十一句云：「自難自解，俱是性情，不是文字。」評「晉宋之間」十二句云：「文在晉魏而上。」評「朝蹔交容」句云：「四字妙。有褒譏。」

翠娱閣本評云：「無懟激之詞，無沉錮之想。嚶嚶之鳴，實獲我心。嗟乎，不求夔龍，而求林遠，終非英雄快事。」又評「情多想少」句云：「想少不能制情。」評「谷林石淙」以下數句云：「到來生隱心。」評「朝蹔交容」以下數句云：「不期而□，悲之所生。」

湯顯祖集全編詩文卷三十七

玉茗堂文之十——説

貴生書院説

天地之性人爲貴。人反自賤者，何也。孟子恐人止以形色自視其身，迺言此形色即是天性，所宜寶而奉之。知此則思生生者誰。仁孝之人，事天如親，事親如天。故曰：「事死如生，孝之至也。」治天下如郊與禘，孝之達也。子曰：「天地之大德曰生，聖人之大寶曰位。」何以寶此位，有位者能爲天地大生廣生。故觀卦有位者「觀我生」，則天下之生皆屬於我；無位者止於「觀其生」，天下之生雖屬於人，亦不忘觀也。故大人之學，起於知生。知生則知自貴，又知天下之生皆當貴重也。然則天地之性大矣，吾何敢以物限之；天下之生久矣，吾安忍以身壞之。書曰：「無起穢以自臭。」言自己心行本香，爲惡則是自臭也。又曰：「恐人倚乃身。」言破壞世法之人，能引百姓之身邪倚不正也。凡此皆由不知吾生與天下之生可貴，故仁孝之心盡死，雖有其生，正與亡等。況於其位，有何寶乎！

吾前時昧於生理，狎侮甚多。受命以來，偶讀至伊尹曰：「天之生斯民也，使先知覺後知。」乃嘆曰：「謂之天民，當如是矣。」始知「君子學道則愛人」，故每過郡縣，其長吏及諸生中有可語者，未嘗不進此言。而徐聞長熊公，愛人者也。此邑士氣民風，亦自惇雅可愛，新會以南爲第一縣。且徘徊于余，不忍余去也，故書貴生説以謝之。

【箋】作於萬曆二十年（一五九二）壬辰春。時謫官徐聞典史，爲建貴生書院。四十三歲。據劉大司成集卷一四與湯若士，後文明復説同時作。熊公，名敏，江西新昌人。萬曆十八年任徐聞知縣。見廣東通志職官。

【評】沈際飛評云：「隨地立教一端。」又評「故觀卦有位者觀我生」五句云：「如此説亦足以補傳注之所未備。」評「書曰：『無起穢以自臭』」四句云：「一本删此四句，亦得。」評「吾前時昧於生理」

二句云：「一本删之，是。」

明復説

天命之成爲性，繼之者善也。顯諸仁，藏諸用，於用處密藏，於仁中顯露。仁如果仁，顯諸仁，所謂「復其見天地之心」，「生生之謂易」也。不生不易。天地神氣，日夜無隙。吾與有生，俱在浩然之内。先天後天，流露已極。故曰：「君子之道費而隱。」費者浩費，隱者深隱也。血氣心知乘之，有不盡之用。浩然初氣，胳合爲難。吾人集義勿害生，是率性而已。夫子循循然善誘人，引人知性也。性之感通極變，自成文理，耳目等用是也。「心不在焉，視而不見」，「非禮勿視」，等所以在其心也。顔子常在其心，至「如有所立卓爾」，故「欲罷不能」；學已見性，所謂欲須臾離之而不可得，然「從之末由」。有由，則涉忘助之趣，非率性覩聞之内，非知止静定之中。故顔之卓，即知止知性。

何以明之？如天性露於父子，何以必爲孝慈。愚夫愚婦亦皆有此，止特其限於率之而不知。知皆擴而充之，爲盡心，爲浩然之氣矣。文王「緝熙光明」，故知其中有物而敬之，此知之外更無所知，所謂「不識不知，順帝之則」也。大學「致知在格物」，即「其中有物」之物，帝則是也。君子知之，故能定静。素其位而行，素之道隱而行始怪，閿而不通，非復浩然故物矣。故養氣先於知性。至聖神而明之，洗心而藏，應心而出。隱然其資之深，爲大德敦化；費然其用之浩，爲小德川流。皆起於知天地之化育。知天則知性而立大本，知性則盡心而極經綸。此惟達天德者知之。鬼神誠之不可掩，故「微之顯」。達天德者，明之不可昧，故「知微之顯」。孔子曰：「思知人不可以不知天」，「誠者天之道，誠之者人之道」。故乾知以忠信立其誠。「知至至之，可與幾」，知幾也；「知終終之，可與存義」，集義也。「知存亡進退不失其正」，與神龍俱發揮大業，浩然六虚。過此以往，又未之或知也。故大人之學，在於知止。止者，天命之性，而道義之門乎。舜知「道心惟微，惟精惟一」，故能「安汝止」。

吾儒日用性中而不知者，何也？「自誠明謂之性」，赤子之知是也。「自明誠謂之教」，致曲是也。隱曲之處，可欲者存焉。致曲者，致知也。知極於曲，則端倪光景，時若有見。「如立卓爾」之際也。此謂之形著明。至此始有龍德，可動可變可化。故孔子之學，至於知天命而始活。今欲希孔，先希顔乎。其功自復禮始。復者，乾知之始也。

【評】

沈際飛評：「其別解處卻是正解。」又評「隱然其資之深」四句云：「直截。」

秀才説

秀才之才何以秀也。秀者靈之所爲。故天生人至靈也。孟子曰：「以爲未嘗有才者，豈人之性也哉。不能盡其才者也。」故性之才爲才也。盡其才則日新。心含靈粹，而英華外粲。行則有度，言則有音。易所謂黄中以通其理，是也。才而爲秀，世實需才，正需於此。或曰：「諸生不甚言性，正以言性之人亦未能盡其才。」夫大聖非五十學易知天命，鮮能無大過。惟其言之信者識之，其行之信者從之，其言行之疑者置之而已。或曰：「日者士以道性爲虚，以食色之性爲實；以豪傑爲有，以聖人爲無。」嗟夫，吾生四十餘矣。十三歲時從明德羅先生遊。血氣未定，讀非聖之書。所遊四方，輒交其氣義之士，蹈厲靡衍，幾失其性。中途復見明德先生，嘆而問曰：「子與天下士日泮渙悲歌，意何爲者，究竟於性命何如，何時可了？」夜思此言，不能安枕。久之有省。知生之爲性是也，非食色性也之生；豪傑之士是也，非迂視聖賢之豪。如世所豪，其豪不才；如世所才，其才不秀。傳不云乎，三折肱可以醫國。吾爲諸君慎之。

【箋】

據沈際飛評語引湯顯祖示平昌諸生書，文當在遂昌作，時任知縣。〈中途復見明德先生〉萬曆十四年（一五八六）夏，羅汝芳至南京講學，時湯顯祖在南京任太常博士，時往談學。見羅近溪先生全集附楊起元作墓志銘。

【評】

沈際飛評云：「示平昌諸生書：昨某使者至，輒稱某秀才某秀才。諸生時有不懌。夜思之，秀才二字，稱之者與當之者俱未易也。因爲説。」按，此書今存蘇州圖書館藏玉茗堂尺牘殘本。又評「如世所豪」四句云：「毒駡，妙絶。」

翠娱閣本評云：「頑鈍非秀，跅踶非才也。須得一辨明，庶不愧此二字。若不以才而以財，則亦莠而非秀矣。」又評「以道性爲虚」四句云：「總不識性。」評「知生之爲性是也」以下數句云：「辨真。」

湯顯祖集全編詩文卷三八

玉茗堂文之十一——頌

戴大宗師孝感頌 有序

恭惟吾師戴公，抱扶輿之閟，秀斯人之類。風體沖明，德心醰邃。邇紆毗濟之道，綜法物之教。有事在三，其儀如一。所以啓揖風華之裔，光飾文轡之士者，術宏廣矣，首德惟孝。夫孝德以爲道本，爰以教，六行始也。吾師躬親服勤，青衿受其模染；精意炳鬱，玄壤摽其采瑞。厥有年日哉。先是歲戊辰春，吾封君太師殂落。吾師哀哭絶人，固已焦腎乾肝，田膂嘔血矣。緜屬之際，自傷念曰：「先人之體，尚未有處，吾弱，如以死殉，旁無異兄弟，身復未有子，是終不得善地受吾先人骨矣。」稍杖稍粥，七月始能行。視丘原之吉，或人已穴，或比人居止不便人者，吾師不卜。曰：「吾不能妨人之吉以吾吉也。」忽天賜善地，得大峯之麓。時諸暨令梁君同往視吉。已，乃剸竹一莖其處。是月不雨。至八月往視，前所立竹忽然生筍三枝，枝尺有咫。歲庚午冬，遂葬。辛未歲九月，縣官起復勸駕，吾師抗辭不獲。哭戀墓側，忽見墓領生草一叢，就視，草中乃有禾三穗，穗各一種，種各實一。縣人三老子弟，俱往驗視，嘆曰：「戴氏塚前既生三瑞筍，今又生三嘉禾。孝感殊異。宜上厥事。」吾師謙執不許。蓋葬後一年而有子瑞，戊寅又生一子。天符地脈，昭然在兹。庚辰夏，門人顯祖作頌。頌曰：

漫漫方輿，炯炯圓覆。搆道胚渾，流精皎燭。父母罔極，如亭如毒。始服無方，終營永卜。孝子貞之，恖原是築。天地嘉之，禎符是速。乃有孝筍，生于箹竹；乃有孝草，生其旅穀。籜既明采，種各圓實。神抽其穎，天賜其秩。至行玄感，圖經所陟。蔡木連里，夏樹華鬱。新林旅松，石陽寒橘。甘棠麻拱，鎮南禾麥。吾師匹止，昭哉殊迹。二胤承之，永言孝澤。門人作頌，以告維則。

【箋】

據序所述，作於萬曆八年（一五八〇）庚辰，三十一歲。時春試不第南歸，遊學南京國子監，爲祭酒戴洵所賞識。參看玉茗堂賦之二青雪樓賦。

【評】

沈際飛評云：「亦有筆力。」

縈河公頌　有序

縈河公者，蜀玄妙有道人也。本天上之張星，住人間之井絡。百行歸其檢柙，萬卷屬其流涉。忽而神忌其燭，用晦厥明。公乃投業而嘆曰：夫子野徵言，晉人名其君子；丘明紬史，漢代標其素臣。彼皆不貴而尊，或損而益。吾不逮飛芳域内，不當振足塵外乎！遂結茨嘉陵江上，誦乃祖思玄賦縈河之句，欣然賞晤，自號縈河居士。令子侍御一鯤君，時振于鄉也。厥有五兵侍郎曾公，甫起籍於彭澤，業鳴弦於富順。實其舉主，見爲通家。乃推倒峽之才，創寫縈河之意。繼有作者，旋復終焉。嗟夫，里社藏雲，薇垣隕宿。侍御君悵風木而流恨，索雲藻以攄幽。一時人事，俱操彤管之奇，争慰白華之想。獨如僕者，無涯浪士，有憶情生。咏草悳其俱昌，班荆語而莫逆。侯誰在矣，有子幸哉。欽其素業清隱，作縈河頌一篇。

華顛君子，玄識先生。沉輝葆樸，澡迹遺榮。當無鑿牖，選僻攢楹。嘉陵是直，岷江此横。銅梁寫照，玉壘流瑛。纖羅晝漾，倩縠朝縈。醲旋矯潤，虹拖飲晴。滎流絳屬，澄漪練平。迴迴漢采，裔裔雲英。陽崖曲抱，翠瀲遥迎。羊腸緬邈，鵲尾經營。櫳匝西蜀，委曳南荆。泉綃繞室，雪錦環城。玲瓏溯沚，綽約連瀛。含潛麗窕，樂泌倫貞。湧淪無詑，沖溢寧評。文藻可結，瓠瓜不傾。侯嗣忠孝，漁歌濁清。隱同薖軸，貴異塵纓。璇源自折，珠崎恒盈。縈河載頌，絡井流聲。

【箋】

頌應張一鯤御史之請爲其父作。張一鯤，四川定遠（今武勝）人。嘉靖三十七年（一五五八）舉人，隆慶五年（一五七一）進士。以上見重慶府志選舉志。富順知縣曾省吾爲其鄉試「舉主」，即所謂「五兵侍郎曾公」也。據王世貞弇山堂别集卷五七，曾省吾萬曆三年（一五七五）任兵部右侍郎，五年轉左。又據同書卷五一，萬曆八年陞工部尚書。知頌必作於萬曆三年後，八年前。

〔乃祖思玄賦〕乃祖指東漢張衡。

【評】

翠娱閣本評云：「巧思曲筆，水繞山迴，且英英有色。」又評「陽崖曲抱」以下數句云：「極描縈字。」

湯顯祖集全編詩文卷三九

玉茗堂文之十二——哀辭

南安孝子譚德武哀辭 有序

譚瑋，字德武，南安大庾諸生也。幼殊慧，嗜學。從厥考敬卿明府於東莞縣署。敬卿後以南部尚書郎言事，里居。生益感憤，攻苦發篋，經史牒記，方技稗俚，抉摘罔釋，至忘盥御。庶幾通儒。爲文慕周秦，書搨鍾王。曰：「吾所希必聖品也。」篤於兄友，怡怡偲偲。棣韡蘭幽，各極其致。孝有至性。哭母劉宜人幾絶，卒喑喑田田，三年不出苫次以死。年三十有一。傷哉。厥兄瓚，亦孝友士也。念往昔居，煢悴殆甚，徘徊焉，啁噍焉。侍予章門，蹶然而興曰：「嗟夫，瓚堂北之萱既謝，庭中之樹復枯。慈烏之恨未終，原鴒之歌繼作。學士先生，有以報我乎。」因泣下承襟。予曰：「止，當爲辭鋪子之悲。」

暐乎陰之望國，馥梅庾以名家。隔文流於東穀，矯秀峙於西華。玉亘虹乎横浦，金流螢乎大沙。乃有畸人，暎其公族。賞氣惟清，居懷自郁。生豫章而已辨，出駃騠而遂矚。擬霜雪於柔柯，想風雲於稚足。珍卿懷上第之姿，光佃有神童之目。讀父書於東莞，發祖篋於南源。義隨蘊而必探，詞靡華而不搴。步吟嘯於金蓮之嶺，卧思惟乎玉枕之山。忘高鳳於冠履，廢甯越於寢餐。手絶編而雪映，口成文而漢爛。文趨峯於六代，字臨池於兩晉。抱明淑以存真，遡風期而寫韻。靄夏翬於七入，澹春醍於九醖。交閲素以彌沖，友輔仁而去慭。其仁如此，其孝維何？母留慈兮杯棬，子呑聲兮蓼莪。入室兮搶地而欲絶，出户兮呼天而靡他。水漿希溢米之入，括髦匪素棘之俄。慕有反而闌立，痛無窮於隙過。被禫衣兮益慘，授素琴兮靡和。毁三齡於凷室，慟一夕於蓬阿。嗟夫德武，竟以毁死。父諍主兮忠臣，子殉妣兮孝子。貌若臬以無期，杖削桐而不起。必觀過以知仁，豈爲賢而制禮。亦有其兄，友于而貞。觸重傷於哺鳥，提巨創于即鴒。摧荆未足比其色，亡琴未足歎其聲。每感至而心傷，動言垂而涕零。合孩幃而孝友，炯骨肉之儀刑。眷悲鳴兮異愴，寄誄頌於同情。

【評】

沈際飛評云：「商應角應，文之生乎情者。」又評「瓚堂北之萱既謝」四句云：「整散多姿。」評

「貌若梟以無期」二句云：「巧。」

費太僕夫人楊氏哀辭 有序

夫人，費溪楊參知濂之孫也。幼有至性，敬睦温貞。臨武長鉛山費君，爲其子冏卿擇婦，昏于杭之水部郎署。克相冏卿于孝謹，中外無間言。未老而同冏卿丘園并貴，於存歿屈申之際，持挈勸諷，可爲婦師。生子元禄，字學卿，才士也。愛之殆甚。學卿旦暮修大卿之迹，光相國之緒。而夫人不待矣。初學卿婦楊於夫人爲宗女，先五月病死。夫人故羸瘁，至是益用自傷。恍惚常見二紫衣女人來導，遂不復起。夫人儉而好施，肅而能讓。撤佩之日，諸妾御哭毁過至，有關雎樛木之思。凡四方才士賓於晁采園者，各有誄。予感而哀之。

暐明星其何祥，儼瓊妃之洞房。轉轆轤兮濯金井，上仙機兮揄翠裳。誕此邦之淑媛，緒關西之遠楊。授圖史於幼志，襲絓組於明章。美臨武之擇相，俔參知之令望。薌溪薦其涓圭，荷湖鏡而生光。歸冏卿於武林，遠百兩以鸞鏘。生婉孌以明慧，允懿粹而矜莊。出都水而一麾，君夫人其有邦。奉炊爨於長汀，佐煩絲於武郎。出薊門而備兵，侍南旌於舊杭。逮憲閩兮藩粵，却翠羽而揮明璫。委驂驤其在冏，留侍姬於滁陽。並翟茀以懸車，誓偕隱而樂康。惟夫人有至性，敬臨武而惠于威嫜。疇肅雍于子舍，接大事以維襄。宗婦帥其羣介，夙筥藻以于湘。感則百於河洲，哀窈窕而不傷。廣江沱之媵育，遜小星之彗芒。戴華勝其皭首，躬浣裙而薄裝。見妾御之明綺，寄蹙蹐於條桑。本富家其大吉，亦施舍而傾筐。邦族懷其黽勉，祝慈禧其未央。何食少而治煩，每力疾而負床。感新婦之溘先，懣鬱鬱而情傷。婉霞䘯之二女，紛羽節以前行。引清魂而上霏，疑仙巖之故鄉。尚彌留于歲晚，乃委絶於春陽。嗚呼哀哉，内行英炳，圖史不朽，中百而五，非夭非壽。有子學卿，是爲良胄。貌有懷玉，文若盤繡。出秉義於嚴規，入依仁於慈授。撫衣食而躬親，警藏遊于擊叩。喜遊道之方廣，奮文心而日茂。庶風雲其在兹，顧桑陰而豈後。捐杼軸而不御，撫杯棬而長覆。奉欣欣兮靡及，隤田田兮孔疢。踴斷機于緝石之鄉，泣璇源于晃采之囿。嗚呼，悲哉！王畿家園，永離休矣。有婦前驅，幽宮怡矣。貴母于朝，吁何及矣。煢煢畫衣，啜其泣矣。翔名幸親，俛所立矣。吴粤之遊，紛葳蕤矣。我泣無從，詞孔哀矣。藐姑之陽，載音徽矣。

【箋】

〔費太僕〕名堯年，官南太僕卿。鉛山人。見列朝詩集小傳丁集中費秀才元禄傳。元禄有晁采館清課。

【評】

沈際飛評「恍惚常見二紫衣女人來導」云：「妝點。」又評「君夫人其有邦」云：「傷理。」評「遜小星之彗芒」云：「甚詞。」評「踴斷機於緝石之鄉」二句云：「得哀辭之旨。」